有爱的青春陪伴者

红妆
HONG
ZHUANG
刀下留糖 著
四川文艺出版社

图书在版编目（CIP）数据

红妆 / 刀下留糖著. -- 成都：四川文艺出版社，
2022.3

ISBN 978-7-5411-6236-7

Ⅰ. ①红… Ⅱ. ①刀… Ⅲ. ①言情小说 - 中国 - 当代
Ⅳ. ① I247.5

中国版本图书馆 CIP 数据核字 (2021) 第 272843 号

HONG ZHUANG

红妆

刀下留糖 著

出 品 人　张庆宁
责任编辑　邓　敏
封面设计　颜小曼
版式设计　西　楼
责任校对　汪　平

出版发行　四川文艺出版社（成都市槐树街 2 号）
网　　址　www.sewys.com
电　　话　028 - 86259287（发行部）　028 - 86259303（编辑部）
传　　真　028 - 86259306

排　　版　长沙大鱼文化传媒有限公司
印　　刷　长沙鸿发印务实业有限公司
成品尺寸　145mm × 210mm　　开　本　32 开
印　　张　10　　字　数　370 千字
版　　次　2022 年 3 月第一版　　印　次　2022 年 3 月第一次印刷
书　　号　ISBN 978-7-5411-6236-7
定　　价　42.80 元

目 录

Contents

目录
Contents

第一章 被绑架

小郎君，我要带你私奔

（一）姑奶奶

季三公子被人绑架了。

绑他的是一个女人。

季寒初刚睁眼时还未反应过来。

他正躺在一张不算柔软的床褥上，被人用白绫捆了双手，视线里能看到层层叠叠的白色轻纱，将他围困在一方天地里。

季寒初许久未出家门，他曾在一场武林争斗中受过伤，自那以后精神便大不如前，干脆闭门谢客。谁料第一次踏出家门，就被人给五花大绑跟个粽子似的丢在床上。

丢脸，着实丢脸。

但好在季寒初不好面子，他稍稍冷静下来后便开始打量自己的处境。他伸脚撩起大半白纱，看向周围。不远处摆放着桌椅，桌子缺了个腿儿，用石头垫着，上头搁着喝了大半的水碗，碗和桌子一样，也缺了个口，衬着那石头垫着的桌子看起来摇摇欲坠，整间屋子简陋到寒酸。

季寒初收腿，默默思索着。季氏乃是武林大家，现任家主季承暄是他三叔，性子孤僻，一心好武，不爱与人交往，所以没什么朋友也没什么仇人。他自己更是如此，平日便不太爱出门，怎么也不像会与人结仇的样子。

那绑他的人是谁？

季寒初一边想，一边试着挣脱手上的白绫。然而，他肢体不听使唤，软绵无力，挣了几下也挣不开。他动的那几下已费极力气，再要动作竟然已经使不上力。

季寒初自己掌管的便是季氏“五扇门”中专司药理的第三门，自是知

晓自己这是被人下了软骨散，他只能慢慢靠墙坐着，继续打量周遭。

春寒料峭，风从外头吹进帘幕，将他冻了个彻底。

季寒初手脚无力，但听力还算过人，他静下心来分辨，依稀能够听到潺潺水声。

潺潺水声里夹杂着几不可闻的脚步声。

很轻，有人在慢慢地向他走近。

火一样的红色映入眼底，隔着层层的白色纱幔，着一袭红衣的人影越靠越近，身形纤细娇小。

女人？

季寒初凝目看去，确认自己没有眼花，绑他的真是一个女人。

紧接着，还未待他想清，穿过重重帘幕，一根冰冷带刺的东西就贴上了他的脸颊。

季寒初低头一看，是一条细细的长鞭，有些刺人，划过他下颌的时候让他感到不适。

长鞭的主人没有露面，只露出了一只手，纤细白皙，小小的，握着长鞭时，就像是小孩儿抢了大人的物件一样。

季寒初不说话，红衣姑娘也不往前，两个人隔着白色的纱幔对望。

红衣姑娘出声说道："季三公子醒了呀？"

季寒初坐得很端直，靠在墙面上的腰身也挺直如木板。他就着自己坐在床上的姿势，问道："姑娘何人？为何绑我？"

"我是何人？"

红衣姑娘的声音清浅，淡淡的四个字听起来却充满嘲讽。她的音色很是清润，像是深山月色下的清泉，季寒初听得一愣。

长鞭缓缓移到他眼下，粗糙的鞭子刮着他鼻子来回磨蹭。

"我姓姑，名奶奶。"

"……"

沉寂过后，季寒初抬眼，眼中全是雾似的氤氲，他正了正声音，道："姑娘为何绑我来此处？"

红衣姑娘道："自然是因为你欠了我东西没还，我得问你讨要。"

"何物？"

"季三公子好差的记性。"红衣姑娘嗲嗲地说，鞭子快把他鼻头刮红了，"男人欠女人的还能是什么东西？季三公子你说呢。"

季寒初道："季某不记得有欠任何人钱债，如若有，姑娘大可直接去姑苏问季家讨要，季某不会不认账。"

姑娘嗤笑："你们姑苏季氏可没几个好人。"

涉及家族，季寒初神色敛了许多。他淡淡说道："我不记得欠过任何

人的债，姑娘若是心有怨怼大可讲明，该我受的我不会躲，请姑娘不要无端辱我氏族。”

红衣姑娘身子一歪，把鞭子收回手里，声音高了几分，隐隐有怒意：“季寒初你这个迂腐的木头！”

她靠近了些，略低了头望他，手指摩挲着长鞭，朗声问道：“你当真忘了我？”

季寒初一愣，嘴唇嗫嚅，却未说话，有似曾相识的感觉袭来，可他细想，却无论如何也想不起。

红衣姑娘将他的默然当作回答，一时怔忪，声音也低了下去。她讷讷地道：“我从死人堆里爬出来，费了好大力气才找到你，你怎么不认得我了……”

到这时，季寒初才终于想明了一切，他抬起眼帘，眼底坦荡，虽有疑惑但不曾犹豫。

“我不曾见过姑娘，何来忘记一说，恐怕是误会一场罢了。”

话音落，清风起，白色的纱幔四散飞扬，细长的鞭子带着凌厉的力道凌空向他袭来。

季寒初凭着习武者的本能往边上一躲，堪堪避过，鞭子擦着他的耳边过去，“啪”的一声脆响，白色墙面上留下了一道极深的凹痕。

简直泼辣！

“既然想不起，那就打到你想起来为止！”

带着内劲的长鞭破空而来，季寒初狼狈地躲避着，但总归手脚不便，躲避不及也得生生挨一下。

红衣姑娘下手有轻重，只是划破了季寒初的衣裳，没造成皮肉伤，但一鞭一鞭，抽得又凶又狠。被这么纠缠，泥人都有三分火气，季寒初温润如玉的性子也难免怒上心头。

他看准时机，躲过一鞭，在下一鞭挥来时迎了上去，用嘴将那长鞭用力咬住。

他微微喘着粗气，束起的长发都乱了几分，衣裳更是破烂，活像个乞儿。但他顾不上了，他只是用力咬住嘴里的长鞭，眯着眼看向面前的人。

这一眼，就看失了神。

红衣姑娘俏生生地站立在他面前，如那小小的细白的手一样，她整个人也都是小小的，看上去不过才十五六岁的年纪。

只能说是一个小姑娘。

小姑娘生得漂亮又妩媚，不像是中原女子的长相，脸盘很小，还带着肉乎乎的肉感，但她眼睛却很大，鼻梁高挺，穿一套红色的衣裙，人比花娇。季寒初不知怎的就想到了书中描写的桃花林里的妖精。

是一个很特别的小姑娘。

特别好看，也特别凶悍。

（二）小郎君

红衣姑娘的鞭子被季寒初咬住了也不恼，她手一扬将细鞭直接丢了，落到季寒初腿上。

季寒初吐了口中的长鞭，目光警惕地看着她。

红衣姑娘三两下跟猴儿似的爬上床，蹭到他身边，挨着他的臂膀，似是不甘心，又重复问道："季寒初，你当真当真当真不记得我了？"

季寒初头疼："我当真未曾见过姑娘。"

红衣姑娘沉默几许，用手指勾着他下巴，又问："那你可记得殷青湮？"

季寒初说："青湮乃我三叔母外甥女，唤我一声'表哥'。"

"谢离忧呢？"

"是我义兄。"季寒初说，"也是至交好友。"

红衣姑娘点头："的确，整个季家也就他还算个好人。"说完又问，"季承暄呢？"

"乃三叔名讳。"

"殷萋萋？"

"三叔母。"

红衣姑娘颇为不解："这么看你也不像傻了啊。"

"……"

红衣姑娘咳了咳，又问："那……红妆呢？"

季寒初立时便猜出这是她的名字，但脑子里着实没什么印象，迎着她的目光又有些于心不忍，只好低声道："我确实不认识你。"

这话一出，红妆的脸色登时暗了下去。

她看起来像是有点难以置信，很是呆愣了一番，坐在那里盯着他一眨不眨，似在怀疑他是不是说谎，待到确定他眼底一片清明，确实不像在骗她，整个人气焰立时翻涌，啪啪甩着鞭子。那声音轻轻重重，鞭子几次擦着季寒初过去，却始终没落到他身上。

待到甩累了，她直接一屁股坐到床边，非常挫败地用手捶了下床榻，咬牙切齿道："季家这群混账东西！"

季寒初有些难忍："姑娘注意言辞。"

红妆哼了声，继续骂："姑苏季氏浑蛋，他殷家也不是什么光明磊落之人！我一个一个都要骂过去，你奈我何！"

打完了他再将同他有关的两大世家都骂了个透，季寒初涵养再好此时也恼了："红妆姑娘，我氏族何故惹你？你捆了我便也罢了，怎么……"

“季家和殷家联手，夺我性命，抢我宝贝，我怎么不能骂！”

“你可有证据？若无证据，便是无妄之言。”

红妆冷笑：“狗屁。”

季寒初第一次遇到这么难缠的姑娘，油盐不进，偏生他被下了药，封了几处大穴动弹不得，判断不出来这是敌是友，心里更急躁，但他面上不显，仍保持那副淡淡的模样问道：“敢问，季家和殷家抢了你什么宝贝？”

红妆用手支着下颌，道：“他们抢走了我的小郎君。”

季寒初静默，良久不语。

季家是望族，不可能干出偷偷绑人这种事，就算是他三叔季承暄这种古怪脾气，也是不屑绑架的。三叔好武成痴，对下属门生也极为严苛，若真有人背着他绑人，先过不去的就是他这一关。

季寒初断定这是误会一场，只想劝说她放人，便问道：“你郎君何人？”

红妆不说话，两手撑着脸颊，一双眼睛直直地盯着他，眉目含情，春水荡漾。

“……”

季寒初被她这含情脉脉的目光盯得面如火烧，他不自在地扭过头，低声道：“红妆姑娘。”

“嗯？”

季寒初犹豫了会儿，还是开口：“自重。”

红妆那个稍稍弯起弧度的笑顿时僵在了唇边，她缓缓放下手，整个人挪过去，半靠在他身旁，脑袋凑到他跟前，红润的嘴唇一张一合，嘴角冷笑毫不掩饰。

“季寒初，你再说一遍。”

再说十遍也是徒然。季寒初不想同她多争辩，只好侧过身去，用尽力气将身子往边上挪开了些，想躲开她的触碰。

谁料，红妆凶悍异常，看到他的动作，竟然伸手一把拽住了他的领子，将他直接拽到了自己面前。

可怜季寒初现在手无缚鸡之力，就这么被她扯了两下，便和她鼻尖对鼻尖，脸贴脸，呼吸间全是她身上淡淡的兰花香。

红妆抓住他的衣领，冷笑着重复道：“季寒初，你、给、我、再、说、一、遍。”

季寒初垂下眼睑，细长的眼睛在眼尾形成锋利一笔，他不疾不徐，柔声道：“红妆姑娘，请自重。”

红妆恶狠狠地打断他，道：“你让我自重？”

她倏地放手，拍拍衣摆，嘲讽道：“当初许了我终身，也同我行了周公之礼，如今你让我自重？季三公子做那些事时倒是很开心，怎么那时没同我说自重？”

季寒初越听越荒谬，越听越羞耻，整张脸白了些又红了些，忍了又忍，反复吸气。

他绝无可能干过此等荒唐之事！

堂堂姑苏季氏的三少爷，医者仁心的公子初，被一个小姑娘堵得哑口无言。偏偏季寒初亏就亏在涵养太好，从小到大都不会骂人，拼死拼活也只从齿缝里憋出几个字：“姑娘自重！”

（三）私奔去

和季寒初气得几乎快恼了不同，红妆闻言，竟淡淡地笑了。

她一扬脖子，挑眉笑道：“也是，季三公子医者仁心，素来宽厚，合该是看不惯我这杀人放火的妖女，如今不过一句‘自重’，倒还算轻的了。”

话语之间，要多阴阳怪气有多阴阳怪气。

季寒初淡淡地看着她，缓缓地吸了口气。

若不是身上时不时传来的疼痛，他几乎怀疑自己是在做梦。

“红妆姑娘……”季寒初看着她那双黑琉璃似的眼珠子，无奈至极，话在嘴边绕了两绕，才慢慢说出口，“我的确不认识你，也许我们之间真的有误会，还请你……”

话没说完，一根柔软的手指抵在了他的唇上。

红妆将另一只手绕到他身后，钩住他修长的手指，小小的手掌细腻温软，钩着指尖绕啊绕，让人心跳平白快了几分。

“季三，换个词，你总说这句，我会伤心的。”

窗外，溪水慢慢流淌，漫天长风拨弄树叶簌簌作响，白纱翻飞，圈出寂静天地。大片纱幔里，眼前的一抹红色太过耀眼，灼痛了季寒初的眼。

他看了一会儿，默默转开眼：“误会一场，何苦为难。”

红妆挨着他坐下，道：“怎么是误会呢？你只是忘记了，季三，你说过你喜欢我，要娶我，还说要跟我回南疆看星星，这些都是真的，怎么就成了误会……我真的没有骗你，是他们一直在骗你。”

季寒初愣住。

红妆边解开绑着他的束缚，边说：“季家和殷家的人都在骗你，你不要相信他们，他们给你下了药，所以你才不记得我了。”

屋外水流声渐响，慢慢掩盖过了风声，季寒初以为自己听错了，他直直地看着面前的女孩儿。

少女的体形很是玲珑，趴在他身边给他解束缚，小小一团像个火红色小狐狸，正好窝在他怀中，一分不多，一分不少。

季寒初获得自由，但手脚还是无力，依旧不大能动弹。

莫名地，他不想再问下去，她说的话这样荒谬，可他竟已信了几分。

他低头掩去眼中的几分疑惑，觉得自己更加荒谬。

红妆丢了绳子，捡起自己的鞭子绑到腰间，说道：“我们走吧。”

季寒初问：“去哪里？”

红妆摸着鞭子，神色自然，道：“自然是去做我们当初未做完的那件事。”

“什么事？”

红妆微微一笑：“私奔。”

顿了顿，她又道：“还有逃命。”

季寒初一惊，黑瞳紧缩，险些失了风度：“你说什么？”

红妆回眸，转身弯下腰，半靠到他身上。

她抬起手，指尖掠过季寒初额前的碎发，再轻轻摸着他的下颌。

“小郎君，我要带你私奔。

“殷家那么多人死于我手，他们想报仇，可我懒得和他们打，所以我们得快些，趁没人发现赶紧走。”

私奔、杀人、妖女、郎君……

每个词响在耳边，划在心头，如锋利的刀，裹挟着变态的熟悉感，字字诛心。

恍惚似一道惊雷响彻，炸得季寒初只差魂飞天外。

红妆并不想多言，收拾了一番后便伸手扶起季寒初。

季寒初脚步虚浮，额头青筋显露，双手几次按在腰后，费尽了力气也只是蜷缩了手指，他双眼直直地看着红妆。

红妆瞥过去一眼，淡笑着看向他：“想逃？”

她摊开手，掌心不知何时已然放着几枚尖锐的银色小针，手轻轻一抖，针便化作齑粉，被她随意抛撒在地上。

她像看着一个顽劣的不懂事的孩子，柔声哄道：“别闹了，我们还要赶路。”

季寒初笔直地站着，不动，也不说话，最后是红妆牵了马来到门前，冲他招手。

红妆从马厩里牵出的是一匹黑色高头大马，马蹄在地面上嘚嘚踏了两下。红妆安抚似的摸了摸它的耳朵，它便立刻又安静下来，温顺无比地在她掌心里蹭着。

红妆翻身上马，歪过身子向季寒初伸出手掌，说道：“上来。”

季寒初沉默地站在门口。

红妆很有耐心，坐在马上保持 这个姿势好一会儿没挪一下。

她定定地看着季寒初的眼睛，以前这个人是温惇的，是和煦的，看所

有人的目光都温柔，可看她时除却温柔，还余了七分情意，三分缠绵。

但现在不了，他看她的眼神和看其他人并无二致，那些缠绵和情意，随着他的记忆一同被封锁在了最深处。

她不甘心，也不接受。

他会想起来的，就算想不起来，这人她也要定了。

当初他既然招惹了她，便早该做好如此准备。

红妆吹了吹指尖，看着地面，漫不经心地说：“季三。”

季寒初抬头看她，目光如刺。

红妆皮笑肉不笑：“你打不过我。”

“……”

你现在打不过我，所以最好乖乖就范。

后面那句话她没说完，给他余了三分薄面。

季寒初丢了七分面子，人也不恼，像是泰然地接受了命运，上了马。

马儿踢踢踏踏，带着他们离开了简陋的客栈。

红妆执着缰绳，季寒初挨着她坐在马上，她虽说很急，但真的赶路时反而慢吞吞，也不催马儿，甚至一派悠闲地哼起了歌。

那歌曲的调子很怪，季氏驻于姑苏一带，听的是江南的吴侬软语，女儿家唱歌吟曲时自带一股风流和软糯，很少有像她这样调子时高时低，曲儿跟十八弯似的转啊转的歌。

待她一曲唱毕，又要高歌一曲时，季寒初伸手拉过缰绳，极快地向她瞥去一眼。

红妆察觉，笑嘻嘻地回头：“季三公子，我唱得很难听吗？”

季寒初无言。

红妆恍然大悟：“那是心疼那些被我杀的人，想替他们报仇？”

季寒初面色凝重，眉头深深皱起。

他被她下了药，真要打起来，只有招式毫无内力，没有半分胜算。

季寒初有风骨，可也识时务，他不想死。

红妆晃了晃他的手，笑道：“季寒初，你还是那么善良，一点都没变。”

季寒初抬眼，看着她的笑，神色不明。

红妆笑着笑着又开始哼小曲，哼了两句回头看他：“真的难听？”

季寒初斜眼看夕阳，并不作声。

红妆说：“三公子没听过我们南疆歌谣，听不惯也是正常。”

季寒初捕捉到她的话，诧异道：“姑娘来自南疆？”

红妆坐在马上晃腿，蹬着红色小靴的长腿在夕阳下一晃而过，少女娇俏尽显无遗。

沉默便算作回答。

季寒初问：“姑娘是南疆哪个氏族门派？”

红妆难得配合，朗声道：“我姓季，是季家的。”

话音软软，简直要戳到人心里头去。说起这简单三个字，她像是想到什么好玩的事情，笑得眉眼如弦月，跟个得意的小孩儿一样。

季寒初看她天真娇憨的样子，忍不住勾唇，又很快抑制下去，道：“原来姑娘也姓季。”

红妆点头，深情款款：“我随夫姓。”

“……”

季寒初觉得她真的很奇怪，他扯着缰绳，望了眼不远处西下的夕阳，思虑片刻，问出那个憋在心头许久的问题：“季姑娘，你是怎么将我带出季家的？”

姑苏季氏看守森严，他所在的季氏“五扇门”更因其中第二门司情报之职，布防尤为严密，单凭她一人之力将他带出季家，难于登天。

红妆往后靠了些，惬意道：“你猜。”

这姿势有些亲密，她整个人被他圈在怀中，他鼻尖又能闻到那股很淡的兰花香。

季寒初猜测：“你在季家有内应？”

不然以季家的严防密布，他实在想不出理由。

原本只是随口一问，不料红妆竟然一点头，坦然道：“是又如何。”

（四）季承暄

季寒初紧声道：“是谁？”

红妆娇笑，说道：“我不告诉你。”

季寒初被噎得说不出话，他头一次在心里感受到了一种真正的，能称之为“无可奈何”的情绪。

偏生红妆更加惬意了，她两腿一夹马肚子，又优哉游哉地哼起了小调。

马儿踏着蹄，嘚嘚嘚地将他们带往未知的方向。

夕阳斜，疏影黄昏，红鬃马。

马上坐着一男一女，红的娇俏白的俊朗，端的举世无双。

马背轻轻颠晃，载着莫名其妙的红衣姑娘和无奈至极的世家公子缓缓奔赴远方，一路调子轻扬，就这样渐渐远了江南水乡。

天光浩渺，山河俊朗，正是人间好炊烟。

入夜，路旁小道，有间客栈。

红妆一手牵着季寒初的袖子，一手从怀里摸出一锭碎银，丢给了面前挺着胖乎乎肚子的老板娘。

老板娘眯着双眼，接过银子咬了一口，再在手心里掂量掂量，哼唧道："不够，你打发叫花子呢，再来一锭。"

季寒初瞄去一眼，那银子分明能买她两间上房不止。

红妆不傻，提高声音："姓柳的你又来骗钱，真以为我没见过银子！"

柳新绿用力挺着肚子，胸脯都快顶到人脸上，啐道："哪个杀千刀的说老娘骗钱，你个穷酸鬼！"

二人明显是旧识，红妆鞭子甩得啪啪响，每每擦着柳新绿的衣摆过去，气势倒是威风，但没一下真打在她身上。

红妆叉腰："你个财奴！"

柳新绿瞪眼："你个泼皮！"

她回身从账台上摸出个金制的小算盘，啪啪打得极响。

"让我算算，你和你夫君上回来我这儿，光是酒水钱就没付，现在住店的钱加上那会子的，你还得再给我几两来着……"

伙计顶着红妆杀人的目光，颤颤巍巍地抱着脑袋挪过去，小声提醒："掌柜的，人家成婚那会儿，你自己说的，酒水都是送的……"

柳新绿一个算盘甩过去。

"老娘现在心情不好，不送了！"

伙计见状，一扭腰肢，脚底抹油开溜，跑得飞快。

柳新绿捡回算盘："你小子吃里爬外，我要扣你工钱，这个月的工钱统统扣光！"

小伙计已经跑没影了。

红妆甩起鞭子："别废话了，我再问你一句，这银子到底够不够？"

柳新绿道："不够，这怎么够？当家的立的规矩，不能改！"

红妆面无表情地格开季寒初，一鞭子抽在地上，地面上啪地现出一道凹痕，深陷至寸余。

柳新绿："老娘刚修的板石地面！"

红妆："够了吗？"

柳新绿恶狠狠地盯着那凹痕看了两眼，一字一顿："红、妆。"

红妆从口袋里又摸出几锭银子，递给她。

"现在可以了吗？"

柳新绿在见到红妆掏钱的时候就偃旗息鼓，眼睛开始放光，等银子递到眼前，那眼里的光真是挡也挡不住。

柳新绿美滋滋地接过，在衣裳上擦了两下后满意地收进口袋，在季寒初错愕的目光中迅速换了一副热情笑脸，忙不迭点头。她算盘一拎，嘴角带笑，又是客客气气的老板娘。

红妆嗤道："见钱眼开。"

柳新绿找出钥匙，装作听不见。

她施施然回身，往后一瞥，正对上季寒初的眼，顿时一停。

这位站立在旁的公子，芝兰玉树，气质斐然，仿若身后夜空中的一轮望月，令人见之过目不忘。

比起那时初见，竟更添风华。

柳新绿望着望着，有些痴了。

突然，耳边响起响亮的一声“啪”，惊得她腰上肥肉抖了三下。

红妆一手执着鞭子直接拍到了桌上，横眉冷笑：“你看什么！”

柳新绿不受威慑，知她不过故作大声，心里毫不惧怕：“看你男人怎么了，长成这副模样还不许旁人看了？”

红妆嘴角一抿，溢出笑：“就不许你看。”

“我乐意看。”

柳新绿送他们上楼后，又噔噔噔下了楼。

未几，只见她抱着一坛酒上来，灵巧地凑近季寒初，笑容要多谄媚有多谄媚。

“季公子要不要尝尝？本店招牌‘一坛酒’，送你，不要钱。”

季寒初有些惊奇，敛了敛袖子，问她：“你认识我？”

柳新绿捂嘴笑：“公子这样的人儿，我哪能忘记呀！当年你和这泼皮是在我这客栈成的婚，简陋是简陋了些，但多亏公子风华绝代，简直见之难忘，就比我当家的差了一点点而已……”

一颗脑袋从他身侧探出，冷飕飕道：“你说够没有？”

“说够了。”柳新绿把酒往季寒初怀里一塞，“公子慢用。”

她往外走去，刚跨出两步，又停下。

她转头，似有疑惑，不解地问：“不是私奔去了，怎么又回来了？私奔还带故地重游的？”

季寒初：“……”

红妆瞪了她一眼。

“嗖”的一声，柳新绿跑得飞快。

夜里，柳新绿拎着有间客栈名品“一坛酒”，踩着梯子上了屋顶。

一瞄，果然那小女子独坐在屋顶上，一头青丝随意披散，只用发带轻轻束着，不似江南女子总爱梳着各种发髻，一眼便知道不是中原人。

红妆是泼辣的，也是自由散漫的。

可此刻在夜色下的身影却是难得的孤独，这模样柳新绿倒是第一回见。

“怎么自己一个人枯坐着，白天那股子嚣张气焰去哪儿了？”

红妆没回头，从柳新绿靠近梯子时她便已确认来者是谁。

好的武者是不需要回头的。

柳新绿挨着她坐下，看她面色不豫，欲言又止。

“想说就说。”

“你那夫君好像不太对劲。”柳新绿说，“瞧着总觉得哪里怪怪的，也不大爱说话了。”

红妆直说：“他失忆了。”

柳新绿惊奇：“啊？变傻了？”

“不是，只忘了与我的那段。”

果然，她的直觉没有错。

“那他现在是真的一点都不记得你了？”

“是。”

柳新绿没再问下去了。也不必问，失忆的原因无非那几种，不是寻仇便是阴谋，再不济吃错药了也算，反正木已成舟，何必再多惹一分伤心。

她贴近红妆，瞧红妆懒散模样，哀其不争：“那人家现在都不记得你了，你就把他一个人留在房里，也不怕他跑了？”

红妆想起刚才房内的情景，学着季寒初的口吻，怏怏开口：“你我二人非亲非故，无名无分，不可同住。”

柳新绿眨眼，一时无言。

便是知道缘由，也同情他遭遇，但这话听着也觉得真是伤人。

她想起当初二人在她店内的那场简陋的婚仪，小公子看向姑娘的眼神，全然是情根深种，怎么才过了些日子，就成这般光景。

这季公子，杀人诛心啊。

“你不怕他跑了吗？”

“不怕，给他下了软骨散，跑不掉。”

“你夫君不是百毒不侵吗？”

“特制的。”红妆说，“专克他这‘百毒不侵’。”

“……”

柳新绿将手里的酒递给她，苦口婆心地说：“好好的漂亮姑娘，何必为了一个男人这么费神伤怀。”

红妆睨她，也不知是谁一口一个当家的。

柳新绿看出红妆眼中含义，一拍胸膛：“那不一样，我当家的那是为了救我才死的，我这么多年念着他，念着念着就念顺口了，这可不一遇到什么事儿就想喊他了嘛。”

红妆灌了口酒，烈酒入喉，她竟清醒了些。

甩开心头乱绪，红妆随口问：“你当家的怎么死的？”

“为了救我被山贼砍死了。”

“劫财？”

柳新绿幽幽道：“劫色。”

红妆看了她的肚子一眼。

柳新绿笑骂：“老娘当年的姿色不逊于你，你别不信。”

红妆道：“为什么不再嫁？”

“嫁什么嫁？”柳新绿拿过酒坛，手指抚摸心口处，“这里头有人。都说人死如灯灭，但我心里的灯还燃着，我这辈子就守着他过日子。”

她眼眶有湿意，水滴淌过脸颊，啪嗒掉在酒里，消失无踪。

柳新绿灌了口酒，仰头看月亮，嘴里念念叨叨：“唉，没给他生个孩子，死而有憾啊……”

红妆静静地望着柳新绿。

她想，她比起柳新绿还是好些的。

季寒初不记得她，但至少他还在她身边。

她嘴角勾了下。

就在此时，近处冷不防一道寒光一闪而过，极其凌厉，带着呼啸而来的刀风，猛地划破夜空。

红妆大惊，敏捷地往侧边一躲。柳新绿却不会武，迎着刀风三魂六魄都去了一半，许是太害怕了，连眼睛都不敢闭上。

红妆立时背手，往指尖灌了十成内力，骑马钉直直掷出，破开夜色，犹如电闪，狠狠地打在了来者的刀面上。

“叮——”

声响过后，四周静谧下来。

柳新绿面如土色，额头冷汗直冒，她摸着自己的脖子道：“我刚才都以为我要去见我当家的了！”

红妆皱眉看向远处。月色下，立着一抹高大的身影，不见容貌，只觉得气势冷冽如霜。

柳新绿顺着转头，见到那人，疑惑道：“那是谁？”

红妆：“无妨，一个熟人。”

熟人？

那这见面的方式真是有够“熟人”，有够吓人。

红妆：“他只是提醒，并无意伤你，以他的功力若真的出手，你死时根本不会有感觉。”

柳新绿还想再说点什么，被红妆抬手拦了。

“你先回去，我有话同他说。”

待柳新绿走后，红妆才猛地抽出长鞭，沉声道：“既然来了，又躲什么。”

那高大的身影慢慢行来，迎着月光，面庞渐渐明亮。

来人面目生得俊美，剑眉星目，周身气质如冰雪凛冽，侧脸一道极长的刀疤自眉角延伸至下颌，给这份凛冽里又添了几分肃杀。

一看就不是个好相与的男人。

红妆攥紧长鞭，眉梢眼角一下冷了下去。

“季宗主跟来做什么？”

眼前这人，不是姑苏季氏的家主，季寒初的三叔季承暄又是谁?

第二章

忆往昔

小古板，不是要抓我问罪吗，怎么还不过来？

（一）北斗星

季承暄站在红妆面前，没什么多余的表情，只是问道："她在哪儿？"

红妆指着客栈屋檐："天字间，第二号房。"

季承暄像是没听到，冷声道："她在哪儿？"

语气听起来无异，可他手中的刀锋却越发冰寒，那是刀客见血的前兆。

这刀名唤"逐风"，刀如其名，是难得的快刀。

季氏家主刀法冠绝天下，而红妆擅长的武器却不是刀剑一流，真要打起来，必定是她落下风。

季承暄的武学造诣比她高出许多，红妆早就领教过，可她依然是一派轻松，讥笑着，径自转身后退。

"这和我们当初说好交换的东西不同，该说的我都说了，其余的无可奉告。"

闻言，季承暄倏地沉默。

半晌，他开口："我拿寒初与你换。"

红妆旋身，勾唇嘲讽："那是上回的条件。"

"不，是这回的。"季承暄抬起眼，眉宇间的固执浓得化不开，"你若不说，我便会带走他。既然我能让你从季家带走他，自然也有法子将他重新带回季家。"

"回去？你季家如今乱得就快成武林的笑话了，我奉劝一句，不如你自己尽快回去，少撵着我四处跑，否则你们姑苏季氏的盛名只怕要在你这一代全数喂进狗肚子里去了。"

季承暄抬眼看她，一字一顿道："事到如今，你觉得我还在乎吗？"

红妆陡然收紧手指。

“我若就是不答应呢？”

季承暄收紧气息，右手不知何时已然搭上了逐风的刀柄，他浑身紧紧绷起，肆无忌惮地释放杀意。

红妆笑起来，笑容邪气：“你不敢杀我的，你若真杀了我，全天下再不会有人告诉你师姐在哪里。”

“我自会寻她。”

“找了二十年，你找到了吗？”红妆眉一挑，“怕是连根头发丝都没找到吧。”

季承暄神情冷漠，刀锋更盛：“我可以关你，关上几年，几十年，我不信她不来寻你。”

红妆面上这才显出些微慌乱，她无措地咬了咬唇。

她不怕季承暄出手，若光是她一人，以她的轻功绝对有信心能够逃脱，可现在客栈里还住着一个被她下了软骨散的季寒初，而她是决计不会丢下他然后自己一人脱身。

可真要被抓回去关起来，莫说找回季寒初的记忆，恐怕下半辈子连见他一面都不容易。

殷家和季家有姻亲，殷家与她有仇，自然不可能放过她。

红妆抿唇，沉默地甩出长鞭。

季承暄按刀，凝眉道：“你是她师妹，我不想伤你。”

他在给她最后一个机会，换作平日，他绝无这般耐心。

红妆：“伤不伤的，打过一场才知道。”

风过，鞭来，裹挟凶猛攻势，直指季承暄心口。

她没留后手，招招下的都是死手，可季承暄却不敢用尽全力。

正如她所说，她若真要死了，再没人能告知他他最想知道的事情。

于是一个祭出杀招，一个只守不攻，在屋顶上打过十几轮，反倒是季承暄身上的伤更多些。

季承暄侧身，躲过朝面门来的一鞭，皱眉道：“真逼我出刀，便不是如今局势，你莫要后悔。”

红妆咬牙：“你有本事便出手，别在这里假惺惺。”

她踏步过去，右手刚收了长鞭，左手便灵巧地握上一柄弯刀，由远攻改为近战。

目的不在伤人，而是攻心。

“季承暄。”红妆紧紧盯着他，“你见过那个冰棺里的孩子吗？”

面前男人面色一僵，动作缓了下来。

“真是可怜，浑身青青紫紫的，躺在冰棺里那么小小一个。也是，还不足月就被拖去雪山活埋，死相自然凄惨。”

季承暄的指尖几乎嵌入掌心，眼里弥漫出一股戾气，红妆被逼得接连后退。

“师姐每天都会去看她，同她说话，可怜她半句都不能回应。这么小的孩子，还没学会叫爹就已长眠，我若是你，就是合上眼睛也无法安眠，恨不能日日祈祷，愿她来世投个好人家，至少平安长大。”

一字一句，全都精确无比地打在季承暄的心上。

刀客最要清醒，但此时此刻的季承暄简直心乱如麻，心中想着那些话，又得应对迎面来的越来越密的攻击，少不得分了神。

这下立刻被红妆抓住空当，她抽出弯刀，狠了心拼着受伤的危险上前。季承暄躲闪不及，一掌拍在了她的肩头，鲜血顿时从她的嘴角溢出。

然而红妆的刀锋也划开了他的手臂，留下浅浅的一道血痕。

伤口不深，甚至根本算不得伤，却泛起了绵绵密密的疼，如同针扎在他的心口，叫人站都站不稳。

红妆擦净唇边鲜血，笑道：“我说过了，伤不伤的，要打过才知道。”

季承暄眼睛通红，发力站起，牵得他心口更狠地发疼。

“别乱动，越动越痛。”红妆收起长鞭和弯刀，捂着肩膀的伤口说道，“我只抹了一点点毒，不会死人，只是让你几个时辰内都无法动武罢了。”

她轻轻喘气，几个跃身翻到檐下，回头望见屋顶上那道身影，轻声道：“季宗主，你说得真好，事到如今你是终于不在乎季氏的虚名了，可这话二十年前说或许还有用，到现在二十年已过，你不在乎得太晚了。”

红妆脸色发白，死死咬住下唇才勉强支撑着自己回到天字房。

房内的灯还亮着，那小古板固执地认为男女有别，非要把房间让给她，她气恼地拂袖而去，他肯定会一直点着灯等她。

红妆想笑，却怎么也笑不出来。

她硬生生地受了季承暄一掌，现下气息不稳，只觉得肩膀痛到快没了知觉。

她吸口气，连抬手的力气都没有，只好靠在门板边，嘴唇嗫嚅，哑声道：“季、季寒初……开门……”

话音落，门“吱呀”一声打开，小古板就站在房内，身后燃着的灯未灭，床上半点躺过的痕迹也无。

果然如她所料，等不到她，他是不会睡的。

红妆嘴唇煞白，勉强笑了笑：“你接着我点……”

话没说完，她便倏地软了下去。

季寒初没做多想立刻伸手，她顺势落到了他的怀中，鼻尖萦绕着淡淡的药香，像极了从前的味道。

望着她毫无血色的面庞，季寒初愣怔了会儿，心中涌起莫名的刺痛。他几乎是仓皇地将人抱起来，以最快的速度放到床上，连他自己都没发现，那双下针时极稳的手此刻正微微颤抖着。

他伸手拉过红妆的手腕，手指搭在她脉搏上，正要细细察看，不料她却猛地缩回手腕。

“来不及了，快走。”她从怀中掏出棵手掌大小的药草，囫囵吞下，勉强缓过些力来。

红妆说：“此地不宜久留，我们先离开再说。”

季寒初不清楚她的伤势，但见她眼中执着，便吞下了喉头反对的话，移步过来，揽过她的背，将她轻轻地背到了背上。

红妆靠在他肩头，已再没力气动作，两条细瘦的手臂挂在他的胸前，意识逐渐涣散。她轻声说：“你去找匹最好的快马来，记得，一定要最快的，我们走……”

季寒初应了，背着她顺着楼阶往下走。

他担心她睡过去便醒不来，轻晃了下脊背，问她：“怎么受伤了？”

“刚刚被你三叔打的，但我也算计了他，他现在肯定还困在屋顶吹风。”

季寒初脚步顿住，在原地呆立了会儿，半晌，他又慢慢挪步，一步一步往下走。

“三叔为何伤你？”

“他问我师姐下落……我不肯告诉他，他便说要抓我回去关起来，关起来我就再也见不着你了。”

“你不应与他起争执。”季寒初把她往上背了背，“你如果真被他抓回去，我总能找到法子救你出去。”

红妆伏在他背上娇娇地笑：“你怎么又要救我，第一次见我，你就说你一定会救我……怎么你总在救我……”

季寒初：“哦？我第一次为什么会救你？”

“我骗你的，你可真好骗，我说我是通房丫鬟你就信了……”

季寒初摇摇头，尽管记忆不清，但听她这样说起心里却并不意外，仿佛那些事确实真真实实地在他身上发生过。

“我好骗吗？”

他笑了，将她放在马背上，自己翻身坐在她身后，将她圈在怀里。

红妆眼皮越来越沉，颠簸的马儿却不让她睡，她咕哝着，说：“好骗啊，说什么你都信。”

宽厚的手掌扣着她臂膀，季寒初轻笑出声。

“你笑什么？”

季寒初：“不是我好骗，是你太聪明了。”

“是吗，我本来就聪明……”

夜色下，马儿飞奔过无人的街道。

季寒初执着缰绳策马，垂眸望向红妆，道：“你究竟何门何派，到底为何绑我？”

红妆早混沌了去，迷糊中有问必答：“南疆，七星谷……你……夫君……”

一字一句，清清楚楚地落在季寒初的耳朵里，令他着实惊奇了一瞬。

南疆七星谷，那是个连中原武林都几乎尽人皆知的地方。

七星谷立于正邪两道之间，修的全是邪门歪道，行的尽是阴诡之事，然而从不参与江湖纷争，常年不问世事。

七星谷的主人便是“七星”，传闻中乃是七人，均由北斗七星化名而来。没人知道他们的真实身份，姓甚名谁，只知道每一位“北斗星”死后，便由其徒儿舍了姓名身份，继任成为新的“北斗星”，世代相传。

季寒初回想了下，根据季氏第二门呈上的情报，七星涉及的武功极广，甚至修习巫蛊之术的亦有之，只是专习鞭法与制毒的，似乎只有一位。

季寒初：“你是‘摇光’的徒弟？”

可惜红妆双目紧闭，意识全无，已回答不了他的话。

大约半个时辰后，季寒初握着缰绳，令马儿停留在一家新的客栈前。他小心地背着红妆上去，顾不得男女之防，打发走店小二后便坐到床边，挑出匕首划破她肩头的衣衫。

衣衫褪去，露出她白嫩的肩膀，上头一个紫红发黑的掌印，十分骇人。

季寒初极力稳住有些慌乱的心神，执起红妆的手腕，轻轻将手指搭了上去。

只是奇怪，指尖下的脉象，似乎有些不对。

季寒初皱眉，换了手，重新搭脉。

感受到指下的脉象，他眉头轻蹙，沉默着收回手。

两次的结果都是相同的，不是错觉，她的心脉损伤得厉害，微弱得几乎难以捕捉。

这绝不是三叔的手笔，那一掌虽伤势不轻，但从肩上的痕迹看他下手时已然收了大半的力道，不可能将她伤成这样。

那到底是为什么……即便是习武之人，这样弱的心脉，该是卧床不起才对，她怎么有能力将他带出，后又与三叔过招，甚至困住了三叔？

好一阵，季寒初回不过神来。

他无从下手。

红妆却在此时从混沌中迷糊出声。

她紧闭双眼，没能觉醒过来，只是两片嘴唇张合，从喉头发出轻声，一下又一下地叫着什么。

季寒初俯身，将耳朵凑到她唇边，细细地听。

“你在说什么？”

温热的气息拂过耳畔，柔软的唇无意间划过他的耳垂，那触感酥酥麻麻的，他跟碰着火似的一下坐直，僵在那儿动也不动。

但她说什么却是听清了的。

“季寒初，季寒初……”

“季寒初……小浑蛋……”

季寒初低头，往她脸上看去，又像被烫着一般收回了目光。

红妆虚虚地叫了十几声后音便也低了下去，最后喃喃地喊着：“小古板，我疼……”

季寒初胡乱地说：“你，我……我……”

他面皮泛起红晕，不知所措，想不出法子应对，局促得不得了。

“季寒初……”

“季三哥哥……”

“季郎……”

季寒初的面颊越来越红，盼着她能别再叫了，叫得他心头慌乱，如小鹿乱撞。

可她却不依不饶，声声喊着，越发可怜。

季寒初微微侧过身，心绪纷乱，再三稳住气息。

“小古板……”

季寒初闭了闭眼，试探着伸出手，摸到了红妆的指尖，轻轻钩住，将她的手指钩到掌心，那绵软的触感握在手里，如刀刃归于剑鞘，不偏不倚，像本就该这样。

他也不敢转头去看她，只在她再次喊着“季三哥哥”时，用几不可闻的声音低低应了一声。

“嗯，我在。”

他道：“红妆，我在。”

（二）江南好

多年前。

“江南好，风景旧曾谙。日出江花红胜火，春来江水绿如蓝……”

红妆趴在窗子上，脑袋枕着手臂，猫儿似的眼睛眯成缝，惬意地享受着夜间的江风。

临江的客栈要价高了些，可不让弟子为钱财发愁是七星谷历来的好规矩，于是她一出手就直接包了天字号的上房。

店小二大约是没怎么见过南疆女子，瞅着她的脸一时都失了神，被天枢师伯用一锭银子打醒，脸红得像火烧似的。

想到小二惊慌失措的模样，她眼里泛起笑意。

“中原人真有意思。”

她改趴为坐，轻轻闭上眼睛。

中原少见异域女子，她一点也不遮掩地露脸，胆大到肆无忌惮。

看清楚点好，最好下了地狱也要记得取他们狗命的到底是哪位女罗刹。

门“吱呀”一声被人从外面推开，有人缓步走了进来。

红妆侧靠着窗望着江边，笑道：“天枢师伯来了。”

白衣黑冠的老人约莫七八十岁，满头白发，背手而来，端的是仙风道骨，除却那双眼看起来并不如老人家慈祥和蔼以外，与路边常见的年迈之人并无区别。

但红妆知道，这绝不是什么普通老人。

南疆的“北斗星”中，论武力第一当属开阳，可最危险的却是面前这位天枢师伯。

他擅蛊，当年为炼活死人蛊与尚未投诚的南疆皇室联手，在与中原对决的青霭关一战中大肆以活人制作傀儡，竟仅凭一己之力挽回了南疆战局颓势。

一人，能抵隐州十二城。

可红妆却不怕他，她的笑颜越发明朗：“开阳师伯怎么没来？”

“提那疯子作甚？”天枢云淡风轻道，“他听说姑苏季氏的第一门门主武艺甚高，提着钩月就上门找人挑战去了。”

红妆一挑眉：“钩月？”

她摸上腰间，那儿有一把小巧弯刀藏匿着，刀如弯月，以此得名。

钩月弯刀是双刀，一把在开阳那里，另一把在她身上。

天枢一板一眼：“你的钩月和他的钩月，不同。”

刀都是好刀，用的人不一样罢了。

红妆收手，嗔怒：“师伯又笑话我，我本就不擅使刀，钩月于我不过防身之用。”

她本就艳极的脸庞因着这似嗔似怒而变得更美艳动人。

像能将人的心都掏空了去。

“不使刀更好，”天枢头也不抬，说，“那疯子的破刀，切菜我都嫌钝。”

开阳是真正的战斗疯子，一生好武擅斗，他们此番前来各有目的，开阳的目的便是挑战高手。

至于挑战后是死是活，开阳说了，不要他们管。

只是……

“姑苏季氏第一门门主？”

天枢倒杯茶，指尖浸至茶水中，一只小虫子顺着手指爬到杯盏里，很快那茶水便变得血红血红。

天枢：“季靖晟，季宗主的二哥。”

季氏有五扇门，第一门司暗杀，第二门司情报，往后各是药理、兵器、银财。

“听说这第一门的门主，也是个疯的？”

天枢：“是。一疯一傻，臭味相投。”

然而此疯非彼疯，开阳是疯子，季靖晟却是实打实的天才。

季靖晟脑瓜子痴痴傻傻，练武却天赋异禀，他的危倚刀刀法已至大成，不比季宗主的逐风逊色。

天枢：“管他们这许多，左右不过两个疯子罢了。”

红妆一想也是，以开阳师伯的武功，只有别人吃亏的份。

她轻快地从窗上跃下，行至天枢面前，悠然地为自己倒了杯茶，刚搁到唇边，倏地听到天枢开口——

“殷远崖没死。”

红妆拿着茶水的手一顿，杯子离唇不过分毫，却再也饮不下去。

她不敢置信地问：“怎么可能？那可是‘往生’！”

“往生”剧毒，无色无味，只要沾了一点顷刻便会融入血肉。初时无异，但会让人从五脏六腑慢慢溃烂，直到烂到喉头、鼻尖、眼唇，彻彻底底成为一具发烂发臭的尸体。

死相难看，过程凄惨，下毒之人称得上恶毒无比，其心可诛。

天枢：“摇光在你临走前难道没给你解药？”

“给了。”红妆应道，“但我没给他解毒！”

天枢睨了她一眼：“摇光能调出解药，中原自然也有人可以，又不是多厉害的玩意儿。”

“可是——”

天枢抬手，制止了红妆要说的话。

“我早就和那婆娘说过，不要总是留一手，既是毒，就应该冲着非死不可去，可她倒好，耳朵长在眼睛上，每次都不听我的。”

红妆：“……”

天枢：“妇人之仁，难成大事。”

“……”

天枢师伯恋慕她师父几十年，至今痴情不改，二人纠缠了大半辈子，到现在却依旧没有定下终身。

红妆私以为，和天枢这张嘴脱不了干系。

但她识相，这话就是憋死在嘴里也不能说出来。除了摇光，世间人包括她在天枢眼里都不过蝼蚁罢了，她可不想惹了他，再被他的宝贝虫子咬。

相比起来，殷远崖没死倒更令她好奇。

有人能解“往生”，这真是她从未想过的事。

红妆觉得有趣，中原人比她想象中有趣多了。

南疆的“北斗星”里，她的师父摇光是其中唯一的女子，擅制毒、暗器、轻功之流，用天枢师伯的话说，所有下作的杀人手段摇光都占了个全。

可摇光的手艺，即便留了一手，也是素来难有人解。

如今却被一个中原人破了。

有点儿意思。

红妆轻敌了，中原人比她想象中厉害。

红妆站起身：“我去看看怎么回事。”

天枢抱手，赞赏地点点头：“比你师父好学上进。”

如今江湖武林几大势力分裂，龙盘虎踞，各自为营，其中以姑苏季氏为首，大致分为五大门派。

虽说是五大门派，实则只有四门。同踞于江南一带的殷氏因逐渐式微，许多年前便以殷氏独创的寄雪剑谱为嫁妆，同季氏结了姻亲。

季氏家主季承暄的妻子，便是殷家的二小姐殷萋萋。

季殷两家联手，虽无法做到独大，但在这之间已占据了绝对的首席之位。

殷远崖，正是殷家的二爷，殷萋萋的父亲。

夜幕下，殷家的护卫、门生个个手持佩剑，面色凝重，严阵以待，侍女匆忙来往于药堂与别院之间，不时听到些低声谈论，很快又消失在风里。

“二爷这是怎么了，突然就病了？”

“这就剩一只手一只耳的，也不看看自己什么模样，整日流连女人堆，怕不是得了花柳病吧。”

“都别胡说！我听在宗主院子里伺候的姐姐说，二爷是招了仇人，被人暗算下了剧毒。”

“什么毒，我看二爷好好的啊？”

“那得亏了三公子……”

侍女托着药碗从药堂行来，被护卫拦下，几人挨个试了药，又用银针试过毒，这才放她们进去。

铁桶似的防护，把殷远崖守得几乎密不透风。

可这般看护，在红妆眼里也不过尔尔。

她敛下眼，细细回想了侍女来时的路线，心思一转，往药堂奔去。

她轻松地绕过侍女、护卫，身形灵巧地摸上屋顶，护卫眼睛瞪得大大，只见一阵微风拂过，夜色之下根本捕捉不到半点人影。

药堂点了灯，但四下无人，只留了药罐还在小炉子上烧着。

红妆干脆下了房梁，大大方方、明目张胆地左顾右盼。

行到小炉边，红妆摸了摸药罐，还是热的，里头残留了些药渣汤水，她倒出小半碗，汤汁呈褐色，药味微苦，用手扇了风，闻到股沁凉的特殊味道，像是点绛草……

要想知道解药如何，还得尝一尝，最好是让毒性和药性在体内相冲，方能品出些端倪。

红妆苦恼地皱起眉。

她不想试药。

试药要先服毒，她一点也不想感受“往生”，而且这药还不一定能解干净。

可是不服毒，又无法彻底感知解药药效。

为难死她了。

都怪这个中原人，好好的凭什么解了“往生”，殷远崖要死便死去，要他多管闲事！

就在她左右为难之时——

“你是何人？”

一道声音突兀地响起。

红妆抬眼望去。

夜色下，一个清瘦的身影立在门边，长发高高束起，眉眼是一派和煦温雅，负手站在那儿时，似谪仙一般。

他有一双极好看的眼睛，像盛了盈盈春水，温柔到能溢出来，唇边的笑也是如此，善意且包容，仿佛担心突然出声惊扰到了她。

风吹得烛火四晃，偶尔发出噼啪作响的声音，惊了红妆的心神。

她没来由一阵暗恼。

第二次轻敌了。

（三）三公子

男人在不远的距离站定，怕唐突了她，声音越发柔软：“你别怕，我是殷家请来的大夫，我并无恶意。”

红妆拿不准他的心思，只端着药碗，不说话。

她看似无措地捻弄着衣摆，手中却已悄悄握上了骑马钉。

她防备地看着男人走近，手里的药碗被他接过，在她讶异的挑眉中，只见他将药汁悉数倒在地上。

红妆皱眉，心头闪过杀意，眼中戾气大盛。

“你这是做什么？”

她将手背过，一手握住骑马钉，一手去摸袖中的钩月弯刀。

刀面和骑马钉上都淬了剧毒，倘若有发现不对，她会毫不犹豫将其斩杀。

“夫人不明白，这药汁内含了几味剧毒。此前殷二爷为人暗算，中毒极深，唯有以毒攻毒方能治愈。”

男人把药碗放到台上细细清洗，伸出的手白净纤细，没有多余的茧子。

他看着她：“我见夫人刚才想以身试药，这才唐突……”顿了顿，又道，“夫人对殷二爷一片真心，日月可鉴，但性命珍贵，莫要为他人舍了命去，试药一事，自有我这个大夫来做。”

红妆终于听出不对劲来，她有些诧异，问：“你为什么叫我‘夫人’？”

就算她再不知中原礼仪，也从书里看过，“夫人”一词只用于称呼已婚妇人，她一介孤女清清白白，怎么转眼就成了“夫人”？

男人低头看着她的装束，为方便夜行红妆穿的是简单的粗布麻衣，袖口扎紧，装扮简单，除了衣衫干净崭新些，和殷家别院里的下等奴役无二区别。

男人低声道：“听闻殷二爷收了一位来自异域的姑娘做通房……夫人莫要自轻，既已是二爷的人，在季某眼里，都是夫人。”

红妆反应了半天，才将前因后果串起。

原来风流成性的殷远崖正好收了异域女人做通房丫鬟，阴错阳差之下她才被错认，这大夫还以为她一片真心，趁月黑风高跑到药堂里为殷远崖试药。

她握着钩月的手指逐渐松开。

有意思，她不想杀他了。

不仅不想杀，还生了些许逗弄的心思。

师姐说过，中原男人最会说谎，这纯良的大夫让她突然很想试一试，看看他这副宽厚模样是否只是面具，皮囊下又藏着怎样的腌臜心思。

他若起歹心，她不介意让钩月再度见血。

红妆眼珠一转，伸出手拽紧了男人的手腕，她本就美得妖冶又张扬，此刻一双眼眨了眨，顿时泪凝于睫，直勾勾地看着人时，太楚楚可怜。

“夫人这是做什么？快些放开。”

男人吓了一跳，呼吸都乱了，喉头轻微吞咽，手指扣着她的腕子，想推开，又不太敢碰她。

红妆放开他的手，往下攥紧他的衣袖：“小公子救救我。”

红妆：“公子不知，我自小家中破败，本就因是女子不受疼宠，后

来家乡发了饥荒，爹娘都死在人吃人中，我好不容易逃离，却不幸沦落风尘……”

她低低啜泣着，泪水淌下脸颊，又半仰起脸庞，眸中尽是委屈：“我吃了那么多苦，便也认命了，怎料却被殷二爷强抢来。他见我貌美，玩弄了好些时日，可日子久了就厌弃了我，我方才试药也是不得已才出此下策，若不得宠爱，过得连猪狗都不如。”

她哭得伤心，抬手抚上他的侧脸，见他慌乱，极力掩饰住唇边的笑意，神情更加无辜。

“公子可知我委屈？”

她的面目娇媚，活生生像书里跑出的桃花妖，这样的女人会遭厌弃，当真是天下最不合常理的事。

可男人顾不得想这么多，她用词大胆，令人浮想联翩，视线之内，他的耳朵已然通红。

他小心翼翼地避开她的触碰，后退几大步：“你、你莫要哭了。”

“那公子可愿救我？”

男人的面上也染了薄红，灵巧的舌此时像中了药，僵得说不出话。

“你有什么委屈，尽可说与我听，有什么需要我帮你的，也尽管说来。”

红妆目光凄婉，眼泪不断：“我见公子是个好人，只求公子救我出这火坑，可好？”

男人抿唇，点头说：“若你当真孤苦，我自然救你。”

“真的？”

男人认真道：“家父自小便有教导，医者仁心，应当爱天地万物。心怀仁义，平等待人乃医家本分。”

“公子要怎么救我？”

“我乃医者，救了殷二爷的性命，我会求他以此交换，换夫……姑娘自由。”

红妆一笑：“挟恩图报可不是好汉所为。”

“若能换得姑娘不再伤心委屈，季某的名声算不得什么。”

她总算放开他，男人仓皇地收手，皮肤上的触感微麻，似乎那处也跟着耳朵一起红了。

“可我自幼便遭逢苦难，公子即便换了我自由，于我而言怕也徒劳。”

男人闻言，自以为有理。江湖纷乱，她一个女子无能力立足，再加上她这样的容貌，若真让她自由而行，恐怕只是从殷二爷处流落到殷三爷，殷四爷处罢了。

思及此，他沉声道：“姑娘若不介意，可以随我回季家。”

红妆：“哪个季家？”

“姑苏季氏。”

竟然是那个季氏。

她眼中泛出冷光，冤家路窄，果真如此。

季氏一脉人丁并不兴旺，如今的家主季承暄在上一辈排行第三也是最末，本不应由他继任，但无奈季氏长子早逝，次子疯傻，这才由他接掌了季家。

而据传闻，那人是个十成十的武痴，使的刀名唤“逐风”，刀法凶悍，速度极快，而他做人也同这刀一样，冷漠严厉，不近人情。

红妆忍不住又摸了摸袖中刀。

逐风，钩月。

风月双刀，江湖双绝。

呵。

季氏。

红妆努力抑住唇边冷笑，细细地回想，季家或许真是命中少子，到这一代更是凋零得厉害，只活下来两个。

据说季承暄和殷萋萋本育有两子，可惜在娘胎里没有养好，一出生就生了大病，一早夭，一残废，终生离不得轮椅。

而活着的另一个，是那位早逝的长子留下的幼子，相传在季家“五扇门”中掌管司药理的第三门，待人亲善，极为端庄雅正，有“小医仙”的美名。

思及此，红妆故意道：“公子竟是季氏的人？”

男人微微点头，垂眼看她，正经地行了一礼，伴着低沉的声音——

“在下姑苏，季寒初。”

（四）女罗刹

真是他，季家早逝长子唯一的儿子。

红妆闻言不觉得有什么，摇光从来教她要恩怨分明，他与那事无关，便算不得仇人。

她娇滴滴地笑：“季三公子要收我这么个通房丫鬟进季家，不怕季家人反对？”

季寒初道：“你同我回季氏第三门，那儿由我掌管，我能护你周全。”

他字字句句都是诚恳，为她这个仅有一面之缘的“可怜人”铺好所有后路，红妆信了外头传出的他的好名声，这人确实温厚儒雅，不是假装。

君子端方，温润如玉，装不出来。

她滴溜转眼，装出一副喜极而泣的模样：“季三公子大恩大德，奴家定然铭记于心。”

流了半截的泪又滚滚而落：“只是我不过低贱通房，断不知该如何报答，公子若不嫌弃，我愿长久侍奉公子左右，不求名分。”

季寒初却是皱眉，首次拂开她欲伸出的手，缓慢且坚定地后退。

他说：“我早说过，姑娘不应自轻自贱。我救你，并不图你回报。”

“公子……”

“但是，”季寒初顿了顿，道，“但是你别骗我。”

红妆一惊，慌乱乍起，好在她自认伪装得好，很快稳住心绪，正经道：“我从不骗人。”

季寒初笑了：“我信你。”

其实，季寒初有过猜疑。

她身上有若有似无的药香，像是长年与药物打交道，行走间轻盈过度，不时踮起脚，江湖之人大多是这种走姿，是练习轻功所致……

可她眼睫上还挂着泪珠，眨眼间扑簌落泪，双目通红，仿若心头万千苦楚无法言说。

望着他的眼神，分明满是期待。

季寒初沉息，把心头杂念全数抹去。

女子下盘本就轻些，她为殷二爷试药，来往于药堂，有药味也不足为奇。

他唤她一声：“姑娘。”

红妆乖巧地应答。

他问：“你叫什么名字？”

总要问了名字，才好向殷二爷要人。

红妆笑起来，眼睛像极了狡黠的小狐狸，眼波流转，妖气四溢，神容有一股子野劲儿，眼里却依然清澈又无辜。

季寒初看得一时失神，他慌乱地低下头，心跳如鼓。

他从未有过这样的感觉，只觉得胸腔起伏极大，剧烈的情绪来势汹汹，他应对不及，只能放纵隐秘的欢喜和庆幸在心头萦绕。

季氏小医仙救人无数，却第一次庆幸殷家求他出面帮忙解毒时，他没有拒绝。

不然，不然……

他红着脸，不敢去想到底为何，只在心里对自己说——不然这可怜的姑娘怕是要一辈子都困在殷家了。

还好她遇上了他。

他想些什么，红妆自然不清楚，她也不想清楚，玩够了，便收心，于是她冲他笑得越发娇媚。

她道：“红妆。”

她又笑说：“奴家名唤红妆，公子，我等你来救我。”

从药堂出来，别过殷家来送的仆从，季寒初步伐轻快，自正门而出，上了停在门边的一辆马车。

打开门，门里的人正昏昏欲睡，听到响动一激灵，睁开眼，见到是他，紧绷的背脊放松下来，打了个长长的哈欠，问道："殷二爷没事了？"

季寒初："无妨。"

这人眯着眼，轻声道："那就好，你也累了这些天，早些回去歇着吧。"

季寒初点点头。

马车疾行起来，越过板石路面，其实不只是季寒初，整个季家为了殷二爷这事儿都有些伤神，忙了好一阵子，眼下见事情得以解决，个个都只想回去好好放松放松，将提着的气喘上一喘。

一片寂静里，只听得马蹄嘚嘚，车轮碾过路面，车厢阵阵微动。

"离忧。"

将将又要睡去的人再一激灵，仰起一张圆润的脸，满眼迷茫，问他："干什么？"

红色身影在脑海里不断重现，季寒初克制着心头微澜，问："你可知殷二爷为人？"

"这还用我说？"被唤作"离忧"的人挠挠头，"武林中人谁人不知谁人不晓，这就不是个什么好东西。"

"他待自己的身边人如何？"

"都说了不是什么好东西，对谁都一样的狗德行。"

季寒初垂下眼，两手在袖口搓了搓。卑劣，世人皆知殷二爷卑劣，可他比殷二爷还卑劣，小人是真小人，他却要做个挟恩以报的伪君子。

可若真能救她，伪君子便伪君子吧。

"倘若我说，我要以救命之恩换他身边一人，你说他可会答应？"

"换人？你要换个什么……"

说到这儿，离忧停住了，望着季寒初不自在的眉眼，他愣了愣，心头浮现出一个隐约的猜忌。

不能吧？

不能吧！

他吞了吞唾沫，喉头一紧："季三，你不会看上殷二爷的女人了吧？"

"你睡糊涂了。"

"不否认就是默认。"

季寒初浑身都紧绷了。良久，他的眉眼松弛下来，一寸一寸染上坚定，将搓乱的袖子放开，说："尚且一面，不至于此。"

离忧道："不至于此？不至于此你要拿救命之恩去威胁人家要人？不是我说，宗主对殷二爷可从来没有好脸，这事儿让他知道了，他肯定不会高兴。还有殷大小姐，她待你如何，明眼人都看得出来是怎么回事。”

“离忧。”季寒初打断他，神色认真，“你应当知我。”

知他，离忧当然知他。就因为知他，才觉得更不可思议。

离忧看着季寒初，不可思议地说：“季三，我觉得你不像是这种人。”

一见钟情，这四个字看着与眼前这位清风明月般的季三公子根本不搭，可它竟然真真切切地发生了。

季寒初淡淡地笑了，应了一声：“我原本也以为我不是。”

离忧摇摇头：“罢了罢了，我可是你义兄，既然你喜欢，我还能拦着你不成？你告诉我那姑娘叫什么名字，长得什么模样，我叫人去帮你打听打听，最好别折了季殷两家的面子，能把人直接给你带来最好。”

季寒初轻轻咳了一声，很快又摆出正经脸色，但对着离忧的眼，他忍不住又笑出了声。

他轻声说：“她叫红妆，长得很……”

这副欲言又止，欲语还休的模样，离忧还有什么不明白。

他白了季寒初一眼：“有这么漂亮吗？”

季寒初含笑，含蓄地点点头。

“嘁。”

这厢，季寒初记挂着药堂之事，心有牵挂，思绪万千，那厢的红妆却过得很是快活。

那晚的事情在她的眼里不过趣事一桩，很快就被抛之脑后。

她奉师命前来中原复仇，目标只在殷家，虽知季、殷两家是亲家，但报仇便是报仇，只对人，不对事。

可当她将定骨鞭缠住那哀号的殷氏门生，钩月将划破门生心脉之际，她还是恍惚想到了他。

季寒初，姑苏季氏的三公子。

这一恍惚，便给了将死之人机会。

那是个三四十岁的门生，心知自己恐怕难逃一死，几近疯魔地垂死挣扎着，他撑着口气，嘶哑道：“你可知我是谁，你敢杀我，你信不信将来你死无全尸……”

利器的锋芒一闪而过，映照出面前女人美艳的容颜，只是那双眼杀气太重，不像美人，像无常。

在那忽闪的刹那后，门生扭头，看到了地上落下的残肢。

那是完整的一只手，是他的手。

“啊——”

凄厉的喊声堆在喉头，用尽全力也只发出微响，声音更如砾石磨过，破败不成样。

门生的神情由惊惧变作惊恐，偏偏连那微响也几近湮灭。

他早就被毒哑了嗓子，分量算得刚好，还能说话，却无法大喊求救。

不过很快，他也不必说话了。

红妆欣赏着他绝望的神情，笑靥明艳，抽出钩月，刀尖往下滴血，她用指尖沾了一滴，状似无意地往前一掷，血滴子破空而来，打在门生右眼上，疼得他不断抽搐。

她笑了笑，懒洋洋地说："我不信。"

门生近乎崩溃："你、你究竟是谁——"

"嘘。"红妆笑吟吟的，笑容既野又邪，她将手指抵在门生唇边，柔声道，"安静些，你吵得我头疼。"

她甩了甩定骨鞭，抚摸着上头的倒刺，笑意更深："你该庆幸的，我前几日遇到了一个好玩的人，心情实在太好，所以不打算对你下狠手。"

定骨鞭擦过门生的鼻尖，女罗刹居高临下地看着他，像看一条肮脏的狗。

"这鞭子名叫'定骨'，是天璇师伯的玩具之一。你知道吗，其实他才是真正的疯子。"红妆笑嘻嘻地道，"他明明自己筋骨有疾，却偏认为是世人骨相不正，最大的乐趣就是用各种玩具替人'正骨'。你那个同伴招人讨厌得很，我本想好好和他玩一玩，谁知道才抽了他几下，他就死了。那血腥味太浓了，恶心得我好几天都不想杀人，正好才让你多活了些时日，等下了阿鼻地狱，你记得一定要好好感谢他。"

门生咬牙，神情愤怒，疯了般狠狠地用头撞击地板，企图发出声响。

红妆一脚踹过去，踢得他口吐鲜血，动弹不得。

她踩上地上的断手："我问你，你当初活埋了那孩子时，用的可是这只手？"

门生面色惨白，满心恐惧，抖声问："哪、哪个孩子？"

红妆眼神冷冽，沉声道："看来不是这只手了。"

"噗——"

钩月深深刺进另一只手臂，鲜血喷涌而出。

"啊！"

红妆冷声道："想起来了没有？"

门生对上她的眼睛，刹那间忽然记忆翻涌，他想起一桩十多年前的旧事，还有那被他们拖到雪山上的女人和孩子，襁褓里的孩子根本没有足月，生得玉雪可爱，那女人虚弱得不行，但还是强撑着磕头，一直求他们，求他们放过孩子……

可他们没答应，那个孩子被他们活埋了。

门生："你是，你是谁？你是红袖的什么人？"

红妆用力地掐住他的脖颈，用力到他喘不上气。她双目微红，阴恻恻道："红、妆。记住，要索命尽管来找我。"

许是知道此番必死无疑，门生干脆豁了去，厉声大骂："妖女！我就是做鬼也不会放过你！那孩子是我埋的又如何，还不止我一个！我告诉你我们不仅埋了那孩子，我们还强了那贱人，她哭得可比孩子惨多了！谁要她自己不知检点上赶着倒贴季承暄，空闺必定寂寞得很，有我那是她的福……"

骂声戛然而止。

鲜血在红妆脚下蔓延开来，流淌过她的裙边，雪白的衣裳也被泼洒上大片的红，像大朵大朵的海棠花盛开了。

门生已断了气息，好似块砧板上的鱼肉，死不瞑目。

看着那张青白透出死气的脸，她冷冷地说："急什么，殷家的人，我一个一个都不会放过。"

说完，她一把提起门生尸体狠狠摔到地上，留下刺目的血痕。

"你且在地狱里等着吧。"

（五）问罪去

红妆从殷氏别院出来，一路疾奔至河边。

血气太过，她不怕招来人复仇，只觉得穿身上实在不美观，也不舒服。

她懒得回客栈找水，更不想多事，于是在河畔周围撒了迷药，爽快地入河沐浴。

洗去了一身血腥，也洗净了染血的外衣。

红妆哼着小曲儿，把衣衫放在河边大石上敞开，等着风干。

风吹拂，树叶沙沙作响。

红妆回首，眉目含着淡淡的笑："季三公子既然来了，何不大大方方地看。"

身后传来响动，不一会儿，身着青衫的人影便来到她面前。

那人不敢看河里的她，于是半侧过身子，别开了眼睛，只是那周身气质再不如那时温和，背在身后的双手也时时紧绷，望着远处的眼里没了笑意，眉头蹙得紧。

红妆未着寸缕，河水堪堪过了胸口处，她浑不在意，笑着游到河边。

"三公子别害羞啊。"她笑弯了眼。

季寒初抚上身侧的物件，那是一把极为精巧的扇子，黑色，玉骨，瞧着同他这人一般温润无害。

红妆咯咯直笑："带了武器？教我看看……原是'星坠'啊，三公子这是打算不死不休了？”

季寒初一动不动，静静看着远处，低哑道：“你说你从不骗人。”

“我骗你什么了？”

季寒初低眉沉默一会儿，道：“红妆。”

红妆掬着水玩：“没骗你，这确实是师父给我取的名字。”

“因是女子不受疼宠，家人死于饥荒，后又流离失所。”

“这也是真的。”

当年战乱，百废待兴，她的家乡偏又遭逢百年一遇的饥荒，父母皆死于流离途中。若不是师姐红袖碰巧路过救了她，她只怕早就成了他人的腹中食。

季寒初心头有火隐隐烧着，恼她骗人，这张嘴说出的话不知道几分是真几分是假。

“那被殷二爷强抢，无奈做了他的通房丫鬟呢？”

红妆无辜：“那是你说的，又不是我说的。”

“……”

季寒初垂眸，清冷月光在他眼睫处洒下小片阴影，他的声音渐渐沉下去：“近一月来，殷氏门生、旁系子弟惨死数人，都是你做的？”

“是又如何？”

季寒初死死握紧星坠，闷声道：“为什么要杀人？”

红妆却不回答，只讥笑道：“别说他们，便是连你，我也杀得。”她挂上一个满不在乎的笑，“你想替他们报仇，来就是了。我人都在这儿了，要杀要剐，悉听尊便。”

末了，她不忘调戏：“只要你敢过来。”

季寒初无声地抽出星坠，终于转身，静静地看着河里的红妆，目光像沉谧的湖水，似乎有话要说，但什么也没说。

黑色玉骨扇在夜色下几乎看不见。

玉最温润，配君子最好。

但红妆想象不出他杀人的样子，即便知道星坠是把见血封喉的武器，也只觉得儒雅。

这把扇子在他手里就该是展示风雅的，他这样的人，不该被血腥污了双手。

季寒初凝望她片刻，道：“我不杀你。”

“哟，舍不得呀？”红妆笑着说。

季寒初：“跟我回去。”

“去做什么？”

季寒初短促地答：“问罪。”

红妆“哦”地拖长音，一副恍然大悟的模样。她笑得坦荡，仿佛放下心来：“原来不是来杀我的，看把我吓得泡了这么久，你要早说，我哪里需要遭这份罪。不就是问罪嘛，我跟你去就是了。”

说完，只听水声“哗啦”，她兀自从河中站起，轻轻一跃，轻巧地落在方才晒衣的大石上。

她身上仅着一件单薄内衫，玲珑别致的曲线暴露无遗，月光镀在覆满水珠的衣衫上，滴滴往下滑，滑过凸起的锁骨，滑过纤瘦的腰肢，还有踩在石头上的一双精巧的小脚。

她身后的长发也湿了大半，湿哒哒地贴在肌肤上，几缕发丝亲密地贴在脖颈上，眼瞳乌黑湿漉，满是调笑地看着他。

美人出浴，风情入骨。

“小古板，不是要抓我问罪吗，怎么还不过来？”

第三章 撞南墙

不知道你这慈悲
愿不愿意度一度我

（一）舍不得

季寒初柔和的眉目就此清冷下来，脸上青红相错，黑亮的眼睛紧紧盯着红妆的眼，像是再往下移半分就能要了他的命似的。

瞧瞧，瞧瞧这副君子的模样，该不会她站着不动，他就能真盯她一晚上吧。

红妆狡黠地笑，往他身前靠近了些，直到近得不能再近才施施然停下。

她看着季寒初握星坠的手，用力到指节都泛白，却始终没有动上一分。

这表情，看起来都快吐血了。

“季三。”红妆往他怀里靠，牵着他束腰的衣带，在葱白的指尖绕转，抬起一张脸，漂亮又勾魂。

“我真是喜欢死你这副道貌岸然的样子了，面上正经，其实心里恨不能以天为被以地为床，同我快活一番，是不是？”

季寒初沉默片刻：“不是。”

红妆弯唇，吐气如兰：“那你倒是动手啊。”

她只穿了件内衫，身上没有暗器也没有武器，季寒初要能舍下脸皮，指不定真能擒了她。

这么好的动手时机，不抓住的话，她都替他惋惜。

半晌。

“真不动手啊？”红妆挑眉，在他怀里像蛇一样地扭，“你再不出手，我真要以为你舍不得我了。”

季寒初背手，手臂收紧，感觉脑中神经突突地疼，浑身火烧火燎似的，下腹热气直蹿，几欲焚身。

红妆越发装模作样：“哎呀，我都被你看到这副模样，以后还怎么嫁人？对了，依中原礼俗，你看过我的脚，我是不是已经算你季三公子的女人了？”

季寒初看她根本是玩上了瘾，干脆闭口不答，用尽全力克制着体内汹涌的情欲。

红妆可怜兮兮地说：“我都是你的女人了，你还要抓我回去问罪，你于心何忍？”

这下，季寒初浑身都绷紧了。

她说得没错，她已经算是他的人了。

刚才她从水中跃起，即便他将眼神挪得再快，但那一眼便已将风光一览无余，尤其是一双未着鞋袜的脚，更何况她现在贴他这样近，他甚至害怕自己会忍不住，忍不住去……

季寒初屏息，郑重承诺道：“我会负责。”

“哦？说来听听，怎么负责？”

季寒初：“娶你进门，然后所有惩戒同你一并受过。”

红妆挑眉：“我杀的人可不少，绝不是惩戒就能完了。江湖规矩——血债血偿，我难逃一死。”

季寒初却不把她的话当一回事，重复道：“我说了，所有惩戒一并受过。”

所有，包括死亡。

红妆嗤笑：“季家和殷家有亲，你又是季氏三公子，他们才不会要你的命，死的还不是我？等我回去领了死罪，你自可以逍遥快活，反正我又不知道。”

“我不会。”季寒初立刻回答，“无论结果如何，我定终身不再娶，一生都供着你的牌位。”

父亲尚在人世的时候便与他说过家训，“净心明礼，克己自律”，这八个字一直被他铭记于心，从不敢忘。

即便她臭名远扬，杀人如麻，他也会供着她。

供着她这位唯一的季三夫人。

“真的？”红妆踮起脚，伸手捏住了他的耳垂，一双眼眸亮晶晶的全是跳跃的火焰。

季寒初：“我从不骗人。”

说完，他身子一顿，这话透着一种熟悉的感觉，熟悉到诡异。

红妆好笑地看着他，学他道：“我信你。”

月色之下，明艳的少女笑靥如花。

季寒初混混沌沌的脑袋被这笑一晃，清明了片刻，又迷糊了起来。

不，不对！有哪里不对劲！

季寒初呼吸一滞，后知后觉地反应了过来。

他伸手从怀中掏出一个小巧的药囊放到鼻下，清幽的味道从鼻腔传入，勉强稳住迷乱的心神。

红妆不知何时已悄然退开，退到大石处披上了自己的外衫，遮住被夜风吹得微凉的身体。

她晃着手里的定骨鞭，遥遥说道："现在才发现被下了药，季三公子是不是太不够警惕了？"

季寒初克制着，又羞又怒，感受那股情潮越发澎湃，激得他指尖颤抖。

"你、你——"他咬牙，只恨自己掉以轻心。

他从小被父亲在药里养着，养成了百毒不侵的体质，方才河畔周围被红妆撒满迷药，却对他根本不起作用，他太过自信，这才着了道。

可他怒，却不仅仅为这个怒。

她又骗他，又骗了他。

他就那么好骗吗?

红妆优哉游哉地踱步过来，见他一张俊脸涨得通红，艰难地克制着情意，额头汗水满布，流淌过脸颊，滴进衣领处。

她欢快地吹了声口哨，伸出一根手指头，一戳，把忍得辛苦的季寒初直接给戳得跌到地上，紧跟着自己就跨了上去，稳稳地坐在身下人的腰腹上。

季寒初无法控制心跳，难得发了狠："你这姑娘，不知羞耻——"

小妖女吹着口哨，俯下身子鼻尖对着鼻尖，温热的气息环绕在他唇边，只差一点点他们就能吻上……

然后，他唇上就传来了软软的触感，女人陌生且清甜的味道侵入鼻端，混着清凉的水汽，他不由自主地微微喘息着。

一吻毕，她的脸上也泛起红，眼里尽是取乐成功的恶劣笑意。

季寒初怔怔地看着身上的人，此时此刻她正伸手摸着他的脸颊，一边摸，一边仰面望月，感慨着："牡丹花下死，做鬼也风流。"

季寒初道："你……"

红妆又吻他："我不知羞耻是吧？"

她拍拍他的胸膛，道："不知羞耻的怎么是我呢？这味媚药可不是我做的，分明是你那好叔母殷萋萋求来的。药性厉害得很，就是再深的武艺、再百毒不侵的体质也无可奈何，我只不过是让你也感受一下罢了。"

殷萋萋虽是叔母，但季寒初母亲去得早，二叔未曾婚娶，她便是唯一的主母。

季寒初与她并不算亲近，但印象中这位叔母是很和善的人，对任何人都温声细语，对三叔尤其包容，怎么都不像是会做出这种荒唐事的人。

是以，他并不太相信红妆说的话。

红妆见他一脸不信，嗤道：“你叔母当初就是给你三叔下了这药，才怀上了你那两个堂哥，你不信算了。”

话语间，她动作不停，小手顺着脸颊下滑，在他凸起的锁骨上流连，摸了两把。

哇，细皮嫩肉的。

她在南疆见到的男人不是那六个师伯就是摇光的仆从小哑巴，师伯她不敢摸，小哑巴一看就糙，她懒得摸，这还是她第一次摸到男人。

一只手扣住她的手腕，她抬眼，对上一双墨玉般的瞳孔。

季寒初神色认真又痛苦：“不要杀人了，好不好？”

都被情欲噬咬成这样了，居然还有闲心管这事。

红妆觉得好笑，便真的只是笑笑，没说好，也没说不好。

她还想继续摸，突然，腕子冷不防被他一把攥紧，整个人被用力往后掀去，幸好她反应及时，足尖一点，一个旋身便落到河边。

待站稳，她回头一看，却见衣裳凌乱的男人跃起，飞快地掠过她，“扑通”一声后整个人都浸到了河中。

因着水流平稳，这声过后河面很快静了下来，连半个泡泡都没有。

哦？

红妆摇摇头，折了根草把玩，淡然地站在河边等着。

等了半晌，等到她怀疑季寒初是不是已经被淹死在河中时，水面“哗啦”破开，他冒出了半截身子来。

季寒初红了脸，大口大口呼吸，长发紧紧贴脸，浑身湿透，瞧着要多狼狈有多狼狈。

红妆丢了草，说：“这药很猛，你就是把自己浸死在水里也是没用的。”

季寒初闻言，回头深深看了她一眼，没有什么表情，低头一个猛扎，又再次埋入水中。

“唉，真是小古板。”红妆嘀咕道。

片刻后，季寒初憋不住气，从水中冒头。

红妆看准时机，掂了掂刚才翻出的物件，手指一弹，凌空向他掷去。

她还配了声：“咻——”

季寒初抬手接住，凝目细看，她投来的是一颗小小的黑褐色药丸。

他转头看向岸边，少女正坐在过膝高的石头上，悠闲地踢水。

那双脚很小，也很白，往上看去，那半浸入河中的小腿同样细白软嫩。

季寒初仓促地转头，沉默不语。

红妆却会错意，嫣然一笑，道：“吃吧，真是解药。虽然你对我很舍得，一心要拿我问罪，但我却暂时舍不得你死。”

她提起衣摆，翩然落到草地之上，身形一闪，又远了约莫丈余，风里传来她的声音，和着内力，似乎近在咫尺。

“小古板，你真好，但我还不想死。

“那些人我是非杀不可的，所以我不能跟你回去。

“……我也不能做你的夫人了。”

（二）赎她罪

红妆仰着脑袋，看着天上那轮月亮。

月亮变啊变，变成了季寒初的脸，她恍惚看着，生生把自己看出了一丝哀怨的味道。

“妖女！”耳旁突然炸开一声怒喝。

这声音极大，响彻整个僻静的渔眠小筑，所幸此处是殷家最旁系的子弟的院落，来往人少，除却几只飞鸟并未惊扰到他人。

红妆捻了小石子，对准那几只鸟儿，不见她如何弹指，那在夜幕下飞快穿梭的鸟扑腾了几下翅膀，便无声无息地掉落地上。

见状，横剑在前的门生警惕地往后再退了几步。

“行了，”红妆走到门生的身前，手腕翻转，无聊地转着钩月，“别废话了，你想好了没？”

门生双目赤红，横剑在前，胸腔里发出野兽般的嘶吼。

“我今日和你拼了！”

“啧。”红妆皱眉，“我最近是不是太心慈手软了，个个都给我蹬鼻子上脸！我最后问你一遍，你想要怎么死？趁现在赶紧选，等会儿我可就没那么好说话了。”

“你找死！”门生被彻底激怒了。

他甩剑而出，带着雷霆之势向红妆袭来。

这一剑用了全力，他的脖颈上筋脉暴突，眼内充血，手臂上的力道似有千斤之重。

剑风疾刺而来，红妆却不躲不避，反而勾唇冲他幽幽一笑，门生甚至都没见到她用那把一直被她放在手里把玩的弯刀，她只是懒懒地一抬手，两指便轻而易举地夹住了他的剑身，再一抖，长剑竟破出裂痕，然后在门生不敢置信的眼神里，那裂痕很快就布满周身，寸寸断裂。

噼里啪啦，长剑掉在地上成了一堆废铁。

“原来你想选一剑封喉。”她捻转着钩月，“可惜我剑术不太好，恐怕一剑还封不了你的喉，不如还是换一个死法吧。”

门生跌坐在地，惊恐地后退，退到无可退时，面前的红衣姑娘微微躬身，与他迎面相对。

红衣红裙遮住了身后大半的月，背逆光影，裙角飞扬，一笑令人寒心冻肺。

“我给过你选择的，是你自己不珍惜。”

鼻尖闻到了一丝清淡的芳香，门生犹疑了一刹，而后体内翻涌出千百倍的刺痒，如同万蚁行过，奇痒无比，让他几欲挠穿一层皮肉。

“啊——啊——”

门生痛声厉喊。

红妆得意地笑了起来，笑声清脆，回荡在渔眠小筑。

她快活地看着门生的惨状，好心道：“这毒叫‘无为’，中毒者会感到全身瘙痒难耐，恨不能扒下皮肉，而且血腥味越浓，便会越痒，直到自己将自己挠得血肉模糊，断了气才好。”

门生哪里还听得，他全身皮肉包括脸部都已被自己挠出血花，眼神怨毒无比，恨不能杀了这妖女饮血。

红妆翩步后退，转腕收刀，正要施展轻功离去时，突然听见耳边“叮”的一响，似有硬物两相撞击。

侧眼看去，掉落在门生手边的正是一把黑玉做的骨扇。

门生已看不出原本面目，此时他正颤颤巍巍地打算去捡地上长剑的残片，企图一了百了。

红妆见到那扇子，也懒得管门生了，她昂起头，往星坠来的方向愉快地喊：“季寒初！”

“红妆。”季寒初从隐秘处走来，转瞬来到门生身旁，“我同你说过，不要杀人。”

红妆跺脚，恼恨道：“这太不巧了，怎么每次杀人都被你撞上了。”

季寒初蹲下身，捡起星坠，迅速封了门生的几处大穴，然后拿出随身带的小药囊，从中倒出三棵药草，揉碎了给门生咽下。

门生的呜咽声渐渐小去，呼吸平稳起来。

红妆惊奇道：“哎呀，你竟然又解了？”

她哒哒跑过去，在门生的另一侧蹲下来，两手撑着小巧的脸蛋，一派天真无邪。

季寒初已经开始施针，她却还这样看着。

他下针的手迟疑了一下，沉声问：“看什么？”

红妆：“看你解毒啊，总要看了才知道这毒怎么解，下回才不会再给你留机会。”

“……”

红妆笑嘻嘻地说：“小古板，这一局算我输了。不过我很好奇，你该不会打算天天跟在我后面，我杀人，你就救人，如此循环吧？”

季寒初沉默半晌。

红妆的影子在幽冷的月光里也变得有些沉默。

季寒初下针很快，眉宇间一股雅正，眼神坚定，是那个受世人敬仰的季家小医仙。

红妆弯起嘴角，可笑意不达眼底。她轻声说："季三，你可别告诉我你是在为我赎罪。"

季寒初收起药囊的双手陡然顿住。

红妆站起身，低头静静望着他："季寒初，我是不会收手的，你也是，莫再徒劳。我说过，这些人我非杀不可。"

季寒初说："为何非要杀了他们？"

红妆冷冷道："是他们非死不可。"

"为何非死不可？"

红妆不答了。

她讥讽地笑，背过手掌，指头轻轻勾了两下，一条小小的黑虫便从她腕上的佛祖手串里悄然爬出，速度很快，落到了地上，悄无声息地向门生靠过去。

红妆眼见它从门生染血的袖口爬进去才放下了手，道："季家小子，你何苦非要同我作对。"

季寒初看着她，重复问："为何非死不可？"

红妆摊手："江湖规矩，血债血偿。"

"你与殷氏有仇？"

红妆侧头，道："血海深仇。"

行走江湖，正邪两道都讲一个规矩，以牙还牙，血债血偿。

各路豪杰、各路邪魔都得守这规矩，倘若哪路人真做了违背道义之事，被寻仇也算活该，旁人大多袖手旁观，不会主动插手。

否则管了闲事，还得叫别人连累了名声。

季寒初脸色微变，声音不自觉软了下去，问："以前发生了什么事？"

以前，那是多久以前？

久到记忆的最开始，是悲惨的人吃人，是草木无根，是生食人骨。

久到她被女人拥在怀中柔声安慰，以为自己见到了活佛观音。

师姐就是她的观世音。

红袖会同她说起，当年从饥荒里将她救回来时，她正抱着一截秃了的树根啃，身旁是爹娘的尸体，已死去多日，渐渐发臭。

红袖将她抱回了七星谷，求摇光收养了她，自此她改名叫"红妆"，成了"北斗星"摇光门下的小弟子。

摇光教导她恩是恩，怨是怨，恩怨得分明，做人要对得起天地。

红袖教她好好活，懂知足，明分寸，随心而行，自在如风，最是快乐。

红妆半趴在小床上，可怜兮兮地摸着自己的屁股，那儿刚刚被大虫子咬了一口，现在还红肿着。

她龇牙咧嘴地说："我最大的乐就是天枢师伯以后都别再来了。"

红袖揉她小脑袋瓜："这话可不能让师伯听见，小心他下次还放虫子咬你。"

"呜……"

师姐真温柔，要是摸着她的手不那么冰就好了。

每次都把她冻得一颤，可她不好意思说。

直到很久很久以后，红妆才知道，原来师姐其实是个"死人"，早在那年的雪山上，就同那孩子一起死了。

她是一个"活着"的死人，一个靠当年她最惧怕的虫子养着的女傀儡。

死人，怎么配拥有温度。

也是那时，红妆与殷家的仇，才开始彻彻底底结下。

天枢最热衷制蛊，尤其擅长的是为世人深恶痛绝的"活死人蛊"，只要将蛊虫种在体内，便会成为失去意识的傀儡，然后听命于他，成为他手上最厉害的一把武器。

而近年来，天枢又重制了蛊虫，种在已死之人的体内，能使其保留意识，将之"复活于世"，寿命与常人无二，只是这副躯壳，也同死人无二。

师姐，便是活死人蛊第一个成功的试验品。

"种不了，没有用！"天枢皱眉道，"那孩子还不足月，我去挖的时候都冻成冰块了，根本承受不住蛊虫。况且就是种了，她也再不能长大，一辈子都是这副婴儿模样，意义何在？"

摇光恨道："你就不能再想想办法？"

"想不了，能试的都试了，放弃吧。"

摇光："我体内的双生蛊你没办法，活死人蛊你也用不了，要你何用！"

摇光年少时受了极重的内伤，险些丢了性命，天枢便铤而走险给她种下了双生蛊。

雌虫活在体内，雄虫养在冰河之下，一切都与常人无异，只是雌雄两虫不得分离太远，雄虫又离不开冰河，于是摇光只能永远被困在七星谷中。

红袖听见他们争吵，怔了会儿神，讷讷道："师父，师伯尽力了，无妨。"

天枢闻言看过去，他倚在窗边，轻轻眯着眼睛，手里还蠕动着一只小小的虫子。

他低笑，那笑容却讽刺。他轻声说："红袖，有一个问题你师父一直想问，但她不忍心，正好我替她问了。"

他拂袖，走上前，对她说道：“我记得你去中原一趟，没多久便同你师父说你不要做‘摇光’了，因为‘摇光’世代不可婚娶，不可生有子嗣……如今你武功尽废，底子毁去大半，更是修了死人之身，倒是真的再也做不了‘摇光’了。红袖，我问你，你走到如今这般境地，可算得偿所愿了？”

红袖垂在身侧的手逐渐握紧，嘴唇逐渐发白，身子跟着颤抖起来，她捂住眼睛，双目通红，可流不下一滴泪。

死人是不会流泪的。

摇光责怪地看了天枢一眼，然后再上前，轻轻抱住了红袖，让她靠在自己的肩头，像个母亲一样轻抚她的脊背。

“没事了，乖，没事了……”

红袖的唇哆嗦个不停，她死死地攥紧了摇光的袖子，声音沙哑，撕裂泣血。

“他同我说，他真心待我，要带我回季家……他说他会退了与殷二小姐的婚约，让他大哥做我们的主婚人，我心头欢喜……他爱刀，我就把逐风给了他，想着以后……以后……”

摇光不忍，侧过头去，哄她道：“乖孩子，不是你的错。”

天枢抱手，淡淡道：“有情皆孽，无人不冤。”[①]

红袖呜咽着，指尖陷入肉中，明明半点没有疼，但那痛苦好比心头生生被剜去块肉，比肉体的疼痛更苦上百倍。

“师父，我恨毒了他们。”

（三）殷青湮

但这些事，红妆是不会告诉季寒初的。

夜中的明月流出碎金的光彩，红妆仰头，轻声说：“我要走了。”

季寒初沉默良久，方开口道：“跟我回去。”

红妆笑起来，道：“你居然还没死心，我说过，我不会和……”

“不是抓你回去问罪。”季寒初蓦地打断她。

“那是去干什么？”

季寒初郑重道：“去殷家，把话说清。”

“然后呢？”

月色下，季寒初的眼神有种别样的认真：“有仇报仇，有怨报怨。”

红妆怔了一怔，但很快，她便又笑起来。

“不。”红妆又说了一遍，“我不去。”

季寒初好久没有说话。

---

①“有情皆孽，无人不冤。”出自《陈世骧致金庸先生书》。

她不知道他听到她的拒绝会是什么感受，小医仙这样的人嘴里能说出“有仇报仇，有怨报怨”这种话已经着实让她意外。

他信了她真与殷家有血海深仇，可她还是不能跟他走。

她不要公道，她只要血偿。

天边明月高悬，季寒初站在门前的水榭旁，手里的星坠覆上一层玉质特有的流光，另一只手里还握着药囊，他捏着星坠的手很紧，紧到红妆以为他马上就要动手，可他却只是下颌微动，说：“跟我回去。”

红妆无奈：“季三，你听不懂人话是不是？”

季寒初嘴唇动了动。

红妆懒得再同他周旋，简直纠缠得她心烦，尤其那句“跟我回去”，听得她耳朵都长茧了。

她甩出定骨鞭，长鞭疾甩出凌厉的风，扑面而来全是肃杀之气。

红妆冷冷地说：“那便各凭本事吧，你要真能擒了我回去，算你厉害。”

寒鸦啼，乌云蔽月，安静的亭台水榭之上狂风骤起，月光隐到云后，半明半暗间只能看见红衣姑娘漠然的面庞，和那双狐狸般的媚眼，混着骇人的狠厉。

风吹起季寒初衣袍一角，从未有机会在红妆眼前打开的星坠终于使出了武器该有的威力。

战况一触即发。

星坠的扇面也是黑的，玉骨从扇面之下猛地拔出，露出数枚尖利的长刺，扇面边缘更是闪着锋利的冷光，比起钩月有过之无不及。

面上是玉骨扇，实际是袖中刀。

红妆甩起长鞭，狠狠地冲季寒初袭去，直取心口。

电光石火间，季寒初翻扇格挡，不料长鞭力道奇大无比，震在虎口处，让他半条手臂都发麻了。

季寒初退后了些，还未喘平气息，下一鞭又带着千钧之力朝他袭来。

门生已断了气，可谁都没注意到。

季寒初的呼吸越来越急，心腔也越发疾跳，他用尽全力控制着星坠，险险地避开一招，扇面在手里打了个旋儿，缠紧了迎面来的长鞭。

他没说话，只是攥紧了鞭子，可红妆却实打实地感受到了那端传来的内力威慑，让她背脊有些战栗。

“季三，你比我想的厉害。”她眼里闪着兴奋的光，是棋逢对手的喜悦。

她道：“但你怎么不还手？都说过了，我们各凭本事。”

季寒初头微垂，松开手中的长鞭往她一抛，沙哑的声音轻得不能再轻，却清晰地传入红妆耳中。

“能让我不想还手，也算你的本事。”

红妆眯起眼，一动不动地凝视他。

他偏过头，并不看她，侧过的脸颊融在夜间清冷的余晖里，有千言万语都被风吹散了。

乌云散去，月光重回天地。

红妆："季寒初，你该不会……"

她没说完，季寒初忽然猛转过头，将手指放到唇边，示意她安静。

他低声说："有人来了。"

红妆侧耳去听，果真有人在悄悄接近，都怪刚才他们打得太投入，她竟没听到脚步声。

步伐轻盈，似乎是女子。

"三表哥，是你吗？"

未见其人，先闻其声。

季寒初挪步过来，示意红妆先走。

红妆背着手，瞄过去一眼，起了无限兴趣，轻声问："谁啊？"

季寒初低声道："是青湮，叔母长姐的独女……"

他觉得这关系有些乱，纠结了下，直接下了定论："是我表妹。"

原来是她。

殷远崖有两个女儿，殷芳川与殷萋萋，一刚一柔，前者招了赘婿，后者嫁了季宗主。

来者正是殷芳川的独生女，殷青湮。

"渔眠小筑这么偏远的地方，她跑来干什么？"

季寒初："我今晚来时未避着众人，她可能听到消息了，便赶了过来。"

红妆乜斜他一眼，意味深长道："一听到你来了就颠儿颠儿地跟来，季三公子还真是招人喜欢。"

季寒初挡在她身前，望向断了气的门生，低声警告："快走。"

"走什么？你把她叫来，正好一道将我抓去殷家，还省了力气。"

季寒初头疼："今日先不抓你，你赶紧走。"

"我不。"红妆大剌剌地走出来，"来的是殷芳川的女儿，我怎么能走？正好我同殷芳川也不共戴天。"

"红妆……你……"

殷青湮是殷氏大小姐，殷家一向疼宠，平时派了许多护卫专门保护她，她现下虽是独身，但左右不过片刻殷家众人就能赶到，局面便难以控制。

偏偏这女子没心没肝，只懂玩世不恭，让人恼恨。

推拉间，殷青湮已来到水榭前。

她穿的正是一袭青衫白袍，与季寒初的一身极其相配，容貌清丽，眉眼尤为秀美。

那眉眼，在见到季寒初时便立刻绽放出如花般的笑靥，娇羞可人。

“表哥，你真的在这儿？刚听下人来报，我还不相信呢……”

几句话没说完，她就注意到藏在季寒初身后的红妆，还有红妆身后那具血肉模糊的尸体，一下止住。

她惊得脸色大变，手指发抖：“你、你们，表哥……她……”

她的目光与红妆隔空碰上，只见那女人冲她笑得极野，眼眸倏地变得深邃，抽出袖中弯刀，带着必死的杀意向她奔来，速度之快，她根本来不及躲闪！

刹那间，钩月弯刀便架在了殷青湮的脖子上，刀片冰凉，抵住颈部血脉，仿佛眨眼间就能取她性命，叫她脑袋开花。

殷青湮浑身冰冷，颗粒疙瘩全都立起。

季寒初怒喝道：“红妆！”

钩月从脖颈处移到脸颊，削铁如泥的宝刀离殷青湮的雪颊只差分毫，一缕乌黑的发丝轻轻断落，飘旋着落到她发抖的手上。

红妆将刀背贴在殷青湮的脸上拍了拍，笑着问：“这是你相好？”

这话一出，不只是季寒初，殷青湮也愣了。

寂静中，两双眼默默地望向不远处的季寒初。

殷青湮咬了咬唇，面颊泛红，低头绞着衣摆，眼中隐隐露出期待。

红妆服了：“喂！刀还架你脖子上呢，你现在害羞个什么劲！”然后又转头问季寒初，“问你呢，是不是你相好？”

季寒初看着红妆脸上那个笑容，长叹口气，道：“不是。”

“噢——”红妆拖长音，附在殷青湮耳边，低声道，“那便杀了吧。”

殷青湮的脸色顿时煞白。

红妆挟持着她，与季寒初遥遥对峙着。

季寒初咬咬牙：“你放开她。”

红妆哼笑，一下举起弯刀，锋芒毕露，嗜血的气息难以掩盖。

殷青湮失声尖叫。

就在此时，突然响起一声高喊：“刀下留人！”

红妆不耐烦道：“不留！”

“不行啊，要留的，要留的！”

一个圆润却灵活的身影从树丛里闪了出来，咻地溜到季寒初身边，大口大口喘着粗气说：“老三，殷家来人了，马上就、就到。”

红妆：“你又是谁啊？”

胖子撑着身体站起，擦了擦一脑门子的汗，露出一张如弥勒佛般可爱亲善的笑脸，看着红妆一抱手，道：“姑苏季氏第二门门主，谢离忧。想必姑娘就是那位武功深不可测的美人罗刹吧？”

美人？罗刹？

红妆腾出一只手，潇洒地撩了下头发："都是虚名。"

谢离忧："姑娘实力配得上，不算虚名。"

红妆点头："谬赞了。"

谢离忧笑笑："哪能啊，谢某夸人从来都真心实意，没有半分虚言。"

红妆道："你这胖子倒是有趣。"

谢离忧拱手："谢姑娘夸奖，姑娘能招了季三喜欢，转眼又无情忘记，谢某真心觉得，姑娘也是一位能人。"

红妆挑了挑眉，朝季寒初瞥去一眼。

季寒初拧着眉，有些不自在道："红妆，你放了青湮。"

谢离忧这才一拍大腿，道："对啊！女侠，咱犯不着，你快放了大小姐，否则殷家就要来人了，到时你想跑都跑不掉！"

"别急啊。"红妆手上用力，见殷青湮脸色更白了几分，满意道，"我问你个问题，你老实回答我，我就放了你。"

殷青湮犹豫着点头。

红妆下巴一扬，指向季寒初和谢离忧的方向。

"你喜欢他？"

谢离忧抱紧自己肥硕的身躯，故作惊惶："这、这……这不能吧。"

红妆皱眉："你闭嘴。"

谢离忧如愿以偿地闭了嘴。

"问你呢！"

殷青湮从小被养在姨母家，虽和江湖中人打过交道，但她深居简出惯了，哪里听过这么直白的话语，当下脸皮由白转红，半天支吾不出个字来。

她哆哆嗦嗦，无助地向季寒初求救："表哥救我。"

红妆一手掐上她的脖颈，笑道："救你？要不要我告诉你，你的亲亲三表哥，他已经是我的人了？"

"……"

谢离忧的眼睛，就这么从直视前方默默地往右转了大半截，他咳了咳，小声咕哝："老三，她什么意思？"

不答。

谢离忧："你真失身了？"

安静，还是安静。

无法言说的愤怒从殷青湮的心口爬到头顶，她气得浑身发抖，争辩道："你这妖女，你休得胡言！"

"是不是胡说，你问问你表哥不就知道了？他可是说了要娶我进门，还信誓旦旦要和我一起去死呢。"

谢离忧："不是吧……"

季寒初："红妆，放了青湮。"

谢离忧："……"

季老三没否认！

当下谢离忧只觉得头皮发麻，脑袋发胀，天灵盖突突地疼。

好你个季老三，枉老子从小跟你一起长大，你八岁那年下错了药差点把胖爷毒死，戚烬都算好买棺材的钱了，爷愣是凭一己之力挺了过来，爷都没跟你计较！你现在有这艳福你居然不叫上我！

红妆笑嘻嘻地答："不放！我不仅不放，我还要把她做成傀儡，那种听得见，看得着，但只能听我话的傀儡，等我玩够了，再把她送给天枢师伯养虫子，这一身好皮肉不能白白浪费了。"

一张娇俏的脸蛋，说出恶毒无比的话语来，却是再寻常不过的语气。

可任谁，都能明白她绝对再认真不过。

谢离忧摸上自己的喉头，咽了咽唾沫。

算了算了。

这女人浑身是毒，再漂亮他也不敢碰啊。

这艳福还是季老三一个人受着吧。

（四）情和爱

季寒初收起星坠，沉声道："红妆，只要你放了青湮，我保你今晚安然走出殷家。"

红妆懒懒地捻着发丝："你就这么心疼你这表妹？"

心疼到她都有些嫉妒了呢。

"你越心疼她，我越要杀了她。"

一分的贴进，一寸的血柱，一片染红的梅花。

殷青湮死死地闭上眼睛，害怕到呼吸不断急促，手在身侧紧握成拳，指甲深陷肉中，血丝从指间缓缓泛出。

季寒初心下大惊，顾不上许多，灌了内力猛然将星坠向红妆砸去！

红妆反应神速，扭身闪过，甩鞭一勾将星坠勾进自己怀中。

就在她为躲闪手下力道松懈之时，季寒初迅疾上前，伸手钩住她的细腰，用力一扯，将她带离了殷青湮数尺远。

谢离忧立时上前，护在了已吓得晕厥的殷青湮身前。

红妆笑着倚靠向季寒初的胸膛，神情毫不意外，甚至还有闲空抬手，朝谢离忧掷去一枚青釉小瓷瓶。

谢离忧接过，望向红妆。

她解释道："能让人短暂失忆的药，给她喂下，会省去很多麻烦。"

谢离忧捧着瓷瓶，苦恼的脸上写满了犹豫和怀疑。

“别了吧，红妆姑娘，这为虎作伥的事儿咱能不做吗？”

“不能。”红妆掩唇笑道，“不然你会死的哦。”

“……”

红妆嗤笑，搂过季寒初的脖子，在他脸颊上轻轻落下一吻：“好哥哥，你来告诉他，我给的到底是不是毒药。”

季寒初一手揽着她，一手冲谢离忧摊开，手掌死死扣着她的腰身，仿佛他一松开，她就能跑不见了似的。

谢离忧低着头把瓶子送来，待确定那的确只是让人失去短期记忆的药后，才迈着小碎步退下。

然后，他再也不看那对搂搂抱抱的男女，非礼勿视非礼勿听。

“喂——”红妆还在后头招他，“季三可想抓我回去问罪了，你不想吗？”

谢离忧捂着眼睛转向她，嘴里念念有词：“莫管闲事，闲事莫管。事不关己，明哲保身。”

红妆捂嘴笑，抬头对季寒初说：“你这朋友好有意思。”

季寒初按住她乱动的腰，低沉地说：“红妆，你别招他。”

红妆踮脚向上，看着他的眼睛，伸出手指钩住他下巴，往下抚摸，摸过他喉间的凸起，在那儿流连。男人与女人贴合很近，近到彼此能感受到双方的差异，女人特有的香包围着他，在那香里，她仿佛是无骨的，软绵绵的能化成水。喉头的手抚上他的肩，取而代之的是唇舌，不时轻咬，带起来肆意的酥麻，像极了那晚青青河畔，她俯下身落在他唇上的那记长吻。

那个吻是青草味的。

女人两条藕臂钩住了他的脖颈，缠着他恣意调戏，她抬眼时，眼里全是野蛮生长的蓬勃之气，动人又勾魂。

“我不招他，我只招你，这样你满意吗？”

满意吗?

这样有什么好满意的。

季寒初苦笑着想，左右她也不过拿他当一个好玩的消遣罢了。

哪有人会去在意消遣满不满意，她这么问，无非想再得到一个新的消遣而已。

季寒初听见耳边传来人声，搂紧了红妆的腰，嘱咐她：“别出声，我带你离开这儿。”

红妆往他怀里靠去，撒娇一样拿手指在他胸膛画圈圈：“那你可得快些，不然我被抓走了，可没人会再来陪你玩。”

人声越来越近，季寒初向谢离忧打了手势，便轻轻一点带她跃上墙头。

他一手搂她，分明多了个人的重量，夜行起来却依旧轻松，在屋檐上起伏三两下，两人便来到殷家前院。

前院灯火通明，被围得水泄不通。

殷家人又不是傻子，前脚二爷中毒，后脚小姐被害，前前后后死了那么多门生子弟，若再看不出是有人故意为之，专门针对，当真是傻到家去。

季寒初与红妆卧伏在屋顶上，借着夜色隐蔽。

“出不去了。”季寒初说，“殷家被围，此番必定在严密搜查，现在出去就是自投罗网。”

“那怎么办？”红妆倒是很淡然。

她根本就不在意，强闯于她而言只是需要多费些力气罢了，但她乐意看季寒初为她费力。

季寒初思忖一会儿，拽上她的手腕，说：“去侧门，那儿停着谢离忧的马车，我们去马车上。”

红妆说：“他怎么还坐马车来？”

季寒初抱着她疾驰在夜风中：“他不爱动，能坐马车便不会愿意走路。”

红妆挑挑眉。

季寒初又说：“离忧肯定会被叫去盘问，我们暂且先去车上等着。”

红妆挂在他身上，笑说：“去马车上，若恰巧碰到搜查，被人看到你同我这妖女搅在一起，季三公子的名声可真的要毁了。”

季寒初遥望夜色，道：“季家的马车，殷家不敢动。”

停在侧门内的马车精致又不失奢华，车角挂着一只银铃，惊涛拍浪盘踞铃身，最上头刻了个极深的“季”字。

马车停靠在假山堆后，不太引人注意。

红妆被季寒初拉着左闪右躲，趁着无人注意时，快速上了马车。

一上车，挤在狭窄的车厢里，季寒初转身关门，红妆立时反身半跪过去，将他抵在门上。

厢内着实窄小，两人同处一室，只是勉强施展得开手脚。

是以季寒初被她压着，大半个身子都占了去，为避免引起响动，他也不敢推她。

红妆喜欢极了他这副束手就擒的模样，对上他的视线，轻声细语道：“季三哥哥，你怎么那么好呀？”

季寒初望了她片刻，才将她的手扯了下来。

“哟，生气了？”红妆不由得失笑，“我伤了你那相好，你就同我置气？”

季寒初坐在马车软垫上，闭目不搭理她。

红妆声音冷下去："我是伤了她，但我又没打算杀她，你还拿星坠打我，我都没生气，你怎么好意思先生我的气？"

字字句句，委屈得不行，把"倒打一耙"演绎了个透。

季寒初睁眼，道："道理都让你占全了。"

"本来就是啊。"红妆越想越委屈，越想越不能忍受，"你居然为了她打我！"

季寒初扭头："你一开始就不打算对青湮动手？"

红妆随心答道："本就是骗你的。她一个柔弱小姐，什么都不知道，我找她寻什么仇。"

那你何苦非要伤了人家，弄得现在劳师动众，出也出不得，走也走不掉。

但这话就如同红妆的仇一样，季寒初也是不会说出口的。

他只是再闭上眼，轻声道："我好骗吗？"

红妆展着星坠玩，懒懒地扇风，上好的名器在她手里硬是真成了一把扇子。

"季三，你别记恨我，也别想着抓我回去了，同我说说话，也陪我看看月亮，好不好？"

季寒初道："说什么？"

红妆想了想，问："你师从何人？"

季寒初道："幼时跟父亲学，父亲过世后便跟着二叔学。"

"季靖晟？"

季寒初点头。

红妆琢磨着，难怪这小古板刀法诡异离奇，内力霸道，原来是季家这位疯子天才手把手教出来的。

她说："之前不怎么见你动手，还以为你根本不会武功。说起来你刀法不下于你二叔，怎么江湖上却没有一番姓名？"

季寒初稳如磐石，极为一丝不苟地说道："父亲教导过，学武当为救世，而不是枉争虚名。"

他说这话时神色极为认真，就连坐姿也是挺拔端正，一袭青衫白衣，犹如天边冷月。

红妆望着，倒是第一次对季家早逝的长子产生了一丝好奇。那该是个多清雅正直的男人，一身风骨又是怎样的风华无双，才会教出这样胸襟内装有宽广山河日月的孩子。

红妆将两手背到脑后，舒服地靠着，道："你爹说得没错，但学武不仅只为救世，更是为了保护自己保护他人，否则真让别人欺负了去，连个说理的地方都没有。"

季寒初低垂眼睑，露出无可奈何的神色：“你这样，谁能欺负得了你？”

“说得没错，季三。”红妆很是领情，想起开阳常说的话，复也骄傲道，“人生在世，难求一败，寂寞至极。”

季寒初：“……”

红妆又抱着他的手臂，半入他的怀中，追着他的眼睛瞧：“季三，我再问你，我和那殷家小姐，谁好看些？”

季寒初一手抓住她的手掌，她离他实在近了些，近到能看清她长睫之下水灵灵的眼。她长了张桃花妖的脸，又生得一双能讲话的眼睛，话本子里的女妖怪大抵都长她这样。

季寒初不自然地撇过眼，道：“你。”

红妆荡着水光的眼深深一笑，道：“这就对了，否则我挖了你的眼睛。”

季寒初又觉头疼：“你真是——”

突然，外头传来几道脚步声，重重叠叠，还有剑鞘过身发出的响动。

“那儿有辆马车，过去看看！”

红妆与季寒初对视一眼，立刻反应过来。

这马车中看不中用，前开小门，一侧开的是比门还大的窗户。车窗始于头尾，一打开，便能直览大半车内光景。

殷家人不敢强行破门，但若客客气气地请求开个窗，是无论如何都拒绝不得。

红妆就势往地上一躺，紧紧贴到窗户之下的半面厢壁上，季寒初正襟危坐，果然听得门外之人在敲窗。

“里头是谁，烦请行个方便。”

季寒初半掩着红妆，抬手开窗，道：“何事？”

来人一见，惊奇道：“季三公子，怎的会是你？”

“我同离忧一道前来，他说有事找殷宗主商议，我便在这里等他。”

来人问：“公子是来找大小姐的吧？”

季寒初犹豫着，点头称是。

来人有些为难，应当是被下了要求保密的命令，只好说：“那真不巧了，小姐今日身体抱恙，恐怕无法见客。”

季寒初笑笑，道：“无妨，我下次再来便是。”

红妆卧在车内听着，只觉得想笑。

小医仙说起谎来，比她这个妖女不遑多让，半点脸红都不带，气也不见喘。

厉害，真是厉害。

让她突然就生了些荒唐大胆的想法。

来人继续说道："谢门主想必是被宗主留下问话了，烦请三公子再多等会儿。另外想请问三公子，可有见过什么形迹可疑的人经过附近……三公子？三公子！"

不怪来人疑惑，这位向来高雅温和的三公子，此刻不知为何面色突然泛起微红，红到了脖颈处，口中微微喘着气，眼里有湿润，也有震惊与怒意……

还能为什么，自然是因为那"形迹可疑的人"正在马车中，在他的腿边，行尽了不轨之事。

红妆撩开季寒初的手，伸过去，隔着衣服在他的腰背上轻抚。

那日没摸够的细皮嫩肉，今日她要连本带利讨回来。虽说不太爽利，但聊胜于无。

她不讲道理，瘫在他身侧，脑袋枕在他大腿上，迎着他低垂下来的目光，还欢快地冲他眨眼睛。

那双手和蛇一样，钻到他腰背之后，在他的背上缓缓勾弄，弄得他疼了，料想必定是留下了几道红痕……

季寒初呼吸渐重，用尽全力压抑着，从喉头发出重音："未曾见过。"

来人担心道："三公子，你没事吧？"

他本是一片好心，却无意中拖延了时间。他又怎能料想到，谪仙般的三公子此刻正被蚁虫噬身般的刺激包裹着，既难忍又难耐。

（五）不度鬼

夏夜里，车厢内热得灼人。

柔若无骨的小手隔着衣料贴上了一片紧实的肌肉，在季寒初身上作祟，像蝴蝶触过，引发了密密麻麻的酥痒，一笔、一画，一下、两下……

红妆欣赏着他渐渐升起薄红的脸颊，欣赏着他喘得越来越急的气息，欣赏着他一副深恶痛绝又无能为力的模样，比任何时候都要好看。

女人的手收起，慢慢地扣住他的手指，十指相扣，眼里恶劣的笑意藏不住。

她说过的，她最喜欢他这副道貌岸然的样子。

她要一层一层脱掉他的伪装，一下一下毁掉他的清雅。

他有正道，她偏不让他守。

她倒是要看看，到最后这光风霁月的男人是否还会保持自持自省，是会义正词严、居高临下地指责痛骂，还是干脆做欲望的走狗，雌伏在她裙下供她游戏取乐。

那只小手与手指节缠绵了会儿，便替换上了温热的唇，红妆轻轻地吻上季寒初细腻的手背，刹那间，她感受到面前男人的僵硬。

怕了吗?

红妆无声地笑笑，这男人不愧是江南水乡养的，比女人甚至还要过分精细些。

她上了瘾，就像小时候舔弄着师姐给她做的芽糖一般。

糖是甜的，他也是。

“三公子，您真的没事吧?”

来人满目疑惑，不懂为何明明好好地说着话，这位季三公子忽然脸色起红，微微仰着下颌，露出的喉结上下滚动，似在忍受极大的痛苦。

季寒初眸子幽深，一手抬着窗户，一手在身下发狠地抵着红妆，含混道：“无妨。”

来人却会错意，以为他这般失态是听了大小姐抱恙的消息，心思一转，存了些讨好的巧思，故作神秘道：“三公子有所不知，我家小姐今日其实并非抱恙，而是遇袭。”

“遇……袭?”季寒初道。

“正是，而且还不是近日来第一桩意外了，上回二爷的事儿公子您也知道的，要我说恐怕是咱家得罪了人，这次刚好轮到小姐，好在小姐福大命大，并未受什么伤，只是受了点惊吓，有些迷迷糊糊的……”

季寒初被红妆吻得心神俱乱，身下传来的痒意缠缠绕绕，让他花了很大的力气才忍住不发出呵斥，偏偏这护卫喋喋不休……

季寒初空出的那只手使了狠力，牢牢扣在红妆的下颌上，钳制得她动弹不得，他低下头，眼中已不复清明，丝丝烦乱入扣，含着浓浓的警告。

但有人不知好歹。

红妆用两手将他的手掌掰下来，她仗着他不敢用力有恃无恐，掌心扣在他的掌中，感受那抹温热，然后在他锐利的眼神中将他的手指捧着，轻轻挑眉一笑，妩媚又放肆，饱含水光。

一笑，眼眸弯作新月，挑衅地看他。

——你怕什么，你推开我啊。

——边上就是殷家的人，所有人都在找我，你不是最想抓我吗，推我出去啊。

——你敢吗?

季寒初眼睫颤动，他垂眼看着红妆，女人卧在他腿边，小小一个，磨人又可爱。

从前他听过，话本子里头有吃人心的女艳鬼，脸庞妖艳，媚骨天成，眉目间流转的尽是潋滟的风情。

他此前不懂，只觉得那墨笔描绘出的深山艳鬼，下笔生硬，毫无美感，

既是生灵成鬼，又怎会拘于凡俗这种跃然纸上的浅显。

可是这一刻，那艳鬼竟现原形来，是她的脸，是她的眉眼，是她的一颦一笑。

她勾引他倒在温柔乡里，要他心甘情愿被挖走心肝。

她说，季三，地狱里太孤单了，你来陪我好不好。

季寒初移开眼，狠狠闭目，胸膛起伏再三，终是转头，睁眼对来人说：“我知道了，等哪日空了些，我再来看望你们家小姐。”

红妆伏在下面，差点要笑出声来。

季寒初，真该给你找面镜子来照照，让你好好看看自己这模样。

你完蛋了。

护卫犹豫着，尚有疑心，着实是三公子今日太过反常。他又问：“三公子，确定没见过什么可疑之人经过吗？”

季寒初斩钉截铁：“没有。”

红妆起不来，不然真想亲亲他的唇，好好夸上他一番。

护卫面色仍是犹疑。

红妆见他们还不走，微微侧了侧身，脑袋隔着重重衣物挤压在季寒初紧实的大腿上，神色一派悠闲。

季寒初眉头紧蹙，神色越发沉郁。

护卫眼见问不出什么，又不好得罪季家，往车里看了两眼，强压下疑心，双手一抱拳，道：“打扰三公子了，告辞。”

季寒初沙哑着声道：“无碍。”

护卫终于走了。

季寒初放下窗，低下头，视线正好与红妆在静默中相接。

他沉默地看着她，眼里越发沉重。半晌，他开口道：“好玩吗？”

红妆盈盈一笑：“还行。”

她笑起来时眼里有璀璨星河和红尘烟火，仿佛集了无尽波光，星子从里面跳出来。

这样可爱，这样可恨。

季寒初猛地攥紧她的手腕，狠狠往旁边一甩。

这一下用足了力气，红妆冷不防被他狠狠甩到了厢壁上，半个后背立时麻木了。

季寒初的脸色已不能用难看来形容了。

暧昧情色的氛围烟消云散，两目相对，一个难堪，一个苦痛。

红妆反手摸着背，看他整理好衣衫，闭上眼离她远远的，刚想说话，就听到他说：“再有下次，我不会饶你。”

威胁她？

红妆也不去摸背了，顺着他坐下，胳膊钩着他的胳膊，嘴唇贴上他的耳垂，道："什么下次？是伤了你表妹，还是……"

她意有所指。

季寒初闭上眼，岿然不动。

但视线阻碍不了情意，他心跳得厉害，红妆刚一靠近，他那好不容易消下去的意念便隐隐约约又有了复燃之势。

是以他不答，全身心都放在了忍受痛苦上。

红妆忍不住了，旋身过去坐到他腿上，与他面对面，手指抚摸着他略干的嘴唇，察觉到他的敏感，一口含住他耳垂软肉："季三，我喜欢你这个样子，比任何时候都喜欢。"

季寒初睁眼，缓缓道："放开。"

"不要。"她软着嗓子，故意压低了声音撒娇，"季三，你亲过别的女人吗？"

季寒初不答。

"你说过要娶别的女人吗？"

他依旧不答。

"有人像我这样吻过你吗，你……"

话没说完，天旋地转。

季寒初把她推下去了。

红妆回首，只见他已重新闭上眼，打定了主意不理不睬，只是那副心神不定的模样，一看就满受煎熬，心烦意乱。

红妆托着下巴，重新坐回去，乖巧又听话，嘴边勾出得意的笑。

她伸手，按在他的心口处。

他没阻拦。

红妆能感受到心跳，有力，生动。

她悄然低头，感觉自己被那股淡淡的药香围绕久了，似乎也沾了些。

她笑问："季三，你是好人，胸中有慈悲，不知道你这慈悲愿不愿意度一度我？"

心跳，在掌下猛烈敲打。

咚。

咚咚。

咚咚咚。

是心跳，还是南墙撞裂的声音？

季寒初不知何时睁开了眼，目光浅浅，不动声色。

他将那手从自己胸前拿下来，眼神很冷，气息也冷。

他沉声说道："慈悲不度鬼。"

红妆怔然，她下意识地看向自己的手，感觉心像被拿捏着揉了一下。

慈悲不度鬼。

可他的心跳早已出卖了他。

他心里的那只鹿，早已经撞了南墙。

躺在废墟里，无能为力。

第四章 风波起

她生来是风，是自由的

（一）定情物

谢离忧一进马车，看到的就是这诡异的一幕。

一个半跪着，看着自己的手愣怔失神，一个坐着，满脸……满脸黄花大闺女被玷污了一样的表情。

谢离忧：“？”

红妆转过头，问：“可以走了吗？”

谢离忧眼观鼻鼻观心，说：“可以。”

季家的马车缓缓从偏门走出，佩刀佩剑的护卫见了车上银铃，自觉地让出路来，无人阻拦。

红妆还想着季寒初刚才那副深恶痛绝的模样，背上火辣辣地疼。

这小古板下手可真狠，她背上肯定青了一大块，回去叫天枢知道了，还得笑话她。

红妆摸着那块，觉得当真无趣，可斜眼瞥到谢离忧，突然又有了兴致。

她挤过去，道：“小胖子，我问你个事儿。”

车上本就狭窄，挤了三个人连马儿都吭哧吭哧，她突然这么凑过来，谢离忧当下给她吓得一激灵。

他挪开了一点：“何事？”

红妆爬过去，抬手指着季寒初，问他：“你们季三公子，他有过女人吗？”

谢离忧快退到角落里，眼睛使劲瞅季寒初，不知怎么答。

“你可是专司情报的门主，你别告诉我你不知道。”红妆逼近，“你不告诉我，我就给你下毒。”

谢离忧想到“无为”和“往生”，脑子还在纠结着贪生怕死还是舍生忘死，嘴上已经乖乖回答：“没有。”

红妆这才退远了些。

谢离忧刚松了口气，想着自己这门主好歹顺位第二，做得着实有些憋屈……想着想着，身体却越发绵软，手脚没了力气，一抬头，那姑娘冲他笑得真甜。

谢离忧委屈得快哭了：“不是说好我告诉你你就不给我下毒的吗？”

红妆摇摇头：“这可不是毒药，这只是软骨散，而且只下了这么点。”

她比画手指，两指间比出“一点点”，眼中的真诚和淡然，看得令人瘆得慌。

谢离忧费劲扭头，向季寒初求救。

但见那人不动如山，眼眸望向红妆，一副同他一样动弹不得的模样。

咦？

红妆伏下，脑袋靠在季寒初盘起的腿上：“季寒初，我第一次遇着你这样的人，实在喜欢得紧，只可惜你看着温润，心却比石头还硬。”

声音传到季寒初耳中，在他心湖投下石子，荡起一圈涟漪，又很快归于平静。

她说她喜欢他，他不信。

她哪次不是惹他一身烦恼后就云淡风轻地离开，她这人没有真心，说谎的本事炉火纯青。

他撞了南墙，可他不是傻子。

红妆哪知自己在他心中已是如此，还说：“我有时真想把你做成傀儡算了，可你要是真变成了个痴呆的傀人，那多没意思，想想也就算了。”

季寒初垂眸，问道：“你想干什么？”

“我不想干什么。”红妆从他腿上起来，如释重负道，“我要走了。”

这是她不知道第几次对他说这句话了。

每次说完，下一次再见面时，她总在杀人。

季寒初感觉心口那处疼了一下，体内滔天的烦乱突然就冷却下来，冷到骨子里去，只余了细细绵绵的疼。

红妆捧着他的脑袋，在他脸上亲了亲，微微笑道：“季三，我现在给你一个机会，你一定要记住，我下一个要杀的，是殷远崖。”

她捡起落在车里的星坠，往他怀中塞去，道：“你且试试，能不能拦我。”

他能救殷远崖一次，不见得能救殷远崖第二次。

她可以用毒，还可以用刀、用蛊、用鞭。杀人的方法那么多，她总能寻到的。

马车驶上大道，马儿识路，自己嘚嘚地就往季家跑去。

红妆蹲下，与季寒初齐平，他平静地看着她，没再和她说一些道理，也没说要捉她回去。

但这只是短暂的和谐，明天过后他们又是不死不休。

红妆将星坠塞到他怀中，不知摸到了什么，突然从他身上扯出一个小小的锦袋来。

袋子做工很细致，看得出下了十足的耐心和功夫，针脚密密麻麻，排列工整。

她抽出绳子打开一看，里头是一只小小的玉镯。

季寒初望着那镯子，眼神一下变得犀利："还给我。"

红妆抬头看他，从他语气里也知道这玩意儿的重要："这谁给你的？"

一看就是女人的东西，贴身收得这么好，该不会是他的小白兔表妹送的吧？

季寒初沉声："还我。"

"不说是吧。"红妆把镯子晃晃，收到自己怀中，"不说就归我了。"

季寒初："不是表妹送的。"

哟，还猜出她想什么了。

红妆："那正好，便送了我吧。"

她俯身过去亲吻他的下颌，含糊道："定情信物。"

谢离忧把脸撇去一旁，恨不得自己的眼睛马上瞎了。

季寒初皱眉。

红妆笑着抚上他的眉头，在自己怀里翻了会儿，掏出一个大红锦袋，上头绣着鸳鸯戏水，活灵活现。

这是她闲来学女红时师姐教她绣的，她绣不好，把鸳鸯绣成了野鸭，师姐看不过去帮她改了改，霎时生动。

她把红袋和星坠塞到一起，说："礼尚往来。"

季寒初轻轻抿唇，没接她话。

红妆勾了下他的喉结，笑着说："给你留点念想，也许明天我就死在你刀下了，到时候你要想我的话，好歹有个东西睹物思人。"

季寒初的眉头再次深深皱起，他不喜欢她说这种话。

红妆不以为意，她将生死看得很淡，情也好爱也好，都淡。她生来是风，风是自由的，固然她对季寒初也有三分心动，但想到两人之间正邪不两立，这三分也就化作虚无。

没有什么比自由更重要。

红妆最后看了他一眼："季寒初，你要记得我。"

说完，她翻身一跃，从窗户跃出，很快消失在苍茫夜色里。

安静了大半个时辰的谢离忧终于吭声："老三，帮我解一下呗。"

季寒初转头，掀身而起，从怀里拿出解药给谢离忧喂下，没多时谢离忧便恢复了知觉。

他揉揉自己发麻的腕子，抬眼见到季寒初竟然拿着那大红锦袋仔细端详，大红袋子衬着白衫公子，一俗一雅。

谢离忧干巴巴地笑着：“大俗即大雅。”

季寒初默不作声地将袋子收进衣内。

谢离忧静了会儿，忍不住问：“你真就这么把季叔叔的遗物送她了？”

那可是季叔叔留给他唯一的遗物，对季寒初来说，恐怕比袖中刀珍贵百倍，堪比性命。

季寒初点了点头。

谢离忧长叹口气，他实在不知道那个南疆毒女到底给季老三下了什么迷魂汤，能把季老三迷成这样。

明明自己百毒不侵，还装出一副被下药的模样，配合她演了一出“劫财劫色”。

谢离忧：“你该不会已经被下蛊了吧？”

季寒初紧了紧手，说：“没有。”

谢离忧又叹了口气，心里的想法除了完了还是完了。

他拍拍季寒初的肩膀，语重心长道：“就算你不喜欢殷大小姐，换个人也是可以的，只要身家清白的女子，随便是谁宗主都不会反对。”

季寒初没躲。

他知道谢离忧想说什么。

是，谁都可以。

但唯独她，不行。

（二）心上人

季寒初重新端坐，面色极淡，仿佛从未乱过心。

谢离忧道：“你和我说句实话，你到底怎么想的？”

季寒初：“我什么都没想。”

谢离忧想到那个镯子，根本不信：“她与殷家有仇，这回就是奔着殷家人来的，你也看到了，她要的是别人的命，你舍不得杀她，便拦不了她。”

季寒初抬眼看着他。

“你别这样看我。”谢离忧抱手微笑，不动声色地往他怀中看了看，“第二门只负责情报，其余江湖恩怨素来不参与。”

谢离忧从来最凉薄，世事穿耳过，不在心中留。

要他去对红妆下手，他嫌麻烦。

可偏偏是季三，是从来与他最交好的莫逆之交着了这女人的道。

谢离忧还记得，当他将殷家门生死亡之事一一告知季三时，季三眼里猝然暗淡的光。

谢离忧是季氏上一辈长子收养的义子，和季寒初是义兄弟，别人看不出来，他却能清楚地知道，季三见鬼似的动了真心，十多年来头一遭，一来就遇上了这样一个女人。

爱不得，也放不下。

真是见鬼。

谢离忧抬手在季寒初的肩上拍了拍：“季三，今夜过去，就忘了吧，当作从没认识过这个人，心里头或许会好受些。”

季寒初眼前浮现出红妆说着“血海深仇”的那一幕，心里是说不出的难受，也不知道是难受他们之间的困局，还是难受她仇深委屈。

他问：“你知道她和殷家之间是怎么回事？”

谢离忧笑了：“不知道。”

季寒初侧目。

这世上居然还有谢离忧不知道的事儿。

谢离忧耸耸肩：“殷家当年为留住自己五大派系的地位，缺德事干了不少，有人寻仇不奇怪。但对于红妆，我隐约有个猜测。”

不用季寒初再问，他便说了：“你三叔，也就是季宗主，那把逐风你见过吧。”

季寒初：“见过。”

三叔是顶级的刀客，爱惨了那刀。

谢离忧：“那把刀并不是外界传的什么精铁淬炼，其实是许多年前由一个女子赠与。那时宗主尚且年少，爱刀如狂却始终无法臻于大成，幸而得了逐风，这才有了新的天地。”

季寒初微怔。

谢离忧与他默契异常，道：“那女子名叫红袖。”

季寒初紧声道：“她与红妆什么关系？”

谢离忧：“不知道，那时她出现得诡异，不知来处，不知师门，只一心跟着宗主。”

可如今季承暄的身边，哪有什么叫红袖的女子。

他早已成家立业，有妻有儿。

谢离忧说：“那时殷家以寄雪剑谱为嫁妆，指明了要与宗主联姻，婚约都已定下，可不知怎的，宗主出门游历一趟便带回了红袖，自此之后一发不可收拾。一个武痴连名动天下的剑谱都不要了，一心只要退婚。

“不久后，红袖生了个女儿，那时他们还未成婚。

“殷家不肯善罢甘休，放言只要宗主能从颍川‘剑鬼’的手中为殷家夺回寄雪剑，就答应退婚。宗主去了，可等他回来，红袖和孩子却一同失踪了。”

季寒初问：“找到了吗？”

谢离忧淡淡地笑：“从我接任门主第一天起，宗主就下达了寻她的死令，但十几年都过去了，活不见人死不见尸。有人说她其实早已死了，但宗主不信。”

季寒初：“殷家人杀了她？”

谢离忧还是那句：“不知道。”

简直一问三不知。

谢离忧：“但我猜是的，不然宗主何至于砍了殷二爷的一只耳朵一条手。”

季寒初乍然抬头，不敢置信。

谢离忧摊手：“真是你三叔砍的，要不是夫人以自己腹中孩子跪地相请，他连殷大夫人都要砍了。”

殷萋萋腹中本是双生子，因孕中受了极大惊吓，才导致了孩子生来有疾，一死一残。

原是这样的惊吓。

季寒初想到那夜的媚药，再联想到红妆说的叔母是如何如何有孕，只觉得自己长期建立的道德观念都要崩塌了。

这些长辈的陈年旧事，竟也满目荒唐讽刺。

他怀里的锦袋还安然躺着，烫得他心窝都燎烧起来。他慢慢地想，如果这真是红妆口中的血仇，那么她的恶劣她的狠毒，甚至她下手时毫无顾忌地视人命如草芥，也不是不能理解。

虽毒辣了些，但他已相信，在谢离忧都不知道的角落，或许她还有别的苦衷。

你看，她杀人，他总想为她找一个苦衷，让她光明正大地杀。她如今有了苦衷，他竟是率先轻松下来的人，觉得真好，她总不是个真罔顾人命的女罗刹。

可她若要真是……若她真是，他其实……

夜风吹拂银铃，惊涛浪打，铃声传出很远，少年的心事已听不见。

一入江湖岁月催，催人老，催人伤，催人空想念，催人寻不见。

也道是，古今多少事，闲来酿作酒。三分付笑谈，余下七分散在风里，雨打过后成了霜，落在青石板路，落在乌衣巷口，落在油纸伞面，若去细品，那味道就叫江湖。

到了季家，下人过来传令，要季寒初去书房一趟。

季家只有一个人能命令他过去。

季寒初理了理衣衫，别过谢离忧，跟着仆人去了。

进了门，一人背立于屏风前，正在擦刀。

屏风上是万马奔腾图，刀是逐风，刀面闪着嗜血的光，却被季承暄爱惜地捧在手里反复擦拭，像对待一个极为亲密的爱人。

季寒初很少来书房，季承暄不太爱管事，书房这种议事场合并不常常用到。

书房不大，陈列简单，不过一张屏风、一张桌子、几把椅子，站了两个人稍显有余。

季承暄细细地将刀装入鞘中，捡过书桌上的一张纸，眯眼看了一阵，丢进火里烧了。

季寒初看得清楚，那上头写的是：初三，剑鬼大弟子，弑。

他明白过来："二叔回来了？"

季承暄望着灰烬，冷冷道："办事越来越不利索。"

季靖晟掌管的是司暗杀的第一门，常在刀光剑影中走动，十天半个月都见不到人。

第一门任务凶险，按理说应被极为看重，可不知怎么季承暄与季靖晟总有些不对付，十多年了还是如此。

季承暄把逐风放到刀架上，背手走过来。他脸上有道刀疤，据说是当年斩杀剑鬼时留下的，不说话时总显得有些凶神恶煞。

烛光照着人影，在地面上拉出摇晃的光，他看了季寒初一会儿，才说："你想娶青湮吗？"

他不近人情惯了，对长兄留下的独子也不懂温柔，从来都是想什么说什么。

季承暄："你喜欢就娶了吧。另外还有一事，季氏这些年结了不少怨，若哪天我不在了，你来做家主。"

季寒初朝屏风后瞥了一眼，低声说："我无心争家主之位，三叔既已掌管季家，下一任家主也当由兄长来做。"

这里的兄长，说的是那位离不开轮椅的季家二公子季之远。

季承暄皱眉："他残了，做不了家主。"

不知是不是错觉，屏风后的人在听到这句话后身形狠狠一颤。

季寒初叹息，愧疚涌上心头，但仍坚持道："叔父，我不愿娶青湮。"

季承暄："为什么？"

季寒初不说话了。

季承暄猜到："你有心上人了？"

季寒初的心泛着酸，忽上忽下。情情爱爱什么的，他向来参与得少，谢离忧之前笑话他像个僧人，别随便遇到一个女妖精就被勾走了，他那时觉得自己不会，可当真有一天有个女妖精来勾他，给了他点甜蜜时，他心里的鹿就义无反顾地撞了墙。

她真可爱。

装模作样说“公子救我”可爱。

俯下身吻他可爱。

甩鞭打人可爱。

连用刀威胁别人的时候都可爱。

他心里哪有什么秤砣，两边都是她。

她冲他一笑，小医仙的神坛就土崩瓦解。

季承暄看季寒初的神情还有什么猜不出来。烛光照着他幽深的面庞，他兀地转头，看向刀架上的逐风。

季寒初只能看到季承暄的背影，不知道他在想些什么。

静了好一阵子，才听到季承暄说：“那算了吧。”

季寒初退出门外，屋里仍旧静谧。

半晌，季承暄走向逐风，轻轻拿起它，将它执在胸前，又开始细细地擦拭。

他没有回头，只对屏风后的人说：“你都听见了？”

良久，无人应答。

（三）女艳鬼

季氏的五扇门不在主院，而是单独辟了座庭院，不比主院小。

季寒初回到五扇门，正好见到斑驳的树影，一个寂寥的影子坐在上头，手里摆弄着一个木雕。

他走到树下，喊了声：“二叔。”

那人手停了，垂手看着他，片刻后从树上轻轻跃下，站到他面前。

赫然是季氏第一门的门主，季靖晟。

季寒初笑着上前，问：“二叔是什么时候回来的？”

季家的人，他也就同季靖晟和谢离忧稍微亲厚些。

季靖晟先是深深地看他，不答话。他的眉目非常深刻，长得和季承暄并不十分相像，因心性有些痴，双目看着总像在游神。

他身上还有一丝淡淡的血腥味，总在刀口过活的人，这味道去不掉。

季靖晟忽然皱眉，将木雕十分小心地放在一旁的树根上，然后擦了擦手。

季寒初一看就知道他想干什么，赶紧道：“二叔今天先别考我刀法，改日吧。”

季靖晟歪了歪脑袋：“明日？”

季寒初只得苦笑着说好。

于是，季靖晟又小心翼翼地捧起那个木雕，一屁股坐到树根上，细细雕琢。

季寒初坐到他边上，抚了抚他的肩头，问：“二叔此行可还算顺利？”

当初季承暄斩杀剑鬼，得罪了一整个门派，剑鬼门下大弟子纠缠不休，几次三番暗杀，他不胜其烦，才下达了逐杀令。

季靖晟手停了停，眼眸模糊地望着远处。

季寒初耐心等着，等他说话。

季靖晟摸了摸腰后，从自己背的箭囊里拿出两根长箭，他除了擅刀，箭术也是一流。

一根箭对另一根箭说：“拔刀。”

另一根箭说……另一根箭什么也没说。

“你不拔刀，我杀了你，别说我胜之不武。”

“唔……我都被你杀了还怎么说你？”

“……别废话，拔刀。”

“不拔，我要杀的人不是你，你走开。”

“……拔刀。”

两根箭哒哒哒地打在一起。

季寒初心中一紧：“谁为难你？”

“不知道。”

季靖晟哼了哼，啪地把箭丢了，低下头继续玩木雕。

季寒初：“他伤了你？”

季靖晟：“平手。没伤着。”

季寒初放下心，笑问：“二叔没受伤就行。这人来头诡异，会不会是剑鬼门下弟子？”

“不是，剑鬼没他厉害。”季靖晟摇摇头，抬起手，一二三四五，竖起五根手指，“我叫了帮手，五个。我们六个打他一个，打平了。”

“……”

季靖晟咂咂嘴，失落道：“我打不过他，我说我投降了，他就好快活，背着刀走了。”

季寒初哭笑不得。

好在季靖晟并不好斗，失落了没一会儿，又捧着他的宝贝木雕开始雕刻，地上渐渐堆了一地碎屑。

他爱木雕，但雕得总不像话，做了许许多多个，唯独今天这个才勉强有个轮廓。

季寒初看了眼，依稀辨认出是个女人的模样。

想到女人……

季寒初微微敛眉，有些难受。

他从怀里摸出红妆送他的那个鸳鸯戏水袋，放在掌中摩挲着。沉默了好一阵，他才说：“二叔，我好像喜欢上了一个姑娘。”

季靖晟拿着刻刀，头也不抬，眼神专注。

季寒初又说：“我此前从未心动过，实在看不明白自己的心意，只觉得我从未像喜欢她一样喜欢过别人。如果可以，我想娶她。”

季靖晟的木雕终于完成了，他小口吹着，想把多余的木屑吹干净。

季寒初像是想了很久，头低下去，声音也低了下去：“可我不能娶她。”

他心里有了一个人，但那姑娘住在邪道上，她杀了很多人，还准备杀殷远崖。

殷远崖是三叔的岳丈，是兄长的外公，他若娶她，是背信弃义，是天地不容。

如果可以，季寒初也希望能找到一个办法，不负正道不负她，但这太难了，二者水火不容，正邪不两立。

季靖晟看他消沉，转头在他眼前晃手。

季靖晟把木雕给他看，笑道：“我也想娶她。”然后学他的口吻，“可我还没找到她。”

季寒初回神，勉强笑笑，下颌冲着那木雕，问道：“她是谁？”

季靖晟把木雕当宝贝似的搂在怀里，笑得一脸傻兮兮，说：“她是小袖子。”

季寒初一愣：“谁？”

季靖晟：“小袖子。”

说完，他又低落道：“可我一直都找不到她。”

夜深人静，季寒初走回第三门的院落，恍惚觉得今日所知超乎预料。

他有些头疼，红袖与红妆的事在脑海盘桓，正道和邪道在心里打架，把他搅得十分烦躁。

他叹口气，推开房门。

房屋内，烛光大亮，那让他心烦的罪魁祸首正笑着半卧在方桌之上。

她竟还有空去换了身衣衫，蓝黑色的衣裙紧贴身躯，边缘是银线勾的绣纹，小腹和小腿都露了出来，腰肢细得不盈一握。白净小脚上穿着双紫红小鞋，没穿鞋袜，脚背全露了出来，腕上还挂了个银镯，镯子上刻满蛇纹，十足的南疆女打扮。

这模样，纯情中带着勾人的风情，夺魂摄魄。

见他来了，红妆冲他眨眼，翻了个身，细长的手臂半压在桌上，露出雪白的皓腕，似凝起泠泠霜雪。

她晃荡着小腿，嗔道：“季三公子怎么现在才回来？”

季寒初伸手把门关了，靠近一些，问她：“你怎么来了？”

“我担心你呀。”红妆跳下桌，搂住了他的腰，“我怕你被人找麻烦，所以偷偷跑进来看你。小古板，你快告诉我，那些人有没有为难你？”

季寒初听不进去，心中五味杂陈，他叹了口气，用尽全身力气推开了她。

“没有。”

红妆被他推了个踉跄，也不恼，只是绕到他身前轻轻亲他嘴角。

季寒初擒住她的手，欲使力，被她一把拦着。

她踮脚，在他耳中轻声说：“你可答应过我今夜保我安然无恙，今夜还没过去，你不能言而无信。”

这话说的，和他当初讲的怎么完全不是一个意思。

红妆环上他的腰，紧了紧手臂，说：“你别推我，你每次一推我，我就疼得厉害。既已说了要保我无恙，说过的话就不能到狗肚子里去。”

季寒初长长叹了口气。

她恃爱行凶，这样有恃无恐。

他还想说什么，可什么都说不出，心头有个声音说，那些正道你今夜姑且放一放吧，一日不守道，又有何妨。

神坛这么清冷，你不如先来红尘看看。

他的心里已是翻天覆地，但面上仍然平静，只是在她期待的目光中终于搂着她，轻轻地说：“好。”

怀里的人笑得微颤。

她倒在他怀里，涂了红色蔻丹的手指在他的衣领处打转，闻到他身上清醒的药香，满足喟叹。

红妆窃喜道：“季寒初，我学了句中原的话，想说给你听。”

“什么话？”

她仰面，拉起他的手，亲在他手背上，赞他：“积石如玉，列松如翠。郎艳独绝，世无其二。”

季寒初微怔，心头滚烫的感觉卷土重来，伴随着抑制不住的欢喜，一同在体内乱撞。

山野的艳鬼又来吃人心。

茶楼凌乱，小生望着女鬼丹青，感慨：“若世上真有艳鬼，怕没人能躲过这命定的劫数。”

有人不服：“逃不过的是尔等凡夫俗子，要天上的仙人来，还会怕了她不成？”

小生嗤笑。

“仙人？禁欲的仙人真要掉进泥潭里，比我等俗人沉沦得更快，更脏。”

（四）毁他道

红妆搂着季寒初这里抱抱，那里亲亲，一直到觉得够本了才收手。

她抱怨：“血把我的衣裳都弄脏了，找了半天，只找到我初到中原时穿的这一身，好看吗？”

季寒初说：“很美。”

是真的，蓝黑色衬得她更白，也更娇小温顺。他原以为她该是热烈的红，可如今看来，原来神秘深邃的蓝色更适合她。

他注意到她脚腕的银镯和手腕的佛珠，心中隐约升起期待，问她：“镯子呢？”

红妆说：“什么镯子？”

季寒初：“你从我身上拿走的那个玉镯。”

红妆歪头，费劲想了想，明明前几个时辰发生的事，还这般装模作样。

季寒初眉眼平和，温柔地望着她。

果然，她一番惺惺作态之后，抬手摸了摸自己发间那枚玉石银簪，无所谓道：“我换衣裳时不小心打碎了，干脆把它做成簪子，也算物尽其用。”

季寒初那笑登时便挂不住了。

气氛霎时凝重，温柔荡然无存，烛火烧起噼啪声响，季寒初毫无表情的脸庞在暗影中看起来有些可怖。

红妆瘪瘪嘴，问：“你生气了？那玩意儿很重要？”

季寒初慢慢攥住她的手，他的手很好看，因为不常舞刀弄枪，所以看起来更像个书生的手。

红妆之前甚至想过，这双手是不是从来没杀过人。

可她现在知道，不会的，季寒初再如何温润，也是个江湖人，他攥着她腕子的模样，分明怒上心头。她甚至升起一种错觉，他在下一个眨眼也许就能伸手要了她的命。

红妆第一次在面对他时犯怵，思量着自己要是和他打起来胜算能有几分。

攥着的那只腕子细瘦，红色蔻丹折射出妖冶的美丽，腕子的主人眼眸无辜，楚楚可怜。

季寒初最终还是放开了她，背过身去，对她说：“你走吧。”

红妆绕过去：“你生气了？”

季寒初看她过来，转身就往门口走。

红妆的反应更快，她挤到了门口双臂张开，死死拦在门前不让他动。

“不准走！”

季寒初气得差点打战，可想到还是因为自己没跟她说清楚，这气就无处发，只能发在自己身上。

红妆搂住他，往前一蹦跶，拦住他去路，仰着脖子说：“我骗你的，那镯子就在我怀里。”

季寒初抿紧唇，耳根微红。

红妆把脑袋埋下寸许，露出后头的簪子给他看。

“你仔细看，不是一块玉，真的。”

季寒初抽手，把簪子拔出来，放到眼下细细端详，果真不是同一块玉。

他默默无声地将簪子插了回去。

红妆知晓他已知自己误会，立马得意起来：“我说你这人怎么连玩笑话和真心话都分不清，我不过逗你的，你自己就把自己给气着了。”

季寒初盯着她眼睛瞧，问：“镯子呢？”

红妆笑嘻嘻地说：“你猜，说不定在我怀里，你要不要自己找找。”

季寒初哪敢干这个，他对她动了真心已经为正道不容，所以平日里都是她对他亲亲抱抱，他几乎从不回应，让他主动做这事，他过不去自己心上的坎。

要不怎么说红妆眼光毒，他这人，确实道貌岸然。

“你拿给我看。”

红妆不依不饶：“那不行，送人的东西怎么还可以叫人拿出来？万一我拿出来，你要回去了就不给我怎么办？我不管，你想要，就自己找。”

说话间，她腿还朝他勾了勾，脚腕上的银镯抵着他的脚踝，触感微凉。

季寒初看着她的脸蛋，眼眸向下，就是精致的锁骨。

南疆衣裳讲究精细大胆，这一身裁得很好看，衬得她越发窈窕动人。

红妆伸手到后，两手环住他的脖颈，吐气如兰，娇声道：“季三，你是真的喜欢我，对吧？”

早在药堂第一次见面时她就发现了，这位外表仙风道骨的三公子看她的眼神很不一样，那是男人对女人最原始的悸动和怜惜，他分明对她一见钟情。

小哑巴以前同她讲过，男人若对女人倾心，是偷着抢着也要弄到自己身边来的，这是男人骨血里的兽性和占有欲，没牢牢放在自己身边，都不觉得女人是属于自己的。

她要看看，道义和她，他究竟更看重哪个。

红妆：“你知道吗，我见你第一眼，其实也打心眼里喜欢你了。”

她亲着他嘴角，说：“我从没见过像你这样的男人，从没见过……季三，我虽然骗了你，但我的情不是假的，我说要和你回家，也不是假的。”

季寒初额头上的汗一滴一滴落下，打在她肩头衣衫上，留下一条浅浅的水印。

红妆继续添油加醋，眼底星芒细碎，媚得撩人。

她附在他耳边，声音细弱：“我把那镯子好好收着了，你送我的东西我可舍不得丢。季三，才分别这一会儿，我就开始想你，你呢？”

季寒初的喉结滚得厉害，整个人陷在道义与情爱的边缘摇摆不定。红妆是真会缠人，跟个蜘蛛精似的，两手全黏在他身上，软得没骨头。

她身上的香味传到他鼻中，又是一剂催化剂。

季寒初这次可以确定，她没有用媚药。

但他已情难自抑。

她比媚药还毒，让他想装傻都装不下去。

季寒初抬手，红妆聪明地一早发现，刚见他动作，又将他抱得更紧。

“别推开我。”

季寒初跟被火烧了一样，心跳越发加快，更加口干舌燥，他的眼睛望着她，明明身体里有强大的力量，却根本推不开她。

他甚至以为这是梦，梦里的女罗刹长了红妆的脸，用笑容勾他，用话语杀他。

“红妆。”他强迫自己找回理智，“你这人，嘴里全是鬼话，我不会信你。”

红妆笑着，只觉得现在的季寒初比以往她在任何话本上看到的故事都好玩，话本是死的，可季寒初是活的，是热的，他比话本好玩上千百倍。

她腾出一只手摸他下唇，男人炙热的气息和起伏的胸膛诉说着他心头的不平静，她勾唇笑：“这样好了。季三，你亲亲我，你亲了，我就考虑放过殷远崖。”

季寒初被这句话搞得清醒过来，他让她嚣张了那么久，才后知后觉想起他们本该立场不容。

他羞愧难当，又羞又急：“你闭嘴！”

都到这个时候了，红妆肯闭嘴就奇怪了。她娇作地贴着他，一叠声地喊着“好哥哥”，坏透了，也美极了。

季寒初气自己，也气她，真想把她丢开，偏还舍不得。

两人胶着着，正是难舍难分之时，门外传来轮椅转动的声音，响声不大，伴随着两道脚步声，由远及近，“吱呀”一声，停在了季寒初的房门口。

外头站着的人叩了叩门，坐着的人就接道：“三弟，可否开门一叙？”

两个纠缠相拥的影子定在门上。

外头的人笑了笑，指示站着的人将轮椅转了个边，二人背对着他们，又道：“如此方便了吗？还请姑娘先放开三弟，正好我也有话要同你说。”

红妆愣了又愣，忍了又忍，回望季寒初。他面色窘迫，低声说：“是

我兄长。”

说完，他神情又变，隐有担心和难堪，硬是此地无银地对外说了一句：“不是你们想的那样。”

红妆：“……”

这人真是……

不过，红妆转眼望着门外，这来得可真是太巧了。

“那我们可就进来了。”门外的人说。

红妆是再也忍不了，连一贯的装模作样都不要了，咬牙切齿地发出声音：“烦死了。”

第五章 心动了

因为这是个死局，就像他的感情一样

（一）放她走

这回不下来也得下来了。

二人匆匆收拾好衣物，红妆大剌剌地坐在桌子上，两条腿垂下晃悠，白白嫩嫩的，那裙子只到她膝盖下一点，露出小半截腿。

季寒初静静看着她。

红妆会错意，低头从自己身上摸出一个锦袋，正是从他那里拿走的那个。

她展开给他看，玉镯好端端地在那里面，完好无缺。

“说了没骗你。”讲完，她立马嗖地塞回自己胸口，生怕晚了些就真会被抢走了似的。

季寒初伸手，从柜里拿出件白色外衫要往她身上套。

红妆躲得快：“你干什么，我不穿。”

季寒初执意给她套上。

红妆嫌弃地皱眉，手背挥舞如风：“拿开拿开拿开。”

季寒初没办法，只得作罢。

但有件事他还得叮嘱：“我不知道他来目的为何，等会儿若有不对，你看准时机就走。”

红妆：“他不是你叫来的？”

季寒初摇头，压低声音：“我同兄长并不亲近。”

红妆一想也是，多少兄友弟恭的背后其实为利益争得头破血流，不能否认姑苏季氏的家主之位也的确诱人。利字当头，兄弟情就得往后放一放，这怪不得谁，事情都有个先来后到的顺序。

红妆托着下巴，眼里天真又纯粹：“你要想当家主，我现在就替你杀了他。”

这一声可没遮着掩着，她故意说给外头的季之远听，也故意说给季寒初听。

可出乎意料的是，他的面色看起来很淡薄，还不如刚才和她亲密时激动。

他说：“我不想当家主。”

红妆问：“为什么？”

季寒初没回答她这个问题，再次嘱咐：“如有不对，你赶紧走。”

红妆笑了：“你当你们季家的其他人是傻的，我一出门恐怕就被射成靶子了。”

季寒初说：“我会拦着。”

红妆挑眉。

烛火里，他面目清俊，道：“我说了，今夜保你安然无恙。”

红妆的心猝不及防地又被揉捏了一下，软得她差点就真的开始考虑是不是要放过殷远崖一马。

还好只是差点，她悬崖勒马，因为季之远直接推门进来了。

季家的兄弟彼此之间长得都不太像，这一点在季寒初和季之远身上表现得淋漓尽致。坐在轮椅上的青年看起来年纪比季寒初还小上一些，眼睛圆圆的，脸蛋也圆圆的，加之坐在轮椅上，裤管之下空空荡荡，看起来更加人畜无害，我见犹怜。

就是那双圆圆的眼睛里，一层缭绕的雾后，不知怎么总觉得越看越冷。

推他进来的青年眉目就平淡了许多，他没什么表情，站定后向季寒初颔首，道：“三公子。”

季之远转头，对红妆说：“戚烬，第五门门主。”

红妆也客气地抱手，冲那人摇摇。

他又点头，拱手道：“季之远，第四门门主，季家这辈排行第二。你可以同外人一般称我‘二公子’，或者同三弟一样称我‘兄长’。”

红妆：“我乐意直接叫你名字。”

季之远：“随你喜欢。”

多有意思啊，碰到个比她还会装的。

季之远笑着看向桌上的红妆，说：“殷家那些人，是你杀的。”

话里话外，不是疑惑，是笃定。

红妆轻飘飘地说：“是啊，我杀的。”

季之远：“上次外公中毒，也是你做的。”

红妆：“我做的。”

季之远：“你打算对他动第二次手？”

红妆点头：“有这打算。”

季之远扶着轮椅把手，身体微微前倾，商量似的问她：“不杀，行不行？”

红妆觉得他真能装，装得够虚伪，虚伪得都有些可爱了。

她这么想，就这么说了：“二公子，你真有趣。”

季之远浅笑：“那看在我令你开怀的分上，考虑一下我刚才说的话吧。”

红妆摸着手腕的佛珠：“我本来和季三商量好了，他若让我高兴，我就考虑放过殷远崖，但不巧被你打断，我没有得逞，所以这笔账我也不知道该怎么算。”

这话说得，虚伪的人侧目，沉默的人抬眼，温朗的人面颊泛红。

季寒初低声呵斥：“红妆！”

红妆拍手，从桌上跳下来，走到季之远面前，刚想俯身，被戚烬闪身拦住。

她就着这个姿势，对季之远说：“你可以试着拦我，若拦住了，我随你处置。”

说完，她还向他眨了眨眼，俏皮灵动。

她总爱这样说话，也习惯了口无遮拦，好好的话说起来愣是掺和三分暧昧。

季之远无所谓，还能对她笑一笑，可落在季寒初耳朵里，他就不好受了。

从红妆夸季之远有趣开始，他就一直不太好受。

她不是只对他一个人这样的。

她觉得他好玩，就和他搅和在一起。

现在觉得季之远好玩，就和季之远搅和。

不然她的眼，怎么总放在季之远身上，连一丝余光都没分给他。

他的心乱了，眼睛也下意识不太想去看那边，没有注意到季之远含笑的目光倏地变得冷峻，收敛起了伪善，换上了真实的面孔。

季之远靠倒在椅背上，神色如霜，像是累了，闭了闭眼对身旁的戚烬说：“商量不好了，算了。”

语气有些惋惜，但周身已起了浓重的杀意。

他不会武功，要动手，自然由别人来代替。

戚烬将他推到房间角落，转身向红妆走去，红妆躲也不躲，优哉游哉地站在桌边，还吹起了口哨。

在戚烬快到她跟前，手臂力量已蓄势待发时，眼前横过一把利器，刀光一闪，星坠的刀口正对着他。

戚烬的脸色沉了下去：“你知道你在做什么吗？”

门口有第四门和第五门所有的暗卫，今天二公子要她死，她就不能活着走出去。

季寒初：“我答应过她，我会保她。”

戚烬：“她死了，承诺就不必算数。”

季寒初没有犹豫：“不行。”

人若没了傲骨，便是一坨烂肉。

好男儿肩上担道义，胸中藏河山，脊背生傲骨，这是立世的根源。

做过的错事，背过的承诺，丢掉的良心，人可以忘记，但苍天知，鬼神亦知。

季寒初往前走了一步，护在红妆身前。

“且慢且慢。”几道急促的声音传来，随后门被人从外一把推开，一个庞大却不失灵活的身影钻了进来。

红妆往后一看，乐了：“怎么又是你啊，小胖子。”

谢离忧抹了抹额头的汗：“劳碌命啊劳碌命，真是没半点办法。”

戚烬厉声道：“谢离忧，你让开！”

谢离忧道：“别冲动，大家和气生财，和气生财啊。”

戚烬眯起眼，眼中寒光一闪而过。

季之远恰当地咳了一声，抬眸望着门外，打量了会儿，转头对谢离忧笑道：“谢门主这回带了多少人手过来？”

谢离忧笑得比他还憨厚可爱，连连摇头道：“不多不多，能带的都带上了。实在是没办法，谁不知道二公子身边个个都是殷家的好手，亏得我谢某人不讲那劳什子的武德，也叫了几个帮手，否则真打起来，我怕季三手眼通天也插翅难飞。”

季之远似笑非笑：“你们倒是兄弟情深。”

“那是自然。”谢离忧的笑容堪称天衣无缝，“都是姑苏季氏的子弟，谁和谁不是好兄弟呢。”

戚烬拧起眉头，眼见谢离忧还要说点什么，他却没了耐心，不等谢离忧开口，手下举刀使力，挟着卷风之力而来，只不过收了刀锋，将刀背往谢离忧身前打去，旨在逼谢离忧后退，少一个人来掺和这浑水也好。

“小心——”

季寒初闪身移步，星坠狠打在戚烬的刀面上，内劲强大，叫他生生往后退了三步，刀锋连谢离忧的衣角都没碰到。

季寒初挡在谢离忧身前，眉目冷下去：“你过分了。”

“我要取他性命，你又待如何？”戚烬怒道。

季寒初温润的眼里陡然升起一丝厉色，他不答话，只是将星坠举在身前，个中意味不言而喻。

戚烬立刀，抿了抿唇。

他掌第五门，精商算之法，于钱财上无师自通，叫人添油加醋说了一番，被捧成几乎可以点石成金的活财神，却在刀法上失于大成。

无论他怎么努力，一挥刀，就是外行也看得出比季寒初差了不止一星半点。

他苦练，却始终难得门道，追不上，赶不上，来不及。

无论是刀法，还是心爱的人。

谢离忧笑呵呵的，但笑容是说不出的干："我说，老五你何必这么大动肝火呢，大家都是自己人。"

戚烬冷笑："谁和你是自己人。"

"好了，阿烬，少说两句。"季之远手肘抵着轮椅，十指相扣于身前，刚刚的话是对着戚烬，如今这句是对着季寒初，他看着季寒初，叹息道，"你不该如此。"

季寒初一字一顿："放他们走。"

"放了谢离忧自然可以，但她……"季之远扭头瞥向红妆，讽刺地笑，"你我兄弟二十年，为了个女人，你何苦呢？"

季寒初淡淡地看着他，说："你放了她，家主你来做。"

（二）坏家伙

这轻描淡写的一句话，季之远也轻松地接了："是吗？"

可那双兀地顿住的手，说明他并不镇定，至少不如表面镇定。

季寒初："本就该是你的。"

季之远转着轮椅过来，戚烬收了刀，立在他身后。

他看看红妆，又看看季寒初，道："其他人死便死了，但外公她不许动。只要你劝得她收手，外公的事情我不予追究。"

"真的？"

季之远点点头。

季寒初便收起星坠，一手牵起红妆的手，一手揽过谢离忧，将他推出门，才拉过红妆往外走。

"你别管这事儿了，快些回去。"季寒初对谢离忧说，"就当你什么也没看见，什么也不知道。"

"季三，"谢离忧无奈道，"你也应当知我，我不可能弃你于不顾。"

"兄长不会伤我。"

"放屁！"谢离忧一指身后，"你说他不会伤你，那他叫这些人来干什么？赏月吗？"

他们朝他身后看去，月色下，院落里竟然已经无声无息地站满了人，有殷家的，也有五扇门的……气氛剑拔弩张。

季寒初拿着星坠的手紧了紧，又松开，道：“没关系，已经没事了。”

谢离忧：“你让我说你什么话好。”

他望向红妆，摇摇头，伸出一根大拇指，感慨：“姑娘真是好本事，佩服佩服。”

红妆笑笑。

她这时候特别聪明了，刚刚季寒初与季之远的一席话她听在耳中，她不说答应，也不说反对。反正话是季寒初说的，她从头到尾都没作声，到时候对殷远崖动起手来，她总归不理亏。

谢离忧带着自己的那帮人走了，季寒初还有些犹豫，他回头看了眼季之远，说：“我和她……”

季之远微微仰头，笑容仍旧那样干净，眼睛弯弯的，孩童似的无邪。

“什么她？今夜在此处，除了三弟，我什么人都没见着。”说完，他甚至对着门做了个“请”的手势。

红妆发誓，她活到现在都没见过比季之远更假的人，他好像长了两副面孔，两副面孔用得都还很熟练，相比起来，季寒初那个矜持自律的小古板，恐怕一辈子都学不会这种虚伪。

不过嘛，她看了看季寒初挡在自己身前的背影，想着人要那么多面孔有什么用，一副就够了，尤其这副她还挺喜欢的，这样就已经足够了。

红妆从季寒初背后探出脑袋：“季之远，我记住你了，希望我们还有见面的时候。”

她说着，又挑衅地吹了声哨音：“当然，如果那时候你还活着的话。”

季之远扶着轮椅，笑道：“承你吉言，我一定会努力活下去，争取活得比你久。”

季寒初拉她出来，将她压在怀里，阻了她与季之远相对视时露出的“含情脉脉”的眼神，伸手要去开门。红妆顺势往他怀里靠去，闻着他身上熟悉的清新药香，心渐渐稳定下来，这兵荒马乱的一夜总算是要过去了。

就在季寒初要打开门时，空中突然传来“咻——”的破空声，他反应快，搂着红妆往边上一躲。

三声响，背后那三道暗器全数打在门框上，三枚算珠嵌入极深，周围震出一圈的裂痕。

季之远喝道：“阿烬，住手！”

戚烬执着刀，手臂上青筋暴起，死死盯着红妆：“二公子，不能让她走。”

红妆看了看算珠，幽幽地叹气。她趴在季寒初肩头，轻声问：“你说说，这世上怎么会有人喜欢上赶着找死？”

话语里的惋惜，似乎戚烬已是一具尸体。

戚烬提气，刀身微震，他的杀气渐浓，但在红妆眼里不值一提。

姑苏季氏也不是每个门主都像小古板一样厉害的啊。

季之远皱眉，加重了语气，命令道："阿烬，放下刀。我说了，让他们走。"

戚烬狠狠地盯着红妆："我要她死。"

季之远叹气："你就算杀了她，你觉得小湮儿会感激你吗？"

戚烬："我不要她感激，我要她如愿。"

红妆听了几句，算是听明白了。

原来那只小白兔也是有人偷偷喜欢，愿意为之付出一切的。

她抱了抱季寒初："你们季家的故事真是缠绵悱恻。但杀了我有什么用呢，杀了我你也看不上你那表妹。"

季寒初低头看她。

红妆用力吸了一口药香，声音很小："季三公子喜欢的是杀人放火、罪孽深重的妖女，清汤寡水的小白兔，你看不上。"

季寒初听她这么讲，脸颊又红了："慎言。"

于是，红妆不说话了。

来日方长，刚才若不是季之远突然到来，季寒初说不准一时意乱情迷真会答应她。等下次有机会，她一定要再好好逗逗他，看小医仙被情绪拉扯时，脸上到底是被正义折磨的愧疚，还是沉溺爱欲的畅快。

这一定比杀人快活多了。

季之远按下戚烬的手，把他的刀夺了："走吧。"

戚烬急了："二公子！"

红妆从季寒初的怀里出来，站到门边，眼神有些锋利。

她刚才是真信了季之远的话，没想到他带来的人居然会出尔反尔。其实她挺能理解戚烬的苦的，你看看他一身的青衫白衣，和他全身气质根本不搭，摆明了是在学季寒初，学得还一点都不像，画虎不成反类犬。

戚烬要杀她，是因为连他都能看出季寒初对她的与众不同，他非要为殷青湮永绝后患不可，这种用情至深，爱而不得，心泡在黄连里了也要咬牙和血吞去成全自己爱人的人，她觉得比起季之远还稍微真性情些。

可理解归理解，戚烬下了黑手，她不可能平白吃亏，她又不是什么善类。

她修的是邪魔歪道，不是佛道。

"季之远，你这朋友不太厚道啊。"红妆说。

她笑着，迎面对戚烬抬起双手，戚烬顿时警惕地看着她。

可红妆的手里根本什么都没有，只是虚虚对戚烬比了个拉弓的动作，也许是知道这女魔头诡计多端、心狠手辣，即使知道她手无寸铁，他还是慌了。

红妆闭起一只眼，有模有样地拉弓、放箭，自己还配合着"咻"一声，戚烬禁不住那种慌张，仓皇地退了两步，险些撞到季之远的轮椅。

当然，什么事都没发生。

红妆嘲他：“胆小如鼠。”

戚烬的脸色更黑。

红妆向来嚣张跋扈，她巴不得戚烬真和她打起来，正要再刺激他几句，季寒初却一把抓住了她的腕子。

那手腕上的佛珠颗颗闪着润泽的光，季寒初目光暗下去，说：“解药。”

红妆装糊涂：“什么解药？”

季寒初：“你的佛珠是空的，里面都用来养毒物，你刚刚装成拉弓的样子，就是行了声东击西之计，实际上你的虫子已经得手了。”

戚烬脸色一变，几乎就在季寒初说完的同时，他感到钻心的剧痛从腿部传来，他低身拉起裤腿，小腿那里已经有大片的青黑，还在缓缓往腿根蔓延。

红妆扬起手：“是他动手在先，我废他一条腿，也不算过分。”

戚烬抬手就抢了季之远手里的刀，他红了眼，冲红妆的空门砍去。

季寒初在他拿起刀的时候已经抽出了星坠，紧接着他揽过红妆到身后，手中星坠硬接了戚烬一刀，然后再抬腿横踢，正踢在戚烬膝盖骨上，戚烬踉跄了一下，半跪倒在地上。

戚烬大口喘气，中毒的那条腿已经没有知觉。刚才是为殷青湮要杀她，现在却是为了自己也非要杀了红妆不可。

季寒初：“把解药给他。”

红妆不肯：“给了他，再让他过来杀我吗？”

季寒初：“他不会杀你。”

红妆哼笑：“我看他会得很。”

季寒初摇头：“我会保护你。”

我、会、保、护、你。

不好，不能再听了。

再听下去，殷远崖这条烂命真要被他一张嘴就救回来了。

摸上腕处的佛珠，红妆轻轻转了转，看着戚烬，嘴里又吹起短促的哨音，没多久，地上爬出三两只黑色小虫。她蹲下，虫子顺着她的指尖钻回了珠子里。

她一脚踢上戚烬撑地的大刀，给他踢得全身一震：“一天放一回血，半个月就好了。”

戚烬的面容因愤怒扭曲了不少，他狠狠道：“你给我等着！”

红妆没让他说完，脚尖一挑，把他又踹到了地上。

她一身本事师承摇光和天璇，但嘴上的功夫是十足十像了天枢，根本不懂积德：“我不喜欢等，你找死，我现在就可以成全你。”

季寒初赶紧上前捞过她的肩膀，将她和戚烬拉得远远的。

再这么下去，天都亮了。

他搂住她的腰，再不看身后两人一眼，偏着头道："我们走。"

终于推开房门。

铺天盖地的箭弩和黑压压的人头，全指着他们这个方向，见到出来的是他们两个，也没听到什么指示声响，所有人又动作一致、整齐划一地背过了身。

他们接到的指令，是没有指令，不许行动。

二公子的意思很明了了，这个女人，他们今晚不捉。

暗卫对视一眼，行动如风，消失在夜色里。

不需要问，也不需要说，最好的暗卫就是不会讲话的暗卫。

季寒初带着红妆走出季家后就放开了她的手。

她本以为他会离开，没想到他也没走，就在前头路上慢慢走着。

她跟上去，没话找话："你又生气了？"

季寒初没有理她。

红妆靠近了一点："本来就是季之远的人玩阴的，我要不回击，他肯定会杀了我。"

季寒初："以戚烬的武功，他杀不了你。"被她杀了还差不多。

红妆摸上他的衣角："话是这么说的，但他背后放冷箭也是事实。话说我本来觉得你哥才是最虚伪的人，没想到他还挺言而有信，比起来那什么五门主还不如人家一半……"

她说着说着，季寒初的恼怒就更深一些，脸色更不好看一些。

又是季之远！

她就那么中意季之远？

觉得有意思还不够，非要在他耳边说个不停？

她拿他当消遣，耍着他玩，现在又看上他兄长了是吗？

那之后，是不是、是不是所有她对他做过的事，也要对兄长再做一遍？

想到那情景，季寒初身上冒了寒气，心里第一次对季之远生了怨怼。

他知道，他不该，从遇到红妆起他就有了很多"不该"。

最不该的，是拿家主的位置去换红妆。他心头分明清楚得很，他早就拒绝了叔父的要求，可他还是这么卑鄙，看似交换实则威胁，用他最不齿的方法将本不属于他的东西去换了他最喜欢的宝贝。

父亲的教诲，到此刻才让他觉得愧对。

最可恨的还是这个"宝贝"，张口闭口都是兄长，季寒初听着，满心煎熬。

红妆当然不懂他脑子里的曲折，她话说到一半，才发现季寒初不对劲。

“喂，季三，你……”

话没说完，她就被季寒初狠狠拽到身前，眼前从他怒极的脸庞变成夜空一轮悬月，他将她直接推倒在路边的草丛里，整个人用力压上来，按着她就是一个长吻。

这个吻含着很多情绪，强势、吃醋、生气、无奈，像蚂蚁爬在心口，一阵阵的痒，就是要他乱，要他生受。

季寒初大抵真不会接吻，只是生涩地胡冲乱撞，把红妆下唇咬得生疼。她开始还享受着，后来就觉得吃力，实在太乱来了，而且后背的石子也硌得她不舒服，可她刚想反抗，就被季寒初压得更深。

等这个吻结束，热气还在她的脖颈间萦绕，季寒初趴伏在她身上喘气，一手抱着她的腰，一手托着她的后脑。

红妆软成一摊水，同他一样有些失神，胸口被他的胸膛压得有些疼，她的舌尖都是麻的，嘴角大概也红肿了……

“你痛快了？”

季寒初咬着牙，撑起身子，伸手轻轻摸上她的脸，她的唇。

稍微伏低些，他直直地靠近，眼睛能看到彼此眼里的倒影。他看着红妆，这个没心的女鬼，杀人不眨眼的魔头，坏家伙……

“你现在够快活了吗？”他喘息渐平，语调含冰，“我问你，红妆，你现在够不够快活了？”

（三）一二三

红妆看着季寒初，他伏在她身上，因为靠得太近，眼里的情绪很明显。

天地间很安宁，连风都没有。

季寒初静静地望着红妆，他看起来很痛苦，目光很深，那里面的东西都快要藏不住了。

红妆从他眼中大片的情绪里捕捉到裂口，探进去，看见季寒初就站在一片荒芜的原野上，一边是天光，一边是黑暗，他在摇摆，在挣扎，也在撕裂。

他的内心正在丑态毕露地捍卫自我，捍卫摇摇欲坠的正直道义。

红妆推开他，坐在草地上，坐在他面前。

她拍拍身上的杂草，望着他墨黑的瞳孔，问：“中原人都像你一样吗？”

季寒初低垂的眼抬起，低低地问：“什么？”

红妆笑了一声，说：“这么轻易地就爱上一个人。”她伸出三根手指头，“三次，我们就见了三次而已。”

季寒初别开了脸。

良久，他回过神，问她：“红袖是你什么人？”

红妆脸上的笑容一下子就淡了，不仅淡了，甚至还浮上层冷意。

她倏地站起身，居高临下地看着季寒初：“你是不是又开始了？”

季寒初：“开始什么？”

红妆冷冷地笑，笑容里是说不出的嘲讽：“自以为是地编故事啊，莫名其妙地大发善心啊。你是从哪里听来了什么悲惨遭遇，硬要往我身上套，得出个我不得已的苦衷，是不是？”

季寒初：“我听谢离忧说了些事，倘若你真的有非做不可的理由，那我们……”

我们其实也不一定要走向不死不休的局面。

可红妆完全不给季寒初反应的机会，她说话极快，语气凌厉又淡薄：“算了吧季寒初，你不是为我找理由，是在为你自己找借口。因为人人称颂的小医仙喜欢上了一个妖女很丢脸，你现在就是迫不及待地要找个理由，才能让这件事显得不那么丢人。”

季寒初的手颤了颤，没说话。

若最初他只是猜测，那现在红妆的反应已给了他证实。

但她说出口的话，竟然那样让他难过。

红妆走近他，直直看着他的眼睛，继续说：“我说得对不对啊，季三公子？”

季寒初撑地站起，淡淡地说了一句：“不对。”

可红妆根本不会信，她非但不信，反而因为季寒初提了某个被她深藏在心的禁忌，变本加厉地咄咄逼人。

“我现在就告诉你，我没有苦衷，也没有任何理由。我就是喜欢杀人，杀人能让我快活，比和你在一起快活多了。之前我和你说我考虑放过殷远崖，那才是真的骗你，我不可能放过他，他和我只能活一个。”

季寒初抿紧唇，隐忍的表情里多了丝松动。

红妆一把抓住他的胳膊，挤到他面前：“季寒初，你想着拦我就干脆杀了我，要不然你就放纵我，不要夹在中间摇摆不定，更别指望我放手，否则我看你不起。”

她说完，放开了手，头也不回地转身走了。

季寒初定定地望着那抹背影，直到她消失在夜色下，也没有再说出一句话。

她说自己就是喜欢杀人，他当然不会信。她曾有无数个机会对殷青湮和戚烬下手，甚至杀了谢离忧，但她都没有。

可就像谢离忧说的那样，她和当年失踪的红袖有千丝万缕的联系，她的目的也很明确，就是冲殷家来的。

这才是最棘手的，因为这是个死局，就像他的感情一样。

左右碰壁，道尽途殚。

红妆喜欢杀人吗?

当然不喜欢。

可不喜欢归不喜欢，有些人必须得死，比如殷三平。

不下地狱，简直对不起她活这一场。

夜里狂风大作，水间客栈的庭院里只能听得到风声，呼啸来，呼啸去，仿佛女鬼夜哭。

殷三平被困在院子里，像只困兽，他往哪里走，哪里就是死路。

眼前有扇门，他踉踉跄跄地拖着伤腿爬过去，手还没碰到门面，身后一根长箭直接射穿了手掌。

鲜血四溅，他凄厉地叫喊，却根本无人应答。

因为方圆五里的人都被下了睡死过去的迷药，只有他还清醒着，水间客栈已然成了他的刑场。

身后的人站在屋檐上，执着一把弓箭，红色衣衫迎着烈风飞扬，大片大片的裙摆摇曳着，淌进他的眼里，模模糊糊，化作厉鬼。

殷三平手掌摩挲着地面往后退，疼得不断吸气，哆哆嗦嗦道:“鬼，鬼……”

红衣女人笑起来，再度搭箭、拉弓，冰冷的箭头对准他:“你说得没错，我是鬼。”

一松手，长箭直发，钉在殷三平身前一尺处，他吓得脸色煞白，裤间流出温热液体，腥臊难忍。

红妆又搭了一支箭，轻轻开口:“女鬼所在之处，自然就是无间地狱。”

一箭出，还是偏了。

殷三平已经吓得根本不会走路。

又一箭，擦过他的脸颊，脸上传来钻心的疼。

女鬼……女鬼从地狱里爬出来复仇了，她要他死，他今天肯定活不了……怎么办？怎么办?

凄风大作，红衣女人比厉鬼还可怕。

红妆又开始拉弓。

其实她的箭术很糟糕，天下武学博大精深，她偏得厉害，只将一条鞭子甩得像样了些。

天枢虽陪着她来中原，但从来都是做甩手掌柜，红妆也不在乎，她要自己亲手杀人，用最歹毒的方法，最残忍的手段。

“我给你三次机会。”她淡淡说，“三箭，你如果能逃得掉，我就放过你。”

殷三平咽了咽口水，拿捏不准地看着她，求生的欲望使他迅速打量四周，寻找逃生的法门。

红妆从箭袋里抽出一支箭，说：“一。”

殷三平已经开始逃了。

他看得准，水间客栈的门已经被她全都锁死，可院子里遮挡物多的是，要逃过三箭并非难事。

明明已经重伤在身，却还能跑得飞快，人在生命垂危时的力量果真是强大的。

红妆不急，慢悠悠地对准他移动的身影，不时用力挽弓，发出吱呀声响，看他被吓得屁滚尿流，她就笑得更厉害。

她看着殷三平，阖上眼，再睁开，说：“当初就是你出主意逼着她背逐风刀谱，她根本不会背，你们就打断她的一条腿，逼着她在院子里给你们当靶子，打断再接上，今天是左腿，明天是右腿……”

咻——

第一箭落空了，射在水井石头上。

殷三平哪里还能听见她在说什么，他的全副精力都放在了躲避箭矢上，恨不得自己能缩得小一点，再小一点。

红妆可以想到，在这样一个类似的院子里，师姐被他们当成活靶子玩耍时有多么绝望。

那年是冬天，师姐甚至才刚生了孩子。

“也是你出主意，要把她带到雪山上毁尸灭迹，她不能死在江南，否则一定会被季家找到，到那时就说不清了……”

说着说着，第二箭随之射出。

“二。”

箭矢擦过殷三平的腿间，留下一道血痕，被他险险避过。

红妆抬头，抽出第三支箭矢，脸上有浓重的悲，心像被人用刀砍过一样，滴答滴答流血。

她一字一顿道：“她做错了什么，凭什么要这样被你们欺辱？”

凭什么。

没人告诉她凭什么。

殷三平根本不会开口，他正缩在水井后面瑟瑟发抖。

他不敢抬头去看，只能凝神用耳朵听。耳边的风似乎停了，没有拉弓的声音，女人的喃喃自语也不见了。

那女魔头，她走了吗？

殷三平不敢赌，他死死咬着牙一动不动，可等了许久，还没等到第三箭射来的响动。

真的走了吗？

就这样放过他了？

怀着侥幸，他悄悄把头探出水井边缘，露出一双眼睛四处打量。

屋顶上、房檐下、院子里……没有，都没有。

他憋着气，不敢妄动，打量又打量，看了足足一刻钟，才慢慢地松了一口气。

居然真的走了。

他煎熬许久，到现在彻底轻松了下来，身上已经一丝力气都没有，他往后一瘫，闭上眼大口大口喘气。

好不容易喘平，他才想着要发信号。这个可怕的妖女不知道是从哪里蹿出来的，武功邪门，长得倒是挺好看的，要是能生擒了她，死前或许可以拿来乐一乐……

这样想着，殷三平有点想笑，他揉了揉被血眯了的眼睛，睁开了眼，然后对上了一双微红的眼睛。

原来鬼一直就在他身后。

没等他反应过来，在他发声之前，一支箭矢就已经插进了他的心口。

动作干净，一箭穿心。

红妆再将长箭拔出来，望着殷三平的尸体，他死得太快，脸上神情还停留在错愕。

“啪”的一声，长箭被她丢在尸体旁。

她抬脚，在尸身上蹭掉脚底沾染的血迹，冷漠且从容。

“三。”

（四）别跳了

红妆洗了一身血味，回到临江客栈时，天枢还在逗虫子玩。

见她回来，他漫不经心地抬头，问：“还剩几个？”

红妆算了算：“两个。”

殷远崖和殷芳川。

所有杀戮罪孽慢慢归于平静，债务一笔一笔清算，鲜血洗涤过一轮，剩下最后两个尚在人间的恶鬼。

一个下达指令，一个杀人诛心。

可这两个魔鬼心肠的人却费尽力气护着不知世事的殷萋萋，瞒了所有的罪，给她留下了光明。于是她看到的花是红的，天是蓝的，人心是善的，她站在阳光下，殊不知脚底埋的是白骨累累。

说不出她有没有错，立场不同，红妆无法理解她。

天枢：“那个宗主夫人不杀吗？”

红妆：“不杀。”

天枢斜眼：“你对她倒挺善良。”

红妆笑笑，不说话。

天真的恶，最为狠毒。

若不是殷萋萋成日哭诉，殷芳川也不会起歹心，可没办法，师姐不让她杀。

天枢：“其他人呢？”

红妆有些疲倦地阖眼：“算了。”

天枢将她手里的佛珠摘下，一转，佛珠露出小孔，毒虫顺着他的手指爬了进去。

他不太赞同这种仁善：“知情不报也是罪，你太心软了。”

红妆睁眼，有些疑惑。

天枢：“怎么了？”

红妆转头：“你说我心软？”

天枢搬出老一套：“妇人之仁，难成大事。”

红妆无声地勾勾嘴角，将定骨鞭缠了几圈，挂在腰上。

她最近确实过于心软了点。

这世上有些人生来就没有善恶观念，他们是地狱里的鬼魂，不受人间道德束缚。

像她，和“善良”这个词，天生就没有缘。

她不爱杀戮，但生来自私又自我，凉薄且反骨。唯一一点人性的底线，都给了对她恩重如山的师姐。

“知情不报是罪，但知情若报了，就是死。”红妆回头，望着江边的月色，“蝼蚁尚且偷生，人只是想好好活着，何错之有。”

这些话是当初她来中原时师姐对她说的。红妆原本的打算是奔着灭门去，师姐却再三要求她放过无辜的人。

师姐一直这样，生前善良，死后也是。

天枢哼了哼，极其不屑。

红妆趁着他整理毒物，起了好奇心，问他：“师伯，有没有一种蛊，种了就能让人心甘情愿地听自己的，让他怎样就怎样？”

天枢头都不抬：“傀儡蛊。”也就是最初的活死人蛊。

红妆不满：“我不要失去意识那种，我要他能听能看，又乖乖听我的。”

天枢把佛珠扔回去：“你想得美。”

红妆把遗憾都写在了脸上。

天枢没那么多耐心理解她的儿女情长，他在江南已经待得厌烦，催促她：“赶紧动手，我杀只鸡都比你杀人快。”

“……”

天枢：“我饿了，你去买只烧鸡来。”

红妆：“我杀鸡没杀人快，你自己杀吧。”

一阵诡异的沉默。

在天枢似笑非笑的眼神里，红妆头也不回地走到门口，拎着钱袋子出门买鸡去了。

天枢抱着手，看她打开门，外面夜色如墨，圆月高悬。

天枢道：“丫头，你要不要试试离心蛊？”

离心蛊，蛊如其名，种在身上不会有任何异常，但只要情动，蛊虫就会撕咬血肉，直到彻底断情。

借着夜色遮掩，红妆刻意忽略了天枢的警告，她拎起佛祖手串跨出门去：“不要。”

天枢危险地眯起眼睛。

红妆出了门，三两步踏上房顶。天枢转到窗边，看着她的身影在夜色下起伏，轻哼了一声，关上门前低声说了一句。

“别忘了你师姐是怎么死的。”

红妆脚步停了一下，她转过身，看着那扇已紧闭的窗，脸上的表情忽然玩味起来，她的嘴角挑起，对那抹身影说：“没必要给我下蛊，放心吧，我忘不了。”

夜太宁静，偶有鸟兽啼鸣，便成为夜间唯一的躁动。

红妆杀人很快，手起刀落，虽然比不上杀鸡，但也不遑多让。

按这种速度，如果接下来两个比较顺利的话，大概再过几日她就要回南疆了。

回去了，这辈子应该就不会再来中原。

她和季寒初要永别了。

红妆承认，她有些舍不得。

这男人很干净，坦荡又慈悲，既不伪善也不会滥发善心，身上保留了悲天悯人的情怀，还沾了江湖人的习气，这份混杂对她来说是强大的吸引。

原本这种干干净净的人是要下地狱好好脏一脏的，但偏偏他还生得俊朗，红妆不想弄脏他，只想和他试一试所谓的男女情爱。

没能试过，老天都知道她有多不甘。

红妆在烧鸡和季寒初中间犹豫了一下，选了季寒初。

她想着，等她杀了殷远崖和殷芳川，估计季家就会翻天覆地来找她报仇，她和季寒初是再没可能好好说上一句话了。

那当然是趁此时，良宵值千金。

来到五扇门，没有人发现她。

红妆找到季寒初的屋子，坐到屋顶上，悄悄掀了瓦。

第三门可能是五扇门里最清贫的了，第四门第五门好歹有暗卫，第一门自己就干的杀人越货的勾当，人也不会少。谢离忧虽然手底下没几个真正能打的，但靠着买卖一些无关紧要的情报，做一做暗地里的生意，过得也很是奢华，外人不知道的还以为他才是掌财权的门主。

唯独季寒初这里，来来往往就几个侍女、药童，瞧着可怜，一点也不像堂堂三公子。

红妆从瓦缝往里看。

屋子里堆了些药材，季寒初拿着石钵和石臼正在细细地捣弄草药，一旁的书桌上除了几本厚重的医书外还放着几个空荡的锦袋。

他换了身衣裳，看着有些大，领子宽宽松松的，红妆从屋顶望下去，正好能看到他露出的一截精绝的锁骨。

季寒初一直在静静捣药，红妆看着看着，胸腔里的东西渐渐跳快了些。

她安静地看了会儿，直起身，目光停在虚无的天幕中，神情冷下去。

她抬手，抚到自己的心口处，那儿隔着皮肉，有颗东西在不知死活地跳动。

红妆抬起头，借着微弱的月光看了看手中的佛珠，慢慢闭上眼，喃喃道："别跳了。"

别跳了。

可是它不是她手里的蛊虫，它不受她的控制。

咚、咚、咚。

她把眼睛睁开，细微的缝隙里有清淡的月光，她笑了笑，往后倒在月色里。

男人在屋子里捣着草药，她坐在屋顶上看着月亮。

月亮爬上来，照亮了她心里的荒原。

那里有个人，站在漆黑幽暗的泥沼里，抬眼便是暖光。

就像那天在他的眼里一样，他无力地捍卫自我，由着自己在黑暗诱惑下慢慢被吞噬，她嘲笑他，讥讽他，戏弄欺骗他，自以为游刃有余，却到此时才发现，原来光芒也在吸引、笼罩着她。

"别跳了。"她轻轻开口，呢喃自语。

回答她的是一声比一声有力的响动。

别跳了。

……

人的心是荒草遍地，有朝一日春风一度，吹又生。

第六章 我要你

红妆，我中意你

（一）索命鬼

殷远崖最近不太痛快。

他自从上回中了毒，就被大哥殷南天明保护暗软禁地囚在家中，梦里时常惊醒，全是自己全身溃烂、尸水满地的模样。

他重欲，从年少时便这样，哪怕如今孙子都大了，他依然不改好色本性。

被囚了多久，就受了多久的惊吓，禁欲和惊恐双重加身，险些要把他憋坏。

趁着殷南天远游，他领着殷家侍从悄然出门，第一要去的就是醉里寻欢。

醉里寻欢的小娘子见了他，笑得嘴都合不拢。她们最喜欢这样的男人，大方、阔绰，给的钱多了，哪怕他喜欢玩些下三烂的，金钱迷了眼，全都叫情趣。

红纱覆体，雪肤黑发，一声声招揽跟能滴出水似的，叫人骨头都酥了。

殷远崖沉浸在大片活色生香里，银票散地，小娘子跪在地上捡钱，爬得像条狗，照他说的在地上打滚，不时"汪汪"两声，爬得慢了，被人拿脚用力踹，还要笑着说"谢谢主人"。

哪要什么尊严，在这里，钱能买来任何人的尊严。

殷远崖怀里还搂着一个女人，他只有一只手，好不容易腾出来，拿起桌上卷成卷的银票，随意地向上抛，登时银票翻飞，缓缓旋转落下，与纱幔纠缠到一处。

女人见着此景，眼里绽放出惊喜的光，从他怀中起身，伸出双手去接，瞳孔里的温柔满溢，管这可以当爷爷的男人叫相公，一声声"谢谢相公"，像爱极了身旁这人，其实细细闻一闻，哪儿哪儿都是铜钱味。

“喜不喜欢？”殷远崖跷起腿，好整以暇地为自己倒了一壶茶，看戏似的看小娘子们抢着接钱的模样，捻着自己粗糙的两根手指，随手再抛出去一把银票，“爷高兴了，自然少不了你的好处。”

为首的女人环上他的腰，撒起娇来：“爷来了，奴家也高兴。”

“真的假的？”

小娘子娇滴滴地说：“自然是真的，奴家喜欢爷。”

“是喜欢爷，还是喜欢爷的钱？”殷远崖邪邪地笑，捏着小娘子的下巴，“给爷说实话，不许骗人。”

女人的声音低下去，脑袋也低下去，再低下去，快贴着殷远崖的耳垂，吐气如兰：“都喜欢。”

殷远崖轻笑，手指在她及腰的长发里穿行，扣着她的脑袋吻上朱唇，却被她用手指格挡住：“那爷是喜欢奴家，还是喜欢奴家的样貌？”

殷远崖从善如流：“也都喜欢。”

小娘子窝在他怀里咯咯地笑，浑身轻颤。

殷远崖被那一瞬的美色迷了迷眼，当下有些心急，摩挲着她的手背，万分暧昧道：“小美人儿，收了爷的好处，今儿个是不是得好好表现表现？”

女人“嗯”了一声，攥着手里的一沓银票旋身而出：“爷等着，奴家去换套衣裳就来。”

门一开一关，女人香顺势而入，从鼻尖滑至心脾，勾得殷远崖心痒了一痒。

调情也调够了，想着即将享受到的一切，殷远崖难得有耐心地等待着，他放肆感受着此刻心头的快意，双眼随意地转了转。

这一转，他才发现屋子里还有个女人，她乖乖地坐在角落，笑嘻嘻地看着屋里的混乱，嘴里还舔着芽糖。

殷远崖爱女人，但也有自己的喜好，他尤其喜爱异域风情的女人，自己房里养了好几个不算，凡是出门寻欢作乐，也都要点一点有那味道的来玩。

可江南本就少有异族女，会在醉里寻欢里的更是少之又少，他很难碰到。

没想到这一回居然给他遇上了。

不仅遇上了，还遇上了个尤物。

殷远崖有些疑惑，怎么刚才自己就没注意到呢，光顾着耍另外三个了，竟然冷落了这么个绝色。

他冲那红衣小娘子招招手，她就笑吟吟地过来了。

殷远崖望着她狐媚的眉眼，越看越喜欢，伸手就勾了她下巴，把她一把拉到身前。

他瞅见她身上穿得端正严实的衣物，有心调戏："怎么来做爷的生意，还穿得这么不得体？"

女人绞着小辫子玩，道："我坐在那里好久了，你都没发现我。"

殷远崖自然而然地把这当成调情，要是别的女人，撒娇撒泼他都不理，可这个不一样，这个是他喜欢的，模样比其他人都好看许多，兴许是新来的货，还没经历过人事。

她想撒娇，他也乐意给她脸子。

殷远崖拍了拍她柔软的脸颊，哄她："都怪爷不好，怎么就冷落了你这么个美人呢。你别怪爷，来告诉我你叫什么名字？"

女人眼睛灵得很，笑起来却又纯粹，她说："红妆。我叫红妆。"

殷远崖管她是叫红妆还是绿妆呢，他只知道眼前这女人笑得和妖精似的，自己都要被迷死了。

五迷三道，颠三倒四，连身边另外两个女人何时没了动静都不知晓，更没发现。

他嘴上说着："好名字，人美，名字也美。你今儿个把爷伺候好了，乖乖儿，爷就替你赎身成不？"

红妆的笑声和铃铛一样，脸庞天真又无辜："我不想要赎身。"

殷远崖迫不及待地把她拉到怀里，刚准备摸上两把，却被她逃了开去。

红妆舔着芽糖，手指摸上了自己嫣红的下唇，眼波勾着，含糊道："我要别的东西。"

殷远崖从没遇到过这样的女人，巴不得把十两、二十两都送给她，他问："你想要什么？"

红妆指了指他："我要你。"

殷远崖眉开眼笑，合着这小娘子还在和他玩情趣呢，妙哉，他就喜欢这么懂事的女人，简直像长在他心坎里一样。

殷远崖的眼神都快着火了，他说："你想要就拿去，爷这条命都是你的。"

红妆歪了歪头，扑进他怀里，手按上他心口位置，问："真的吗？"

殷远崖抓着那纤纤玉手："真的，爷还能骗你不成。"

红妆靠近他，笑容渐深，眼里的邪气越发重，她一双手绕上了殷远崖的脖颈，这女人美得像修罗，用美貌来索他的命。

"你说的，那我就拿走咯。"

（二）因与果

夜风吹过窗棂，门外迎来不速之客。

季寒初站在门口，迟迟不肯进去。

他的心就这样被放在火上烤着，被凌迟着，他很难过，可他又走不了，他强迫自己在门口听着，听得脸色越来越难看。

来往的小娘子见了他原本是想上前撩拨两把的，这位小公子一看就雅正端庄，和醉里寻欢格格不入，再看那张脸，让她们不要钱倒贴都行。

可他只盯着门，看都不看别人一眼，赤红的双目几乎泣血。

如何不泣血，这件事太沉重，沉重到季寒初感觉自己的心都裂了缝，汩汩流血。

他几次想落荒而逃，都忍了下来，最后终于深吸了口气，推门进去。

门内，衣服、银票丢了一地，季寒初走到床边，指甲深深陷进肉中，他用力克制着，轻轻抬起胳膊，掀起床头的纱幔。

床上两个女人已经昏死了过去，夹在中间的殷远崖脸色煞白，气息微弱。

而那个诛他心的坏东西正倚靠在床尾里，一副餍足的模样，白嫩的肩膀上，模样好看的锁骨正盛放着纯粹的原始欲望。

她抱着手，很随意地看着他："季三公子来晚了。"

季寒初用力攥紧纱幔，手背筋脉暴出。

红妆："你是什么时候在玉镯上抹了追踪的香药的？"

季寒初没有说话。

还要说什么呢，他的心都掉进地狱里去了。

他别开脸，松手，转身欲走，身后却突然贴上来女人的身体，温香软玉，那人手臂从后头揽住他的腰，指尖冰凉，覆在他的手腕上。

"季三，别急着走啊。"

指上红色的蔻丹，像血块。

手指在他手背上挠了两下，红妆说："我试了试殷远崖的本事，总觉得不够味，正好你来了，不如我们也来试试，看看到底你和他哪个本事大些。"

她下了床，走到他面前踮起脚吻他，深深吸了一口他的味道，含糊夸赞："你可比他干净多了……"

季寒初一把抓住红妆的两只手腕，眉目狠戾，他的面容因愤怒扭曲着。他提起她，毫不留情地把她扯到房内另一边，用力一甩，她顺势就滚到了地上。

"嘶——"红妆摸了摸自己发麻的手腕，红了一大片，小古板真狠啊。

"你住口。"季寒初咬牙，紧闭着眼，再睁开时勉强清明了些。

他捡起地上的女人衣服，不管是不是她的，统统往她怀里塞："穿好衣服，跟我走。"

红妆才不让他如愿，她胡乱动来动去，边动边说："你是不知道，殷

远崖的本事也就这样，真的不行……他不是喜欢欺负女人吗，我就让他死在女人身上，看他还敢不敢……”

季寒初嘴唇紧抿，心剧烈跳动，字字清晰。

“你撒谎。”

红妆哈哈大笑。

“我是不是撒谎，你去看看不就知道了。他现在还留着一口气，老东西命还挺硬。”

她丢了衣服站起来，颇有些遗憾地说：“你来了，肯定就不会让我杀他了吧。殷远崖真是福大命大，怎么次次都赶上你救了他。”

季寒初转身去探殷远崖的鼻息，果真还有一息尚存。

医者的本能，是救苦救难，他下意识地去点殷远崖几处穴道，帮殷远崖排出体内积滞之气。

就在此时，一把冰冷的刀突然抵在了他的脖颈上。

季寒初顿了顿，良久，他缓缓转头看着身后的红妆。

她笑得依然甜，但根本没有半点心平气和，直白的眼神里充满挑衅。

“季三，我答应你救他了吗？”

季寒初沉默。

红妆执刀逼得更近：“我说过，我和他只能活一个。”

刀锋反光，眨眼间就能割破他的喉。

红妆：“怎么不说话了，你的大道理呢，你的菩萨心肠和医者仁心呢？”

季寒初静静地看着她，眼神很深邃。

红妆嗤笑：“我忘了你和我说过的，慈悲不度鬼。”

他的大慈大悲，根本不会度她。

季寒初摇摇头，心里疼了一下。他说：“《华严经》中有载，一切诸报，皆从业起。一切诸果，皆从因起。”

红妆眯眼，眉峰微挑。

“什么意思？”

季寒初：“你若杀他，是他业障过重，报应不爽。”

红妆带上一抹笑：“你居然信我？”

季寒初别过脸，微微点头。

红妆眉眼含笑，收了刀，把他拉到跟前，闭眼吻了上去。

季寒初煎熬难忍，没有动。

红妆搂紧他，把脸埋进他的胸膛，说：“你信我，我真欢喜。可是季三，等杀了他们，我就要回南疆了，以后你再也见不到我了……”

季寒初微怔，垂头，看到她白嫩的肩，像被蛊惑了般问：“你以后还会回来吗？”

红妆：“不会了，季三，这是永别。”

永别。

季寒初想，生离和死别果然都是天底下最让人难过的事。

红妆亲他的脸，亲他的唇，亲他的耳垂，埋在他怀里将他抱紧。

女人的体香像剧烈的毒，诱惑着他沉沦。

“季三，殷远崖根本没碰我，我一早就知道你会来。

“我就是想看看你会不会让我杀他。以后季家找我报仇，你答应我你千万不要来好不好……

“季三哥哥，我马上就要走了，你从此以后都见不着我了，你舍得吗？”

他的心门被她打开，她楚楚可怜地瞧着他，嘴里嘀嘀咕咕地说着话。

她说她小的时候就见了尸横遍野，爹娘商量着到底要不要吃了她……她被人抢走，咬破了皮肉，又被娘亲抢回来，哭着说不能吃她。

她说她被救回去，长大了，大多时候想的都是怎么好好活着。她不想受欺负，也不想在别人的嘴里求活命，她要靠自己，让所有人都伤不了她。

她说她不擅长理解感情，可对他也有三分心动，她想要和他快活一场，不枉她来中原一趟。

季寒初心乱如麻，浑身紧绷，心被挠得越来越痒，体内的火烧得越来越旺，欲望横流，理智节节败退。

终于，他攥紧她的手，在她期待的眼神里咬着牙说：“去隔壁。”

水红色的鸳鸯锦被铺就出鲜艳的色彩，人若躺在上面，仿佛都要被这般海潮给淹没，大片艳色纱幔飞扬，带出潋滟的流光，摇曳进男人深沉的眼。

模模糊糊地，流光化成了雾，迷了不知谁的心。

夜晚是醉里寻欢最热闹的时候，一天生意刚刚开张，十八般手艺摆起来，小曲儿里的野心也开始活跃，盯着钱袋子去，却披了爱情的皮。

季寒初看着红妆的脸，没办法保持理智。

他还在犹豫，进退两难间，“永别”两个字在他脑子里一直转个不停。

他觉得很痛苦，爱她是痛苦，不爱她也是痛苦。

太难。

红妆却不这么想，刚一进门，她就笑得快活，刺着季寒初的眼，也刺着他的心。

“季三哥哥……”红妆逗他，“你舍不得我是不是？”

季寒初微微僵硬，有些别扭地别开眼，点了点头。

眼里还是纠结。

红妆真是爱极了他这副痛苦的样子，他越犹豫不决，越自我撕扯，她越开心。

叫一个禁欲的人破了禁忌，丢了他的正道和妖女鬼混，真是大快人心。

她只知道自己应该是喜欢季寒初的，但到底是三分、五分，还是十分？

她不知道。

反正他又不会把她的心剖出来拿去称量，那就随她说。

她想要他，她就是十分。

“你舍不得我，我也舍不得你，良宵一刻值千金……”她亲他的嘴角，缠着他舌头嬉戏，“我以后都不会忘了你的。”

这句是真的，没有半点虚假。

她是真忘不了季寒初，这个谪仙一样的男人她大概会把他放在心里带回南疆，直到死。

红妆拉过他的手，刚触摸到指尖，他就跟被烫了似的要缩回手，可红妆哪里肯，她强势地按住他的手，把他的手掌摁在掌中。

“季三，你都答应我了的……”

季寒初攥着她的手，低声道：“你别说话。”

红妆就笑了。

小古板真是可爱，怎么可能别说话，他也不看看这里是哪里。

她不说话，就怕他听了些别的更受不了了。

就在这时。

“这新来的姑娘有意思，比之前几个都有意思！”

“给爷笑一个，笑得好看点，塞嘴里的银票就都是你的。”

红妆笑眯眯地看着季寒初，呆愣过后他的脸色变得极红，神情羞赧得恨不得捂住自己的耳朵。

这里是收集天下浪荡的好去处，最不缺的就是真心，一张银票就能买来海誓山盟。

夜正好，音也高，浪也高，好戏开场，有人清高卖艺不卖身，就有人享乐纵欲至糜烂。

“哭什么，别给老子扫兴！”

“千万别晕过去，爷还没开始呢。”

“乖，把这张银票吞下去，吞下去就给你十倍的钱。”

红妆望着季寒初，瞧见他满脸难忍，吃吃地笑。

“季三，不要站着不动啊，你也亲亲我。”

她亲了他涨得通红的脸颊一口，哄着他：“我喜欢你亲我，你亲亲我好不好？”

小曲儿还未唱罢，转过一弯，来至另一处。

季寒初浑身紧绷，他的血在沸腾，在燃烧，理智将成灰烬。

红妆伸手环住了他，温柔地接纳他，吻着他，缓缓闭上眼，感受季寒初越发主动地缠着自己深吻。她可以猜到他的情绪，绝望、愧疚、自我厌弃……

他在爱欲和正道之间犹豫，在大喜和大悲中挣扎，已经完成了自毁的过程。

从看到她出现在殷远崖身边那一刻，他的神坛就灭了。

季寒初从来都是一个很诚实的人，能坦荡地面对世间一切，唯独对红妆，他发现自己的很多道理都是没有用的。

她是个妖精，毁了他的正道，勾了他的魂魄，她还不想要他。

他现在不想和她讲道理了。

因为人在陷入爱情的时候根本不会讲道理。

季寒初形容不来那种感觉，有点像他小时候被父亲教导着试迷药，刚开始是头有点晕，后来是手脚都发软，没了力气，脑子里也完全想不起别的事，只有酥麻，只有眩晕。那种比醉酒清醒，又比清醒迷醉的感觉，是他看了无数医书也写不出的。

地上红裙青衫交织，天上清风朗月醉人。

有一个女人，她又毒又坏，被他人口口声声叫着“妖女”，却是季寒初放在心头上的女人。

就算此刻她是骗他的，他竟然也不忍心戳破。

他多开心，多卑微，多热切地期盼着“下一次”。

（三）中意你

红妆醒来时，季寒初也醒着。

她翻了身，趴在他身上，撑着脑袋看他，眼眸亮晶晶的：“季三哥哥。”一边说，一边吻他。

季寒初耳朵红了，脖子也跟着红了，她的软话他一向不知道怎么接，只知道面色发红由她嘲笑。

红妆弯起嘴角，笑容妩媚：“季三，你可真好。”

他干净，干净到她都舍不得把他做成蛊人，可这个干净的人，如今默默拥抱着一身血腥，做了她这刽子手的帮凶。

这么好的一个人，怎么就不能属于她呢。

红妆戳了戳他柔软的唇：“笨蛋。”

季寒初心里有太多话想说，多到不知道该说哪句，多到他看着她的笑容，只呆愣地说出：“……嗯，我笨。”

红妆心神一晃，微微怔住。

季寒初扣着她的手，将她往怀里带，问：“你原来叫什么名字？”

他没忘记她说她是被师父收养的，红妆也是师父取的名字。

他想知道她的本名。

可红妆轻轻摇头："忘记了，也可能我根本没有名字。"

女孩生在平凡人家里，向来都不太受重视，贱名好养活，有的人一个小名就叫了一辈子。

季寒初目不转睛地看着她。

红妆奇怪道："你看什么？"

"那个玉镯……"季寒初低声说，"是我父亲留给我的遗物。"

红妆在他怀里靠着，轻轻地"嗯"了一声。

季寒初的声音更低了："那镯子是我爹当年向我娘表明心迹时所赠，后来我娘难产去世，我爹就把镯子收起来交给我。他同我讲，玉镯只能送给心爱的女人，他这辈子只爱了一个人，希望我也是。"

红妆有些慌神，她松了手，从他怀里离开些："你到底想说什么？"

这和她想的不一样，鱼水之欢过后，季寒初不应该是这个反应。

"我想说什么？"

季寒初似乎想笑，但很费劲也没笑出来。他披了外衣下地，把她丢在地上的鞭子拿起来，单膝跪下。

红妆坐直身体，看着他，隐约有一丝预感，直觉不太想听他要说的话。

可季寒初不给她逃避的机会，他哑着嗓子道："我损你清誉在先，辱你清白在后，无论如何都有违家训，于你有愧。"鞭子递到红妆手边，他平静地看着她，"你想如何罚我，都行。"

季寒初就是这种人，要他坦坦荡荡地迈出这一步，毫不顾忌地同她行周公礼，和要了他命差不多。

在他心里这不叫欢好，叫苟合。

红妆松了口气，原来就为了这事儿。

她丢开鞭子，晃着脚："我怎么舍得罚你，你是我的小郎君，我疼你都来不及。"

季寒初抓住她的脚踝，她脚腕细，他的手掌刚好可以整个包裹住她的脚腕。

他平静地看着她。静了很久，他松开手，说："红妆，我中意你。"

周遭突然安静下来。

红妆愣住，破天荒地感到一点不知所措。

有那么一瞬间，她感觉自己的心好像软化了下来，软下去，软下去……软成了水，水里荡着一些声音，说着诱人的话。

她去听，听到脑子里闪过很多荒唐的念头。

太荒唐了，她想，真的是太荒唐了。

她逗弄他，逼迫他，然而实际上她自己也不觉得季寒初会真的爱她，又或者他真的爱她，她也不觉得他会将爱说出口。

可如今他竟然说了。

他说，他中意她。

可是，中意又如何？中意又能如何？

那些念头红妆没有说出口，就好像它刚才并未出现在她的脑海之中，她只是站起来，默默穿好衣服。

红妆将定骨鞭捡起挂好，从怀里掏出那个玉镯，捧到了季寒初眼下。

“还给你。”

季寒初没有动，他把头垂得很低。

红妆笑了笑：“我知道你们是怎么想我的，可我不在乎。你们觉得我是好人还是恶鬼，我也不在乎。季寒初，我只想告诉你，我比你想的要坚定，那些仇我不会放，该杀的人我也一个都不会放过。”

她看着季寒初，他沉默着，一个字都不说。

红妆蹲下来，与他齐平，看到他的双眼微微泛红，在近得不行的距离里，她能发现他喉头滚得厉害。

他倔强地看着她，用不说话来拒绝。

红妆牵过他的手掌，把玉镯放在他干燥的手心，如释重负地松了一口气，像了结了一场恩怨。

“季三，你是个好人，但你命不好，遇着了我。劳你一番深情错付，对你不住。”

说完，她就走了，头也不回。

她没有回头，也没去看身后的季寒初，一直到她离开，他还是低着头，什么话也没说。

那些荒唐的念头，和那句情意绵绵的“我中意你”，就像从未发生过。

（四）遮望眼

红妆放了殷远崖。

不是杀不了，到最后季寒初几乎已经是默许了这件事，当时他那么难过，她只要走到隔壁一个手起刀落，殷远崖这条命就能交待了。

她只是不想当着季寒初的面杀人，不管以前有没有，但这次她格外不想。

可放了殷远崖，真的是后患无穷。

先是走在路上莫名有压迫感，像被人盯着后背，还带着不为人知的杀意。再是某一天店小二突然换了张生面孔，半夜天枢把她拎起来，带她去看水井里原来的店小二被泡得发胀的尸体。

给她熏得差点吐了。

天枢接过手边递来的一杯茶，不屑道：“你现在满意了？”

给他递茶的正是乔装成小二的殷家子弟，此时他已经被天枢做成了傀儡，死气沉沉的脸上扯出僵硬的笑，脖子嘎哒嘎哒地响。

红妆也给自己倒了杯茶，小口酌饮：“过两天就解决了他。”

“你解决个屁。”天枢说，“等你解决，脖子都给人抹了。”

他走到窗边，打开窗往外瞄了一下，然后转身过来。

他们换到了一家新的有间客栈，掌柜是个彪悍的黑心鬼，窗户年久失修，一打开，“吱呀”一声兀地响起，惊扰飞虫。

天枢抱着手，歪头指着外面，重重树影里坐着个清瘦的男人，苍白又沉默，一动不动，不知坐了多久。

天枢：“我早和你说过，叫你别忘了你师姐怎么死的。”

红妆上前关了窗：“我也说过，我没忘。”

天枢冷冷道：“我看你这丫头就是欠种蛊。”

红妆坐回桌边，挥挥手让蛊人下去：“我又没打算和他怎么样。”

天枢抬眼看着她：“最好是。”

他走过来，坐到红妆对面，又把她的佛珠拿去，打开，往里放蛊虫和毒虫。

她没和天枢学过蛊术，只懂得如何把虫子叫出来咬人，其他的一概不会。

天枢隔段时间就会往佛珠里放虫子，可这次格外多。

放完虫子，他把佛珠还给她，说：“我要先回去了，摇光体内的母虫出了点问题，信里没说清楚，我不放心。”

摇光的双生蛊是天枢少时种的，雌雄两虫同生同死，一个出了问题，另一个也会跟着出事。雄虫万一破了冰河而出，对摇光来讲是个大麻烦。

红妆点点头：“过段时间我也要回了。”

天枢：“那男的我让人去处理了，你专心对付剩下那女的，能杀就杀，杀不了就回。也就剩下一个而已，既然他们已经察觉，就没必要过多纠缠。”

反正杀个人，也不是什么很费劲的事，他们还有的是机会。

红妆本来端着烛台掐焰火玩，闻言，她挑眉道：“你让谁去处理了？”

天枢：“开阳。”

红妆惊奇：“师伯会去？”不是顶级的高手，开阳不会拔刀。

天枢：“我同他说殷远崖是隐藏的绝世高手，武功不下于他，一旦拔剑，对方不死就不会停手。要想赢他，就必须杀了他。”

红妆：“……师伯会信吗？”这话这么假。

天枢说得轻飘飘：“信了。”

“……”

天枢嗤笑：“莽夫之勇，奇傻无比。”

天枢带着蛊人离开了。

红妆玩着烛台，手指从焰火里穿过来穿过去，指头已经变得黑黝黝一片。

到现在要了结的事情差不多都了了，殷家发现了她，估计已经找好人手，随时准备杀她报仇，天枢也讲得清楚，要她别再管殷芳川了。

于情于理，她都没了继续留下的理由。

只是……

红妆转头看着紧闭的窗户，眼皮不易察觉地垂下，愣愣地发呆。

烛火噼啪一下，烧灼的痛感从指尖传来，她倒抽一口冷气，唰地把手收回，放进茶杯里，茶水让烫热感勉强缓了些，烛火幽幽，像是在笑她的分心。

红妆看着自己的手，看了一阵，走到窗边啪地打开窗。

“喂——”她对坐在树上的人招手，“你还要在那里坐到什么时候？”

人影稍稍晃动，树叶沙沙作响，黑暗里的轮廓清晰起来。

他一跃，站在她面前。

红妆钩了椅子，施施然坐在上面：“季寒初，你到底想干什么？”

从那天后他就开始寸步不离地跟着她，要不是她拦着，天枢对他早起了杀心。

季寒初不说话，他想摸摸她的脸，但手伸到一半，又缩了回来，他觉得自己不配。

她不乐意要他，连玉镯都还给了他，同他的真心一起。

红妆转着佛珠：“你要再跟着我，我就把你做成傀儡。”

季寒初抬头看她。

红妆指头上的红蔻丹已经被她擦了，十根手指白嫩嫩的，转着佛珠，像极了虔诚的教徒信女。

可她才不是。她笑着，说：“你知道吗？我杀了很多人，很多很多。我杀了殷三平，一箭穿心。渔眠小筑的门生也是我用虫子毒死的，就当着你的面，还有住在别院的老门生……”

季寒初静静听着，一直望着她。

等到红妆自己都被自己说得恶心了，他才上前一步，在她面前蹲下。

他微微仰着头，语气听不太出波澜，问她：“那为什么不杀了我呢？”

红妆的手指动了动，火烧的痛感很明显，她有些迷茫，看着呆呆的。

她含了含手指，道：“你是想救赎我吗？”

季寒初下巴微抬：“殷家人知道你是凶手了，他们要杀你。”

红妆：“所以呢？”

季寒初认真说：“红妆，回南疆去，永远不要回来了。”

声音很低，听不出是伤心、委屈，还是遗憾。

也许都没有，因为他的心里从不盛放这些东西，他要她走，永远别回来，就是理所当然地想她活命而已。

红妆再次在心里后悔放了殷远崖，早知道她就把老东西一刀劈了，左右季寒初又不是没见过她杀人。

但现在后悔晚矣，她跷着腿，看着面前的季寒初，眉目漂亮，气质温和，就算已经被她祸害过了，还是一副干净模样。

她勾唇，问他：“季三，你喜欢你现在的日子吗？”

不等季寒初回答，她又说：“其实是我忘了，你原本的日子过得是很自在的，可现在我却毁了你的自在，你要放我走，我倒是能够继续逍遥快活，那你呢？”

季寒初也笑，笑里微微苦涩：“我没关系。”

红妆不信：“真的？”

季寒初说：“世上本来就有很多感情都是无疾而终的。”

所以多他一个不算多。

红妆没说话。

她看着季寒初的眼睛，他好难过，眼中的渴望满得要溢出来。可他还是坚持着要她走。

红妆想问一句，你为什么不留我，但答案她比任何人都清楚，她杀人的时候从没想过自己会碰上一个这样的男人，这样的季寒初让她冷硬的心动摇了。

她现在觉得有点后悔，在药堂的时候自己就不该招他，还不如一刀杀了他呢，就没那么多纠缠的事了。

他奉上的感情太柔软，她真不知道该怎么面对。

红妆眉头皱得紧，她放下了佛珠，与季寒初对视。

“你要救人，尽管救其他人去，我不需要你管。”

季寒初嘴抿成脆弱的一条线，眼里有东西在倒塌，可他还在固执地坚守着，坚定地选择着什么。

红妆站起身：“你可真是活菩萨，天底下罪孽那么多，你救得过来吗？你看过那么多的业障和苦果，每一个你都要救，你受得了……”

季寒初也站起来，走到她面前，拦住她的去路。

“我救不过来，我也救不了。”他嗓子仿佛含了石头，沙哑粗粝。

“别人怎么样我不管，我只在乎你会不会死。”

红妆：“我也不要你管。”

季寒初嘴角挂上自嘲的笑，低低道："你是我喜欢的人，我这辈子就喜欢了你一个。别人和我没有关系，可是你不行，我必须管你。你不想要我，你看轻我，你不愿意再搭理我，都不要紧，我不在乎……我只是、只是想要你活着。"

他粗重的呼吸就落在她的发顶，说的每一句话都用了很大力气。

红妆的心跳也快了。

她从来没觉得她看轻过季寒初，她不是不懂男女情事，她把季寒初当男人，也认为自己勾的是一个男人。

他很好，很善良，也很强大。

和小哑巴不同，小哑巴大多时候只会对她翻白眼，可季寒初会脸红会结巴会害羞，刀使得霸道，医术也不错。

她从没认真去面对他的感情，可他表现得这样直接，坦诚又炽热。

他说，红妆，我中意你。

他说，我要你活着。

他说，世上很多感情都是无疾而终，他不在乎。

原来知道却不正视，就是看轻。

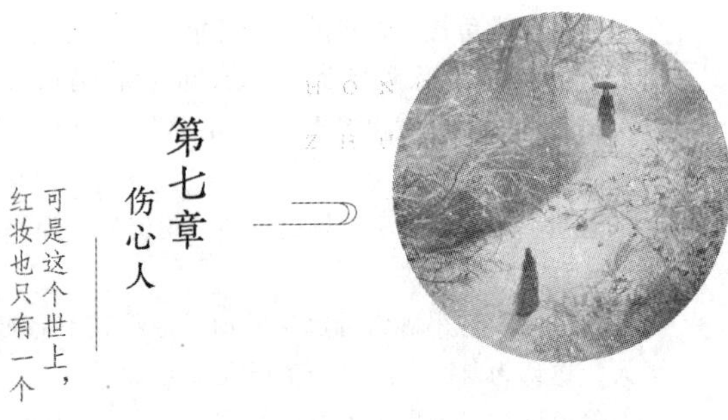

第七章 伤心人

可是这个世上，红妆也只有一个

（一）可我怕

红妆没有回南疆，季寒初也没有走。

仇没报完，殷芳川还没死，她不能走。

季寒初一直守在外面，没见他离开，也没见他再来找她，只是静静地守着。

有时候红妆看着他坐在树上的身影，会有些恍惚，他在等什么呢？等她不要杀人了，还是等她回去南疆永远别回来了？

她其实很想告诉他，别等了，等不到的，正邪不两立，他们还是分道扬镳最好。

但她一直没说出口，说了季寒初也不会听。殷家知道是她动的手，已经加强了防卫布置，她暂时找不到机会去杀殷芳川，就这样和他干耗着。

耗着耗着，没等到杀人的时机，等到了来杀她的杀手。

要是一般杀手还好些，可来的是季靖晟。

他独身前来的，一个人，一把刀，真的就跟杀鸡似的。

“有人托我杀你。”他站在对面，简短交代了一句。

红妆想想就知道是谁，还能是谁，那个言出必行的季之远呗。她不动殷远崖，他就不找她麻烦，她动了，他立刻派人来宰了她。

行走江湖，最重要的是信义。

红妆靠墙而立，季靖晟选的地方很好，挑小道截她，月黑风高，适合杀人。

背后的墙壁湿漉漉的，她靠着不舒服，索性手一撑坐到了墙上：“你为什么听季之远的话？”

季靖晟喜欢让人当明白鬼：“季二是我侄子，他求我的。”

红妆：“那我也求你，别杀我。”

季靖晟：“你又不是我侄子，求我没用。”

红妆没羞没臊的：“我是你侄媳妇。”

季靖晟闻言，竟真的放下了刀。他疑惑不解地看着墙头上的小女人，不是很相信：“季二？”

红妆：“季三。”

季靖晟又把刀举起来了：“不可能。”

红妆：“真的，你砍了我，他会伤心的。”

季靖晟为难地看看刀，又看看她。

半晌，他选择相信自己的直觉。以他对季寒初的了解，怎么看季寒初都不太像是会喜欢这种女人的样子。

危倚一出，杀气横生，刀锋流出熠熠的寒光，散发出狰狞的杀戮力量。

精准无比的一刀冲着红妆的心脉刺去，可她偏不闪不躲，只是优哉游哉地坐在墙头，笑着看他靠近。

“锃——”

危倚与星坠相接，发出刺耳的巨响。

闪过的刀光里，红妆撩着头发，眼皮都不抬：“我说了，我真是你侄媳妇，你还不信。”

季靖晟错愕地看着挡在小道矮墙前的季寒初，难以置信：“你……”

季寒初打断他：“二叔，别杀她。”

季靖晟反应过来，摇摇头：“季二求我，我答应了。”受人之托，忠人之事。

红妆是季寒初喜欢的人怎么了，他答应了别人，就得做到，这是第一门的规矩。

季寒初咬紧了牙：“不行。”

他红着眼拒绝，没去看坐在墙头上的女人有多没心没肺，他想护着她，至少护她平安离开。

季靖晟冲他挥手：“你让开。”

季寒初握紧了星坠：“二叔，求你。”

季靖晟不答应，他懒得和季寒初再讲，什么侄媳妇不侄媳妇的，闹得他头疼，他只想赶紧杀了这女人，回去继续做他的木雕。

他的刀很快，可红妆的反应更快，早在他斩钉截铁地说“不行”时，她就已经做好了准备。

眼见这一刀风卷残云般砍过来，真让他劈了，估计能劈个对穿。她刀法不好，但逃命的本事是一等一的，于是她脚下用力，旋身便要躲开。

红妆把刀势看得很准，只是季靖晟的刀太惊骇，这一刀她原以为有七

分把握可以避开，哪承想叫他看破了去势，当下改了刀向，七分顿时化得只剩下两分。

红妆心头一颤——季靖晟果真厉害。

她的动作已经很快，没想到有人比她还快。

红妆都没注意到季寒初是怎么扑过来的，只感到自己眼前一个影子掠过，紧接着她就被拥进了一个温暖的胸膛，然后重重一声闷哼响在耳边，重物撞击在骨头上的声音是那么明显。

力道好大，哪怕季寒初替红妆挡了这一下，隔着一个人她还是被震得发麻。

红妆吓到了，她手忙脚乱地把季寒初扒拉开，手伸到他背后一阵乱摸，没摸到血，再扯开衣服一看，肩背上大片紫红发黑，在一身细皮嫩肉上显得十分骇人。

季靖晟眼尖，在最后时刻改了走势，但已来不及收刀，所有力量蕴在刀背，狠狠地拍到了季寒初身上。

红妆松开季寒初，看他脸上淡淡的，忍不住怒道："你是不是有病，谁让你帮我挡的！"

季寒初轻咳了两声，踉跄站起来，摇摇头："我没事。"

红妆心疼，疼得不行，她又摸着他的背问："疼吗？"

季寒初还是摇头，他攥着她的手不放，把她揽到自己身后，对季靖晟说："二叔，放了她。"

季靖晟不看他，别过头去。

季寒初："你要杀她，就先杀我。只要我在，我不会让任何人伤她一分。"

这一句话分量可太重了，季靖晟是看着季寒初长大的，他笨手笨脚地给季寒初喂过饭，帮季寒初做过木马，教季寒初学习刀法，这份感情不是季之远一句拜托比得上的。

规矩不能坏，但如果守规矩的前提变成季寒初的命，那季靖晟宁可破坏规矩。

他把危倚挂到腰间，对红妆说："我不杀你了。"

红妆理直气壮地说："早就该这样。"

季靖晟不杀人，就没了事情做。他拎刀准备走了，走到半路，他又停下来，转身走回红妆身边。

红妆被他打量着，警惕地去摸骑马钉。

毕竟这是个疯子，谁都猜不到疯子的真实想法。

季靖晟有些茫然地看了她一会儿，不知怎么突然就变得低沉了。

他低下头，看着脚尖，像个老小孩，说话时声音里有消散不掉的悲伤。

"你好像我认识的一个人。"

他嘴唇嗫嚅，伤感蔓延。

“我好想她。”

红妆把季寒初弄回了有间客栈。

门关上，她很不客气地扒了季寒初的衣服，脊背上的黑青颜色越发浓，她不确定有没有内伤，直接问他：“你感觉怎么样了？”

季寒初：“没大碍，皮外伤。”

他的医术比红妆高明多了，他说是皮外伤那就说明真的没事。

可这皮外伤也够呛的。

红妆从他身上爬下来：“我去给你找药酒。”

季寒初把她拉住，他撑着身子坐起来，搂着她，微微低头，将她扣在自己怀中。

他低声问：“为什么不回去？”

红妆：“我要杀殷芳川，她没死，我不走。”

季寒初：“你看到了，有很多人要杀你。”

红妆挣脱出他的怀抱：“那又怎么样？”

“你不怕死吗？”

红妆捻着钩月：“不怕，如果我死了，他们谁都活不了。”

季寒初：“可是我怕。”

红妆微怔。

季寒初几乎是在祈求了，他的担心和痛苦快把他折磨疯了。如果可以，他想让红妆去他心底看看，那她就会知道那里此刻已经是怎样的一片废墟。

他把自己的心捏碎了，也断送了光明，被黑暗吞噬。

（二）白骨哀

红妆的心跳得厉害，她抿着唇，不自然地说：“我去找药，你在这里等我。”

她出门，有些慌乱地往下走，脚步很快，像在逃避着什么。

大堂里，臃肿的掌柜撑着脑袋在打瞌睡。

掌柜的姓柳，做生意黑心得要命，嘴上也不客气。红妆上前一掌拍到桌上，给她吓了个激灵。

柳新绿揉着眼睛，看到面前站的俏姑娘，毫不掩饰地蹙起了眉头。

红妆：“弄点药酒来。”

柳新绿：“五十两。”

红妆把钩月插到木桌上：“你再说一遍。”

柳新绿这下醒了，猪叫似的号啕：“老娘的榆木桌啊啊啊——”

红妆抽刀：“多少钱？”

柳新绿叉着腰，手指头快戳到她的鼻子上：“你赔老娘的榆木桌，这桌子新做的，一百两！一个子儿都不能少！”

红妆慢吞吞地转着刀。

柳新绿咬牙切齿：“七十两，不能再少了！”

红妆：“你看看你这只手值不值七十两。”

一刀下来，插在柳新绿指头前，给她吓得肥肉一颤一颤的。

一张金叶子飘到了木桌上。

季寒初来得很及时，他伸手拉开了红妆。

“你别这么凶。”

他披着外袍，脸色苍白，嘴唇没了血色，手指也冷冰冰的。

那一刀伤得他不轻。

柳新绿见有人来了，飞速地收了金叶子，在木桌后露出一双骨碌碌转的小眼睛，往上瞄，瞄到季寒初，没忍住发出“哇”的感慨。

极品，当真是人中极品。

季寒初本就是一副世家公子的做派，儒雅和教养都浸在骨子里，不说话也如玉清透。现下他受了伤，病中的公子比平时多了分惹人疼的脆弱，招人喜欢得很。

柳新绿：“公子，是你要药酒吗？”

季寒初点点头。

柳新绿从柜子下摸出一瓶药酒，高高举过头顶：“送你了，不要钱。”

红妆气笑了：“你都把金叶子收了。”

柳新绿：“那是赔我桌子的钱。”

季寒初接过药酒，客气地道了声：“谢谢。”

柳新绿笑开了花，把鼻子也露出来了，问他：“公子贵姓啊，有空常来，我请你喝酒。”

季寒初：“我姓季。”

柳新绿再往上，露出下巴：“季公子，你是怎么受的伤？伤势重不重啊，要不要……”

红妆一鞭子抽在桌面上，整个人挡在季寒初面前，冷冷道：“他不要。”

柳新绿又把头埋下去了，瑟瑟发抖，一根肥嘟嘟的手指从柜子后露出来，指着红妆，颤抖着声道：“季公子，你婆娘真是好生彪悍。”

季寒初叹了口气，把红妆往怀里带：“上去吧。”

红妆瞥了柳新绿一眼，哼了一声，上前扶着季寒初，慢慢往上走。

等关上门，脱了衣服再看，黑色好像更浓了点。

她手指沾了药酒涂抹在季寒初的背上，怕瘀血化不开，所以用的力道特别大。

红妆承认，她有一半是故意的，她就是恶趣味，非要听季寒初叫唤出声。

可任凭她再怎么用力，季寒初愣是一声都没出。

红妆怀疑起自己的手劲，趴下凑到季寒初耳边，问他："不疼吗？"

季寒初淡淡地说："嗯。"

红妆："那你怎么不叫出来？"

季寒初点破："你故意的。"

红妆笑了，也不管会不会沾到药酒，摁着他肩膀就要去亲他耳朵，笑得娇媚："你别忍着，疼就喊出来，我轻一点儿。"

季寒初耳垂红了，和她这样肉贴肉，他心口的东西也疼了。

他不动声色地挪了挪位置，幸好红妆在专心替他涂药，没有发现。

这样程度的伤，力道轻了也是不行的，红妆嘴上说说，下手还是按得紧，可季寒初依旧咬着牙，额头冒了一圈冷汗，嘴里也一个字都没往外蹦。

红妆用袖子给他擦汗："季三公子果真爷们儿。"

季寒初苦笑着，简直被抽干了力气："你先下来吧，我有话和你说。"

红妆乖乖地下来了。

季寒初套好衣服，坐到床边，看着她在水盆里洗手，问："别杀人了，可以吗？"

红妆擦干手，走过来，微微弯腰，影子将他整个人笼罩住："你问过好多遍了，我也回答过好多遍了，不可以。"

季寒初亲了亲她额头："别杀了，回去吧。"

红妆打开他的手："你有完没完。"

季寒初："二叔只是个开始，以后还会有很多，只要你留在这里就会有危险。"

红妆点点头："这点我比你清楚。殷家接二连三地死人，脸面丢大了，掘地三尺也要找出凶手报仇，但放过殷远崖是我这辈子最后悔的事，我不可能再让它发生第二次，所以我不会放过殷芳川。"

她站起身，看着门口，一字一顿，意味深长："没有商量的余地，她死定了。"

门打开，一抹纤瘦的身影冲了进来，手里握着戚烬那把长刀，毫无章法地向红妆挥过来："我杀了你！"

殷青湮完全不会武功，就算存了杀心，可惜连提着刀的手都不稳，红妆靠着轻功就轻松避开，末了还不忘在她膝盖上踹一脚，把她直接踹到了身后戚烬的怀里。

戚烬接住殷青湮，抢过刀挡在她面前，眉目狠戾，眼神冷冽。

从他俩身后又冒出个圆滚滚的人影，一溜烟往里跑，跑到季寒初的床

上，抱着他的手说：“你们打你们的，别误伤，千万别误伤！”

季寒初凝眉，望着戚烬和殷青湮，又看着谢离忧，问：“怎么回事？”

谢离忧举着手，无辜道：“殷姑娘非要来找你，老五带她来的，我顺便跟着过来看看。真的，我就是看看，别伤着我啊。”

季寒初低下头去，紧紧皱眉。

事情比他想的要麻烦。

他这边一筹莫展，红妆那边却优哉得很。她的指尖点在佛珠上，狡黠一笑，对殷青湮说道：“小白兔，我们又见面了。”目光落在殷青湮白细的脖子上，那处皮肤光滑，没有留下一点疤痕。

她说：“痊愈得很好啊，一点疤都没留下。”

殷青湮一怔，随后抬起手，磕磕巴巴道：“你你你……是你……”

“我我我……是我！”红妆笑吟吟地说，“就是我伤的你！怎么，不记得了？哦对，我给你下了药，我都差点忘了，还是小胖子亲自喂的。”

戚烬转头，阴冷的目光落到谢离忧的身上，看得人背后冒寒气。

季寒初抬眼，默不作声地望着戚烬。

戚烬抿抿唇，扭过头。

谢离忧却是有苦说不出，摆着手道：“老五，你听我解释，事情不是你想的那样……”

红妆打断他，指着面前两人，问道：“你们来想做什么？”

殷青湮脸颊气得通红，眼泪在眼睛里氤氲，梨花带雨好不可怜：“你害我外公，还想杀我娘亲，我要杀了你！”

她早就听说了有人故意针对殷家下手，本就又惊又怕，这下还知道了与自己三表哥厮混在一块的女人就是害她家的妖女，她怎能甘心？

娘亲说表哥被妖女下了蛊，迷妖女迷得不得了，跟中邪了一样。

红妆不屑地笑，满是嘲讽：“杀我？怎么杀？用你这双绣花的手，还是用你的这些眼泪？”

殷青湮起了哭腔，拉过戚烬的袖子：“阿烬哥哥。”

她刚叫了这一声，不用多说，戚烬已经拔刀过来。

结果才走了两步，刀就哐当一下掉在了地上，拿它的人早被封了内力。

红妆把手从佛珠上拿开，笑得越发野性。她是什么人，南疆来的女罗刹，怎么可能放敌人在自己面前站那么久，而不先下手为强呢？

谢离忧快哭了：“我真的只是来看看，你为什么连我一起毒？”

红妆把手放到唇边：“嘘。”

她弯身捡起刀，把它丢到殷青湮的脚边，清脆的一声响，把殷青湮吓得浑身一颤。

殷青湮抹着泪：“妖女！妖女……唔，妖女……”

红妆伸手勾着她下巴，温柔地替她抹去眼泪，手背在她脸颊上摩挲：“不是想杀我吗？我就站在你面前，杀啊。”

喃喃低语，似情人呼唤，却冷彻心扉。

红妆的神情太可怕了，殷青湮吓得脸色由红转白，一个劲儿地往戚烬身后躲。

红妆捏捏殷青湮的脸：“这个屋子里也就你表哥算我对手，但你自己问问看，他愿不愿意对我下手。”

殷青湮被她这么一提醒，泪眼蒙眬地往季寒初看过去。

季寒初从刚开始就沉默着，见状，他拢了拢衣服走过来，就站在红妆身边，对她说：“你别吓唬她了。”

红妆扭头：“怎么，你心疼了？”说完，她自顾自拔了钩月抵到殷青湮的脸上，“好啊，你心疼她，那我更要好好折磨她。”

季寒初把红妆捞到怀里，固住腰身不许她乱动。

这个磨人精，嘴上就喜欢气他，也不知道是谁教的，把恃宠而骄用得炉火纯青。他背后的伤还在作痛，他心里最心疼谁，她比任何人都清楚。

红妆不老实，真以为他是为了殷青湮桎梏她，本来三分的火气变成了七分，抬脚就要去踢殷青湮。

季寒初靠近些，把她搂得更紧，往后带离他们。

他问：“你给他们下了什么毒？”

红妆一巴掌推开他：“你心疼她？”

季寒初：“只是封了内力？还有没有其他的？”

红妆推不开，就拍他手背：“你是不是心疼她？”

季寒初：“我没带药囊，你身上有没有解药？”

红妆火气上来，直接拉他的脸，给他脸上拉出两道红印：“我说你是不是心疼小白兔了，问你话呢，听见没！”

“……”

谢离忧颤颤巍巍地跑过来，捂着脑袋小声说：“季三，先别讲道理了，哄着。”

不然毒女一生气，直接把他们毒死了怎么办……那他发誓，他就是做鬼也不会放过季老三。

季寒初叹气，揉了揉红妆的发顶：“我都已经是你的了，你还差这点雅量？”

这话好听。

红妆抓住他衣袍的一角，满意地弯起嘴角，把整个脸埋进他的胸膛，旁若无人地调情：“你是我的？”

季寒初别扭地转眼，低低地说：“嗯。”

红妆开心了，她一开心，就看谁都顺眼，平时都是囤起来用的善良今天也拿出来了。

她看着手脚无力的谢离忧和戚烬，道："就下了点封他们内力的药而已，稍微夹了点毒，不然他们要杀我怎么办？至于解药……"

一个药瓶被她从怀里掏出来放到桌上。

"一天一颗，这里就一天的量，今天吃完了明天再问我要。"

谢离忧惜命，默默伸手去抓药瓶。

红妆倚靠在季寒初身上，感觉自己真不是个东西，但她再不是东西，季寒初还是喜欢她，喜欢得不得了。

这一点让她非常高兴。

她环抱住季寒初，一副小女人的模样，做足了姿态，可从他肩上露出的一双眼却蕴含着无比的恶毒。她冷冷地看着不远处的戚烬和殷青湮，道："等我走的那天，我会把解药交给季三，在那之前我劝你们谁都别打什么不该有的主意，否则……"

殷青湮打着寒战，她揽着戚烬的手臂，吓得小脸花容失色，声音都抖了："否则什么？"

红妆笑弯了眼睛："否则就把你吃掉。"

那双眼睛，天真、无辜、纯粹。

说的话，认真、狠辣、残忍。

殷青湮倒吸了口冷气："你不怕下地狱遭报应吗？"

"地狱？报应？"红妆笑了。

她觉得小白兔好天真，简直天真得可爱，他们殷家人的血那么肮脏，可都想把纯洁留给他们珍惜的人。

好伟大啊！红妆想。

可她最喜欢的，就是摧毁别人的天真和干净。

她从季寒初怀里出来，蹲下身，刮了刮殷青湮的鼻子："你知道为什么佛祖这样慈悲，却依然创造了地狱吗？"

殷青湮瞪着红妆，咬紧下唇，往后退。

红妆告诉她："因为世间苦难和业障生生不息，恶鬼也需要容身之所。万般带不去，业障随此身。我根本不需要下地狱，我在哪里，哪里就是地狱。"

（三）天上月

殷青湮和戚烬就这样被红妆半软禁半威胁地囚在了身边。谢离忧最坦然，吃好睡好，隔三岔五还回五扇门处理一下事务。他掌情报，平时就爱到处乱跑，现在哪怕被"囚禁"了，也没有人觉得不对。

倒是有只兔子第四天就受不了了。

饭桌上，殷青湮和戚烬坐在一边，红妆和季寒初坐在另一边，谢离忧捧着碗坐在主位，把头埋进饭里当自己不存在。

诡异，紧绷，奇奇怪怪。

这是旁人对这一桌子人的评价。

容貌清丽的姑娘上了桌就瞪着对面的姑娘，那女子一身红衣，邪性得很，笑着夹了块肉丢到她碗里。

红妆：“吃啊，没毒。”

殷青湮将筷子重重一搁，道：“等我娘和大外公找到了你，看你还敢不敢嚣张！”

红妆抱着手臂：“我好怕，你快叫他们来。”

殷青湮气得眼里泛红，她从小就娇生惯养，什么时候受过这种委屈。她一把抓住戚烬的手腕，指着红妆道：“阿烬哥哥，打她！”

红妆笑出声，往她身前贴近，挑了挑她的下巴：“你怎么什么事都叫阿烬哥哥？”

话没说完，凌空一刀往她腕子上劈过来，徒余招式，没有内力，软绵绵的，不像个刀客。

还没碰到红妆的头发，季寒初就擒了戚烬的右肩，手下用力。戚烬吃痛，额头冒出虚汗。季寒初顺势将他手臂反剪到身后，劈手夺了他的刀。

戚烬怒道：“你疯了吗！”

“我说老五啊……”谢离忧忍不住道。

戚烬狠狠挥手过去：“你给我闭嘴！”

话说完，一根筷子凌空打在他的手腕上，一阵痛麻袭来，他的手掌与谢离忧的脸颊堪堪擦过。

谢离忧纹丝不动，像是料到了这一出似的，抬手将戚烬的手摁下：“不要这么大火气。你看，咱们现在都是红妆姑娘的掌中之物，还是老实点吧，做人得识相。”

殷青湮跺脚：“谢门主，你怎么能这样呢？”

谢离忧：“鄙人贪生怕死惯了，胆小如鼠是天性，改不了，没办法啊。”

“你！”殷青湮气红了脸，一手拉过戚烬，眼睛却盯着季寒初，“阿烬哥哥！”

季寒初不说话，把刀缴了，默默坐回红妆身边。

红妆在殷青湮下巴上挠，故意用这一桌都能听见的声音说：“你知道吗，哥哥两个字，要在床上叫才有意思。”

季寒初拿刀的手一顿。

红妆哪里会放过调戏他的机会，转头，冲他妩媚地眨眼：“我说得对不对呀，季三哥哥？”

娇娇嗲嗲，软软糯糯，横生风情。

她明明不是江南女子，说话撒娇却一分软两分俏，七分的风情，十分的动人，男人听了都要酥掉半边骨头。

季寒初把碗递给她："好好吃饭。"

红妆："我不想吃饭。"

她缠上去，贴着他身体似乎化成了水，没了骨头："我想要你。"

季寒初红了耳朵，侧过身，逃开这句话，假装听不见。

殷青湮如遭雷击，整个人愣在桌边，用不敢置信的目光直直地看着季寒初。

她的三表哥素来温柔知礼，怎么会对妖女一再忍让……对了，一定是这个妖女给他种了蛊，害她三表哥变成这样!

殷青湮一抹眼泪，哽咽道："妖女，我一定要让人杀了你。"

红妆逗也逗够了，她留殷青湮的目的就是为了引殷芳川。殷芳川的女儿在她手里，不信殷芳川不来。可左等右等，等了好几天，殷芳川还真就不来。

殷芳川不来，殷青湮留这儿就碍眼了。

小白兔柔柔弱弱，看别人的眼神软得勾人，尤其看季寒初时还多了三分仰慕。红妆看她实在不顺眼，这几天心里起了无数个坏主意，一个比一个毒。

但这些主意暂时还不能实施，因为有季寒初在，她要再找个良机。

殷青湮哭够了，抽泣着擦了脸，一双眼半嗔半怨地瞄着季寒初。

红妆一筷子插进桌板："看什么看，再看把你眼珠子挖掉。"

戚烬："你敢！"

殷青湮红着眼，躲到戚烬的身后，探出头对季寒初说："表哥，这妖女歹毒至此，你不要被她迷惑了，她肯定是给你种了蛊。"

季寒初摇摇头，把筷子拔了，递给谢离忧一片金叶子让他去赔钱。

他把红妆拉起来，像哄着一个闹别扭的小孩，在她背上轻柔地安抚，给她顺气。

季寒初说："红妆她只是说说而已的，不会拿你怎么样。"

红妆："我会。"

殷青湮拽着戚烬的袖子，恨恨跺脚。

等目送二人离去，殷青湮才有胆子出来，重新坐到桌边，看着一桌子丰富的菜色，想到刚才一幕，怎么也吃不下了。

戚烬劝她："小姐，多少吃一点吧。"

殷青湮捏着筷子，失落地看着他们离开的方向，问："你说，她是不是真的给表哥下蛊了？"

只有这样，才能解释为什么表哥会神魂颠倒到这种地步。

她心里完全没办法接受，自己从小就想嫁的三表哥，竟然有可能心甘情愿地着妖女的道。

哪怕事实已经如此明显。

大概白天的事情实在太冲击，晚上的时候，殷青湮趁着戚烬没注意，悄悄去找了红妆。

女人被爱和嫉妒冲昏头的时候真是一夫当关万夫莫开，她想都没想红妆会有可能杀了自己，也不管自己中了红妆的毒，心里就一件事，要劝红妆放手。

这就是被保护得太好的大家小姐，天真无邪，放到江湖上死一万次都不够。

红妆还穿着白日的红衣，正在后院荡秋千，就她一个人。

殷青湮有点害怕，死死克制着自己不发抖，走到她面前轻声说："我有话要和你说。"

红妆荡着秋千，头也不抬："说呗。"

殷青湮伸手抓住秋千绳，用力让她停下来，轻喘着气道："你能不能放过表哥？"

红妆奇怪了，小白兔到底知不知道她在和什么人讲话，她的命还在自己手上呢，谁给她的胆子？头一次见到被绑的求绑人的放了别人。

红妆不禁纳罕，殷青湮能平安长到这么大，殷家对其究竟是下了多少苦心。

殷青湮鼓起勇气："红妆姑娘，他是天上的月，你既然也对他有情，又怎么忍心看他与你一同沉沦？"

红妆拉着绳子，慢悠悠地荡起来。

"他自己乐意的。"

殷青湮指责："你给他下了蛊。"

红妆嗤笑："我要真有那种蛊，你阿烬哥哥会第一个问我要。"

她是真想让殷青湮看看季寒初守在外头的样子，打也打不走，骂也骂不回，她没缠他，是他自己走了火入了魔。

殷青湮："你骗人，你就是给他种蛊了，你快放了他，不然……不然我……"

红妆吹哨音："不然怎么样？"

殷青湮低着头，她是真怕红妆，趋利避害是人的本能，她一靠近红妆，就知道这个女人有多危险。

对方不光是杀人这样简单，还会勾魂。

她的三表哥，她从小到大最仰慕的三表哥……被红妆抢走了……

殷青湮低着脑袋，嗓音很轻，轻到快听不见：“不然我求求你。”

红妆：“他有那么好？”

殷青湮点头：“三表哥是世上最好的人。”

红妆钩着绳子，看着殷青湮。她说得没错，季寒初的确很好，很珍贵。

可那又怎么样呢？她喜欢的，为什么要让给别人？

就算他们之间没有结果，就算她留不下，她也不会把季寒初让了，他自己不愿意，她也不愿意。正邪有对立，爱情又没有。

红妆抓住绳子，一使劲整个人站到了秋千上，红衣烈烈，风情万种。

她居高临下地看着殷青湮，眉梢一片冰冷：“天上的月？你要不说，我还以为他是你的宠物呢。我把话放在这里，我管他是天上的月还是地上的雪，这季家的三公子我要了。我敬他与你有三分情分，如今先把丑话说在前头，你莫要阻拦，否则我不会再手下留情。”

红妆又蹲下，攥着她手腕，把她拉到自己怀里。殷青湮瑟瑟发抖，从刚才就生出的逃跑冲动此刻才汹涌，可她已经逃不掉了。

红妆毫不怜惜地把手臂收紧，强迫殷青湮抬起头，她们的头顶是一轮圆月，皎皎明亮。

她躬身，女人香就格外明显，很好闻，还沾了药味，与季寒初朝夕相处，身上多少都有了他的味道。

这种亲密的铁证，割了殷青湮的心，伤得她无法呼吸。

红妆低声，往她耳边轻声说：“你且抬头看，这月亮是我的，季寒初也是我的。”

殷青湮眼睫抖得厉害，她哆嗦着，后悔着，张嘴想喊戚烬，又想起戚烬根本不在自己身边，百般无奈之下，除了哭什么也做不了。

红妆抹去她的眼泪，锁了几处穴道，从秋千上下来，揽过她的腰，把她带到房里。

房间很小，红妆找了一圈，给她塞到了衣柜里，门一关，还漏了一条缝正好对着床。

她点了殷青湮的哑穴，看殷青湮满脸的惊恐和惶惑，笑得又野又恶：“你不是说我给他下了蛊吗，那就好好看着，看看你的三表哥究竟是怎么对我这个臭名远扬的妖女的。”

（四）声声慢

把殷青湮丢进衣柜，红妆算了算时辰，离季寒初沐浴还有段时间。

他背上的伤没好全，瘀血始终散不掉，他干脆自己弄了药浴，每晚都会泡上半个时辰。

戚烬和谢离忧都不在，红妆也没当回事，在廊道上晃了晃，她就去了大堂。

大堂里，柳新绿忙着指使小二往酒坛子里兑水，见到红妆出来，眼皮子也不抬一下。

红妆走过去，站在酒桌边：“你就这么做生意的？”

柳新绿合上盖子：“老娘这叫精打细算，真以为谁都跟你男人似的堆金积玉。”

红妆偏头，静了会儿：“很快就不是了。”

柳新绿蒙了：“啊？”

“他很快就不是我男人了。”红妆顺着酒桌坐下，“我要走了，不回来了。”

柳新绿也坐下：“你要去哪里？”

红妆：“回家。”

“你们夫妻俩难道不是一个家？”

柳新绿真以为他俩是夫妻，虽然性情看起来南辕北辙，一个儒雅一个野性，但小季公子看凶婆娘的眼神，那里头的爱意造不了假。

红妆神色平淡，语气淡薄：“我们不是夫妻。他家在江南，我家在更远的地方，等这边的事情办完了，我就回去，然后不会再回来这里了。”

柳新绿咋舌：“私相授受啊。”

红妆一顿，浅笑：“算是吧。”

柳新绿收了季寒初一堆金叶子，钱都够她再买一家客栈了，她对小季公子是十分欣赏的，听红妆这么说，就忍不住要抱不平。

柳新绿：“我说凶婆娘……”

刀光一闪，钩月出鞘。

柳新绿立马扑上来，肥胖的躯体整个趴在酒桌上：“不能插！这是老娘新买的，这次真是新买的！”

红妆随意地将钩月丢到桌上，给自己倒了杯茶：“红妆。”

柳新绿抹一把冷汗，干笑道：“红妆姑娘。”

她下了地，也倒了杯水咕咚喝下，豪迈地用手擦一把嘴，继续刚才的话：“你就这么走了，就不管小季公子了？”

“管什么？”红妆云淡风轻地说，“没了我，他日子会好过得多。”

柳新绿摇摇头，抬起自己的胳膊，撸开袖子，露出一道醒目的疤。

“不见得。我年轻的时候也和我当家的吵吵，总觉得日子难过，还不如自己一个人过。但这混不吝的日子还没过明白呢，他就死了，好好的人说没就没了，除了一道疤什么也没给我留下。我才知道，没了他，日子才是真的要过不下去。”

红妆瞥去一眼，淡淡道：“但你还是活下来了。”

柳新绿没隐瞒，她摸着那道疤，被肥肉挤得显得庸俗的面容难得荡漾温柔：“我每天都想他，都说总会忘记的，可他都走了这么久了，我还是没能忘掉。”

红妆没再多说，小口饮茶。

柳新绿语重心长：“你就算要走，为什么不带上他一起走？”

红妆不是没想过，但是……

“他不乐意。”

柳新绿：“你都没问过，你怎么知道他不乐意。”

红妆放下茶杯，转过身：“你怎么知道我没问过？”

“我看出来的。”柳新绿伸出两根手指头，指着自己的眼睛，“不然他看你的眼神能这样？一看你就是个负心薄幸的人。”

红妆整个人转过来，柳新绿浑身一抖，下意识要去扒桌子。

她直接把人提起来，坐到对面，柳新绿庞大的身躯被她提着就和拎小孩似的轻松。

“万一我问了，他不答应怎么办？”

不是没有可能，毕竟红妆自己都拿不准，如果她和礼教、世俗、季氏放在对立的两面，季寒初究竟会选谁。

他已经在道德和她之间选了她，再加点别的，红妆没把握。

柳新绿一听，登时明了，露出一抹意味深长的笑。

她回身跑到柜前，弯腰好一阵翻腾，掏出一个酒瓶啪地放在红妆面前。

“本店独有药酒，‘一坛酒’。”柳新绿捧着酒坛，递到红妆面前，“加了秘方的，就一口，我敢打包票，一口下去保准听话。”

“……”

柳新绿手指一扣，豪爽道：“一坛五两，童叟无欺。”

“……”什么黑店。

红妆站起身，拂袖就走，刚迈步上了台阶，又站定。

柳新绿抱着酒坛，眉开眼笑。

她转身，冲底下的柳新绿抬抬下颌。

柳新绿心领神会：“五两。”

红妆点头。

“给我拿点。”

季寒初吃了饭，就吩咐小二帮忙准备药浴。

小二收了他的钱，手脚麻利得很，没一会儿将浴桶放在房中，兑好水退出门。

他不仅仅是为了疗伤，更因为多年的习惯，喜好干净，不能容忍身上半点脏污。是以哪怕已是秋至，他依然每天坚持洗浴。

但今天对着面前冒着热气的浴桶，他却迟迟不动。

水里映着房梁倒影，一个狡黠的姑娘明目张胆地坐在那里看他，眼神火辣直接。

季寒初将拉到一半的衣裳重新穿上，抬头望向房梁："躲在那里做什么？"

红妆跳下来，从身后拥住他，脸贴在他伤着的那处。

季寒初回头拍了下她的脑袋："小骗子。"

红妆："我又骗你什么了？"

多有觉悟，知道是"又"。

季寒初目光落到角落紧锁的衣柜上："你根本没给离忧他们下毒。"

红妆装作听不懂："我下了，不然姓戚的能放过我？他保准一早就去报信了。"毕竟她以前得罪过戚烬，新仇旧恨加一块，戚烬也挺想宰了她的。

季寒初被她骗惯了，骗到现在都算有经验了，再加上他医术向来不错，很容易就看穿了这场骗局。

"你只是在他们刚进门的时候下了软骨散，暂时封了他们的武功，你骗他们说是中了毒，要每天问你拿解药，其实你给的解药才是真正克制内力的毒药。"

红妆没想到他能看穿，不觉得意外，反而惊喜更多。

她撩开他的头发亲了亲他颈后，舔得很快活，手也不老实，伸到前面去摸了摸他。

"季三，你真聪明。"红妆说，"但就算我下毒了又如何，是他们自己笨，而且这是慢性毒，我控制得很好的，死不了人。等停了毒，过段时间就会恢复内力。"她说着，手指缠上他的衣领，扯着指尖的衣料，将他拉到自己身前寸许。

氤氲的雾气里，她的脸颊泛起桃花红，像被什么烧着了。

"季三哥哥，你不是要洗澡吗？要不要我来帮你洗？"红妆靠近他，把他搂得紧紧的，话不正经，眼神戏谑。

季寒初羞得胸膛都红了，频频看向衣柜，浑身像着了火，心头处最脆弱的那个地方又在来回拉扯，被她拿捏在手里，要他难受，要他纠结。

"红妆，等一下。"他抓住她两只手，紧紧闭了闭眼。

胸膛上出了虚汗，衣服黏在上头，看得红妆扑哧一笑，离他远了些，抱着手看他。

季寒初合上手，攥紧了她，深深吸口气，将她一把拉到了衣柜前。

红妆根本没打算瞒他，手指抚上他脸颊："好哥哥，你不觉得这样很有趣吗？”

季寒初静静看着她。

半晌，红妆悻悻地撇嘴，轻哼了一声，往后退了一步。

季寒初收回眼，走到柜子前，打开门。

柜里装着殷青湮，她脸上两行清泪潸然而下，眼眸红通通的，倒真的像极了一只兔子。

季寒初给殷青湮解了哑穴，还要动时，红妆就挡着门，不让他解了。

她扭身，一手抵在柜门上，一手拍拍殷青湮的脸："你看到了？"

殷青湮不说话，只是流泪。

红妆把季寒初拉到面前，拉低身子吻住，极尽缠绵，爱慕之情半点也不掩饰。

余光里，殷青湮瞪着他们的眼神如遭雷击。

红妆很快意，是真的快意："你看你表哥这完蛋样，像中蛊了吗？"

季寒初慢慢松开她，眼神有些复杂。

殷青湮在柜子里关了那么久，所有的惊惶都不如此刻来得多。

她忍了又忍，咬着牙，嘴唇哆嗦得厉害，最后从嗓子眼里憋出话，声音都哑了："你怎么能这样？！"

她的表哥，她的寒初哥哥，怎么能这样……怎么会这样……

殷青湮很乱，她看了很多，该看的，不该看的，都看了。

三表哥抱着妖女，吻她，哄她。他看到红妆在房梁上时，妖女都没发现，可殷青湮看得一清二楚，表哥好高兴，仿佛被红妆偷窥这件事，是天底下最让他快乐的事。

偷窥不重要，重要的是她来找他了。

嫉妒、害怕、愤怒，在心头萦绕，殷青湮忘记了教养，忘记了礼仪，她紧紧盯着面前的男女，声嘶力竭地哭道："你怎么可以这样——"

她的三表哥，成了别人的"季三哥哥"。

季寒初低低道："对不起。"

深情从来被辜负，他被别人对不起，也对不起了别人。

可殷青湮听不进去，她要的不是对不起，对不起就是拒绝，是辜负，是"我不爱你"。

她不甘心，她怎么肯甘心叫他就这样让人抢走。

殷青湮抬头，望着季寒初，泪眼里，难过道不尽："表哥。"

季寒初抬眼看她。

殷青湮咬破了下唇，血流下来，牙上沾了红："这个世上，青湮只有一个，错过了，就没有了。"

红妆闻言，歪头，皱起眉去看季寒初。

屋内久久的安静，季寒初一直低着头，不说话，谁都没看，像恍了神。

但如果细看，会发现他的手在轻轻地抖。

过了好一会儿，他抬起头，对上殷青湮的目光，那眼中的感情太多太多，落在殷青湮的眼里，只余了放大的心酸。

如此，如此，心酸。

季寒初抿紧唇，淡淡一笑，笑容里是说不出的苦涩，还有释然，像考虑了很久，终于认命了。

他眼看着殷青湮，轻描淡写地说："可是这个世上，红妆也只有一个。"

错过了，就没有了。

殷青湮以前总盼望着，他能爱上江南娇软的天青色，却不知原来他真正欢喜的是大漠妖娆的红。

从小，家里的长辈就告诉殷青湮，说等青湮长大了，是要嫁给三表哥的。

三表哥，那个像天上的月亮一样珍贵又纯净的少年。

他叫季寒初。

她自小就喜欢他，虽然他对她总是淡淡的，但他对所有人都这样，彬彬有礼，温和朗润。

所以她以为，他只是性子如此，对她总还是不同的。

可后来殷青湮发现，原来他对她没有什么不一样。他真正的"不一样"，给了一个从南疆来的异域姑娘。

那个姑娘样貌生得好，很灵，是那种受礼教教育长大的中原女子没有的灵气，如果说她是江南水乡里清晨的雾，那她就是南疆大漠永不落下的湛阳。

她还有一个好妖娆的名字，红妆。

娘亲说，那个南疆妖女会毁了他。

殷青湮原本不信，所以执意要来，求着戚烬带她找到了季寒初。

等找到了，她却后悔了。

不是害怕妖女给她下毒，害她性命，而是她的表哥，那个姑苏季氏最雅正的小医仙，那个佛手仁心、惊才绝艳、不争虚名亦不入俗世的季三公子，竟真的爱上了杀人无数的红衣女魔头。

她嫉妒得快要发疯，可红妆连"季三哥哥"几个字都叫得比她好听。

声色清润，带点娇俏，尾音缠绵。

她从来都是内敛地称他表哥，哥哥两个字，她叫戚烬反而更多些。

因为太喜欢，所以害怕靠近，怕惹他不快。

可没想到她就这样丢了他。

红妆让她看到的，是一个完全不一样的季寒初。

三表哥是世界上最温柔的人，可是看红妆的眼神却和野兽一样，温和之下藏着占有、野性、侵略，甚至还带了点难以言状的疯狂。明明像要活生生吃了她似的，还把所有情绪都藏在了礼教和道义的身后。

红妆，红妆。

他每次叫她名字，都温柔得可以拧出水来。

她爱自由，他爱她。

他们相逢一场，情深意长，从来没她的半点余地。

HONG ZHUANG

第八章 道永别

江南留不住她，他不能留她

（一）相思局

红妆没给殷青湮解穴，而是提着她直接丢到隔壁房里去了。

季寒初要来搭手，她死活都不乐意，他再说，她就阴恻恻地开始转佛珠。

季寒初只好作罢。

回去的时候，红妆顺道去柳新绿那儿拿了酒，光明正大地拎着进房。季寒初多高明的医术，要连这点东西都闻不出来，真真有愧小医仙的美名，她没想着骗他喝，打算直接蛮力上手给他灌。

红妆开了门，大摇大摆进去。

房内身形颀长的青年已脱了外衫，听到声响，微微一顿，没有回头。

他就穿了内衫，长长的，白色的，背对着她，显出背后大片的紫黑色。他一身皮肉干净细嫩，现下伤得这么难看，都怪季靖晟，那一刀真是要命，小古板挨那下的时候不知道多疼。

红妆走过去试了试水："快洗呀，再不洗水就冷了。"

季寒初看着她，目光落在她手里的酒瓶上，几不可见地蹙了蹙眉。

红妆举起酒瓶，极其坦荡："是你自己喝还是我给你灌？"

季寒初别过眼："你别闹了。"

红妆上前，搂紧他，深深地吸了一口气，说："我和你说认真的，你赶紧选一个吧。"

若要放在以前，红妆未必拿得住季寒初，但现在他受了伤，那就不一定了。且他对她有情，感情就是最大的软肋，她很有把握能给他灌下去。

季寒初沉默了一会儿，背着手，低声说："这药对我没用，我从小被父亲试过各种药材，已养得百毒不侵，这酒水里的迷毒虽然厉害，于我却最多手脚有些软而已。"

红妆“啊”了一声，失望地看着酒坛子：“柳新绿和我说这玩意儿是好东西呢。”

季寒初：“你想做什么同我说就是了，为什么又要下毒？”

红妆挣扎了一下，没说出口，她解了季寒初的衣带，把他往浴桶里推：“你先泡着。”

季寒初却一把攥住她的手，眼直直地看着她，像要看到她的心里去：“你想做什么？”

她想做什么？

她想做的有很多，很多。

红妆把手抽回来，看向窗外。秋意浓，夜萧索，天幕沉沉不见边际，檐下雨滴滴答答落下，落地清脆，溅起水花，激起圈圈涟漪。

江南烟雨，落在心田，情根深种。

红妆说：“我要去杀殷芳川了。”她已在江南留得太久太迟。

季寒初松了手，不说话。

红妆把酒瓶往桌上一放，抬头望着他：“你会阻拦我吗？”

季寒初由着她看，心里慢慢开始煎熬。殷青湮还在隔壁，她却来问他会不会阻止她杀了殷芳川。

这些天的日子过得太安逸，所有人都假装表面的和平，装着装着，季寒初自己都差点忘了，红妆最开始来的目的其实是杀人。

现在这个虚伪的表象被她戳破了，再没必要装下去，他竟然最先感到的是遗憾。

风大了，吹得烛火左摇右晃，闪过重重的影。

红妆慢慢抬起头来。

她问：“如果我杀了殷青湮，你会怎么办？”毕竟她是真正的无辜的人。

季寒初答得很快：“赔她一条命。”

红妆笑容淡了：“你要为了她杀我？”

季寒初摇头，伸手主动抱了她，环住她的肩膀，下巴在她发顶磨蹭：“我会以死谢罪。”

红妆在他怀里老实蜷着，头埋在他胸膛，半晌不答话。

良久，闷闷的声音从身前传来：“季三，我总是低估你。”

季寒初一时不知该说什么，他们的恩怨走到头了，偷来的温存也快用完了。

红妆很久不出声，抱着他不放。她很少有这么小女儿的时候，季寒初怜惜得紧，心都化掉了，突然又听见她说：“你真好，我舍不得你。”

季寒初很想说，舍不得我，那就别走啊。

可是不行。江南的春天再好，也过完了，秋去冬来，很快又是新的轮回。

江南留不住她，他不能留她。

红妆踮起脚挽上他的脖颈，似乎在犹豫，嘴唇几次张合，终于轻声问："季三，你见过大漠落日，星辰万里吗？"

季寒初听到了，有些愣怔，缓缓地摇头。

红妆戳戳他的嘴角，看他傻乎乎的样子，笑着在他唇上咬了一口："傻小子，我们南疆的夜很漂亮，不比你们江南差的。你要不要和我一起去看星星？"

大漠有孤烟，冰河伴铁马。

江南藏着灵秀，边疆托着烈阳。过了隐州十二城，越过青川河，听见绝望崖十万冤魂唱一曲葬音，西出嘉陵关，便是南疆。

那是红妆的家。

没有人说话。

红妆的笑渐渐散了。

她松开了抓住季寒初的手，意料之中，没什么失望的，就是有一点难过。

心头很闷，像有东西堵住一样。

他和她太不一样了，殊途不同归，她的仇动不了他的义，他的情也改不了她的心。

那算了。

红妆挑着季寒初的下巴，深深看着他，用微凉的手指点了下他的眉头："当我没说。"

季寒初牵过她的手，将她的手指紧扣："红妆，我……"

红妆抽回手："你不用说了，我知道我不配。"

刚才那个问题，是她活到现在最没有理智的一次。她发了疯，想把他带回家，做一个厮守的梦。

她怎么就不能爱上季寒初呢，这个男人俊朗、端方、知礼仪懂进退，理解她的苦处，尊重她也爱护她，他太容易就让人爱上了。

所以她问了，然后梦醒了。

醒了也好，不然她都快忘记自己是谁了。

红妆亲了亲他额头，拉着他的手埋进他的怀中，她肆意地在柔软的嘴唇上来回舔舐、厮磨。

"再亲亲我吧……"她喃喃地说，"最后一次。"

（二）骨生花

水汽弥漫，骨骼相缠，举手投足间的爱意全化作风月，缱绻又多情。

烛火噼啪，汗水涔涔，水已凉了，欲色在荡漾的水波里越来越浓，外衫内衫纷纷漂在水面上，倒映出两个影子，宛如一幅水中丹青。

季寒初的手掌心压住红妆的手背，与她的手指扣紧，高大的身躯覆上，浑身绷得紧紧的，心头燃着火，可眼里却像极了此刻灰暗的夜空，全是深不见底的绝望。

树叶纷纷扬扬，夜风里，冷月不知窥探到了谁的心事，悄然藏到乌云后，趁着无人发出一声叹息。

红尘相识，幸得相知，所遇为良人，赠与真欢喜。

所以——

“走吧。”

走吧。

离开这里。

红妆醒来的时候，季寒初已不在了。

身旁还有他的气息，他却不见人影，衣服不见了，星坠也不见了。

红妆打开窗，看了眼外头，圆月被乌云遮蔽，四周静谧，看起来才过了大半个时辰。

他去哪儿了？

她身上有些酸痛，不太舒服。她本来还想醒来和他再温存一番，没想到他居然消失了。

罢了，连道别都省了，正好她也不是很喜欢道别。

红妆换了身衣服，先到殷青湮房里看了下，小白兔睡熟了，眼角还红红的。

她解了殷青湮的穴道：“你和我无冤无仇，我不杀你。”

说着，她又低低地笑起来：“也不知道以后是谁会嫁给你表哥，不过不打紧，反正他最喜欢的肯定是我。”

小白兔睡得很安稳，眉头都没动一下，她的睡颜很可爱，一看就没有什么烦恼。

也许最难过的就是自己喜欢的表哥爱上了别人，可是没关系，反正还有很多人爱她，比如那个为了她连命都可以不要的戚烬。

这么单纯、清澈的女孩子，像一朵江南的娇花，盛开在殷家黑暗的沼泽里。

红妆逗弄她，吓唬她，可是又好羡慕她。因为除了师姐和师父，再没别人对她疼爱呵护过。没有人像殷家人对殷青湮一样对她，仿佛用尽了全部的心血力气，就为遮住她眼前的黑，只让她看见人间敞亮，山河壮阔。

从没有人这样对过她，从没有。

红妆打开门，往外走，关门前再看了殷青湮一眼。

“永别了，小白兔。”

红妆不睡了，她睡不着。

收拾好骑马钉、佛珠、钩月，还有定骨鞭，她背着手，顶着月色出了客栈的门。

寂静的板石路上，只有她一个人的影子寂寥独行。

夜枭不时鸣叫，陪伴她走向最后的了结。

屋檐下挂着雨滴，月色苍凉，照亮了青石板路。红妆停下，低头看了眼脚边，不知何时，那里已经出现了第二道影子。

红妆仰望着天空，轻轻地笑了，清脆的笑响在空旷的街道，刺耳又放肆。

她看着月，喃喃道："我不想再杀人，可为什么你们非要找死？"

怪哉，怪哉。

戚烬从夜色中走来，在离红妆几步之遥处停下，面容依旧冷峻，手里拿着大刀，沉默地看着她。

"你打不过我的，而且我今晚只想杀殷芳川。"红妆双手合十，"阿弥陀佛"了一声，"我佛慈悲，看在佛祖的分上，给你个机会，识相点赶紧滚。"

戚烬横刀在前，眼神阴狠："别废话。"

红妆："你杀了我又能怎样，季三根本不喜欢小白兔。"

戚烬："杀了你有没有用我不知道，但不杀你肯定没用。"

红妆一想，真是这么一回事。

可她今天真的不太想杀人，或者说不太想杀其他人，戚烬应该是走了狗屎运，她十年都难得有一次的慈悲给他赶上了。

红妆捻了根草在手里，谎话张口就来："你要杀我也行，但你要知道，等你把我杀了，噢不，被我杀了的这时间，小白兔早就完蛋了。"

戚烬的手一顿，厉声道："你把小姐怎么了？"

红妆摊手："没怎么，就喂了点烈性药，绑起来关屋子里了。"

顿了下，她又做出一脸恍然大悟状："好像还忘记锁门了。"

有间客栈鱼龙混杂，来来往往多是江湖客，什么三教九流都有，到时候可不知道会给哪个男人得了这便宜。

这的确是这疯婆子干得出来的事，戚烬握着刀，声音都在发抖："把解药拿来！"

"喏。"红妆拈着草，往他身上一丢，"就这个。"

戚烬眼中升起一股戾气，一刀向红妆砍来，招式刁钻毒辣，挟着排山倒海的气势。

季寒初的刀法讲究的是霸道，如滚滚巨浪拍岸，没什么花架子，一招一式运足力，直爽又强悍。

戚烬的刀却使尽了诡谲心眼，专挑人的命门打，下手毫不留情，没有任何余地。

饶是如此，他凌厉的刀锋也没碰到红妆衣角一下，她身如轻燕，躲闪得游刃有余。

这一刀已是强弩之末，戚烬力竭，以刀撑地不停喘气。

红妆抢过刀，对着他的腰一砸，他往前倒去，直接被红妆踩住了胸膛，边踩她还边刺激他："你想想，或许现在有个人正在小白兔的房间里，把她压在身下亵玩，可能是一个，也可能是一群……"她眼角笑出恶毒的风情，"你不趁着赶去捡个便宜？"

戚烬黑着脸，青筋暴起，双目怒瞪，看起来气得快要吐血了。

红妆火上浇油："你现在过去还来得及，不然小白兔真的要成红烧兔肉，给人吃干抹净了。"

戚烬："解药呢？"

红妆大笑："我都说了就是你啊！你不是喜欢她喜欢到愿意为她死都行吗？别告诉我你没想过得到她。我现在给你机会，反正她今晚肯定是要个男人的，就看是你还是别人了。"

戚烬想都没想过这种事："你休要胡言！把解药交出来！"

红妆说谎说得心安理得："要不做个交换吧，你把自己砍了，我就回去给她解毒。"

戚烬毫不犹豫，刀尖一转就要往自己的腹部刺去。

红妆见状立刻捻了骑马钉打在他的刀上，把那刀甩出老远。

他真深情啊，说死就死，说杀就杀，还真是为了殷青湮什么都不怕。

明知打不过她，也依旧来了。

这让她更羡慕了，也更嫉妒了。

红妆幽幽叹了口气，道："虽然你样样都不如季寒初，但这一点他确实比不过你，你对小白兔真好。"

她微微抬起下巴，又道："这毒死不了人，你回去看着她吧。"

说完，红妆拍拍身上的灰，转身准备离开，不料身后的戚烬突然开口了："三公子对你也一样。"

红妆停下脚步，扭头看过来。

戚烬："你杀殷二爷不成，殷家对你下了最高的追杀令，派了最好的杀手对你进行截杀，但全都被他暗中解决了。"

红妆站直了身子，眸子里闪过吃惊："怎么解决的？"

戚烬："杀了。"

不然她杀了那么多人，日子怎么可能还过得这么平静。

唯一一个闯到她面前来的，只有那个被做成蛊人的假小二。

不能完成目标的杀手就没有活着的必要，他们接了追杀令，就是不死不休，除非一方死亡，否则不会有停手的时候。

戚烬：“你以为凭三公子的武功怎会接不下季门主的一刀？他自己去替你挡，因为他那时为替你解决暗探和杀手已经精疲力竭，只能生生挨下这一刀。”

所以，这就是他一直躲在树上，打也打不走，骂也骂不回的原因吗？因为要护着她，所以他不肯走，也不能走。

红妆抿了抿唇，手指紧握成拳，慢慢掐住手心。

戚烬捡起刀，又说：“宗主已经知道这件事了，殷家如何他向来不管，但涉及三公子，他必定出面。”

言下之意，等季寒初一回去，绝不是小惩大诫这么简单。

红妆沉默了一阵，问道：“你告诉我这些，目的何在？”

戚烬不是什么坦荡人，睚眦必较，他收刀进鞘，眼里有嗜血的光，又带了些看好戏的嘲讽。

“刚刚谢离忧已经接到宗主的密令，带他回了季家。”

红妆心里咯噔一下，转身就走。

戚烬用手轻轻弹了弹刀鞘，“锵”声里，他语气冷漠：“殷家所有人都去了，除了殷夫人。以往小姐经常会到季家小住，是以她并未发觉不对，现下却已是知道小姐可能遇到不测，派了人手来找，她很担心，今晚一直守在主院里等消息。”

红妆挑眉。

戚烬讥讽道：“你不是喜欢戏弄别人吗，也来试试为难的滋味吧。”

他知道红妆要杀殷芳川，就是故意把话说给她听。他倒要看看，殷芳川和季寒初，她到底会选择谁。

红妆看着他的眼神，看了一会儿，兀地笑了。

她看错了，她现在觉得戚烬真天真，天真得不像江湖人。

红妆松了手，抚上掌心的掐痕：“原来你不是来杀我的，是来求我的。”

戚烬蹙眉：“我求你？我有什么需要求你……”

红妆：“求我杀了殷芳川啊。”

戚烬当下脸色一僵：“你胡说！我为什么要杀殷夫人，她是小姐的娘亲，我……”

红妆轻笑道：“就因为她是殷青湮的娘，所以你才要杀她，因为她不喜欢你，她只想让自己的女儿嫁给季三。可是你又不能杀她，杀了她，你心心念念的小姐更不会嫁给你了。所以你跑过来假意杀我，目的就是告诉我她今晚独自在殷家，还有殷家如今防卫不严，你想借我的手杀了她，这样等到殷青湮对季三死了心，就没有人会阻拦你娶她了。”

铤而走险去借刀杀人，不失为妙计，但戚烬用得还是不够熟练，他太心急，这个局做得破绽百出。

戚烬不说话了。

半晌，他别开眼，嗓音沙哑道："但三公子的事情是真的。"

红妆："小白兔中春药的事情是假的。"

戚烬怔了怔。

红妆摸到身后的定骨鞭，冷冷一笑："你今天真的很走运，我正好替你一块解决了这个麻烦。你赶紧走吧，就当今晚我们谁也没见过谁。"

戚烬挪近些，问她："你真不去找三公子？"

红妆摇头。

"你都和我说了，这是个难得的机会，当然不能错过。"

戚烬："可三公子已经受了伤，宗主还要对他用家法，他不死也会去掉半条命。"

红妆还是摇头，向他瞥去一眼："戚烬，你试过差点被人煮了吃掉的恐惧吗？"

戚烬眯了眯眼，不解。

红妆继续说："如果你试过，你就会知道，当一个人连活着都奢侈时，那么那个重新给她生命，养她长大的人，于她而言是多么宝贵的存在。"

她转了圈佛珠，心里想着季寒初的脸，每一个时刻的他，每一个生动的他，可等她抬起头，表情已恢复阴森可怖。

她向戚烬笑笑，周身凛冽，语气里是清醒的残忍："我的选择永远不会变。"

红妆往后退，在戚烬的目光里，她三两下跳上树梢，身影穿云而过，匆匆离去。

她的选择不会变。

永远不会。

她小的时候吃过苦，被师姐救了，才过上好日子。师姐对她好，她原以为世上不会再有人对她更好了。

可现在她知道了，原来还有个人这么疼她，为她打碎了信仰，破坏了道义，沾染了鲜血。

但没有办法，他们不是一路人。

红妆心想，这件事真让人难过，如果他们是一路人，那该多好。

（三）我不悔

夜，姑苏季氏。

主院大堂灯火通明，左右立了许多人，大堂中间一抹白色身影静静跪着，背脊挺得笔直。周遭的人各怀鬼胎，他却始终神色淡淡，未见露怯。

季承暄站在季寒初对面，执着短鞭，眉头皱起，目光低沉地看着他。

季承暄没有说话，季寒初也没有。身边的人神色各异，谢离忧担忧焦躁，季之远面无表情，殷萋萋哭红了眼睛，殷家的宗主殷南天则负手立在不远处，眼色冷然。

一场无声的对峙。

良久，季承暄慢慢开口，嗓音低哑："殷远崖是你杀的吗？"

季寒初摇头："不是。"

季承暄一颗心放下："殷家派去的杀手和探子呢？"

季寒初缓缓抬眼，轻声道："是我杀的。"

"你知道他们要杀的人是谁？"

"知道。"

"也知道为什么要杀她？"

"知道。"

季承暄微微躬身："为什么？"

季寒初看着他，说了句："我不想让任何人伤她。"

殷萋萋抹着泪，泪水湿了袖子，要不是季承暄拦着，她恨不能直接上去一拳拳打在季寒初的身上。

她哭泣着，嘶哑着声问："你为什么要护着她，如果不是、如果不是……"

如果不是季寒初非要护着她，殷远崖何至于惨死。

人是开阳杀的，他自己都没想到殷远崖如此脆弱，一刀就了结了殷远崖。他以为殷远崖真是不二高手，运足了内力，以至于力道太过强大，将殷远崖筋骨震得全碎，最后七窍流血，死不瞑目。

这不是什么绝世高手，天枢骗了他。可这也没什么大不了的，天枢不是第一次骗他了，开阳不在乎。

至于那个人，死就死吧，技不如人罢了，对方的家人要是想找他报仇，他也随时欢迎。

七星谷的人，天生就少了份悲悯和人性。

但殷家在乎，他们把所有的仇都算到了红妆的头上，连带着一起算到了帮着她的季寒初头上。

季寒初转身，朝殷萋萋和殷南天行了大礼，声音也变得难过："对不起，是我私心太过。"

说这话的时候，他的心在疼，他又想到了红妆。从她的只言片语里，他完全猜出了整个故事的走向：差点死于饥荒的小姑娘得幸被恩人所救，捡回了一条命，将恩人视作再生父母，可惜恩人入了中原，阴错阳差之下死于殷家之手，她愤愤不平，势要讨回这笔血债。

故事里的小姑娘错了吗？好像没有。

殷家人要算账错了吗？好像也没有。

那是谁错了？

季承暄沉声道："你知道你在做什么吗？大哥就是这么教你为人处世的道理的吗？"

季寒初又说："对不起。"

顿了会儿，季承暄抬了抬手，他还是心疼面前这个侄子："你将她擒来，亲手交给殷宗主，再到殷远崖的坟前敬上三杯酒，磕头谢罪。"

殷南天闻言，看了季承暄一眼，眉头拧成结，殷萋萋更是欲言又止。

红妆杀了那么多人，季寒初也参与其中，一桩桩的人命，竟然简单的"将功补过"就给打发了。

季承暄这是完全拿他们殷家当外人，铁了心要偏帮大哥的独子。

季之远的脸色也不太好看，他坐在轮椅上，看着季寒初单薄的背影，还有他脖子上被女人抓出的红痕，突然笑了。

他转着轮椅过去，行到殷南天面前，仰着头道："既然三弟已经知错，也有了悔改之意，您就饶了他吧。外公的死是妖女所害，并非三弟故意为之。"

殷南天眼神冷冽，移步走到季寒初面前，眸中狰狞的怒能将他吞噬，冷声道："知错？悔改？"

他握住腰间长剑，满眼都是自己弟弟惨死的场景。殷远崖不成器，但到底是他唯一的亲人，可殷远崖就这样惨死，横尸街头，他放不下，死都放不下。

"唰"的一声，殷南天将长剑抽出，直指季寒初的喉头，目眦尽裂："你刚才说你私心太过，你倒是说说，你存了什么样的私心！"

男人对女人，到了舍身忘己这一步，还能是什么私心。

季承暄不喜欢这场景，尤其殷家人咄咄逼人的模样勾起了他脑中不堪回首的回忆。

"殷宗主，这是我姑苏季氏！你现在是想到我家里来教训我家的孩子吗！"

殷萋萋抿了抿唇，眸子里浮上一抹难堪。

殷南天不想听，他挥了剑，直接抵在季寒初脖颈上："季寒初，你自己说！你错在哪里，又要如何悔改！"

季承暄丢了鞭，反手抽出逐风，喝道："把剑放下！"

殷南天："季承暄！你别太过分了！"

两人之间剑拔弩张，颇有爆发大战之势，一刀一剑，谁都不肯让步。

一片寂静里，殷南天的脸扭曲起来。

须臾，一双手捡起短鞭，季寒初抬起头，神情一寸一寸，皆是无惧。

他缓缓开口："三叔罚我便是。"

殷南天冷笑："罚你，罚你我二弟就能活过来了？季承暄你自己看看，这就是你们季家教出来的好孩子！狗屁的医仙，你是八辈子没见过女人吗，良心都喂给狗吃了！"

这话说得不堪入耳，季承暄脸色一暗再暗，却终究隐忍没再出声。

这件事是季家理亏在先。

他叹口气，收起逐风，接过季寒初手中的短鞭，有些于心不忍。

按照家法处置，近百鞭下去，铁打的身子都扛不住。

谢离忧有心帮季寒初，他抹了抹汗水，小声道："宗主，老三……三公子既已知悔改，便从轻发落吧。"

季承暄攥着短鞭，目光如炬，看着季寒初，问："寒初，你可知悔改？"

众人目光如影随形，看向那跪着的身影。

"我……"

季寒初嗓音低哑。

只说了这句，像陷进了柔软的回忆里，他深深低头。

其实，那个女孩，并没有那么坏。

她明亮、自由、热烈。爱也坦然，恨也坦然。

她是苍茫雪原上的擎风与烈阳，纯真浪漫，光芒万丈。

季寒初喜欢极了和她在一起的感觉，她让他感到了生命原始的冲动，横冲直撞，不用遵循任何礼教礼法，野蛮生长。

他垂下眼睛，声音里有种决绝，惨烈又坚定。

"我不悔。"

夜风阴冷，吹拂起枯叶，旋着落到地上。

天很黑，没有半点星子，从紧闭的殷家大门里，能闻到若有似无的血腥味。

被风一吹，似有凄怨哀鸣传来，如生灵叹，如鬼夜哭——

"你欠别人的命，到了该还的时候了。"

……

这一夜，有人情深不渝费尽心机，有人以牙还牙报仇雪恨，有人遍体鳞伤百死不悔。

所有的一切，在此刻做出了了结。

也开启了新的轮回。

到后半夜了。

季家的小祠堂里，上一辈长子和其夫人的牌位供在第三位正方，后头

高处是一座金身佛像。

淡淡的香烛味和檀香里，季寒初跪立在软垫上，唇色煞白，满额虚汗，周身不住颤抖。

身上的衣衫是新换上的，旧衫脱下时不住滴血，粘在伤口上，幸好血液未干，没和皮肉连在一块。

季寒初看着佛祖，佛祖也看着他，如此温柔，如此悲悯。

他问佛祖："你说，她今晚成功了吗？"

佛回不了话。

季寒初："这是最后一个了。"

佛还是安安静静。

季寒初低头，喃喃道："我觉得我可能疯了……"

他完全可以告诉所有人，今晚红妆要杀殷芳川，可是他没有。

他彻彻底底成了她的帮凶。

越了礼教规矩，逆了正道大义。季家家训"明心净礼，克己自律"，他一样都没做到。

季寒初低低地问："你告诉我，到底是谁错了？"

顿了一会儿，他又摇摇头，自嘲道："也许最错的人是我。"

他跪在佛像前，请求佛祖宽恕，但又忍不住在想，总是有罪的人才需要宽恕，他却不觉得自己有罪。

可若不觉得自己有罪，那便成了真的罪。因为他护着一个杀人无数的女魔头，纵容了她最后一次的屠戮，小医仙做出这种事情，还死不悔改，是多么惊世骇俗啊。

季寒初弯腰磕头，起身道："你去救苦救难，普度众生吧，如果她真的罪无可赦，那么所有的报应也都请只报应到我一个人身上。"

以后你守众生，我守她。

佛祖看着他，眼神遗憾又惋惜。

惋惜他座下小仙叛了正途，就这么头也不回地堕了红尘。

佛祖问，用一身盛名换了离经叛道，你真的愿意?

季寒初闭了闭眼："愿意。"

这一去，叛族、叛道。永远再回不了江南，他会和她一样，欺世盗名、臭名昭彰，成为正道人士口诛笔伐、人人喊打的过街老鼠。

可他不悔。

季寒初看着佛祖的眼，感到一丝悲凉，他转身，走到父母的牌位前，再次跪下，磕头。

"对不起。"他说，"您不必宽恕我。"

（四）牵丝戏

季寒初出了祠堂，门口站着谢离忧。

谢离忧看着他走出来，嘴唇翕合，欲言又止。

整个季氏，整个五扇门，最了解季寒初的不是别人，而是这个被季家长子收养、与季寒初一同长大的第二门门主。

从那句“不悔”开始，谢离忧就已经察觉到什么了。

他走到季寒初身边，望着祠堂大门，声音平静：“季三，不走行不行？”

季寒初没有讲话。

谢离忧抱手，靠在树上，喃喃道：“就为了个女人……”

他很少有这样情绪外露的时候，因为他活得很自我，几乎不去关注除自己以外的人事。可季寒初今天让他撑不住了，他唯一的兄弟，唯一的亲人，如今要走上叛族的不归路。

季寒初低声说：“对不起。”

谢离忧偏头：“你有什么好对不起我的。”

季寒初蹒跚着走近：“二叔呢？”

谢离忧：“接了新的任务去洛京了，你不等他回来吗？”毕竟季靖晟可以算他半个养父。

季寒初摇摇头，来不及了，等到天亮殷家人就会发现殷芳川的尸体，到时候恐怕会更麻烦，他不想让事情变得棘手。

季寒初：“你替我和二叔说声‘对不起’。”

“怎么又是这个？”谢离忧嗤笑，“季三，你没对不起任何人，你只是选择了你自己想要的，无愧于心就好。”

顿了顿，他又问：“以后还回来吗？”

季寒初静默了一会儿，轻轻摇头。

谢离忧弯起嘴角，满满苦涩：“那你可千万别告诉我你要去哪里。”

情报门要对宗主直接负责，绝不隐瞒，这是历来的死规定。

季寒初点头，上前拍拍他的肩膀：“我走了，你保重。”

谢离忧很低落，面容隐在树影下，看不太清，他从怀里掏出个巴掌大的袋子，丢给季寒初。

季寒初接过，打开一看，是一袋的金叶子。

谢离忧背过身去，冲他挥挥手：“我把五扇门的人都调开了些，趁着天还没亮，你赶快走吧。”

季寒初愣了愣：“谢谢。”

谢离忧挥手，直到他离去，脚步声消失，也不曾回头。

挽留不住的，就不留了。

人活一世，生命太短，这辈子见不到了，下辈子、下下辈子总能见到的。

天亮了，季寒初走了。

谢离忧坐在屋顶上，疲倦地往后躺下。

日头带着凉意，照在他丰硕的躯体上，他眯起眼睛，想到了记忆里自己的养父，季家早逝的长子。

他已经很久都没想到养父了，也很久没这么消极了。

“唉，都走了……”他抬手遮住眼睛，心里难受到了极点。

那个女人到底有什么好的，他是真的想不明白，能让季寒初家也不要了，正道也不要了，名声和地位都不要了。

谢离忧闭着眼，感受阳光盖在脸上，脑子里都是季寒初。那时季寒初看着医书，半天翻不过去一页，怔怔地坐几个时辰，偶尔勾唇微笑，偶尔低头沉思。

虽然不说，但谢离忧知道他是在想红妆。

季寒初问过他：“人的杀孽太重，死后还能不能进入六道轮回？”

谢离忧不信佛不信道，当然也不知道答案，可他偏偏明白，季寒初隐在这个问题下的真实心意——他还想着祈求来世。

“这个疯子……”谢离忧笑着骂出来，“这辈子都过不明白了，还想着下辈子的事。”

有病!

吃了迷魂汤了!

谢离忧不知在屋顶上躺了多久，躺到日头越来越暖，底下有小弟子叫他。

“谢门主，谢门主！”

谢离忧跷着腿：“今天不见客。”今天就是天王老子来了他也不想动。

小弟子战战兢兢地说：“宗主叫你去书房。”

“……”

还真是天王老子来了。

谢离忧啐了一口，麻利地爬了起来，隐隐又有些担心。

等到了书房，这隐隐就变成了真实。

季承暄坐在书桌后，桌上放着逐风和一个红锦袋，听到谢离忧来了，抬眸看他，眼神是说不出的锋利。

谢离忧是有些怕季承暄的，又敬又怕，他硬着头皮说：“宗主。”

季承暄将门关上，把他推到了书桌前，示意他去看桌上的东西。

红料子上的鸳鸯戏水，栩栩如生。

季承暄说：“这个锦袋是今早在血衣里发现的，洗衣的奴仆说，这是寒初的。”

谢离忧答得干巴巴："这样啊，那得收好了……"

后半句话面对季承暄可怖的目光，被他吞回了肚子里。

季承暄拿起锦袋，手指摩挲着精致的绣纹，那鸳鸯戏水真生动啊，底纹明明稚嫩如生手，可经过第二个人一改，登时活灵活现。

那个人的手，做女红很好，做木雕也很好，她总向他炫耀，光这双手就值得十斤金叶子。

季承暄按着锦袋，旋身，紧盯着谢离忧："杀殷家人的到底是谁？"

谢离忧企图蒙混过去："大概是殷家的仇人吧，当年殷宗主为了抢回寄雪剑得罪了不少人，说不定是颍川剑鬼的后人。"

季承暄叩了叩桌板："谢离忧。"

语气淡淡的，可谢离忧知道这是他动怒的前兆。

"你是第二门的门主，应该知道第二门到底要做些什么。"季承暄坐到桌案后，手指抚摸上逐风，"姑苏季氏不养废人。"

明明是一双好看的眼睛，看人时却让人脊背发凉。

季承暄又问："杀殷家的人是谁？"

谢离忧吞咽喉头，迟疑道："一个小姑娘。"

"几岁了？"

谢离忧想了想："约莫十几岁。"

季承暄摸刀的手顿住。

谢离忧看他的表情，猜到他在想什么，犹豫再三，还是说："宗主，她看起来……年纪比三公子要小些。"

红袖失踪时，季家长子甚至还未娶妻。

所以红妆不太可能是季承暄的女儿。

季承暄没接话，想了想，又问："她叫什么名字？"

谢离忧："红妆。"

名字在嘴边过了两遍，季承暄的眼睛落在锦袋和逐风上，片刻后抬起，望着谢离忧："找到她了吗？"

这个"她"指的自然是红袖。

谢离忧摇摇头。

红袖当时出现得离奇，不知来处，她自己也不肯说来自哪里，只讲那是秘密，她和季承暄在一起已是断了与师门的联系，不愿再透露和师门有关的一星半点。

除了一把逐风刀，她什么都没留下。

季承暄找了她十几年，找到现在，他甚至不知道自己还在坚持什么。

他其实信了，她可能已经死了，也怀疑与殷家脱不了干系。

但到底怎么死的，他没有确凿证据，所以他什么办法也没有，只能一

直找下去，日复一日，年复一年。

季承暄拿起锦袋："这锦袋是红妆送给寒初的？"

谢离忧点点头。

季承暄："为什么不上报？"

谢离忧为难，声如蚊蚋："宗主您说过，和殷家有关的事情，不要让您听到一个字。"

话是这么说，但私心也有。

季承暄冷哼，把锦袋收进怀里，对他说："走。"

谢离忧小心地问："宗主，去哪儿啊？"

季承暄开了门，往别院走去。

"现在去找寒初，问个清楚。"

第九章

再相见

我从死人堆里
爬出来，来找你

（一）做人臣

几个时辰前。

季寒初除了星坠和金叶子什么也没带，直接去了有间客栈。

其实他也没有百分百的把握确定红妆还在那里，但他就想试一试。

季寒初没有逃亡的经验，但有钱走天下这个道理不用教就能懂，那袋金叶子被他收得很好，他想了想，决定暂时还是不给红妆了。

红妆好像有点破坏倾向，照她那种插桌子跟劈柴似的架势，金叶子给她只会更有恃无恐，说不定没两天就赔光了。

柳新绿和一个伙计守在大堂，伙计睡得很香，柳新绿在一边点着烛火数钱。

笑得正得意时，她一转头就看到了门口的季寒初，跟见了鬼一样："小季公子，你怎么回来了？"

季寒初走进来："我为什么不能回来？"

柳新绿把钱捯饬进袋里，走到他面前说："红妆跟我说你俩掰了，她不要你了，准备自己回家去。"

这话说得就像在往季寒初心里插刀，但他敏感地捕捉到了话里的"准备"，顾不上心疼，问她："红妆呢？"

柳新绿指了指楼上。

季寒初要往上走。

柳新绿见状，赶忙拉他过来。不是她喜欢多管闲事，而是有些话不得不说。

她守着这客栈几十年了，一个女人做掌柜的必定有些泼辣本事和看人的本领，这一对住店里这段日子，她算是看明白了，两人就不是一条道上的，红妆邪性得很，小季公子却一派正直，明明应该水火不容，可惜大多数男人都过不了女人那一关。

但红妆够邪也够野，小季公子栽得不冤。

她拉了拉他的袖子，问：“你怎么惹她生气了？”

季寒初：“我没有惹她。”

柳新绿：“那她怎么会无缘无故就不要你了？”

这话又往季寒初心上插了一刀，他想了想，好像是因为她问自己要不要一起回去看星星，他那时候有点纠结，于是没回答，她可能以为这就是拒绝，所以生气了。

季寒初：“她以为我不要她了，所以她就先不要我了。”

柳新绿嘴张得老大，她被红妆强悍外表下的脆弱心灵震惊了。

“那你可得哄哄，女人都是这样，需要哄着的。”柳新绿抬起头，“不过小季公子，我也劝你一句，你要是没决定好，还是算了吧。”

虽说一眼就能看出他们之间男人爱女人更多些，但从红妆的模样瞧，她也不是完全不在意的，季寒初也伤着她了。

季寒初沉声道：“我决定好了。”

柳新绿点点头：“那就好。”

说完，她拍拍他的背，把他往楼上推：“快上去吧，她一回来就失魂落魄地坐在房里，别让人家等太久，不然真要跑了后悔都来不及。”

这巴掌把季寒初拍得差点背过气去，肩背上的伤口像密密麻麻针扎一样疼，但他不管了，三两步上了二楼，步履匆忙，真是怕红妆等急了就跑了。

坏东西没长良心，不拴在身边就溜了。

可这次他不怕了，他孑然一身，她就是跑到天边他也能追了去。

推开门，红妆就端正地坐在桌边，怔怔地看着烛台。

听到声响，她转头看到他，也没什么意外，神色不变：“你怎么来了？”说完低头，轻声道，“总不能是来杀我的吧。”

季寒初在她对面坐下：“我不像你，这么没有良心。”

红妆坐直了身子：“我哪里没良心？”

季寒初：“我为你差点去了半条命，你就这么坐着等着看我的笑话，不是没良心是什么。”

红妆冷笑：“那些人是我求你杀的吗？你自己要这么做，出了事别把什么都赖我头上。”

季寒初：“不是你求的，是我自愿的。”

他这么讲，红妆就没话说了。

半晌，她问：“你来干什么？”

季寒初向她伸过手，说：“不是说要带我回去看星星吗，我现在来了。”

红妆看着他的手，手指修长好看，真想象不出来他怎么用这双手杀人的。

“我后悔了。”她看都不看他，“我现在打算自己一个人回去。”

季寒初淡淡地问：“你不要我了？”

红妆望着烛台，有些遗憾，张口却说：“不要了。”

“那怎么办？”季寒初弯着嘴角，“八十二道鞭刑已过，族也叛了，道也舍了，你不要我我也只能缠着你不放。”

红妆不敢置信地转头：“你说什么！”

季寒初由她看着，微微一笑，把手向她伸去：“我什么都没了，只有我自己，你要不要？”

红妆觉得他简直在闹着玩，明明是她要他一起走，可后悔的也是她，她没想过季寒初会把事情做得这么绝。

她红着眼，有片刻的失神，道：“你让我要我就要啊，凭什么。”

季寒初从善如流：“那你要怎么样？”

红妆用力眨了眨眼，哽咽道：“你求我呗。”

季寒初笑了：“我求你。”

红妆绷不住了，其实她早就绷不住了。她杀完人还要回来，明明知道这里很危险，说到底也是存了心思，想等一等他。

她以为他不会来，可没想到他来了，不仅来了，而且还给了她这份“惊喜”。

都说最先动情的人沦陷得更深，她不知道自己对他到底算是几分真情，甚至都不知道自己值不值得，可他不给她机会，断了所有后路地来了。

血的教训还摆在眼前，但红妆觉得，她可能也要做一件大逆不道的事情了——她不能做摇光了。

如果师姐知道了，也许也会觉得无可奈何。

可是没办法，师姐，你知道吗，他把话都说到这份上，太诱人了，我好像真的没办法拒绝。

季寒初来到她身边，将她搂紧，温暖的指腹抹了她的泪水，在她指尖落下一个吻。

“我将这一生交到姑娘手里，麻烦看顾了。”

（二）浮生祭

红妆把东西收拾好了，其实也没多少，就几把武器，一串佛珠，来的时候是这样，走的时候多带了个季寒初。

在走之前，她还特地让季寒初把身上的东西都擦了擦，确保没有沾到追踪香。

在他擦拭的这段时间里，她溜出门，去找了柳新绿。

听了她的描述，柳新绿表情有些奇怪：“没有这样的吧……”这也太草率了。

红妆：“你管我呢，给我就是了，赶紧开个价。”

柳新绿想了想，咚咚咚跑上楼，跑到自己房间里翻腾了一圈，找出一块红盖头，递给红妆。

“这是我成亲时候用过的，一直收着。”柳新绿把红盖头递过去，顺道从柜上拿下一瓶酒，一起给她，“送给你，不要钱。”

红妆看了一眼红盖头，再看了一眼她。

柳新绿没好气道：“真不要钱。”停了停，她又起了好奇心，“你怎么突然又打算带上小季公子了？不是说不要他了吗？”

红妆没回答，她晃着那块布，盖头有些旧，但保存得十分完好，轻飘飘的，照得她神情有些温柔。

柳新绿：“你俩以后都不回来了？”

红妆折了折红布，慢慢往上走：“你什么时候见过私奔还带故地重游的？”

“……”

也是。

红妆开了门，神色很平常地走到季寒初身边，托着下巴看他。

他把东西都清理了一遍，捏捏她的鼻头，说：“没问题了，走吧。”

红妆黏到他身上，亲亲他的下巴：“等一下。”

她把那块红盖头展开，覆在自己头上，昏黄的烛火里，她的面容难得有了丝害羞。

“我听说中原礼仪都是这样的。”红妆托起他的手，把盖头的一角塞到他的手里，要他往下拉。

季寒初僵了僵，手上没有动。

红妆握着他的手，问：“为什么不动？”

季寒初不知道该怎么说，他觉得叛族都不是儿戏，可这个简单到简陋的婚礼却像极了孩童的玩耍，他低哑着嗓子说：“男女结百年之好，上拜天地，下拜高堂，三媒六聘……”

红妆咬了他一下，口吻轻佻：“反正你和我都没爹没娘，高堂就省了，我们直接拜天地吧。至于三媒六聘什么的，以后再补。”

说完不等他反应，她拽着他的手就把盖头从自己脑袋上扯了下来，因为动作太快，头发都乱成了一团。

红妆搂着他的脖颈："好啦，小郎君，以后我们也算有名有分的了。"

季寒初沉默着，伸手帮她将头发抚平，再掸了掸衣服上的褶皱。

红妆抱紧他："你还撑得住吗？我们走吧。"

季寒初轻轻点头，附耳说："以后我会对你好。"

——以后我会对你好。

可他们还会有以后吗？

人的一生是孽与情的轮回，爱恨嗔痴最后都会化作一捧烟灰，消散天地，无处可寻。

但行过的万里路，欠下的良心债却会永远留于世间，生生世世，不死不休。

姑苏季家，山雨欲来风满楼。

季之远转头，目光飘向远处别院露出的一角屋脊，眼中阴鸷丛生。

那是季寒初的住处。

他默不作声地盯着屋脊上的神兽，手指扣在轮椅把手上，用力到指节仿佛要断裂，因为太过克制浑身都在颤抖。他的心里仿佛变成一锅即将煮沸的水，把所有情绪压抑在水面下，咕咚咕咚，往上冒着泡，马上就要彻底爆发。

"季、寒、初。"他眯着眼睛，双眸赤红，仿若泣血。

他脑中又浮现出那句"私心太过"和"我不悔"，反反复复，像催魂的诅咒一样，一直在他心头萦绕，折磨得他快要发疯。

殷芳川死了。

他的芳姨死了。

死得很凄惨，和殷远崖一样，七窍流血，死不瞑目，她到死都没能等回自己失踪多日的女儿。

他招来身边的小弟子，问："阿烬呢？"

小弟子答："表小姐哭晕过去了，夫人和戚门主都在屋里守着。"

季之远点头，吩咐道："你让他照看好小湮儿。"

小弟子应了，随之退下。

他又招来另一名弟子，问道："我爹去哪儿了？"

弟子答："宗主早上出去了，往西边去了。"

"走多久了？"

"刚走不久。"

季之远冷眼看着远方。

季寒初叛了，谢离忧不可能不知道。

虽然季承暄平日除了那把刀对什么都不关心的样子，但在季家待久了的人都知道，他最看重的人其实就是自己的侄子。季之远清楚得很，当年他娘算计了他爹，未婚有孕逼得他爹成婚，加之这么多年他爹始终怀疑是殷家害得自己喜欢的女人失踪，所以季承暄对殷家根本不待见，连带着对自己也不喜欢。

可对季寒初，他爹简直偏心得不得了，门主让他做，家主让他做，连杀人放火都帮着他！

季寒初现在连叛族这种事情都做出来了，他倒要看看，季承暄还怎么帮。

季之远漠然地笑笑，招来另一名弟子："你去把第四门第五门所有死士都叫上。"

弟子称是。

季之远想了想，又道："带上鹰弩。"

起风了。

他抬起头，望着被阴云遮住的太阳，想到的是他小时候，殷芳川给他洗澡喂饭，教他念书写字，殷远崖费力地用一只手抱起他，去摘树上的果子……

他们或许作恶多端，或许十恶不赦，但他们是他的亲人，是呵护他长大，给了他无数关怀的至亲之人。

可他们现在都死了。

不会再有人给他摘果子，也不会再有人替他遍寻名医，费心费力减轻他腿伤疼痛了……

再也不会有了。

所以有的人，必须死。

红妆觉得自己似乎做了个很漫长的梦，她的一生都凝缩在这个梦里。

最开始，她咿呀学语，爹娘嫌她是个女孩儿不太喜欢，但总算是无忧长大。

后来是百废待兴时期的大饥荒，人都变成了野兽，人间成了地狱，她被谁咬了一口，扯掉块皮，又被丢进锅里，被捞出来，听到有人凄厉地喊"不可以，不能吃她"。

她被救了，女人的手冰冰凉凉，但怀抱温暖，对她说"你愿不愿意跟我回家，去做摇光"。

她说，愿意。

于是，她的一生被改变了。

再往后，时间过得很快，天枢用虫子吓得她哇哇大叫，天璇恐吓她不练好鞭法就把她抓去"正骨"，摇光温柔地摸着她的头，教她识别各种毒药的用法，她说女孩子的一生都很脆弱，要懂得保护自己。

还有除夕的夜里，她卧在师姐的膝上，小哑巴在冰河上转着圈儿，往树上挂彩球，大雪下了三天三夜，球被染白了，他就重新挂。

摇光在屋里熬热汤，天枢厚着脸皮凑在她身边帮忙。师姐替她梳着长长的头发，同她讲新的一年长大了一岁，练武的时候不能再撒娇偷懒……

她从死人堆里获得新生，又要在死人堆里结束短暂的一生。

可时光回转倒流，梦境回溯，她依然能看到那个人，少年明亮如昔，一如初见时的模样。

他说："在下姑苏，季寒初。"

他的背都被鲜血浸染得通红，八十二道鞭刑的伤比她想的更重，他的肋骨还插着两支箭羽，一柄长剑刺穿了肩头，他的眉头拧得那么紧，嘴唇苍白毫无血色，卧在一地血泊里，安静得像已经死去。

红妆想起就在不久前，他拖着重伤的身体过来找她，把自己的一生放在了她的手里，说他叛了季氏，要和她回去看星星。

从来干净得像天上来的人，软下眉眼说"我求你"，如今为了她满身脏污，伤痕累累，生死不明。

这个傻瓜，他受了这么重的伤，凭什么还有信心觉得自己能对付几十上百的死士。

让她走，走个屁啊走。

嗡鸣声在红妆脑子里喋喋不休，她甩出了佛珠，毒物肆意横行，有人在尖叫，有人在谩骂，有人抓着她的衣领嘶吼："告诉我她在哪里！你告诉我她是不是还活着！"

她听不清了，马上也要听不见了。

眼前湿润黏稠，黑黑红红，心口的利箭带来刺骨的疼，鲜血不断流淌，流了满地，天地跟着一起浸在红色里。

人怎么会有那么多血呢。

她杀了那么多人，那么多……原来死前是这种感觉。

坐在轮椅上的男人被狠狠打了一巴掌，他偏过头去，嘴角流血，但只是擦了擦，然后满不在乎地笑了起来。

季承暄喝道："孽障！"

季之远哈哈大笑起来："我是孽障？是啊，我流着一半殷家的血，殷家的人哪个对你来说不是孽障！"

季承暄站起来，冲着身边的弓箭手大吼一声："给我住手！"

没有人听他的。

暮色里，季之远的脸扭曲如疯子。

"你以为姑苏季氏所有人都得听你的对吗？"季之远紧紧盯着季承暄，

仰天大笑，笑里有泪，“他们是我的死士，只听我的命令！我要他们死！都死！都死——”

疯了，都疯了。

季承暄踏过一地尸体，将红妆从地上捞起来，手捂着她的心口，血顺着他的指缝流下来。他颤抖着声音问：“你到底是不是……是不是……”我的女儿。

红妆笑起来，口中淌出浓稠的血，头发遮住了眼睛。她眯起眼，话里有种决然：“我不告诉你。”

你自己慢慢用余生去猜，到底是不是吧。

亲生儿子亲手杀了自己的“亲生女儿”，这滋味一定很好受。

季承暄看起来很疯狂，也很可怜。他抱着红妆，陷入了执拗：“她在哪里！你告诉我她在哪里！她在南疆是不是？你说啊！”

夕阳的光影映在断崖边上，时间好像被拉长了。

红妆轻声说：“你找不到她的，永远找不到。”

她的声音渐渐消散。

季承暄摇头：“你不能死，你不能就这么不明不白地死了……”

红妆的头靠在他的肩上，她实在没有力气了，也实在太累了，她不甘心，不甘心就这么死去，她和季寒初的故事才开了个头，可她没办法再支撑下去了。

她吐出更多鲜血，努力张嘴说道：“你知道吗，我唯一庆幸的，就是杀光了他们……在我死前……”

红妆转过头，抬起手，指尖有鲜血，她费力地去看季寒初。

夕阳一照，季寒初的影子被拉得长长，他似乎是醒了，伸出手在地上摸索着，所过之处皆是血迹。

很多年前，师姐也是这样伏卧在冰棺上的，那时她沉默地摸索周身，那么不甘，那么绝望。

记忆里的人和眼前的人重叠在一起，她有些茫然，像想不明白自己怎么就会死去一样。

红妆抬眸看了季承暄一会儿，突然笑了：“你知道为什么我杀、杀了那么多人，却唯独没有对你怎么样吗？”

季承暄按着她，沙哑着嗓子道：“不知道。”

红妆淡淡道：“我其实很想杀你，很想……但，但她舍不得伤你……好傻是不是？”

季承暄撑着她的手臂狠狠一颤。

腰腹裂出极深的口子，红妆知道，她撑不住了。

可她猖狂一世，真的不甘心就这样死在围攻里，她看着季之远，季之远也看着她，嘴角扯出一个生硬又癫狂的笑，对她举起手里的弓弩。

“我说过，我一定会活得比你久。”

第四门掌兵器，这把鹰弩的力量，强到无人受得起一箭。

红妆身上破出一个新的血窟窿，然后往后跌去，季承暄的手无力地在虚空中抓了一把，什么也没抓到，他不可置信地看着红妆掉下了深崖。

耳边烈风阵阵，红妆闭着眼，在急速下落里又想起了季寒初——

“姑娘，你叫什么名字？”

“别再杀人了。”

“红妆，回南疆去，永远别再回来了。”

“这世上本来就有很多感情，都是无疾而终的。”

……

如果她死了，小古板一定会很伤心吧。

一定会的。

（三）离人歌

季家的地牢，散发着陈年腐朽的味道。

下过二十八级台阶，走上一段路，再穿过三道闸门，就到了末端的铁牢。

这里一向是姑苏季氏用来关最凶神恶煞之人的地方，如今这里关的是季家二公子。

戚烬打开门，精铁淬炼的铁链绕了七圈才解下，他走进去，里头空空荡荡的，只有一个与他身量齐平的小窗，约莫两个巴掌大，是铁牢里唯一的光亮来源。

光亮照不到的地方，一个消瘦的身影坐在轮椅上，穿着单薄，两手皆用铁链锁着，链尾穿墙而过，与铁门缠绕在一块，将他锁得死死的。

戚烬就这么看着他，看了好一会儿，才走到他身后，轻声道：“二公子。”

季之远没有动，他躲在黑暗里，静静地望着小窗。铁牢里原本没有这扇窗，是季承暄将他关进来的那天命人开的，窗子不高，若是常人定能碰到，但他不行，他坐在轮椅上，伸出手来，距离窗沿还有大约两指的距离。

季承暄是故意的，把光明摆在他面前，又让他无论如何都触碰不到，这是对他的惩罚。

戚烬看着他，即便他没有表情也知道他此刻心中所想：“宗主走了，去了南疆。”

季之远左手指尖微动，慢慢开口：“是吗？”然后他又缓缓低下头，望着自己垂落的右手，“一年了，他终于舍得走了。”

难怪戚烬会过来见他，季承暄下了死命令，不允许任何人探视，季承暄的打算是囚禁他一辈子。

戚烬“嗯”了一声，又说：“大夫说三公子的伤势已经稳定，过阵子就能醒过来了，宗主这才走的。”

当初季寒初先是承了八十二道鞭刑，又中了鹰弩的两箭，死士甚至将长剑刺穿了他的肩胛，选的位置刁钻，离心口只差了一点点，就是奔着要他命去的。这么严重的伤势，没想到他竟然还能挺过来。

“他倒是厉害。”季之远冷笑，“他走了，现在季氏由谁主理？”

戚烬：“谢离忧主理，季门主协助。”

戚烬和季之远是一路的，一年前的杀戮虽然他明面上没有参与，也未曾受到波及，但季承暄不信任他，不可能把主理权交到他手中。

季之远身子微微前倾，左手扶着轮椅把手。他的右手手筋断了，被自己亲爹用逐风亲手挑断的，为了一个疑似他女儿的杀人凶手和他偏爱的侄子。

他问戚烬：“找到尸体了吗？”

戚烬摇摇头。季承暄第一时间就派人去崖底找了，找了十天十夜，什么都没找到。

季之远眯着眼睛，琢磨道：“阿烬，你说从那么高的地方掉下去，人还有可能活着吗？”

没等戚烬答话，他自己又摇头否定。

“不可能，”他说，“她不可能还活着。”

别说从断崖上掉下去，红妆中了两支鹰弩的箭，已经绝无生还可能。

季之远没有回头，他面对着牢壁，静默一刹，问道：“我娘怎么样了？”

戚烬犹豫了一下，没说话。

季之远知道他的性子，心里“咯噔”一下，脸色沉下去：“她怎么了？”

戚烬往前走，走到轮椅面前，整个人背着光，正好挡住了季之远的目光所及，他的眼前是大片大片的黑暗，黑色无限蔓延，而戚烬每说一句话，都像是要把他往黑暗里拖得更深一点。

“一年前，宗主将夫人送回了殷家，说与殷家再无半点干系。当时殷二爷与殷大夫人刚刚过世，二公子您又被……夫人伤心过度，夜里投了湖。

“所幸被下人发现，及时救了上来。夫人性命无虞，只是神志变得不太清醒，有时能认人，有时又迷迷糊糊。殷家死的人实在太多，殷宗主分身乏术，无法分心照料，只好将她一直关在屋子里。

“有时小姐会去看望她，夫人清醒时会问问小姐您怎么样了，有时不太清醒，就念着您的名字，不肯睡觉也不肯吃饭。”

季之远听不下去了，他想笑，又想哭，最后却是撕心裂肺地嘶吼出声。

链条随着他的动作叮叮当当直响，他只有一只手能动，精铁磨了手腕，鲜血滴滴答答地掉在地上，铁牢里都是他哭喊的回响，像极了炼狱厉鬼。

戚烬等季之远冷静下来，撕了衣裳，卷成布条，蹲下来将它包裹在季之远的左手腕上。

一只手倏地攥紧他，戚烬抬起头，对上一双赤红的眼睛，里面没有眼泪，血丝满布，全是深邃的恨意。

“告诉我，你来这里做什么。”

所有人似乎都得到了报应，这一场风波似乎已经平静，可季之远太过聪明，他知道不可能的，事情绝对不会就这样简单地结束。

冤冤相报，江湖的恩怨哪有算清的那一天。

季之远手下用力，面容扭曲而狰狞，他知道戚烬不会无缘无故过来：“你来找我，究竟是为了什么？”

戚烬望着那只手腕，片刻后抬起头，轻声说：“小姐喜欢三公子。”

季之远：“所以呢？”

殷青湮喜欢季寒初这件事根本不是秘密，放在早前，殷萋萋甚至舍了脸面去求过季承暄，让他问问季寒初的意思。但季寒初斩钉截铁地拒绝了，也是那天季之远才从殷萋萋口中知道，原来自己在父亲的心里一直都是“他残了，做不了家主”。

在他心里，父亲伟岸光明，可在父亲心里，他只是个无能残废。

戚烬重新给季之远包上伤口：“小姐想嫁给他。”

季之远一愣，难以置信：“她疯了？”

季寒初叛族那一刻，所有人都知道他和红妆是一伙的，就算没有证据指明殷芳川的死与他有关，但他包庇在先出逃在后，怎么都脱不了干系。

殷青湮是觉得殷家死的人还不够多吗？她是爱季寒初爱到昏了头，还是在她心里所有的人命加在一起都比不上一个季寒初？

戚烬替他解答：“小姐不知道这些事，她以为所有的事情都是红妆做的，三公子并不知情。”

殷青湮不知道殷家派了杀手又被季寒初拦截，也不知道季寒初为了红妆叛了氏族，只知道红妆口口声声要杀殷芳川，而殷芳川也确实死于她手。

至于季寒初和红妆的暧昧举动，那肯定是他被迷惑了，是中了蛊。

她打心里不愿意相信自己的三表哥会是妖女的帮凶。

季之远骂道：“蠢货！”

他抬头看了看戚烬，皱眉道：“你难道不会告诉她真相吗？”

戚烬平静道：“真相是什么？真相就是殷二爷和殷大夫人确实都是红妆杀的，三公子根本没有动手。她死了，他们的仇就干净了。”

季之远冷冷道：“你什么时候这么帮着他了？”

戚烬取出一枚钥匙展示在季之远面前：“这是小姐想要的真相，她想要的，我都会给她。”

季之远抬起头，与他对视："你什么意思？"

戚烬看着他，把钥匙递到他面前，说："二公子，只有你能帮小姐了。你帮她，我就帮你。"

戚烬很喜欢殷青湮，喜欢到甚至能忘了自己的地步。殷青湮要她的三表哥是无辜的，那他就是无辜的，她想嫁给季寒初，那他也会想尽办法要季寒初娶了她。

可现在是谢离忧和季靖晟掌家，这件事几乎没有实现的可能。

季之远瞧着那枚钥匙，怎么也想不透世上为什么还会有这种傻子。他其实知道，戚烬之所以投靠他只是因为他是殷青湮的表哥，所以他利用这层关系，把第四门和第五门全都收拢麾下，但他不认为戚烬对自己有什么真心。

哦对，是没有，戚烬的真心开始是因为殷青湮，现在还是因为殷青湮。

季之远往后靠了些，他喜欢这种银货两讫的交易，利益永远比感情坚固，但他还是要问："你就没想过，我爹回来了，看到你把我放了，到时候我们两个都活不了。"

戚烬早就想到过这个，他握着钥匙，说："你有办法的，只要能出去，你肯定有办法。"

季之远勾了勾嘴角，他确实有办法。

"二公子。"戚烬认真地看着他，"我知道你为了这一天已经准备了很久，不可能就此善罢甘休。宗主此行远去南疆，正是我们最好的机会。"

季之远似笑非笑："你倒是信我。"

他抬手，招戚烬上前，问："鹰弩在哪里？"

戚烬："放在第四门的兵器库。"

季之远冷笑："鹰弩的暗格里有一颗佛珠，你去把它找出来。"

戚烬点点头："然后呢？"

然后?

季之远垂下眼帘，似笑非笑："然后你找个机会，把里面的东西让谢离忧吃了。"

戚烬下意识地说不行，他和谢离忧虽然不亲近，但也认识多年，要他害谢离忧性命，他做不出来。

季之远："你不这么做，现在就可以转身离开。"

戚烬沉默半晌。

季之远安静等着。

半晌后，戚烬开口："季门主在他身侧，我动不了他。"

"一个疯子，能有多聪明？支开他就是了。至于其他几门的手下，情报贩子，小医仙？这些人能成什么气候？更何况……"季之远勾唇一笑，望向戚烬，“财可通神。”

戚烬默了默，过了好一会儿，问：“还有呢？”

季之远摸了摸自己毫无感觉的右手，讽刺地笑了：“小湮儿不是喜欢季寒初吗，那就把季寒初送给她吧。”

戚烬的眼眸微不可见地沉了沉，他抿紧唇。

季之远松了手，从他手里拿过钥匙，插到锁孔里，轻轻一转，铁链打开了。

“有些事情，能忘记的就不要想起来了。”季之远丢了链条，发出沉闷的响动，“毕竟也不是什么美好的回忆，你说是吧。”

戚烬：“季门主那里……”

季之远：“都说了他不过就是一个疯子，有什么好担心的。”

链条磨蹭在地上，日光下，尘埃飞扬，季之远的眼神就在这片尘埃里变得越来越冷，越来越狠。

“当年他不是也很喜欢那个女人吗，为了护她周全，连命都不想要了。可最后呢？一碗药下去，让他忘记不还是照样忘了。脑子里只有木雕的疯子，恐怕这么多年了，哪怕药效减退不少，他也是连她怎么会失踪都还没想起来吧。这次一样，既然要忘，那就大家一起忘好了。”

季之远笑起来，没有什么温度：“反正，他也只不过是一个疯子而已。”

（四）旧故里

这世上有没有一个人告诉过你，他把自己的一生都交给你，就算自己死了，也绝不允许任何人伤你半分？

这人，红袖曾有过，红妆也有过。

季承暄为寻红袖，放下季家千里奔赴南疆，寻不见，折返再寻。红妆为寻季寒初，伤重未愈也要咬牙回身，不甘心更不罢休。

只是不巧，谁都没想到这两人会在途中碰上。

最开始红妆会遇到季承暄完全是个意外，天不怜见，她拖着这副身子，刚刚从南疆到了姑苏境外就碰着了跟无头苍蝇似乱转的季承暄，也是她心急，身体没恢复好就来，没两下就被他擒住了。

季承暄不关心她到底为什么没死，把她抓回一家客栈，顺道抓了个大夫过来。

在他吃人的目光里，大夫战战兢兢给她把了脉，最后得出结论——心脉弱到几乎没有，内伤严重。

红妆撑着腿，很无所谓地笑：“你要杀我就动手，反正你想知道的我也不会告诉你。”

季承暄看她这样，也不生气。他送走大夫，没一会儿手里捧着一碗药汁回来，褐色一大碗，散发着浓郁的药味，一闻就能苦死人的那种。

他走到桌边把药放下，生硬地叫她：“过来吃药。”

红妆要嫌弃死了：“你别想用药毒死我。”

季承暄：“这不是毒药，是补身体的方子。”

红妆更嫌弃了，她有什么好补的，吃进去还不全都给蛊虫吸收了，补了也白补。

季承暄捧着药碗坐到她对面，把药放到她手边，然后微抬起眼，有些不太好意思的样子，生疏又僵硬地问她：“你疼吗？”

红妆看着那碗药汤，不知道他是什么意思。

季承暄从怀里又掏出个小小的油纸包，打开，里面放着一块白色芽糖，因为是贴身放的，边角有些融化了。

他说：“这药有点苦，我给你买了芽糖。”

“你想干什么就直说。”红妆皱眉。

季承暄把糖和药放一块，踟蹰了会儿，问：“你娘她，她还好吗？”

红妆懂了。

她没去看桌上那些东西，她管里头藏了多少季承暄的真心和歉疚，他误会了，那她就让他好好清醒清醒。

红妆起了恶意，她本来就是个恶毒的女人，专喜欢干残忍的事，喜欢往人心头最软的地方插刀。

“季宗主。”她不怀好意地笑。

季承暄抬头，眸里有期待。

红妆长长地叹了口气，做作又虚伪。

她说：“我真的不是你女儿，我只是她的师妹。”

季承暄：“那……”

“你的女儿早就死了，在雪山上被人活埋了。”她边说，目光边盯着季承暄，看他脸色瞬间煞白，手掌剧烈颤抖。

红妆还嫌不够似的，又说：“尸体我看过，师姐给她做了冰玉棺，保存得很好。”

啪嗒！

逐风掉在地上，尘埃激扬。

红妆吹了声口哨，冷笑：“好可怜哦。”

好可怜，可谁不可怜。

……

红妆躺倒在床上，望着床顶，跷着小腿发呆。

她回忆起自己从昏睡中醒来时的情景，那个时候和现在一样安静，她

分不清日升日落，四季轮转，时间是停滞的。

师姐和师父告诉她一切都已经过去了，她需要做的就是等待，等时间过去，等自己重新“活过来”。

天枢把她带回七星谷，放到了冰玉棺材里。红妆全身都已经碎掉了，心口和腹部还被破开了两个大洞。接近一年的时间里，她一直动弹不得，天枢把她当成最脆弱的木偶娃娃，小心地帮她把骨头一点一点接上。

从冰玉棺里出来的那天，红妆问红袖：“我是不是已经死了？”

她太清楚自己的伤势，绝对不可能活下来，她既然还能醒来，那这副躯体说不定已经不是“活人”。

红袖摸摸她的长发，轻轻摇了摇头。

红袖知道红妆的事情，知道她喜欢上了季家的三公子，也知道她被季二一箭穿心。情这种东西害人不浅，她自己也怦然心动过，明白那是什么感觉。

天枢问的时候，红袖替红妆做出了选择，她觉得红妆肯定还有悔，季三没有负过红妆，红妆一定会回去江南。

所以……

“是双生蛊。”红妆说。

她抬起头来，看着季寒初，姿态有些随意，向他解释：“雌雄两虫相伴相生，我体内的是雌虫，它来帮我护着心脉。”

季寒初坐在床边案头，听她说着关于蛊虫的事情，面上没有什么波澜，但细看之下，可以发现他眼中并不平静。

双生蛊他也有所耳闻，传闻能生死人肉白骨，与活死人蛊一样，只是……

他问：“雄虫呢？”

双生蛊比之活死人蛊，虽然能使人复生后与常人无异，但它也更加脆弱，困扰繁多，倘若雄虫死亡，雌虫的蛊体也会随之湮灭。

当年天枢将摇光的雄虫冰封在冰河之下，保了她的性命，却也使得她再不能出南疆。

可红妆在这里，她的雄虫就不可能在冰河下。

红妆抿抿唇，脸色不太好看。

季寒初问得一针见血。

她闷闷地说：“在师姐的身上。”

没有人愿意把自己的命和自由系在另一个人身上，除非她够爱你。

天枢也曾想过把冰河下的雄虫种到自己体内，可摇光不愿意，她讲自己活了太久，实在无趣，不想再折腾。

红袖却不同，她太知道红妆的心，红妆在江南还有一段情，不能就这样困死在七星谷。

季寒初看到她脸上浓重的悲伤，心头仿佛钝刀割肉。这感觉很陌生，但来势汹汹，他活了这些年，好像第一次感受到。

他很同情红妆的遭遇，但这和他乐意被绑架是两回事。

“红妆姑娘。”

红妆抬起眼。

不知怎么，季寒初突然有些不忍心，他敛了眉，不太敢去看她的眼睛，只好转过头轻声说：“我有未婚妻了，是我表妹青湮，你……”何必勉强。

后面那句话，是怎么都“你”不出来了。

出乎意料，红妆很淡定，她随意地“嗯”了一声，坐起来抓着他的衣袖，把他拉到床头。

她起身跪在床上，手指捻着他下巴，呼吸温热扑面而来，季寒初被迫俯下身子，四目相对，他能看见她明亮的双目中，映着他的影子。

“我知道了。”红妆从喉头发出话音，缠绵而低沉，她葱白的手指摩挲在季寒初的下巴上，彼此之间的呼吸太近，再靠近一点，嘴唇就能贴上去。

“你走吧。”

季寒初愣了一下，显然没料到。

红妆放了手，懒洋洋地坐在床上，对门口做了个请的动作。

“不是想走吗？走吧。”

说话间，她两只白嫩的脚丫垂在床边摇晃不停，趾头被冻得微红。

季寒初皱眉，训斥她：“你这是做什么，你还受着伤。”

红妆嗤笑，拍拍手：“我是死是活关你屁事。”

季寒初伸手扯过床上的被子把她整个人盖得严严实实。谁知道红妆够任性，一脚就把被子踢翻，穿着件单衣靠在墙边坐着，挑衅地看着他。

明明昨晚被伤得话都说不全，今早刚好了些居然就有力气这么活蹦乱跳地耍横。

季寒初是医者，看不得别人糟践自己，他捏起被角想再给她盖上，结果小姑奶奶一顿飞踢，踹在他腰上、腿上，脚下冰凉一片，让他都打了个寒战。

这姑娘没说谎，她伤重未愈就来了江南，又被三叔拍了一掌，眼下伤势恐怕比面上看起来还严重些。

季寒初无奈：“你受了伤，就不能乖乖休息？”

红妆喘着气：“你不是要走吗，你走啊！找你那未婚妻去，赶紧走！”

季寒初把被子放下，坐到床边，看着她眼圈泛着红，鼻头一抽一抽的，还瘪着嘴巴倔强地不说话。

他看着她这么委屈，没忍住，伸手拍了拍她的发顶，又很快缩回去：“你别闹了，你想去哪里，我跟你去就是了。”

红妆慢吞吞地转头：“不去找你那未婚妻了？”

季寒初：“你给我软骨散的解药，我就和你走。”

红妆想都不想：“不行。”

万一他一恢复武功，直接跑了怎么办。

季寒初：“我既然答应了你，必定言而有信。”

他想的其实很简单，红妆的状况这么不好，他又被封了内力，路途遥远，万一路上碰到什么危险，他会担心自己没办法护着她。

他觉得红妆就像个需要保护的小孩子，不好好看着，就可劲儿糟践自己，她对自己的绑架和轻薄，就像失去了最心爱的玩具，在哭闹在撒娇罢了。

季寒初没发现，他已经开始对红妆妥协。有了第一次，就会有第二次，第三次。

至于他所谓的未婚妻，季寒初觉得，也不是什么非常要紧的事情，他们都已经认识这么多年了，何必非要时时刻刻在一起。

那又为什么要跟着红妆在一起?

不知道。

也许他也不想知道。

（五）逃不过

红妆从怀里掏出个东西给季寒初：“喏。”

季寒初皱眉。

红妆浅浅地笑：“不要算了。”

季寒初不看那瓷瓶了：“我要解药。”

红妆：“这就是解药。”

季寒初用他那惯有的温和语调说：“这不是解药，你之前给我吃的软骨散是特制的，这是你做的另一种毒，用来强化之前那个软骨散的药效。”

红妆手撑着脑袋，目光直接又痴迷地看着他，还好殷家人良心未泯，没把她的小古板变成傻子，他还是那么聪明。

季寒初受不住这种不加掩饰的目光，他不自在地侧过身，不想给她看。

可红妆哪会让他跑，她蹲在他身边，脑袋随着他转来转去，后来干脆跪趴着，拱在他胸膛前，侧仰着去看他眼睛。

季寒初吃不消这样的暧昧，心跳得越发快了些，他往后挪挪身子，低声说：“你别这样看我。”

红妆的眼笑成了月牙：“季三，你真可爱。”

季寒初躲了下：“解药给我。”

红妆把脸凑过来，声音娇软：“你要不把这个吃了吧，真的，我保证你不会有事。”

季寒初哭笑不得：“这是毒药，谁会那么傻？”

红妆小声道：“你啊。”

你就这么傻。

明知道我是毒，还吃下去。

红妆挠了挠他的下巴，把解药放在他手里，趁其不备在他手背上亲了口。

温软的触感一触即逝，明明像羽毛一样，季寒初却跟被挠着了似的，唰地收回手，站起往后大退了几步，耳朵肉眼可见地红了。

红妆抱着肚子，笑得眼泪都出来了。

这样又过了半月，这天入了夜，客栈里人声渐歇。

红妆这半个月喝的药比自己大半辈子喝的都还多，她差点喝得恶心，总算理解了什么叫作“药罐子”，偏季寒初还非得给她往下灌，她不爽快，自然也要别人不爽快。

于是，她从床上下来，披上衣服，拐出门，准备去找季寒初的麻烦。

她打开门，顺着廊道走到季寒初的房门口，烛火亮着，他还没睡。

红妆把门敲得啪啪响：“小古板，开门。”

门开了，她顺势倒进他怀中，清冷的药香袭来，她眷恋地闭上眼睛。

季寒初往后退了一步，撑住她另一边没受伤的肩膀，把她牢牢控制在门口。

红妆握着他手腕：“你干什么？”

季寒初扶正了她，看她不撒手，便把手掌握成拳头，低垂下眼，道：“于理不合。”

又来。

又来了。

红妆抬头看他，天黑了，他正对着她，一手搭在她肩膀上，满脸正直正义。

客栈底下就是大堂，人不多，三三两两分布着在几桌上，正低语闲聊。

红妆扶着他的手臂，伸手抠他手指，抠不开，她干脆抓了他的拳头，放在自己的心上。

季寒初一惊，要用力抽回手，却被红妆使劲摁住。他微微咬牙，开了口，声音染上恼意：“你又想怎样？”

红妆空出一只手，撩了衣领，猛地往下拉去，露出白嫩圆润的肩头，上头掌印黑青可怖，半月了还未消退，乍一看很是骇人。只是在这样的情景之下，白是女人香，黑是伤人掌，黑白纠缠，惹得人无端生出了几分遐想。

红妆没等他反应，就婉转缠绵地叫了起来：“小大夫，我疼，疼死我了——大夫哥哥，你快帮人家看看，这伤是怎么回事——”

知道的，是喊疼。不知道的，还以为哪对男女故意招人去听墙脚。

客栈静了一刹。

季寒初的脸色，在半暗的烛火下，一点一点，轰然变红。

季寒初从没见过红妆这样的女人。

他见过的世家女子，莫不是像表妹青湮这种，温文尔雅、知书达理，一派大家闺秀，哪怕心里已经知道二人算是定下名分的未婚夫妻，也从不逾矩。

红妆在他的生命里是一个意外，这个美丽的绑架犯，调戏他、哄骗他，他应该在恢复武功的那一刻就丢开她回季家，可是他没有。

也许在见到她声声喊着疼的时候，他一颗心就已经软得一塌糊涂。

客栈的人渐渐将目光聚集到此处。

季寒初局促地看着红妆，想帮她把衣裳拉上，又守着礼教规矩不敢胡来，只好倾身挡在她身前：“你这是做什么，快把……穿上！”

红妆捂着那个掌印，泫然欲泣：“我好疼，走不动路了，你抱我进去。”

季寒初抿嘴，不动。

她伤的是肩膀，又不是腿。

红妆往他怀里钻去，抓着他胳膊，问：“季三，你不是说你有未婚妻吗？难道你没抱过女人？”

季寒初不自在地扭头，但没再推开她：“男女有大防，我与青湮向来恪守分寸。”

红妆笑：“你是医者啊。怎么，你的病人都疼成这样了，你的医家本分呢？”

季寒初声音轻了些：“你的腿并未受伤。”

红妆直接伸手圈住他的腰，将头靠在他的颈窝里，女人香扑面而来，她耍起了无赖：“我不管，你要是不抱我进去，那我就随便找个男人抱我进去。”

她探出头，大堂里的人多多少少已恢复常态，但时不时有人往他们这个角落瞥来两三眼，其中不乏打量与惊艳，甚至还有不怀好意的眼神。

江湖客，有义薄云天者，自然也不乏轻薄无行者。刀剑下讨个活命罢了，淫人妻子虽是大罪，但倘若真动起手来，你打不过便是打不过，又有何方法。

红妆看多了男人看她时垂涎三尺的眼色，她的漂亮就写在脸上，狐狸精似的江湖女最招人惦记，但她毒，所以从没被人占过便宜，可是这挡不住男人欣赏她，暗中垂涎她。

有些眼神直白赤裸到想把她扒光，红妆发现了，季寒初自然也发现了。

他没辙，因为他知道这件事红妆真干得出来，她就是仗势欺人，就是拿准了季寒初的慈悲心肠。

季寒初扶着她，将她露出的半边肩膀揽到怀里，手从她的腿窝下穿过，轻松地将她举起来，身子离得远远的，五指也扣在手臂上，严守距离就是不肯多碰她一下。

红妆没说话，靠在他身上，心满意足。

等进了房门，季寒初立刻把她放下，转身关门，也关住了门外各色各样的目光。

红妆光着脚走过来，走到他背后，环住他，整个人贴了上来。

季寒初拉她的手："红妆姑娘，自重。"

红妆把他抱得更紧："可是我想你。"她说着，声音里竟然带了哭腔，"季三，我想你，真的好想你。"

季寒初扣着的手这时怎么都用不上力了，他不确定红妆是不是在骗他，他看不到后面也不知道她是什么表情，但他清楚这个女人惯会骗人，他不应该相信她。

可是她哭了，还哭得很伤心的样子。她的手指冰凉，身体也凉，蛊虫种在体内还没与她互相适应，她被折磨得难受，手脚总是暖不起来。

红妆缠着他，蹭蹭他的背，眼中没有泪水，却红得吓人："你也听听我的话好吗？你知道我是来自七星谷，可是你知道吗，七星谷的规矩是每一代的星星都不允许婚配，不允许育有子嗣。我师姐修了死人身，她不能继任成为摇光，所以她收养了我，要我去做摇光。

"我是愿意的，师姐对我恩重如山，她想让我做什么我都愿意。她的仇恨难平，我就主动提出去中原替她报仇，只要她能高兴，我就也高兴。

"我本来都打算好了，等报了仇我就回去做摇光了。可是后来我遇到了你，你那么好，其实你原来是好好活在天上的，却为了我下到地狱里。你为我杀人、叛族，离经叛道，不管不顾要和我私逃。我那时候就知道，我要做个不肖徒弟了，我要带你回南疆，告诉师父，我不做摇光了，我要嫁给你……

"但我们运气真的不好，连隐州都还没到就被人追上了。那么多杀手，那么多暗探，季之远他存心要我们死……可哪怕到了那个时候，你还是护着我。我造的杀孽，居然要你来赎……

"季三，我伤得重，那是因为我掉到断崖下了，粉身碎骨……你知道骨头一截截被重新接上的感觉吗，我那时候觉得自己就是个木偶，我觉得我肯定活不了了……可我最后还是活下来了，我忍了粉身碎骨的痛，从死人堆里爬出来，来江南找你了。

“可是你怎么就忘了我呢？”

红妆说到最后，是真的委屈了。

她很少一气儿说这么多话，也很少因为什么事真的去哭诉，她被养得飞扬跋扈，野性难驯，但是季寒初失忆这件事给她打击太大，让她可怜到不行。

季寒初攥着她的手，慢慢回过身，红妆稍微放开了些，看他在离自己极近的距离里，伸出手指擦了擦她的眼泪。

他说：“别哭。”

红妆问：“你相信我吗？”

季寒初犹豫了一下，如实回答：“我不知道。”

一个人存在过的痕迹是很难抹去的，无论是柳新绿还是他背后横纵的鞭伤，还有他莫名其妙就失去的两年记忆，都在告知他一切看起来似乎真的与她说的不谋而合。

但他理智还在，红妆哭得再失态，在他眼里也不过是个陌生女人，他纵使有些心软，也不能完全相信她。

红妆瞄他表情，立刻猜出他的想法，抓着他：“你说殷青湮是你未婚妻，那我问你，她是如何成了你未婚妻的？”

季寒初想了想：“我那时刚从昏迷中醒来，便发现自己少了两年的记忆。兄长告诉我这是在一场斗争中受的伤，青湮为了救我被人下毒所害，他讲我同她在这两年里已经定了终身，还、还……”

说到这里，他欲言又止，有些不大好意思。

红妆：“还可能有了夫妻之实？”

季寒初耳朵红得不像样，避开她的眼神，轻轻点了点头。

红妆心一颤，咬牙切齿：“你醒来后和她有没有那个过？”

季寒初摇摇头。

红妆这才松了口气。

她笑着，钩住他的脖子：“他骗你的，殷青湮那毒就是我下的，也不是什么厉害的毒，就只是吓唬她而已。你和她才不是一对，你别信季之远的鬼话。”

季寒初偏着脸：“我没信。”但他也不全然信她。

红妆执起他的手，放在自己脸颊摩挲，笑容放肆：“季三哥哥就招过我一个女人，我才是你的妻子。我说什么你都相信，我做什么你都纵容我，你说要跟我回家，正道不要了，名声也不要了，只同我一起……我们说好，我不做摇光，你也不做季三公子，是非也好，恩仇也好，什么都不去管。季寒初，你是世上最好的，可偏偏就中了我的邪。”

季寒初听她说的话，搅乱心头一池春水。

他闭上眼，心乱如麻，最后深吸口气，道：“你说谎。”

红妆扳着他肩膀，强迫他面对：“我没有说谎，这些都是你自己做的。季三公子好生无情，话都说了，现在居然翻脸不认人，还是你一贯如此，拿折磨当有趣？”

季寒初被自己脑中想象出来的场景扰得慌张，即便是季之远暗示他可能与青湮有夫妻之实时他也能坚定不移地否认，可红妆同他讲这些，他不仅否认不了,眼前还出现一幅画面——女人掀起红盖头,灯火之下笑靥如花，千般柔情，万般衷肠，说“小郎君，如此我们也算有名有分了”。

而他呢，他说过什么没有?

好像有。

“男女结百年之好，上拜天地，下拜高堂，三媒六聘……”

季寒初没说话,他低垂着眼睑不知在想什么,红妆看着他,还想加把劲，试图逼他去想起来，哪怕一点点也好。

她晃了晃他的胳膊，看他没有反应，就眯着笑眼上前，跟他对视，他还是茫然的模样。

他这个样子，和他以前真像。

红妆一时恍惚，错觉得他不像失忆的样子，这个季寒初还是她熟悉的季寒初，是爱她的季寒初。

她手下紧了紧，拉住他的袖子，一手抚上了他的侧脸，想要踮起脚去吻他的脸颊。

季寒初清醒过来，惊慌失措地伸了下手，下意识地去拦她。

可他忘记自己已经恢复内力，下的手看似没用力，实际带的劲道比平时重了几倍。

修长厚实的手掌擒住细白的手腕，只是无意间的动作，腕骨发出轻微的咔哒脆响，惊了季寒初的神。

他回神去看，红妆已抚着自己的手腕微微蜷缩着身子，满脸痛苦，烛火下的脸色苍白骇人。

他忘的不仅仅是自己已经恢复了内力，还有红妆的内伤。

她衰败的身体，早已承受不住他无意间使力带来的疼痛。

（六）透骨香

红妆托着手，眉头紧皱。

季寒初知道自己下手过重，松开她，有些紧张：“弄疼你了？”

红妆沉默着。

季寒初伸手要拉她：“给我看看。”

红妆往后一退，避开了他。

这一动，冷不防又让季寒初看到她正光着脚站在地上。这下他的眉头也皱起，忍不住斥她："怎么光着脚跑来跑去，你自己身子怎么样你难道不清楚？"

红妆偏过头，冷冷道："季三，你最没资格同我讲这话。"

季寒初不知该说什么，长长叹息，又去拉她的手，被她伸手狠狠拍掉。

"啪"的一声响，他手背上红了一大块。

季寒初看着自己被拍红的手，抿了抿唇，再去拉她。

又一声"啪"，打得比上次还响，比上次还红。

红妆红着眼："你别碰我。"

这是真的气急了。

季寒初俯身，弯腰将她抱起。她猝不及防，轻轻"啊"了下，失措地去抓他的衣领。

季寒初把红妆放到床上，用被子盖住她的小腿，她小小一个，被子来得厚重，整个人像要被淹没在一层层的棉被下似的。

红妆自顾自生气，不要他接近，撑着下巴背对他，眼皮子都不抬一下。

季寒初坐到她背后，手掌握着她的手肘，柔声问："还疼吗？"

红妆赌气："我伤我的，不需要你管。"

她是真的被季寒初宠得有点娇纵，放在以前，她就是上天入地季寒初也不会说什么。现在好了，居然会对她动手了。

一个人如果没了记忆，原来什么都不算了。

季寒初把手递到红妆眼下，歪头看她："要是不解气，再多打两下吧。"

红妆："我乐得打你？"

季寒初："你有气尽管冲我撒，但不要憋着，免得糟践了自己的身子。"说完，又把她腕子拉过来，"把手给我看看。"

他的指尖微凉，力道拿捏得很好，揉在手腕上有种温柔的感觉。红妆瞥过去一眼，看到他正低着头，微垂的眉眼妙不可言，明明不是多大的伤，偏他这般慎重以待，还端着她的手向泛红的地方小口吹气，温热的气流拂过手背，她不由自主地就软了下来。

他就是这么善良，难怪这么招人喜欢。

红妆本就不是很痛，但她喜欢季寒初看重自己，当下故意"嘶"地倒抽一口凉气，手指也轻轻颤抖着。

季寒初果然抬头，急切地问她："还很疼？"

红妆贴过去，声音很娇："疼死了。"

季寒初手下的力道更小心："我再轻点。"

红妆贴得越来越近，嗓音有股魅惑在里面，像极了诱人的妖："季三哥哥，你这样揉是没用的。"

季寒初被她弄得心乱，问她：“那要怎么办？”

红妆贴到他怀里，伸手摸到他的腰间，手下一用力，迫不及待地坐到了他的腿上。

季寒初要推，她就再喊疼。

两具躯体抱在一处，细长的小腿从裙底探出来，脚趾蜷起，在床被上摩挲出浅浅的凹痕。

女人的腰肢细如柳枝，仿佛一手可折断，她真的好小一个，瘦得让人心疼。

季寒初由着她动作，那娇小的身躯遮盖住烛光，落下半片阴影。他的理智告诉自己，应该推开她，可是脑子里又不合时宜地想到她刚才说的话，她粉身碎骨过，从死人堆里爬出来找他……

如果，如果这是真的。如果这真的有可能是真的。

那她是吃了多少苦。

一定很疼。

红妆的两条手臂缠上季寒初的脖子，她挪了挪身体，手指在他的唇上缓缓动作，干燥的指腹划过柔软的唇瓣，她贴近，悄声说：“你让我亲一口，就不疼了。”

季寒初没有说话。

他们实在太近了，近到只要他一张口，就能吻上她的红唇。

红妆得逞地笑了起来，她微微凑近，窝在季寒初的胸膛上，妖媚且撩人。

她用手指抬起他的下巴，微微闭了眼，贴上他的唇，一触即分，听到他细微的吸气声后，湿软的唇瓣便又含了上去，像哄着他，刮蹭过去，轻拢慢捻。

渐渐地，呼吸乱了，心跳也加速起来。

不知道是谁先抱着谁，等他们再分开时，季寒初的两手已抱在红妆的腰上，红妆也缠着他的肩背，微微张嘴，压抑着快冲出口的响动。

季寒初的血液沸腾，他搂着红妆，不知为何身体里突然生出一股蛮劲，很想将她用力抱紧些，再抱紧些，仿佛怕她会忽然就消失在自己的怀中……可他不能，那样于理不合，他做不到……

红妆不知道他内心的挣扎，她捏捏他的脖子，又去亲他。

这次季寒初没有躲开。

她很得意，投进他的怀抱，餍足如饱食的猫，扯着他的衣袖，在他耳边说：“你看，你记得我的。”

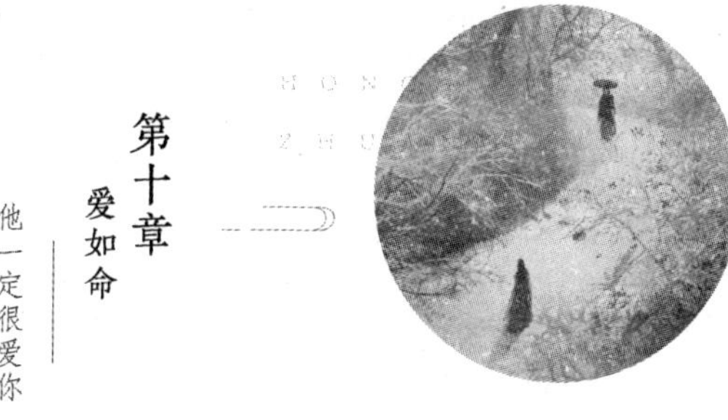

第十章 爱如命

他一定很爱你

（一）不思量

红妆和季寒初在那家客栈住了一阵子，等她终于打算要走时，季寒初却不肯答应。

红妆的身子实在衰败得厉害，再经不起劳顿，他要她安心住下，这阵子给她好好养养，等稍微好些了再上路。

红妆当然不愿意："会被你三叔追上的，他追上了就会抓我回去。"

季寒初看着小药炉，这东西是他从外头买回来的，专门用来给红妆熬补药。

季寒初："三叔追你做什么？"

红妆没好气："他想知道师姐的下落呗，我才不告诉他。"

季寒初看着火候，不敢分心，但仍好奇："你师姐同三叔什么关系，三叔为什么要找她？"

红妆不说话了。

房间内一时安静下来，显得有些沉重。

半晌，红妆闷闷地说："等以后你想起来了我再告诉你。"

季寒初"嗯"了一声，将药汁倒在碗里，招呼红妆过来："来喝药了。"

那药味比起上回季承暄给她的不遑多让，光是闻着都已经让她想吐。红妆种的是双生蛊不是活死人蛊，没有闭了六听，一闻这味道胃里就开始翻涌，她躺到床上装死："我不喝。"

季寒初转头，看到人躺着，盖着被子埋成一个小团。

他坐到床边扯开被角，柔声劝道："不喝药怎么行呢，不喝身子永远好不了。"

红妆摇头："好不了的，喝下去全都给蛊虫吃了，到不了我身上。"

季寒初的心疼了一下，很快，他又劝道：“喂给蛊虫吃也好，兴许你也不会那么难受了，多少有点用的。”

红妆转身，看着季寒初：“那药太苦了，好难喝，我不想喝。”

季寒初拿开被子，不许她躲：“你今天把药喝了，下次我给你买芽糖吃。”

他听红妆说过，她最爱吃这个。

红妆：“那你喂我。”

季寒初犹豫了一下，到底还是拒绝了：“男女授受不亲。”

红妆坐起身子，手指点在他唇上：“亲都亲过了，还要怎么样？”

季寒初没法接这句话，他起了身，把药碗端给她，道：“赶紧喝药吧。”

红妆一手把它移开，望着季寒初那张俊朗的脸，一时心意又动。

她趁他没注意又在他脸上亲了下，软绵绵地说：“小古板，你今天和我睡，我就把药喝了。”

季寒初退后了些，依旧拒绝，只是什么男女授受不亲已经没了说服力，他也不多讲，只简单地说：“不行。”

红妆哐当倒回床上，故意扎他的心：“那你让我死了吧，你别管我，我反正不喝，死了算了。”

她胡搅蛮缠，可季寒初拿她没办法。

他侧了身，终究还是退让了，说：“你睡床上，我在边上守着你。”

红妆斜眼：“你不会趁我睡着跑了？”

季寒初无奈：“不会。”

“那你三叔要是来了怎么办？”

季寒初面色柔和了些：“我不会让他带走你的。”

红妆不信：“你打得过他？”

当初她在渔眠小筑也同他交手过，充其量拼了个平手，她不太相信季寒初能拿得住季承暄。

季寒初一向不喜欢谈及武力，但涉及承诺，他也就说了：“若是拼上十成力，不算很难。”

“真的假的？”她还是不信，怕他诓骗自己。

季寒初点头，还未说话，他端着的药碗突然剧烈地晃荡了一下。

就是这一下，电光石火间，一个冷肃的人影破窗而入，刀锋带着凌厉强劲的内力，宛若游龙之势向两人劈来。

季寒初立时抽刀，他右手拿碗，便用的左手，动作稳准狠，极快地接了这一下。

两刀相撞，季寒初被震得往后大退三步，药碗也裂了个豁子，来人却是游刃有余，顺势收了钩月，再看他的目光便带着隐约的赞赏。

红妆无言：“开阳师伯，你怎么突然吓人！”

开阳转头看她：“他说自己能拿下季承暄，我不信。”说完，他又转头看着季寒初，声音高起来，“不过现在我信了。”

季寒初无所谓：“承让。”

开阳：“我没让，你的刀法比季靖晟都好，且年纪也小他一辈，将来的造诣定在他之上。”

顿了顿，他又问：“有没有兴趣拜入我门下？”

红妆一听，立马从床上跳了起来：“不行。”

北斗星不只是摇光，每个人都不允许成婚，季寒初要真成了开阳，那她可怎么办。

季寒初把药放下，重新抱她回床上：“地上凉，你别下来。”

开阳皱眉：“我问他，又没问你。”

问他也是一样的，季寒初摇摇头，拱手道：“多谢前辈厚爱，只是……”

开阳：“不用说了，我知道了。”

红妆问道：“师伯，你怎么会来？”

开阳最不爱问世事，劳他大驾，想必不是小事。

果然，开阳说：“小哑巴让我告诉你，他和红袖马上就到江南，他要你就在这附近等着，别乱跑，免得到时候找不到人。”

红妆早知道师姐会来，双生蛊根本不能隔得太远，她出了南疆，师姐和小哑巴就迟几步也出来了。

“知道了。”

开阳点头，转身又从窗户跳出，来去如风，很快室内恢复了安静。

季寒初捧着药碗走过来：“喝吧，再不喝就凉了。”

红妆瘪嘴：“我看你是对我公报私仇，想苦死我。”

季寒初哭笑不得：“我为你好，你还当驴肝肺，怎么这么不讲道理？”

红妆嘴快：“讲道理早死了一万次了。”

季寒初没应声。

不知道这是第几次听到“死”字了，他没办法无动于衷。

他讨厌红妆动不动就说死，很讨厌。

季寒初耐着性子，妥协道：“你今天先把药喝了，我等会儿就给你买糖。”

红妆：“那你喂我喝。”

季寒初没办法，答应了。

这药是真苦，喝得红妆脸蛋皱巴在一块，但季寒初喂的，她也就忍了。等好不容易咽下去，她感觉自己嘴里全是苦味，只好苦哈哈地吐着舌头，给自己扇风。

红妆：“快去买糖，苦死我了，你是故意的吧？”

季寒初收拾了碗，笑笑不说话，余光瞥到她光裸的小脚，也不管碗了，把她抓回床边，四处找出鞋袜给她套上，边套边数落：“我熬这么多补药给你养身子，你就不能爱惜自己一点？”

红妆从善如流，让他套了鞋袜，才说：“季三，你真好。”

季寒初微怔。

等他反应过来，才意识到自己做了什么。他给她套了鞋袜，给她熬了补药，还要给她买糖吃。

她明明是绑架他的人。

红妆换了鞋，看他傻乎乎的，在他耳后亲了一口：“怎么不走了？”

季寒初站起身，眸色深郁，紧紧地看着她。

红妆被看得有些蒙，问：“你……”

季寒初打断她：“他以前是不是很喜欢你？”

红妆不明白：“谁啊？”

季寒初的声音压得很低：“以前的我。”

以前？

以前的他对她，不是喜欢。

他爱她如命，是真的命都可以不要。

红妆讷讷地点了点头。

季寒初笑了：“他很爱你。”

他笃定这一点。

红妆不答，他话语里的分裂感让她很不舒服。

季寒初走过来，先是伸出手，小心地钩了钩她的手指，然后牵着她，打开门，两个人往下走。

就一根手指连接着，温热的触感却让人有种失而复得的喜悦。

红妆被他带着，眼中又有了酸意，她就看着他，看着这人走在自己前头，背影这样清瘦，又这样宽阔，像是能为她挡去一切风雨。

怎么办才好呢，她真的好喜欢他。

喜欢到就算再来一次粉身碎骨也觉得不后悔。

红妆被季寒初拉着下了楼，走到大堂，他们的姿态不算很亲密，但难得男的俊秀女的妖艳，一白一红本就夺人眼球，加上之前红妆玩的那一出，几乎是一下来，就吸引了大堂里绝大部分的目光。

自然也有人起了歹心。

两名坐于窗边的男子自开始就一直盯着红妆。

二人武功算是中游，会点听声的本事，瞧得出红妆身受内伤，当下便有了点别的企图。

绝对的高手在行走时会刻意敛了内劲，季寒初也不例外，不是故意，无非习惯使然。二人看了半天看不出他的功底，决定赌上一把，这男人看着年轻得过分，就算会些功夫又如何，总归不会是他们二人的对手。

他身后的这个小娘子，今晚一定要尝尝她是什么味儿。

（二）甜芽糖

这会儿还早，卖芽糖的店铺还没关门。

春夜凉寒，街道上的人却还是很多，季寒初牵着红妆的一根手指头，牵到了店铺门口就放开了。

现在是早春，草木尚未萌芽，夜色下露气重，但怎么都沾染不到季寒初的身上。他穿的还是那一身青衫白衣，一年的时间没让他改变多少，心肠依旧软，气质也依旧端正，可能是因为受过重伤，身段比以前瘦了些，有种被磋磨的脆弱感。

但红妆知道，他从不脆弱，他比任何人都强大。

季寒初走到芽糖铺子前，低头挑拣。铺面里的芽糖不比路边，样式做得很精致，刻出各种模样，老虎的、兔子的、猴子的……活灵活现，看着令人垂涎，舍不得吃到嘴里去。

季寒初招呼红妆过来：“自己看看，喜欢哪种？”

红妆嗜甜，哪还需要他说，脑袋都已经探到铺面里去了。南疆是没有这么好看的芽糖的，这得江南才有，江南小姑娘最有闲情逸致，喜欢这种花里胡哨的小玩意儿，乐得费神费工夫。

红妆也喜欢得紧，挑来挑去，选了好几样，满满当当装了一整个油纸包。

待她还要再拿，腕子就被季寒初捉住了。他把她手里那块巴掌大的凤舞状的糖放回去：“不许贪心了，小心吃多牙疼。”

红妆气鼓鼓地甩开他的手：“我自己付钱，不用你给钱。”

季寒初：“那也不行。”说完根本没商量的余地，就准她拿这一包，付了钱就要走。

卖芽糖的是个年轻小娘子，许是第一次见到季寒初这样的男人，看得眼睛有些直，见到他要走，竟不管不顾地伸出手去拉了他的袖子。

季寒初和红妆懵懂转头，就见烛火灯笼下，小娘子红着一张俊俏的脸，声如蚊蚋：“公子，公子要不再挑些吧？”

红妆霎时变脸，霍地上前，全身刺都竖了起来，像只着恼的小刺猬。季寒初看看红妆，又看看卖芽糖的姑娘，眼里泛起一丝笑意，伸手拦了红妆，冲姑娘说声“不用了”，转身就走。

等走了好一阵，他察觉到怀里的人不再挣扎，才松开她，道：“怎么气上了？”

红妆恨得拿芽糖砸他：“很好看是吧？”

季寒初丈二和尚摸不着头脑，接住油纸包，懵懂问道：“什么？”

红妆气得去咬他：“就是那姑娘，你看人家看得眼睛都直了！”

季寒初一头雾水：“我哪有……嘶，松口……”

红妆松了口，一套掌法毫无章法地往他身上捶，季寒初就站着任由她捶，等她捶累了，气喘吁吁地问：“我问你，我和她谁好看？”

季寒初顺着本心回答：“你好看。”

红妆这才顺了气，拿回他手里的芽糖，挑了块放进嘴里嚼，但嘴上还是不饶人：“你最好说的是实话，不然你信不信……”

季寒初怔了怔。

这一瞬间，铺天盖地的熟悉感像海潮一般涌来，要将他彻底淹没，他闭了闭眼，耳边依稀响起一个声音，不知道是谁在说：不然我挖了你眼珠子。

再睁眼，十里长街像都安静了下来，远处近处有模糊的灯影，柳枝微垂，烟薄袅袅，夜幕苍穹下，所见所闻都成了一幅蜿蜒的画。画像里，捧着芽糖的女子回头，含笑望着他，烛光在她的面上洒下不重的影，她向他笑了笑，说道：

“不然你信不信，我挖了你眼珠子。”

风吹来，灯笼微微晃动，他脚下的影子也跟着晃动，重重叠叠，似海浪一层一层，追赶着袭来，澎湃着过往。

他被淹没了。

在这片微微寂静里，季寒初突然笑了。

他先是摇摇头，心里感慨，不知以前的自己到底是如何受得了这种折磨的，待望见红妆的眼眸时，这种感慨又化作释然。

他上前，挑眉低头道：“他一定很喜欢你。”

这话他今天说过两遍，可这次却十分笃定，没有了半点猜疑。

他一定很喜欢你。

就像现在的我一样。

红妆猜不到他心里弯弯绕绕的细腻情绪，听他这么说，咬牙切齿地嗤了一声，气哼哼地瞪着他，又摸出颗芽糖塞进嘴里，嚼得嘎嘣响。

季寒初一下抽走她的糖包，牢牢捏在手里：“别吃了，小心真要牙疼。”

红妆去抢，没抢到，抓着他的手又要下嘴，被他牢牢制止住。

红妆恨恨地要踢他：“你干什么，放开我。”

话音绵软又娇嗲，听着让人觉得心头一麻，像小小的爪子在挠着心肝，挠得人直痒痒。

季寒初失笑，手掌抚了抚她的发顶，有种安慰的意味在里面。

“没试过牙疼的感觉吗？”季寒初柔声道，“那么爱吃糖，你能吃得

了牙疼的苦？”

“吃不吃得了又如何？”红妆向他摊开手掌，“明日愁来明日愁，把糖还我。”

季寒初打开纸包，拿了两颗放在她手里，转身背手前行。

红妆把两颗糖塞到嘴里，紧跟上去，含糊道：“就这么点，你打发叫花子呢？”

季寒初斜眼看去。

哪家叫花子有她这么豪横？

他手里拎着纸包，看似目视前方，眼角余光里却将红妆盛了个满。她嚼着糖，柔软的颊肉一下凸起，一下抿出凹痕，偶尔嘴嘟成个外扩状，露出点点可爱的贝齿。

红妆注意到他的眼神，问：“你看什么？”

季寒初收回眼：“看一只小野兽，如何长了一口锋利的獠牙。”

红妆听出他的笑，她难得见季寒初调笑的模样，一时有些措手不及。等反应过来，登时一恼，只以为他是嘲笑自己爱吃糖又话多，气上心头，两手成拳虎虎生风，朝他背上一顿乱打。

季寒初闪身一躲，叫红妆的拳头落了空。他本身见红妆的第一眼就有熟悉感，眼下更是自在，不知如何竟握住了她的手，脱口而出道：“白长一口好牙，可惜手太短，打不着。”

红妆一愣。

季寒初也呆住了，他心念着自己刚才说的那话。

他原本不是一个孟浪或唐突的人，向来知礼仪、懂进退，明白何为男女大防，何为不可逾越之界，可在红妆面前却总有些不像自己以为的自己。

若对青湮，他是绝对说不出这种话，也做不出这种陪着一个尚且陌生的女人乱走乱逛的事。

可这人换作红妆，一切仿佛如此水到渠成，自然到他根本不需要去思考“为什么”，他甚至不想去思考，只想这样和她一直待下去就好。

看他失了神，红妆笑了一声：“季三，想些什么呢？”

她走近，学他一样背手站在他面前，低声道：“平白无故发呆，要想的不是我，我就恼了啊。”

她说话的语气轻松，还有些缠缠绵绵的撒娇味道，眼底都是浓浓的情意，目光落在季寒初的脸上，那是姑娘看心上人的眼神。

季寒初让她看得把自在、不自在统统都丢去了一边，脸皮烧了起来，他微微侧首避开她的目光：“走吧。”

红妆吃吃地笑，笑得季寒初面色越红，最后他咬着牙轻声说：“你别笑了。”

“季三公子管天管地，还管别人笑不笑啊。”

红妆蹦蹦跳跳地走近，又抬起手：“糖给我，给我我就不笑你了。”

季寒初把手拢了拢，背脊跟着挺了挺，态度很明显——不给。

红妆打不过他，也抢不过他。从他接住开阳那一刀时她就知道，他之前必定瞒了武功。开阳是世上难出其右的绝顶高手，季寒初可以接他一刀，制她就更不在话下。

可她虽然打不赢他，但她总有办法要他让步。

红妆抓着他的手，可怜兮兮地跟在他身后。季寒初气定神闲，两手背着，那包糖就在她面前晃啊晃，偏就是吃不到。

红妆拽着他的袖子，小声说：“我吃一颗，就一颗。”

季寒初没反应。

红妆拉着他的手臂摇啊摇：“季三哥哥，就一颗。”

她这样撒娇，季寒初根本就受不了，他解了油纸包，拿出颗糖给她，看她欢欣鼓舞地吃下去，真的拿她一点办法都没有。

后来那包糖还是到了红妆的手上，他们回了客栈，刚进门，店小二告知他们前一日的房钱还没结清，季寒初便掏了金叶子让红妆去付钱。

红妆得了糖，开开心心地就去了。

季寒初敛着袖子站在门边，默不作声地抬眼望向窗边那一桌。

开阔的大堂内，那一桌坐着两个打扮极为江湖气的男人，在来往人群里并不显眼，只是那眼神实在腌臜，脑子里都转着淫邪念头，平白添了几分流气。

旁人的为人处世，季寒初向来不爱管也不会评议，但事情牵扯到了红妆，他不能不管。

那两人真以为他不会什么武功，交头接耳商量着今晚的计划，下药、绑架、杀人、抢劫……一应俱全，明显不打算给他们留活路。

季寒初听着听着，初时还能忍，待听到他们商量着把红妆玩够了再送到妓馆卖个好价钱，什么“千人枕万人骑”的话都冒了出来后，心里那口气是再没办法忍了。

他踱步过来，坐到他们不远处的桌边，状似无意地挑起桌上筷筒里的一根竹筷，肘部不动，手腕轻轻一甩，竹筷便像带了千钧的力重，只听见“砰”的一声，狠狠打在其中一人的后颈处，那人连呼痛声都没有，身子一软眼前一黑，就倒了下去。

周围人的目光霎时都聚集到此处，这人的同伴慌得喊了他两声，抬头望见一片惊惶里唯独远处一桌，男人抱手而坐，目光清冷暗含警告，这还有什么不明白，他登时劈手亮出长剑要往他脑袋上砍。

季寒初轻轻地避开，做派仍是慵懒，他只是懒洋洋地抬起手，分明没带任何力道，却精准地夹住了来人的剑身。

手指使力，硬是让人抽不出剑。

那人见周围观看的人越来越多，实在舍不下面子，抬手劈头盖脸打来，又被季寒初避开，这下他连剑都拿不准，被一个手刀削了力，长剑翻飞，转眼便到了季寒初的手上。

来人："你、你想做什么？我和我兄弟同你无冤无仇，你凭什么为难？"

季寒初执着剑，眼神淡淡，开口道："有仇。"

来人怒喝："放屁！有什么仇，我看你这人做派文雅，张口就是信口雌黄，你是哪一家的，有种报上名来！"

季寒初端起剑，手指夹着剑身，稍一使劲，"咔哒"一声后，剑碎成了好几块。

来人登时噤声，半是惧怕半是恐慌地望着他。

红衣姑娘的相公竟是个练家子吗？

季寒初把剑柄丢了，拣了块剑片往他手上一丢，那人以为是什么厉害功夫，吓得连退好几步，一屁股坐在地上，惊出了一身冷汗。

可那剑片只是轻轻划破了他的手掌，并没有伤及其他。

他惊恐未定，扶着桌子站起，还未破口大骂，就见面前的青衫公子负手过来，低头看他道："众善奉行，诸恶莫作。多行不义必自毙。"

那人怔怔地注视着他，已是知道他们二人绝不是这男人的对手，他们谋划的事情肯定叫他听了去，就是不知道他会如何报复。

季寒初却是云淡风轻地说完这一句，往后旋身，大步上了楼梯。

阶梯之上，已将发生的一切尽收眼底的红衣女人娇笑着跟上去，头埋在他身前，笑个不停。

季寒初无奈："有什么好笑的？"

红妆将他的手臂圈在怀里："原来小医仙还会给人下毒。"

季寒初默然。

他在剑片上抹了毒，虽要不了命，但会让人难受很久。

他的医德不允许他谋害他人性命，但他的心亦不许他就这么轻易放过他们。

他触了触红妆的手背，还是冰凉，扯开话道："我回去准备下明天的药，你既买了糖，就一定要乖乖喝药。"

红妆站在门前，乖乖地点头，应得很好。她怎么听不出来那两人想做什么呢，季寒初替她出气，她高兴得不得了，边应声边推开门。

门一开，烛火晃动两下。

地板上的两个人影也跟着晃动两下。

一只属于男人的手伸过来，径直在红妆脑袋上敲了个脑瓜崩，“嘎嘣”的响动后，红妆蒙蒙地抬起头，望见一双低眉端详自己的脸。

一旁的季寒初已抽出了袖中刀。

男人却像是完全看不见他，只细细打量红妆，突然微微一笑，抬手比画不停。

【傻小孩，怎么又瘦了这么多。】

与此同时，女人温柔的声音响起——

“小哑巴，不许欺负红妆。”

（三）燕归来

红妆愣了好一会儿。

客栈的房间摆放下了巧思，窗边栽着几盆白玉兰和垂丝海棠，花儿开得不算太好，团在了一块儿，月白和淡粉相交，红袖就坐在那儿，望向他们的目光含着浅笑。

月影从窗外洒进来，灯影之中，她的身影显得有些清冷，也有些寂寥。因为种了活死人蛊的原因，她的年岁永远停留在了双十年华，顶着一张极其稚嫩的脸蛋，可眼神却比老妪还沧桑，里头藏着这些年的风雪和孤独，还有被仇恨浇铸出的毒。

可她看向红妆时，眼睛里的光又是极其温柔的。

她笑了笑：“红妆。”

这一声，让倦鸟找到归巢。

红妆慢慢走向她，等到了身侧，便屈膝跪下，轻轻地将头伏在了她的膝盖上，手掌放在她的腿上，似撒娇般的摩挲。

屋子里还有旁人在，可红妆仿若无人。

这个姿势已经说明了一切。

就是这个世上最无情的女罗刹，面对自己视如亲人的人出现，也变成了一个孩子。她们应该有很多话要说的，但什么都没说，一切在这一个细微的动作里就已经说尽了。

一只手顺着红妆的长发抚摸下去，像极了每一个新年的夜里，她为红妆绾起长发。红袖勾唇笑了一下，道：“都是大人了，怎么还这么爱撒娇。”

红妆直起身，眼圈都红了：“师姐。”就叫了这一声，她的眼泪珠子就呼啦地往下流成了小河。

她从来不爱哭的，就是得知季寒初被人喂了失忆的药时也不觉得如何，可这一刻不知怎么，见了红袖在月光里恬静的神情，那些憋了许久的委屈一下就放大了数十倍，根本忍不住，待她反应过来时，眼中的泪止都止不住。

红袖伸手将她从地上扶起，揉了揉她有些僵硬的膝盖：“身子不好，就得多注意些。”

说完，她又去抹红妆脸上的泪水，略显青白的面容挂上柔软笑意，瞥向从刚才就一直站在门口的季寒初，说：“哭得这么伤心，是这小子招你不痛快了吗？如果是这样，师姐替你教训他，给他点苦头吃。”

红妆心下酸楚，揉了揉眼睛，小声说：“他都忘记了……”

红袖呆了一瞬。

红妆咬着下唇：“他们给他喂了药。”

红袖明了，目光又瞄到那长身玉立的少年郎，心头情绪复杂，却也不知该说什么。

她停顿了一下，才拉着红妆的手在桌边坐下，然后拍拍红妆的手背，说：“不是他的错。”

可这伤害，却是实实在在的。

世间很多错处都没办法说明缘由，很多伤害也没办法弥补，红袖自己在情字关口和生死轮回上走了一遭，最明白红妆的苦楚。

她的师妹长大了，学会去爱别人了。但无论是长大还是爱人，都避不开伤害。

这是代价。

红袖抬手招季寒初和小哑巴过来。

季寒初入座，小哑巴撑着手在他们三人之间打转。

红袖先笑起来，说：“季三公子。”

季寒初抬头看她。

红袖继续说：“我名唤红袖，不过你可以同红妆一样，唤我一声师姐。”

李寒初微微摇头，客气而尊敬地称道：“红袖姑娘。”

红袖没忍住笑出了声，她有些无奈地挥手：“我老了，可当不起你这声‘姑娘’。”

季寒初望着她的笑颜，有些沉默。他才发现原来红袖是个很漂亮的女人，撇去她泛着死气的脸色，还有瘦到像只剩下骨头的身段，她的五官是极清丽好看的，仿佛春露落在草丛，那上头莹莹的一点月光，有一种凄艳又哀婉的美丽。

红袖也在望着他，突然说：“你和你父亲很像。”

季寒初心下有疑，抬起头，却听她又说：“我认识你父亲，他是个顶顶温柔的人。我走时他尚未成婚，没想到居然还能在这里见到他的孩子。”

季寒初笑了笑：“父亲去世时我才九岁，未曾听他提起过姑姑的名字，不过确实和想象中的一样，很是心善温和。”

红袖：“姑苏小医仙大名在外，若我是你父亲，也定会为你骄傲，你是他一生最出色的杰作。”

季寒初没再说下去，但他心里已经懂了，懂了季靖晟口中念念不忘的“小袖子”，和季承暄牵挂二十余年的寻找。

红袖年轻时应当也是个恣意飞扬的少女，神秘而美丽，温柔而灵动，否则也不会徒惹二人记挂这许多年。

在季寒初和红袖说话的空当，小哑巴一直和红妆比画着手势。

他是天枢的徒弟，也是下一任的天枢，将天枢的不羁学了个精髓。小哑巴很不喜欢所谓的场面话，无聊地听他们说了两句，就伸脚去踹坐在对面的红妆。

红妆眼睫轻颤，抬起脸看他，他轻轻动了几根手指头，比画出句话。

【你喜欢这小公子？】

这是他们自创的一套对话方法，小时候两人都不爱练功，习惯了一个休憩一个放风，有时候还会在天枢和摇光的眼皮子底下使坏，就用的这种小动作。

红妆瞄着两边，确定没惹人注意后，点了点头。

【他失忆了？】

红妆咬着牙，又点了点头。

小哑巴笑了：【你那时费劲从棺材里跑出来，就是为了找他？】

红妆快要不想理他，但还是无奈地颔首。

小哑巴比画：【看你瘦成这样，傻丫头。】

红妆悄悄将手掌放到桌上，手指快速动作：【他失忆了，我有什么办法。】

小哑巴：【失忆了又如何，你要乐意，我替你给他种个蛊。】

红妆皱眉：【你想干什么？不许胡来。】

小哑巴笑得邪恶：【反正他不是失忆了嘛，再给他下个蛊，让他干脆全都忘记了，一切推倒重来，你想让他成为什么人，他就得成为什么人。】

红妆的白眼要翻到天上：【不劳你操心，车到山前必有路。】

小哑巴：【好心当成驴肝肺，臭丫头，看我以后还理不理你。】

红妆瞪他，讥诮地哼出声。

这一下，把一桌的目光都吸引了过来。

红袖从刚才就将他们的小动作看在眼底，眼中浮上了然的笑意，待再看对面与她相谈甚欢的男人，不知何时面色已经冷却下去，抱着手臂坐在那里一言不发。

刚才红妆和小哑巴的动作那么大，表情变得又快，即便不知道他们在讲些什么，怕是也惹了他心里不痛快。

这个季三公子，没有红妆表面说的那样失忆了就无情。

丫头到底年纪小，不解情，她看不明白的东西都清楚地在季三公子眼里写着呢——要说他不在意红妆，约莫换了鬼来才会相信。

看红妆还愣着，小哑巴幸灾乐祸地直接比手势：【傻丫头，你家小相公吃醋了，还不赶快去哄哄，没看人家脸上都写着“快来哄我”吗？】

红妆这才傻乎乎地看过去，可季寒初脸色分明未变，还是那副温柔模样，他站起身向他们拱手行礼，说：“夜深了，我先告辞了。”

红袖点点头，他便转身推门而去。

红妆急急地追上去：“哎，季寒初——”

可他根本不停下。

不仅不停下，还更快地去了自己的房间，让红妆连想多说句话的机会都没有。

她傻傻地看着紧闭的房门，呆呆道：“季寒初，你怎么生气了？”

没人回答。

红妆又说：“小哑巴是天枢师伯的徒弟，我和他从小一起长大的，你吃季之远的醋就算了，怎么连他的醋也吃，好不讲道理。”

是啊，好不讲道理。

隔着一扇门，季寒初低下头，果真是不讲理，这绝不是季三公子一贯的做派，他何时也变成这样了？

可是你听听她说的什么，师兄师妹，从小一起长大，亲如一家……

谁要听她说这些。

季寒初苦笑，真想打开门问问她：你平日不是最喜欢说喜欢我吗，那股子直爽劲去哪儿了，怎么现在要你说，口口声声讲的全是小哑巴如何如何好？

他把门关着，逼自己不去想这些，可心头的气却堵得越来越盛，越来越闷。

说话啊。

继续敲门啊。

怎么就走了呢。

她那么真切的感情，怎么连他生气了都感觉不出来，怎么连来哄哄他都不乐意？

这感觉很不好，很糟糕，却又那么似曾相识。

红妆。

红、妆。

这种感受，久违了。

这种看着自己沉沦进沼泽也无能为力，这种被道德拉扯着撕裂着，这种仿佛站在荒原里与自我挣扎、讲和、妥协的感受。

他曾经有过的。

久违了。

（四）旖旎月

红妆在季寒初门前吃了个闭门羹，闷闷地回到原来的房间。

小哑巴和红袖还在，小哑巴眯着眼睛，侧身靠在床边案几上，头一点一点在打盹，红袖理着被褥，要他去床上睡，他揉着眼睛挥手拒绝。

红妆进了门，红袖便过来给她倒了杯水，斜眼再去看，小哑巴已经趴在床前睡着了。

红袖笑道："我让他去床上，他怎么都不愿意。其实我哪里还需要睡觉，偏偏他觉得这样就是不行，得把床让给我。"

红袖修了死人身躯，已经不再需要进食和睡眠。

红妆抿了口茶，脑袋枕在手臂上不说话。

红袖伸出手来，摸摸她的脑袋，不知道是因为雄蛊靠太近还是红袖太温柔，红妆迷迷糊糊觉得周身都卸了力，难得地感到轻松。

红袖问："那么喜欢他？"

红妆闭着眼点点头。

其实不用问，从她死活要爬出棺材去江南的那一刻，就知道了。

红袖："那就好好在一起吧，他是个好孩子。"

红妆勾起嘴角，靠到红袖的怀里："师姐，我们一起回南疆。"

红袖的手顿了下，慢慢地将她搂住，轻轻摇头："再过一阵子。"

红妆睁眼："为什么？"

红袖："我还要去找一个人，有些话得当面问清楚。"

红妆攥紧拳头，眼里细碎的光闪着冷意："还有谁，我去处理。"

红袖笑着摇摇头，看着眼前这个女孩，她被她从大饥荒里救起来，转眼就过了这么多年，出落得亭亭玉立。

这么鲜活的女孩子，却把她的仇恨都绑在自己身上，活成了一把锋利的刀，一路踏着尸山血海而来，吃尽了苦，甚至丢了性命。

红袖紧了紧抱着她的手臂，微微晃动："不了，你有你自己要做的事情，不要总是为我而活。"

"可是……"

红袖冰凉的手指点在她的唇上，眸光里尽是月的碎影，染上浓重的哀："害你丢了性命，对不起。"

红妆慢慢地摇摇头，喉头哽咽："我是自愿的，师姐，我不后悔。"

红袖笑了："他对你，也一样不后悔吗？"

红妆呆呆地、迟疑地点点头。

红袖"嗯"了一声，再将她拥到怀中，拍着她的后背，一下又一下，柔声道："不要再说孩子话了，放下这些不属于你的事，和喜欢的人好好过，以后都是好日子。”

红妆脸上带着笑，心里却泛着酸，想要开口说话，又不知道该说什么。

半晌，她才开口说：“师姐，季家现在已经乱了套了，季二和戚烬那两个疯子先是联合殷家死士，后又收买了一大批暗桩，用血腥手段强行镇压氏族里质疑的声音，血洗了快半个季家，现如今已经牢牢将整个姑苏季氏都控制在手心里。”

红袖点头，道：“这件事我有听闻，你如今带着季三一起远离这些是非也未尝不是件坏事。”

红妆抬起头，踌躇一会儿，狠了狠心，说：“可是师姐，他还没有回去。”

她将自己遇着季承暄的事说给红袖听，不过短短一年工夫，江南势力又进行了一番洗牌，这其中有没有别的门派趁火打劫，渔翁得利，她们尚且不知。唯一可知的是，那个本应坐镇大局，挽救家族于水火中的人，此时此刻却游荡在外，宛如孤魂，寻着他在人世间最后的执念。

红妆将这件事告诉红袖，是担心她万一被季承暄遇上落个措手不及。不料红袖听完，脸色未变，眉眼依然平静，道：“他想如何，便随他去吧。”

她低声说：“你带着他明日换个地方，乖乖在这边等我，等我解决了我的事就回来找你们。”

“然后呢？”红妆问。

红袖摸摸她的发鬓，将几缕碎发别到她耳后，说：“然后我们一起回家。”

红袖不告而别了，带着小哑巴，就在后半夜。

两人走得很匆忙，甚至没有等到天亮，大约是怕红妆知道了又会阻拦。

她要红妆好好活，为自己活，丢掉所有的仇恨与怨怼，同季寒初过好日子去。江南若是容不下他们，就回南疆。

红妆越发觉得难受，可红袖不让她跟去，她就只能坐着干着急。

许是最近的时日实在太累了，坐着坐着，渐渐困意上来，天微微亮的时候，她闭了眼终于睡着。

这厢有人天明才缓缓入睡，那厢有人在梦里受尽苦楚折磨。

季寒初晕头转向，在缭绕的雾里看不清前方。

依稀有人声，他路过一间间房，门内不时有低声耳语，男女交杯碰撞，被翻红浪。

这里是醉里寻欢，是江南顶有名的销魂窟。

醉里寻欢的三绝，娇娘、金屋、小转盘。

季寒初路过众多房间，好听话一茬接一茬，全是“心肝宝贝”“好哥哥”“小郎君”，也不知道几分真心几分假意，听到最后季寒初都有些麻木了。

可等到他接近最末的一间房时，脚步却忍不住停了下来。

不知怎的，似有神秘的力量指引，诱着他去推开这扇门。

季寒初犹豫了会儿，顺着本心，伸手去推。

纱幔一层接着一层，像是海潮袭涌，红色软帐后，鸳鸯锦被前，一男一女相对而坐，望不清面容。

女人说：“我要回南疆去了，以后就不回来了。”

男人沉默着。

女人说：“季三，你别是喜欢上我了吧？我杀了那么多人，你还喜欢我，你的正道呢，你的良心呢，都被狗吃干净了？”

男人依旧沉默。

女人笑了一会儿，笑音泠泠，有种难掩的冷。

男人终于开口：“好笑吗？”

女人笑不住了，她沉默了会儿，说：“季三，别喜欢我，你的情意我收不了。”

男人不说话，良久，他开口问：“你喜欢我吗？”

女人点头：“喜欢。”

她苦着脸，又说：“可喜欢有什么用，你都忘记我了。”

男人安静。

女人笑了笑，懒懒的，扭头看去，见他不言不语，干脆自己抱着手站起来，抬手掀开了帐子。

一抬眼，与床边站着的季寒初对了个正着。

四目相对，她的眼里分明闪过一丝惊诧，回头一看，哪里还有什么男人的身影。

她疑惑地看着他，似乎想不明白他怎么忽然从身边来到面前，歪头想了一会儿，才恍然大悟，小小的手掌掐着他的脸颊，说：“原来刚才那个是假的你，我就知道，季三你不会不记得我的。你这么喜欢我，你才不会忘了我。”

季寒初沉默着，望向她的眉眼五官，这样熟悉。

他问：“你是谁？”

女人一愣。

他又问：“你叫什么名字？”

风吹来，女人眼里的疑惑更甚，她拍拍他的脸，像确定他是不是在开玩笑。等发现他是认真的之后，她才开口说道：“我是红妆呀。”

她笑起来，但很伤心的样子：“你真的不认识我了？季三，我是红妆呀。你不是说你最喜欢我了吗，你怎么不认识我了？”

“我是红妆。”

“季三，你怎么不记得我了？”

“你不记得我，我也不要你了。”

“我是红妆啊，季三，我是红妆啊……”

“我是红妆啊……”

春风吹了一夜，第二天醒来，一切了无痕迹，长街依然是繁华模样，似乎什么都没发生。

红妆和季寒初换了间偏僻些的客栈，季寒初什么也没说，什么也没问，就随着她走了，仿佛前日的吃醋只是错觉。

三天过去又到十五，十五的月亮很圆，红妆爬到屋顶去赏月，月色氤氲，她一口酒一口酒地饮着，小小的脸庞本应娇俏，却爬满愁苦。

她看了一会儿，酒意上来，微微醉去，在这样美好的月色和这样可口的佳酿里，她迷蒙着眼睛，在煌煌长影里看到了自屋下爬上来的那个人。

季寒初坐到红妆身边，把她的酒瓶子拿走，问她：“在想什么？”

红妆揉揉眼睛，偏开脸不看他。她想的事情很多，想他为什么想不起来，想师姐要去找谁，会不会有危险，想以后要怎么办……想到最后迷迷糊糊的，话也讲不利索。

季寒初道：“如果担心红袖姑姑，我们可以去找她。”

他说的是“我们”。

红妆把头埋进膝盖，抱着自己的双腿，苦笑着摇头。

季寒初又说：“我不会逃跑。”

红妆安安静静没有说话，将自己蜷缩成一团，身躯轻轻晃动着，看起来真是醉了。

也许是月色太撩人，也许是师姐来了又离开，总之她经历过一些喜悦，现在又有些累。

红妆窝了半天，直到感觉身边的人都没了动静，才讷讷抬起头，发现季寒初就坐在身边望着自己。

她看他，看了半天，伸出手，似乎想摸一下他的脸颊，却停留在方寸之间，终是没有碰上，只是说道：“季三，你为什么想不起来呢？”

季寒初紧了紧瓶口，梦中的回忆扑面而来，他有些难受。

他问：“那些回忆很重要吗？”

红妆点点头。

她说：“你不知道，你……他是世上最好的人。”

“怎么好？”

红妆继续说：“他医术很精湛，总是怀着慈悲心肠，我骗了他好多次，可他每次都信我，下一次又接着被骗，但他从不对我生气。他身手也很好，我使了杀招他都能应对自如，他还会解‘往生’的毒，以前从没有人解过的……”

她说话的神情和语气清澈而温柔，浸润在这样的夜晚，听起来有股缠绵悱恻的味道，眼里的光在谈起那个人时也是璀璨明亮，仿佛天底下这么多男人，唯独他是最好的那一个。

季寒初心头突然生起一阵火：“要是我永远都想不起来呢？”

其实他早已想起了一些东西，但全是片段，零零散散的，他从没告诉过她。

那些片段散得像沙，拼起来却是旖旎的梦。梦里的他和她，相拥、亲吻、许诺，道不尽的快乐……每当想起这些，他都觉得陌生又熟悉。

季寒初知道，这是他遗失的过去，是他们的过去。

他像个身外客，看着回忆里的两个人，有时觉得自己也在参与，有时又完全抽身而出，置身事外。回忆拉来扯去，最后留给他的却是茫然，他甚至在想为什么红妆非要找回以前的他呢？以前的季寒初就有那么好？值得她费这么多力气，碎了骨、死了身，耗尽心血也要找回来？

那眼前这个呢，眼前这个就不招她喜欢了吗？他陪着她买芽糖，给她熬补药，受她吸引，为她沦陷，他的心意她难道就看不到？

红妆一言不发，静默了一刹，才无措地开口，小声说：“不知道。”

季寒初皱起眉头，将她从屋顶上拉起来：“不找了行不行？”

红妆垂着头，胸口微微起伏，咬牙要挣开他的手。季寒初脑子里想的是昨晚的梦，不知心头的酸意越来越浓，浓得他无法忍受。

他攥着红妆的手臂，说道：“你担心你师姐，我可以陪你回去找她！我保证过我不会逃跑的，我就绝对不会走！你大可以对我放心，你想怎样就怎样，只是、只是……”

他看着她失落的样子，手下更加用力，把红妆捏得都有些发疼。

季寒初从未这样盼望过：“红妆，别找他了，行不行？”

红妆慢吞吞地抬起头，她误会了他的意思，眼神压抑极了：“你不愿想起来？”

季寒初诚实地点点头。

他说：“我不愿你想让我想起来。”

这话说得太绕了，红妆听了但没明白，她把疑惑的眼神投向季寒初，他只是说：“就现在这样，不好吗？”

红妆愣了愣，她听完他的话，有点不确定，最后才说：“你什么意思？”

季寒初见她没能明白，神色一敛。

“你既担心红袖姑姑，我们动身去找她便是了。不要总是闷在屋顶喝

酒，你身上的伤还没好全，要记得酒最伤人，以后不要喝了。”他说。

红妆静静地看着他，酒意让她的脑袋有些昏沉，她摸了摸头顶，问：“你要和我一起回季家？”

季寒初“嗯”了一声。

红妆笑着摇摇头，撇开他的手，说：“这可得认真的，作不得玩笑。”

季寒初说：“我说同你一道回去，不是虚情假意。”

红妆看过去，迎着风，发丝凌乱飞扬：“季三，你的慈悲心肠呢？可先说好了，师姐如果真要找殷家人报仇，那也是他们罪有应得，到时你就算拦着我也没用，我必定会帮着她一起杀人的。”

季寒初点点头，他看着她，认真地说：“无妨，若是真的罪有应得的话，慈悲向来不度鬼。”

红妆怔住：“你说什么？”

季寒初一语不发，拎着酒瓶默默地往楼下走去。红妆赶紧跟上去，扯住他一边衣袖问：“你是不是想起来什么了？”

季寒初把袖子拽出来，低声说：“没有。”

红妆“哦”了一声，失望地放开了他。

季寒初从台阶上下去，下到一半，抬起头还能看见她站在屋顶上。他一直知道红妆看着杀伐无情，骨子里其实还是个小孩子，但他却从没像此刻一样直观地感觉到。

她小小的，脸蛋小小，影子小小，身体更是小小。

在他所有零散的记忆里，他也见过她这么小小的模样，那时她好像很爱胡闹，坐在一块大石头上朝他丢了什么东西，笑着取笑他，然后一溜烟跑没了人影。

季寒初见着她失魂落魄的神色，蓦地心跳了一下。

她好小。

小到仿佛马上就要消失。

季寒初定了定神，从木梯上又走了上来，任红妆惊讶的眼神打量，将她牢牢抱紧，拢在自己怀里，没有一点缝隙。

“我会去退婚。”他说，“你要等我。”

既然你想让我全部想起来，那便努力一试。

红妆，你要等我。

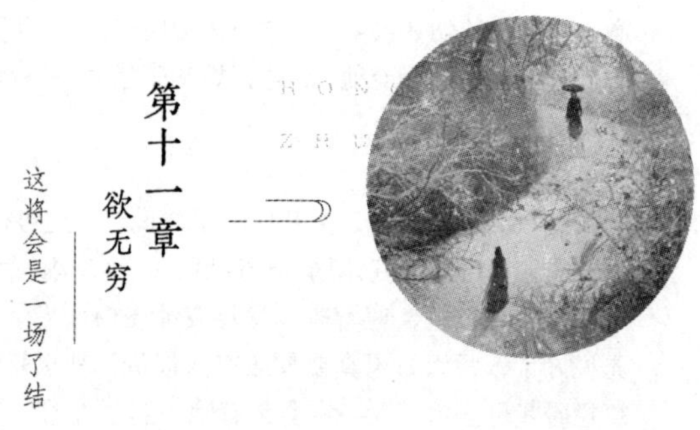

第十一章

欲无穷

这将会是一场了结

（一）求不得

这一晚，星河浪漫，红妆记挂着千里而来的师姐，掂量着季家发生的腌臜事，季寒初陪伴在她的身边，生生死死经历了一番，他仍旧选择了她，选择了那些他遗忘的。

然而在姑苏季氏，一切却不平静。

早在季寒初失踪的时候，季之远和戚烬就发现了不对劲，他们派人将季家里里外外寻了一遍，依旧不见踪影。

这世上能做到在季家来去无踪，了无痕迹的只有一人，季承暄本去了南疆，他若是一回来，季家的局面恐怕就无法再保持表面的和平。

但令人意外的是，他们严阵以待了许久，却始终没有等到季承暄再回来。

戚烬仍心有疑虑，宁可杀一儆百，要将地牢里那些关押的季氏旧人统统斩杀。他从不是善茬，当初他们血洗季家时，对付谢离忧的门生还好说，季靖晟的一帮手下却难缠得很，最后他花了大笔钱财收买暗桩，又由季之远借“认错”之名设下鸿门宴，哄季靖晟喝下迷药，加以囚禁，这才勉强稳住局面。

戚烬要彻底清洗门派，好再无后顾之忧。

然而季之远却拦下了他，季之远对谢离忧能狠下心肠，对季靖晟到底还存了几分仁慈，一扇门的暗探与杀手死的死，残的残，唯独余了季靖晟，只是囚禁，不做其他。

戚烬对季之远的这份情谊嗤之以鼻，他原想再加以劝诫，要季之远斩草除根，连季靖晟一同抹杀，只是还没等他将话说出口，另一件事情却将他的节奏彻底打乱。

殷青湮失踪了。

她不知姑苏季氏暗流涌动，只知自己心爱的表哥不知去向，问季之远，季之远闭口不答，问戚烬，戚烬顾左右而言他，无奈之下她留下书信，要自己去找季寒初。

戚烬又急又无奈，只得将计划搁置，自己只身去找殷青湮。

找这位大小姐很简单，几乎不费吹灰之力，可带她回来才是难事，戚烬拗不过她，最后在她的泪眼蒙眬里，答应带她去找季寒初。

晚上的时候，他们找了艘小舟，戚烬摇着船桨，二人静静泛舟湖上。

是他答应第二天带她去找人，她才答应同他过来的。

两岸青山绕湖而立，万重山间轻舟掠过，眼前天高地广，月明星稀，当称得“良辰美景”，可戚烬坐在船中，心中却并不逍遥。

殷青湮坐在船尾支着脑袋，意兴阑珊，她偷跑出来那刻其实就等着戚烬找到她，她自己没本事去寻季寒初，到头来还得依仗他。

她的眼皮有些重，脑子昏昏沉沉，可能是累了。她懒懒地靠着，有一句没一句地问：“你说，表哥去了哪里？”

戚烬硬邦邦地回答：“我不知道。”

从暗桩给出的信息来看，可能是一路往南去了，若要找季寒初，一直向南边走就是。

只是按他们的推测，如果真的是季承暄带走了季寒初，却没有惊动任何人，这是为什么？他若真回来了，第一个应该是来找季之远才对，怎么会去找季寒初？

况且，季寒初向南走，是要去哪里？

戚烬想着暗桩传来的讯息，出现在季寒初身边的年轻女子……

是她吗？

不可能。

她明明已经死了，死人怎么会活过来。

戚烬压下自己心头的揣测，安慰殷青湮：“小姐，你好好休息，等明天我带你去找三公子。”

殷青湮：“我记挂着表哥，怎么睡得着。”

戚烬握着船桨的手指紧了紧，没一会儿，自嘲一笑，笑声错落在绵长的夜色里，寻觅不见踪迹。

“小姐……”戚烬把手搭在船桨上，神情掩在月影里，看不真切，他喃喃道，“有很多事强求不得，你又何必呢，既然求不得，便不求了，不好吗……”

说话的声音越来越低，越来越轻，到最后已不知道是说给殷青湮听的，还是说给他自己听。

他心里其实隐隐约约明白，哪怕他双手染尽血腥，口中说着道貌岸然只要她如愿以偿，实际都是欲盖弥彰。

当他做下那一桩桩令人不齿的罪行，当他独坐在灯下回忆起自己曾经的年少时节，总是忍不住悲从中来。

他也并不是生来就如此良心泯灭，他与谢离忧、季寒初也不是没有过真心相待的好时光，可这些都被他亲手毁灭了，被他心中求之不得的欲望鬼魇给毁掉了。

湖水流动，树林被风吹起沙沙响声，殷青湮面色无波，仿佛并没有听见他的所言。

戚烬望着她的侧影，唤道："小姐……"

她没有动，半闭着眼，好像睡着了。

戚烬放下船桨，往前探了探，更轻地喊了一声："青湮……"

天高水长，无人应答。

从开始，到现在，他的心意从来都只是说给自己听。

戚烬摇头苦笑，回过身，握起船桨，慢慢将小舟划向岸边。

而在他的身后，本应沉于美梦的少女不知为何，眼睫忽而轻轻一颤，似做了噩梦被惊醒，又似清醒着装作熟睡，只为躲避着一些令自己难以应对的情愫。

根据暗桩的消息，戚烬和殷青湮一路向南，约莫过了小半个月，终于在一处寻得了季寒初的踪迹。

他们坐在一间热闹的客栈大堂里，来来往往都是江湖人，几个身上受伤，面色一看便透着流气的痞子聚在一头，不顾他人看法，尽情高声宣泄着心中的憋屈。

"就是那穿白衣的小白脸，和那小美人是一对，亏得他长得一副风清气正的模样，呸，道貌岸然！"

"得了，少说两句。"同伴道。

"少说？凭什么少说，你看我身上这伤，给我等着，我总有一日得弄死他！"

"弄死？你怎么弄死？你知道人家是谁吗？"

"他是谁啊？天皇老子不成？"

"姑苏季氏你知道吗？"同伴挤眉弄眼，"我找人打听过了，这小白脸姓季，我看他打你那两下子，手法同季氏如出一辙，十有八九是季氏的门生。"

再后来的话无人在意，殷青湮听到那句"季氏门生"心中便惊喜不已，三两步跑到那几个痞子跟前，问道："你们说的是我表哥吗，他在哪里？"

几人见状，惊诧抬头，见眼前是一个娇花般的小姑娘，娇娇弱弱，眉目可人，霎时有了不该有的想法。

只是总归是吃过亏的，怕这姑娘身后也跟了什么高人，正思忖着，眼角一瞥，果真见另一男子朝他们走了过来，将她往自己身后一拉，牢牢挡住。

戚烬懂江湖规矩，虽然见他们的眼神垂涎，十足恶心，却仍是客客气气地请了酒。那几人闷亏吃多了，见好就收，尤其见戚烬提起白衣公子时面色不善，当下更有看热闹的想法，便把自己所见所闻，掐头去尾地说了。

殷青湮得了他们的行踪，哪里还坐得住，当下就拉着戚烬往他们住的客栈过去。

那间客栈离他们不远，及至晌午，殷青湮和戚烬便到了客栈门口。

刚下了马车，那抹熟悉的白衣便晃过她的眼前，顺势望去，见大开的客栈小厨房门边，一青年背手而立，眉目俊秀，儒雅自成。

殷青湮再也按捺不住，笑得开怀，声音跟蜜糖一样："三表哥！"

（二）当年人

"三表哥！"

红妆回头。

殷青湮。

说起来这个名字对红妆来讲并不陌生，毕竟她们之间也隔了血海深仇，她动手杀了殷青湮的母亲和外公，又拐跑了殷青湮喜欢的男人，如果换作是她，应该对自己恨之入骨。

事实证明也的确是这样。

不过比起仇恨，他们的态度还是惊悚更多点。

红妆站在人来人往的路边，后头是客栈大门，季寒初在里面借了小厨房熬药。

她抱着手臂看着不远处的男女，一年的时间不长，谁都没留下什么岁月的痕迹，小白兔依旧楚楚可怜，戚烬也依旧不苟言笑。

殷青湮终于看见挡在门边的红妆，脚步顿停，跟见鬼似的看着她，心中的喜悦和甜蜜戛然而止，化作大片愕然以及陡然而生的愤怒。

红妆笑了笑，用戏谑的语气说："好久不见啊。"

戚烬眯起眼睛，神色写满了不可思议。

红妆走上前，踩在了青草地上，话里带刺："是不是想问我怎么没死？"

说完，她踢了踢脚下的草地，青草飞扬，戚烬警惕地拉着殷青湮后退。

戚烬眯眼："你真没死？"

红妆见状，讽刺地笑："你们都还没死，我怎么舍得做鬼。"

"啊——"

殷青湮猛然清醒，凄厉一喊，挣开了戚烬的怀抱。戚烬只来得及喊声“小姐”，却抓不住她。

她简直像疯了一样，红着眼睛一把抓住红妆的领口，将红妆扑倒在草地上，死死掐住脖子。

青草地湿漉漉的，石头硌着背部，压得红妆很难受。

“你，放开——”

红妆完全低估了殷青湮的力气，明明两人身量差不多，但殷青湮下手太用力，而她自己受了伤，失了力气，几乎没有还手的余地。

红妆被殷青湮掐着，指甲狠狠陷进了皮肉，越来越深，越来越眩晕，仿佛下一刻手指就能戳破她的血脉。

“你放开！”她咬着牙，手指慢慢动了动，往腰间的暗袋摸去。

殷青湮不仁，休怪她不义。

殷青湮紧紧盯着她的眼睛，昔日明眸皓齿的少女眼里全是冰冷阴暗，她歇斯底里道：“你去死，你去死！去死——”

她居高临下地看着红妆，不管红妆到底是怎么活过来的，她现在就要红妆重新死一次。

死一次不够！死一万次都不够！

就在红妆头晕目眩，越来越难以呼吸的时候，身上的束缚骤然消失，听到有人说——

“青湮，放手。”

红妆气都喘不上来，又是咳又是呛，脸都涨得通红。季寒初弯腰将她扶起来，在她背后轻拍顺气，等好不容易喘匀了，才发现她脖子上已经泛了两道紫红的掐痕。

红妆头脑还是昏昏的，手心也出了汗，看着满目惊讶，像失了魂似的殷青湮，她轻轻抚上了自己的脖颈。

明明痛得要死，她却还在张扬地笑，肆意飞扬半分不改，一如当初。

“你看，不是我不让你杀，是你表哥舍不得我。”

这话说得多嚣张，殷青湮的委屈简直无法形容，她眼圈通红，一抽一抽地哭着，又使劲擦眼泪，把眼睛擦得更红。

戚烬皱着眉，拉过她挡在身后。

见状，季寒初也默不作声地上前一步，侧身挡在了红妆身前。

这下顿时成了双方对峙的局面。

红妆探出头，殷青湮正哭得可怜，眼泪跟断了线的珠子似的，全身不断抽动，从抽泣变成放声大哭。最后，殷青湮终于提高了嗓子，声嘶力竭道：“表哥你，你怎么！你怎么——”一只手狠狠指向红妆，“她杀了我娘和外公！她是杀人凶手，你怎么还帮着她！我要杀了她，杀了她！”

红妆冷眼看着她哭，转头对上季寒初审视的目光，无辜地举手：“她外公真不是我杀的。”

天地良心，开阳干的事情怎么就全扣到她脑袋上来了。

季寒初默默收回眼神。

这么说，殷芳川是了。

可关于这件事，他没有印象。

红妆漫不经心地看着对面的两人，察觉到戚烬若有似无的目光，她挑眉笑了笑，用眼神发出威胁。当初杀殷芳川，戚烬可也掺和了一脚，虽说还是巧合，但要说完全没干系也真不见得。殷青湮能心无芥蒂地相信季寒初与之无关，因为她爱他，自愿被蒙蔽，但对戚烬就不会如此大方了。

要是殷青湮知道自己娘亲的死和戚烬也有点关系，那就好玩了。

想到这里，红妆走出来，含笑看着他。

戚烬略有僵硬，他看季寒初这样就知道他不能拿红妆如何，这妖女本事厉害，失了忆还能把三公子勾住魂。他搀着殷青湮，低声说：“小姐，我们先走。”

可殷青湮怎么肯，一波又一波的痛苦向她袭来，此时她脑中只剩一个想法——她要红妆死。

可她就是轻轻那么一动，心口却像有刀子捅来似的，扎在血肉上，接着是第二刀、第三刀……

殷青湮嘴角溢出鲜血，抽搐着倒下去，她瞪着眼睛看着红妆，甚至都没想清楚自己什么时候中了毒，明明一直都是她将红妆制在身下，若不是表哥到了，红妆已经死了……

红妆是什么时候下的毒?

这个问题并不重要，在殷青湮吐血的那一刻，戚烬就抽出了长刀，指着红妆，目眦尽裂。

红妆抢先说：“不给。”

“红妆。”季寒初攥住她的手腕，责怪地看向她，仿佛她不应该这么做。

“你要试着解一下吗？”红妆勾唇，邪气地笑，“我新做的。”

戚烬眼眶微红，极力掩饰自己的情绪，一旁的殷青湮捂着心口已经痛到抽搐打滚。

红妆：“她早该在扑过来想杀我时就想到的，敢靠近我身边，就得做好没命的打算。”

她抬手，摸了摸自己的指甲，指尖锋利，抵在自己的喉上，白皙皮肉上两道青红掐痕触目惊心。

“怎么，就允许她杀我，不许我杀她？”

（三）皆是孽

红妆的声音总是这么有特色，娇娇软软，尾音缠绵，她撒娇的时候特别喜欢嗲，其实那种刻意的扮嗲还不如她原本的声音，酥酥软软，听着会让人心口发麻。

但她很少会这样带着凉意和他说话，等她这句话讲完，殷青湮已经痛得快要晕厥过去。

季寒初迅速走到殷青湮身边蹲下身，握起她的手腕搭上脉搏。

殷青湮真的痛极了，针刺的感觉从心口蔓延到全身，冷汗冒了一层又一层。

“表哥，我好疼！好疼啊！阿烬哥哥，救我……”她呻吟着，脚蹬在草地上，把那一块都磨得露出了泥泞地面。

这是红妆闲来无事研制的新毒，目的不要人死，就要她痛，一天一个时辰，日复一日地叫人活在地狱里。

季寒初思索着，眉头紧皱，面上的严肃有点刺目。

红妆看着看着，深觉无趣，眼神渐渐阴鸷，和煦的春风吹来，却冷到骨头里。

季寒初抬眼，与她对视，不出一会儿，又移开目光。

只是几个眨眼，但那里面若有似无的指责却像一把烈火，铺天盖地袭来把红妆烧成了灰烬。

或许他只是觉得她下手过重，或许他觉得殷青湮已经受到惩戒，或许他是觉得她下的毒是为了要殷青湮性命。

但那种飘忽的怪罪，和他抓着殷青湮的手指，已经足够让红妆厌恶。

指责。

是，他在指责她。因为她现在的表现就像一个坏人。

那她还装什么装，什么时候她真成了一个善茬了？

红妆想都没想，上去就给了殷青湮一脚，狠狠地踢在殷青湮的心口上。

她速度太快，浑身气得发抖，另外两个人拦都拦不住。

她为什么要给殷青湮解毒？

她凭什么要善心大发？

愤怒像沸腾的热浆，她的不甘、遗憾、难过全都装在里面，一起喷发了出来。

“去死吧！”

她给殷青湮下了毒，她就得是个坏人？可殷青湮也抢了她的男人，殷青湮甚至也想杀她。

可天下人心都爱偏帮弱者，世道如此，向来如此。

红妆自嘲，这烂到根里的世道连她最喜欢的都要夺走，竟然还敢不要脸地来谴责她?

这个世道不喜欢她，她也不喜欢这世道。

那么一起发臭腐烂好了。

她冷笑，轻蔑地看着殷青湮：“你去死吧。”

回神之际，戚烬已经堵在了红妆面前，抬手给了她一掌，重重打在她的侧脸。

清脆的一声。

红妆偏过头，绑缚齐整的头发散乱下来，盖住了她的侧脸。

她伸手，抚摸到嘴角，指尖上染了点点鲜红。

不是死人，所以她还会流血，也还会有感觉。

好疼。

昨晚下了小雨，草地上泥泞不堪，一点鲜红掉进土里，很快就渗到下面，消失不见。

身旁的男人身形晃了下，想也不想地迅速起身，袖中刀连着刀鞘，裹挟着大开大合的力道，狠狠拍在了戚烬的手背处。

再是重重一拳，裹挟着强劲力道，狠狠打在戚烬的肋骨上。

接下来的几招，招式简单，却衔接得行云流水，尽是游刃有余，大有气吞山河之势。戚烬武功本就不及季寒初，现在被他逼得节节败退，季寒初下的力很重，挑着叫人难受的穴位来打，让他苦痛不已。

季寒初挡在红妆面前，将她拦在身后，冷声道：“你敢！”

戚烬定定地站了一会儿，看着季寒初，那人面容上的狠厉令人心惊。

一片死寂里，戚烬突然笑了一声，喉咙微动，嗓子里挤出阴狠的声音，一字一顿嘲讽道：“你竟然又疯了。”

季寒初：“离她远点，你敢再动她一下，我不会留情。”

红妆摸了摸脸颊，忍无可忍，态度也从冷漠变成毫不掩饰的厌恶，整个人像块冰，凉飕飕的。

她皱眉：“吵完没，都滚远点。”

这回她不想再折腾了，她看都不去看身后的三人一眼，转身进了客栈。

季寒初伸手要去拉她，被她灵活地一闪避了开去。

那只手就尴尬地停在了半空之中，虚虚地抓了一把。

红妆往后退了一步，指着季寒初的脸，毫不客气道：“别碰我。”说完她转身就走了，连他是什么神色都不多看一眼。

昨晚季寒初和她说的话她还记得，他讲他不愿意去想起来。

今天他又为了殷青湮责怪她。

脖子上的伤痕还在隐隐作痛，小白兔刚才是真下了狠手。

这个蠢货，他瞎了吗?

还说要退婚。

红妆冷嗤了一下。

狗屁，全是狗屁。

红妆上到客栈二楼，手才搭到门面上，还没推开房门，耳朵微微一动，没有回头，开口问："你还敢来？"

来的是戚烬。

戚烬对她也是一样的厌恶，脸色很不好看，他们不是一条道上的，他还有把柄在她手里，哪能有好脸色。

红妆转过身，靠在门上，满脸嫌恶："怎么，想来杀人灭口？"

她的嘴角尚挂着血渍，嘴唇染了红，瞧着极艳。她看起来很娇小，但容貌又在艳丽的极端，斜眼看人的时候眼角微微上挑，有股原始的野性。

这才是真正的红妆，剥除掉那些儿女情长，原本的她就是这样，戏弄着人命和人心，是地底下无情狠毒的女罗刹。

"我要解药。"他说。

红妆克制着发笑的冲动，揪着一缕头发把玩，反嘲道："你觉得我会给你？"

她伸出手，点在嘴角红肿处："这个，就够你死无全尸了。"

戚烬紧紧盯着红妆，半晌，屈膝跪下。

红妆放肆地笑出来，笑着笑着，她又重重地开始咳嗽，捂着嘴咳了好一阵才匀了气。

她抬腿，往戚烬的肩头用力一踹，发出一声闷响。

戚烬默不作声任由她打，直到身上白净的衣衫全都印满了脚印，他才抬头说："我要解药。"

其实若是给季寒初时间，他也不见得不会解，只是这毒一天发作一次，殷青湮生得柔弱，根本受不得这种苦。戚烬担心季寒初还没做出解药，殷青湮就会因为吃不住疼痛自尽。

否则，凭他一身臭脾气，断然不可能给红妆下跪。

红妆弯下腰，目光与戚烬齐平，她的眸子都是寒冰，如一把尖刀刺在戚烬的身上。

"失忆的药，谁给他下的？"

戚烬很快回答："我。"

红妆："谁的主意？"

戚烬抿了抿唇，道："二公子。"

红妆直起身，下颚绷紧，浑身冷厉。她低下头，冷淡地说："季之远这个残废本事还挺大的。"

她是从死人堆里爬出来的，尝过血味，美艳皮囊下包着颗蛇蝎心肠，她从不怕众口铄金，也不怕积毁销骨，有仇必报才是她的本性。

这仇，她算是记下了。

"解药。"戚烬低低地说。

"这还不够。"红妆笑得极凉，轻声说，"你把之前季家发生的事情，统统告诉我。"

师姐既然要回季家，她也得跟去，这便不能坐以待毙，明明所有该死的人都死干净了，她实在想不出师姐要做什么。

可师姐去了，她无论如何都是必须去的。

而且这一次，红妆有预感，这会是一场了结，所有事情都会在此做个了断，恩怨情仇该清算的清算，该走到尽头的走到尽头。

该死的人，自然也不能活。

沉默一点点蔓延。

没有人说话，可红妆不急，她很有耐心，她知道戚烬肯定会说。

季之远是伪君子，那戚烬就是真小人，他为了殷青湮什么都肯做，什么都肯付出，其他所有东西在他眼中都不值一提。

他肯定会说的，除非他不要殷青湮的命了，但这完全不可能，在他的心里，殷青湮的命比自己重要了千百倍有余。

半晌，戚烬终于开口，他声音很低，说出第一句话有点困难，但后面就变得自然而然。他和季之远本就是利用的关系，一切都建立在殷青湮之上，正如当初他初见红妆时说的那句话，他从来不要自己痛快，他要的始终都是她能够如愿。

刚开始他拣着和季寒初有关的说，红妆打断他，要他将所有事情都讲清楚，他就又重新开始说。

客栈开了高窗，天光从外头洒进来，掠过红妆的脸庞，投下深深浅浅的影。

太阳盘踞在天空，天幕蔚蓝，只能看到一个小小的角，阳光笼罩在她瘦极的身体上，她站的方寸之地熠熠生辉。

戚烬跪在阴暗的转角，明明红日倾倒，他那里却怎么也沾不到光。

无妨。红妆想，这世上本来就有很多地方都是见不得光的，那里藏着黑暗，藏着腌臜，人心化成脓水四溢，脚底下埋着白骨累累，风一吹，全都是流脓的恶臭。

红妆望着天幕，它像要压下来一样。

她不动声色地收回目光，眼底隐隐透出如无尽天幕一样的悲凉。

季之远比她想的要狠。他被命运掠夺了许多，又反过来去掠夺别人，他把自己活成了个扭曲的怪物，只能从这种垂死般的挣扎里感受到一丝丝上天恩赐给他的快乐，可恨又可悲。

红妆问："谢离忧死了吗？"

戚烬摇了摇头，垂下眼睛，盯着地面的某一点，低声道："还没有。"

她冷笑，喃喃道："你为什么不给他一个痛快？"

和人彘差不多的活法，把他从人变成了一条狗，就为了彻底掌控季家。

季之远才是真的疯了。

红妆又问："季寒初知道这事吗？"

戚烬摇摇头："他醒来后没多久就被劫走了，那时我们才刚刚动手。"

红妆笑不出来了，她也不知道自己现在是什么神情，手因为太用力，抖得很厉害。

她不在乎谢离忧，可她知道季寒初在乎。

如果让季寒初知道了……

他会疯掉，肯定的。

戚烬没抬头，跪在地上的背脊弯得很低，姿态卑微，提醒她："给我解药。"

红妆冷冷地嗤了一声，嗓子里发出冰冷的碎音。

这时，店小二正好捧着吃食从楼下走上来，热气腾腾的一大碗面，上头还打了个煎蛋，撒着嫩绿的葱花，往上冒出可口的热气。

他稳稳端着，刚走上二楼转角，蓦地瞧见一个男人正跪在一个女人面前，还未做出反应，手上突然一轻。

红妆捞过那碗面，在小二目瞪口呆的神色里，将滚烫的面条全都倒在了戚烬的脑袋上，白花花的面条缠在发顶，汤水顺着下颌淌进他的衣领，刚出锅的面还很热乎，他的头发都隐约氤氲着雾。

小二惊叫："你干什么呢你——"

可戚烬动也不动，没有躲，甚至头都不抬，就像没有感觉。

小二不敢贸然上前，怕是什么江湖私人恩怨，在两人之间打量了半晌，选择明哲保身，小心地扶着楼梯，一溜烟跑去楼下。

就在他大跑了几步，刚到大堂时，突然听到身后传来一声巨大的"嘭"，他下意识地转头看过去——

只见刚才那姑娘眼睛充血，艳丽的面容不再冷冷清清，而是喘着粗气瞪着身前的男人。而那男人的后脑正往外流着黏稠的鲜血，红花铺了满地，盛开在周遭碎裂的白瓷上。

冲着脑袋来的这一下一定是用了狠劲，碗碎了一地，女人站在碎片里，仿佛开在刀锋上最鲜艳的花，花瓣都是凄艳的血红。

用淬了毒的枝叶划开人皮，原来一个个都是丑陋的禽兽。

耳边突然传来乌鸦鸣叫，盘桓在窗边，不知在哀悼什么，或许是哀悼没完的恩仇，和可叹的世事。

女人踩着鲜血，揪起男人的衣领。他始终没有说话，从神情里看不出什么，只是那双眼眸有些空洞，没有痛，只有煎熬，里头盛着他的不安和愧疚。

她一字一顿地说："你还不如做条狗。"

狗活得都比他有尊严。

每说一个字，血液就更冷一分。

戚烬背脊一直没挺直，像背负着沉重的枷锁，屋檐上的乌鸦叫得越来越响，红妆盯着他，不知过了多久，终于站起身。

她低低喘着气，说："我不要你的命。"

戚烬恍若未闻。

红妆从身上摸出一个小瓶，轻轻丢下，瓶子骨碌骨碌滚着，碰到他的膝盖才缓缓停下。

戚烬动了动，第一次抬起头，凝望着她。

红妆脚踩在瓶子上，居高临下地看着他，说："你们不是喜欢给人喂药吗？自己亲口尝一尝恶果的滋味吧。"

冤仇相报，罪恶相生，没完没了。

他们让她觉得，原来众生皆恶，有些业障和罪孽是死过一次也不够的，是死了也要从炼狱里爬出来报的。

"这味毒药，我做的时候没想过会用在她身上。"红妆勾唇，笑意残忍凉薄。

戚烬一时没反应过来，他伸手去摸瓶子，声音沙哑破败，问："你什么意思？"

红妆静了一下，忽然笑了，笑容里都是嘲讽和怒意。

"这药能解我下的毒，可是……"她故意停了下。

在戚烬惶恐不安的眼神里，她字字句句，森寒无比："这药极损心神，吃了它，就会让服药者心智犹如稚童。"

说完，红妆抬腿，将药瓶往戚烬身边踢去。

他没有接。

他仿佛被枷锁压倒在地里，痛楚到了极点，脸上有些许的茫然。

戚烬嘴唇嗫嚅，指尖攥紧，问："什么意思？"

红妆轻声说："你懂的。"

戚烬确实懂了，所以他一个字都说不出来。

话说到这个份上，不需要更加点明了，已经足够清楚，更何况戚烬本身就是个聪明人。

某方面来讲，他和红妆很像，为达目的不择手段。

红妆冷冷道：“你说殷萋萋发了疯，谁知道她是受了刺激还是本身就有毛病？说不定他们殷家祖传的脑袋有问题。”

戚烬握紧了瓶子，指节泛出苍凉的白，用力到吱嘎作响。

红妆的话，点燃了他心底隐藏最深的欲。

如果，如果……

“如果，殷青湮谁都不认识了呢？”

红妆躬身，明亮的眸子中闪着恶意，话语满是诱惑：“就凭她现在这样，是绝无可能爱上你的，但你想想，如果她只是一个痴傻的殷青湮呢？一个傻傻的，除了你，谁都不认得的殷青湮，一个在她的世界里只有你的殷青湮……”

顿了顿，她话音低下去：“戚烬，这样的殷青湮，你喜欢吗？”

第十二章 黑夜至

对有的人来讲，
万里河山
就是万里苦难

（一）你负我

戚烬走了。

脚下的碎片和血迹还狼狈堆叠，他拿着那瓶能让人失心疯的解药，头也不回地离去了。

他其实未必不知道红妆可能是骗他的，也许她身上还带着无害的另一种解药，可直到他迈出客栈大门，身影消失在日光下，他也没有问。

爱而不得久了，就会积郁成疾，他已经病得太久太久，红妆给他指了条明路，尽管卑鄙又下作，可他还是义无反顾地去了。正如当初那个寂静的夜里，他将消息透露给她，借了她的手去杀殷芳川一样。

谁说真正的爱是不求回报的？

人欲无穷，凡有所求，皆是欲。

这个青年人被无终的盼望折磨得不成人样，他可能也曾意气风发，也曾鲜衣怒马，但如今活成这种样子，谁也不能说句他心里是快活的。

说到底，他也不过是在少年时期，于烟雨蒙蒙的江南水乡，望见了亭台楼阁下一袭桃花裙的姑娘，就此心动，一生一次，一次一生。

也许这样的结果才是他最想要的。

这一天过得心烦意乱，原本说好回季家，又生生耽误了。

红妆躺在床上，脑子里还在想着戚烬说的事情，谢离忧如今被囚禁，生死不明，季之远下了如此毒手，她不确定季寒初能不能够接受得了。

要不要告诉他，这个选择从她知道这件事开始就在心口徘徊。

但更多的，是想他对殷青湮，想他口口声声的“未婚妻”。

想着想着，困意竟然上来了，大概是情绪起伏太激烈，消耗了过多力气，

她没一会儿就睡熟了过去。

这一觉睡得很安稳，没有乱七八糟的梦，等红妆再醒来的时候，屋子里满满都是夕阳余晖的暖红，晚霞洒满天际，恍惚仿佛睡在了一片温暖的花海里。

红妆揉了揉眼睛，觉得喉头干渴，起身去倒水。

刚倒满一杯，目光在屋子里扫了一圈，看到放在床边桌案上的酒瓶，是她昨晚喝剩下的。

红妆登时没了喝茶的兴致，她走过去，拎起酒瓶，把杯子满上，一口干掉。

酒香缭绕，让心上千丝万缕的烦恼稍微退去了些。

她把酒杯放在桌上，想到今天季寒初护着殷青湮的样子，嘴角勾起冷冷的笑意。

但很快又瘪了下去。

红妆似泄气一般一屁股坐到地上，无力地靠在桌边，长长地叹气。

酒意发酵，嗓子里微微发涩，明明是上好的佳酿，怎么品出了丝丝的苦味。

“季寒初啊……”

红妆跌靠着，颓败地笑出声，抱住自己，把头埋进臂弯中。

空荡荡的房内，金光包围着她，她用一只手捂着脸，用力地擦拭，企图装作眼角流下的东西只是她不经意的放纵。

只要没人看到，她就没有在哭。

可是擦不完，为什么擦不完?

——“要是我永远想不起来呢？”

季寒初说的这句话猝不及防地闯进脑海。

红妆怔了怔，笑出来，眼底红红的：“想不起来，是真的想不起来，还是不想想起来？”

她喃喃自语，仿佛海上无依的浮木，浸身在茫茫深海里，想逃，却无处可逃。

逃到哪里去呢，闭上眼，睁开眼，无一是他，无一不是他。

都是他的深情，都是他的相护，都是他叛族叛道的决绝。

红妆不合时宜地笑起来，眼里却是冰冷的。

她擦了泪水：“你本来是活在天上的……”

这个男人，曾经彻夜埋首医书之中，为解决疑难杂症遍寻古籍药方，整夜不眠；也曾认认真真施针下笔，三言两语、一张药方便能救人性命。他救世人，世人也爱戴他，他做自己爱做的事，诚然有时孤寂，可更多时候都是满足。

那时候的他有没有想过自己会对一个妖女滋生爱意，清不清楚自己的所有盛名都将随着与她的私逃毁于一旦，他做了自己最不可能做的事情，从人人敬仰的小医仙变得一身臭名，再无翻身之日。

倘若黄泉道前一碗孟婆汤，要他忘却今生所有事，他思及此，会不会有后悔？

他是她的执念，她未必是他的心魔。

夕阳散尽了，晚霞也敛了颜色。

红妆脑子里乱糟糟的，又空荡荡的。

她觉得累，第一次那么迫切地想要回家。

她要去找师姐，无论发生了什么事，师姐总会温柔地包容她，会原谅她犯的所有错，体谅她的一切苦楚。

等明天天亮，她就去找师姐，然后她们一起回家。

她等不到江南的春天了，这个地方，她再也不要来了。

咚咚咚！

就在红妆靠着桌子又差点昏睡过去时，门突然被人从外面敲响。

极正经的三声，动作规矩又小心，怕惊扰了她。

红妆转头往外看去，颀长的影子映在门上，季寒初的声音从外传来，有些飘忽，听不太真切："红妆，你在吗？"

红妆伸手，手指盖在他影子的脸颊上，狠狠扇了一下。

当然没有扇到，只挥到了虚无的空气罢了，空洞的感觉绕在指尖，惹人心悸。

季寒初却以为那是回应，推开房门。

清凉的气息随着开门的动作扑面而来，红妆有刹那的清醒。

第一眼看到的是他的鞋，再往上才是他的脸，他的眼睛。他看起来好像很担心她的样子，蹲下身，焦急地拉她起来，再说些什么话她也听不仔细，无非是什么不爱惜自己的身体，不懂得注意……

她听腻了，其实她怎么会不知道这些，无非是恃宠而骄，就要他关心自己而已。

可他呢，他身边的女人可真深情，他的"未婚妻"可真爱他。

红妆喝过酒，身上有微微醺意，她被季寒初抱到椅上坐下，她转头盯着他，声色沙哑，但满含嘲讽。

"你说，我会不会是误了？"

季寒初动作停住，一怔："误了什么？"

这一声无意的反问，刺激得红妆眼睛又红了。

红妆撑着脑袋，面颊泛红，呵呵地笑着，笑了老半天，才伸手拿过酒瓶。

一、二、三。

摆了三只在面前。

“我误了，全都误了……”红妆语气冷淡，“季三，你以前说娶了我就会对我好，三媒六聘以后再补上，还说要和我回南疆看星星……可是星星还在，你怎么就没了呢？那个爱我的人怎么就没了呢？”

季寒初拽着她的手，轻声道：“你喝醉了。”但用的力气却大，抓疼了红妆。她倒吸了一口冷气，他才惊觉，后知后觉地放开了手。

可慌乱的眼神里还是掩盖不了不安。

她不对劲，从刚才就不对劲。

以往也有过伤心难过的时候，可从没像此刻一样，透着这么浓烈的悲伤。

季寒初恍惚觉得，有什么重要的东西正在离他而去。

他的眼神渐渐暗下去，暗到极点，像夜一般的荒凉。

房里安安静静，只听见酒水倾倒的声音，面对面坐着的两人都一语不发，一个紧绷一个失落，倒酒的时候甚至倒出许多，桌上留下一大摊水渍。

红妆痴痴笑着，呢喃低语：“你想不起来了，你不是我认识的那个人……他消失了，我找不到他，再也找不到了……”

季寒初霍地站起身，抱着她往床上拖：“你真的醉了，好好睡一觉，有什么话醒来再说。”

话语里已经带了丝轻颤。

红妆却不肯，一动不动。

这个陌生的“季寒初”也会慌张吗？他也会有这种狼狈的时候？

还是，他居然也会害怕？

“季寒初，”红妆开口，“你过来坐着，我有话同你讲。”

季寒初凑近，不管不顾地打断她：“我不想听，你现在不清醒，等清醒些再讲。”

红妆拉着他，硬是把他拉过来几步，双手抱着他的一只手臂，双目红红，眼里湿漉漉的，像刚下完了一场酣畅淋漓的江南雨。

她喃喃着，嘶哑道：“你必须听我说……你既然忘记了一切，那么我也当作一场大梦，梦醒后你继续做你的季家三公子，从此以后，我们就当从不相识。”

季寒初顿住，他先是无措，再是失神，最后才愣愣地低头看她，从嗓子里挤出艰难发涩的一句话，问：“为什么？”

红妆松开他的手，咬着下唇，回身摆弄酒杯。

季寒初疾步在她对面坐下，提高声音：“为什么！”

这一次，是他拿她没有办法。

胸中巨大的慌乱汹涌着，他几乎是仓皇地在诘问，可挡不住心头压着的大石越来越重，他望着红妆，眼里有什么正在破碎，他死死地扼制着，快要喘不过气。

为什么？

是因为他从来自顾自说着礼教规矩，都不肯主动碰她一下吗？

是因为他对青湮的性命过于关注，忽略了她的感受吗？

还是因为他明明也有心动，明明也有想起一些回忆，但从不对她宣之于口，让她对他失望了吗？

怪谁呢？怪那味发作太快的毒药，还是怪从小受的礼仪熏陶？

都怪它们。

都怪该死的它们。

季寒初苦笑，低下了头。

都怪那个犹豫不决的自己。

他一直都知道，红妆就像一个上天送来的礼物，对他有着致命的吸引力。

她生得好看，性子奔放又飞扬，明明手染鲜血，可眼底却没有丝毫肮脏，她的双眸明亮又漂亮，从里面可以看到湛蓝的天空和纯洁的明月。

野性、原始、自由。

虽说是南疆邪道的人，周身却意外的没有阴冷之气，反而是说不出的娇俏灵动，这一看……

一看就是他会中意的女子。

喜欢她又不是什么难以启齿的话，为什么不早点告诉她呢。

“为什么？”他第三次问。

气氛很冷，红妆嗓子里的酸涩很浓，眼里也是。她说：“我要回南疆了，师父他们一直在等我回去，以后……以后我应该都不会来了……”

她捏着酒瓶把玩，皮笑肉不笑的，抬起眼，将酒杯一杯杯推到季寒初面前。

他的视线还是那么沉，她知道的，里面是一片长满杂草的荒原。

不知道是不是喝醉了，眨眼间，他的眼又是那么温柔，里面似乎有着漫天星河流动，每一道星光都在表达着他的情绪，懊恼、不舍、纠结……

酒杯里倒映出他的脸，小小的一盏，藏尽了往事流云。

“季三公子，美酒三杯。”

第一杯，是真心。

“一祝你身体康健，长命百岁。”

第二杯，是假意。

“二祝你同殷姑娘白头偕老，儿孙满堂。”

第三杯，是遗憾。

“三祝我们以后天各一方，各安所得。”

抬起眼，红妆看着他，看到他眼里的东西慢慢地、一点一点地全碎了。

她靠近他，玩笑似的说：“祝你永远不要想起我。”

季寒初没有说话，他感到自己胸腔里跳动的那颗东西，正在一点点结成冰冷的水。

他好像空了。

季寒初眼睛向下看去，三杯酒整齐地摆在面前，仿佛在诉说着永别。

他撇开眼：“我不喝。”

声音哑得吓人。

红妆伸手，端起它们，一杯一杯洒在地上。

一只手紧紧握住了她的手腕，季寒初的眼眶边泛着微红，瞳孔还是纯粹的墨黑。他说：“你刚才，说的是真的吗？”

红妆歪了歪头，笑着说：“假的，骗你的。”

季寒初骤然松了口气。

他就知道，她不会那么轻易地死心。

这个小骗子，惯用的伎俩就是拿他寻开心。

他一定要告诉她，有些事情，是开不得玩笑的。

红妆在他面前蹲下，仰着头看他，没什么感情地勾唇。

她说：“我只想祝你妻离子散，无人送终。遇事求人不理，得病药石无医。在外身如浮萍，在内家财散尽，可怜到老一命呜呼。”

每说一句，季寒初的笑意就弱一寸。

他垂在身侧的双手死死握成拳。

红妆说完，伸手挠了挠微红的眼角，扑哧笑出声：“我是不是很坏？”

季寒初眼里全是血丝，他伸出手来，手上使了好大力气，将她的手握得生疼。

红妆轻声说：“你这么好，我这么坏，老天大概都看不过去，不想让你想起来。季寒初，你还是过得悲惨一点，以泄我心头之恨，这样我们才能两清，但下辈子、下下辈子我都不会再放过你了。”

她站起身，脑袋有片刻眩晕，可季寒初还是抓着她的手，怎么都掰不动。

“季三。”红妆慢慢掰开他的手指，“我讨厌告别，但人和人最终都难逃告别，我们这也算是正式别过了，以后如何都各不相干，你记着，是你负我。”

她弯下腰，缠绵地吻着他，他的嘴唇很凉，身体很僵硬，她闭上眼，感受不到他的温度。

“山河远阔，后会无期。”

后夜的时候，天突然下了淅淅沥沥的小雨，没一会儿又变成了瓢泼大雨。

电闪雷鸣是上天在可怜人间，这雨势很大，仿佛要吞没万物。

红妆坐在床上，呆呆地看着桌上的红烛，烛火快要烧完了，蜡油滴下，堆积在底部，蜡烛摇摇欲坠。

她看了眼门外，幽暗模糊的光影里，门外的影子依旧岿然不动。

他站在那里，像要等到天荒地老。

红妆张了张嘴：“我不要你了，你走吧。”

夜里的凉风吹来，白日的温暖一扫而尽，只余下空洞。

蜡烛快烧完了。

红妆下了床，顺着墙壁走过去。

雨点打在床上，是沁骨的寒冷，红妆眼前又浮现出季寒初埋头为殷青湮把脉的样子，她咬了咬唇，抬脚要走。

可下一刻，她又想到他挡在戚烬身前，不许戚烬碰她一下。

还有他的眼神，那么脆弱，又那么悲哀。

她开始犹豫起来。

睡得太久，到现在还是清醒，她的眼睛很干涩，烛光摇摇晃晃，墙壁上她的影也晃着，溜出门外，和那人的影纠缠着。

她看到季寒初动了一下。

红妆以为他要说什么，可是没有，他只是移步到门前，抬起手，轻轻按在门上。

那个位置是她的心口。

红妆觉得很苦涩，她说尽了决绝的话，是真的有些被他伤了心，也是真的想过彻底放开算了，由他回去他的天上，她继续守着地狱。

可她发现无论当时多么坚定，等到现在，他只是一个动作，她就没能坚持过片刻。

红妆打开门，迎面望向门外的人。

这个人也看着她，夜深露重，他在这里站了不知多久，肩膀上都湿透了，全是雨露。

见她开门，季寒初立刻上前一步，伸出手，手掌向上。

他说：“红妆，我中意你。”

红妆低头，就着昏暗的烛光去看，躺在他手里的是一个玉镯，玉质清透，质地温润，正是她曾经还给他的那个。

季寒初拉过她的手，急急地将玉镯套到了她的手上，然后紧紧环抱住

她，手臂收得很用力，把她死死扣在自己怀里。

他的气息拂过红妆的颈部，手握着她的脖子，把她整个人都拥抱住，手掌死死按着她，怕一松手她就会跑，丢下他跑回南疆。

他说：“别走，好不好？”

顿住。

“或者，你要去哪里，能不能带我一起走？”

（二）追逐她

几许沉默后，红妆从愣怔中反应过来，下意识地抬手想去推季寒初。

他发觉，抱得更紧，紧到红妆都要喘不过气。他要制她果真是简单得不得了，她被牢牢地钳固在他的怀中，挣脱不开，动弹不得。

这样的季寒初实在有点陌生，气势汹汹，连呼吸都是滚烫炽热的，仿佛要隔着衣裳将她融化，血肉都刻进骨子里。

红妆的惊愕仅仅一瞬，很快，她冷静下来，状若不解地问他：“你知不知道你在做什么？”

“我知道。”

季寒初的指腹停在她修长的脖颈后，柔软的触感带着强硬的力道，他说：“你是我的妻子，你不能走，你不准走。”

温热的呼吸喷洒在耳边，他喘息着，声音嘶哑。

麻意从脖颈迅速蹿到头皮，红妆听到他的呼吸越来越混浊，越来越沉重，她看不见他的表情，所以她不知道，那双眼里除却深刻的痛，更多的是情。

这一刻，他和心里的碎片重叠起来，不分你我。

可红妆不是，她很冷清，冷清得像冬日里结冰的湖水。

她用了狠力，终于还是挣开了些，但季寒初的手死死握在她手腕上，怎么都不肯放。

红妆嗤笑，抬起手，腕上玉镯晃动，男人有力的手掌控着她，那块皮肉大概已经红了，有些刺刺的痛。

她眼底冻着霜，脸色也不好看，说的话更是倨傲又嘲讽：“季三公子，你又背德了。不是时时刻刻记着你还有未婚妻吗，怎么还来和我这个绑架犯纠缠？”

季寒初顿了顿，周遭昏暗，淡淡的光华下人看得不真切，他看着咫尺之间的俏脸，嗓音低沉：“你说，我们成婚了。”

红妆莞尔，嘴唇娇嫩嫣红，嘴角微微红肿。她讥讽道：“你也未曾信过我呀。”

“我信。”季寒初很快应道，“我不信他们，我信你。”

他抬手，微凉的指尖摸上了她的颈部，触上那道可怖的青红掐痕，眼睫簌簌地轻颤着。半晌，他说道："对不起。"

沉寂了好一会儿，夜色在河里流淌，他们凝望彼此，谁都没说话。

红妆别扭地转过头去，冷声道："我是死是活不要你管。"

季寒初叹气："别说傻话。"

顿了会儿，他又有些干涩地说着："还疼吗？"

红妆挑起嘴角，眼睛微阖，她晃了晃他捉着自己的手："你先放开。"

季寒初眼里一片固执，打定主意和她耗到底，装作听不见。

苍穹如泼墨画卷，夜风席卷，吹拂过他的面颊，他看起来这么彷徨，又这么执着。

像能跟她耗上一万年。

红妆感觉自己的心口似乎被泡在了温暖的水流里，冰冻的霜华渐渐开始软化，但她还有不甘弥留。她问季寒初："你想好了？选了我，可就不能后悔了。"

她是什么人，她走的又是什么路，他想清楚了吗。

名利、地位、世家身份、旁人艳羡……没有人可以说自己完全不在乎虚名，所以也没有人能够要求季寒初舍下现在重新拥有的一切，再次选择前路茫茫。

上天给了他第二次选择的机会，佛祖在召唤他的小仙，归来吧，归来吧。

这里是你的天上，只要你回来，就还能继续一尘不染，万世景仰。

季寒初看着红妆，就像隔着中间缺失的时光和零散的回忆，凝望当初那张笑靥如花的脸庞。

佛祖座下的仙倌站在往生河畔，眺望碧波海上千层浪，潮汐温柔如呓语，脚下八百里红莲盛开，处处娇媚，处处她。

山川湖海，星辰万千，一边是沼泽一边是天光，他依旧义无反顾。

他永远义无反顾。

季寒初的手向上，手指扣住红妆的五指，严丝合缝，紧紧拢住，锁着她。

"即便回忆被洗了一千次，我也会第一千零一次对你一见钟情。"

手指攥紧，小仙从往生河的这一端向她奔来，追逐着爱情而去，追逐着她而去。

长夜未央，前尘渐渐飘远，说书人落笔到这一张，又是新的开始。

"我不悔。"

他被沼泽淹没了，甘之如饴。

哪怕一片雪花落下，也会在苍茫土地上留下痕迹，更何况他曾用尽身心爱过她。

药效再霸道，也无法改变灵魂，有些东西根深蒂固，无法变更，甚至

只需要一眼，一眼就已经足够。

盛大的江湖还在继续着它的故事，而他们的爱情在这个寂静的夜里，在黑暗泥沼里慢慢盛开了花。

它将引领着希望，穿过千山万水和重重岁月，为一切划上最终浓墨重彩的一笔。

黑夜会让爱情发酵，无处隐藏。

波浪一样的长发撒下来，扫过圆润肩头，碎发拂过肩膀，消失在如瀑青丝里，一缕长发不乖巧，从耳边钻进了嘴唇，很快被一只大手攥住，指腹抚摸过干燥的唇瓣，在上头搔痒。

不知道是谁先开始的，也许是本就心知肚明的应和，这时有没有婚书，是不是想起来都显得那么无关紧要，爱意烧红了彼此的双眼，熏染出海棠般的艳色。

“红妆。”低语呢喃的声音，更能体现出沉沉的爱意，季寒初一声声叫着她的名字，“红妆，红妆……”

这真是他的礼物，上天送来的礼物。

“季三……”红妆咬着唇笑，攀着他的手指掐进肉里，她喃喃低语着，在这个春风沉醉的夜晚，肆意展示着自己最妖娆的美丽。

“我们不需要被拯救……”她偏头看向他，低声说，“是吧？”

季寒初拨开她的手，一双漆黑的瞳孔盯着她，他感到一丝恍然，又有些惆怅，但更多的是释怀。

他凑近她的耳旁，说道：“也不需要被宽恕。”

没人有资格宽恕他们，因为没人有资格定他们的罪。

既然是堕落，那就干脆一直堕落下去。

心口有火，沿着血脉烧到下腹。

季寒初的目光一寸一寸上扬，看向红妆的脸，伸手把她汗湿的头发撩开，露出迷离的眼睛。

额头突然被人亲了一下，然后她被搂进了一个宽阔的怀抱中。

季寒初亲着她，下巴抵靠在她发鬓边，低低喊她名字：“红妆。”

“嗯。”

“红妆。”

红妆抬头，闭着眼睛送上自己的吻：“嗯，我在这里。”

红妆是在季寒初的臂弯里醒来的。

他没睡，她也没有睡熟，在发生了一连串的事情以后，相信他们谁都睡不着。

褥子皱皱巴巴的，她只是稍稍一动作，全身就泛着细细密密的酸痛。

一双手从身后伸过来，将她抱紧，熟悉的气息洒在颈侧，季寒初闭眼，摩挲着红妆的侧脸，低声说："等会儿给你熬个补药，你身子太差了。"

"……"

要不是深知季寒初是什么人，这句话听起来怪让人想入非非的。

红妆有些头疼，把手伸出被子去揉脑袋——醒来就被抓着喝药，这滋味真不太好受。

她转过身，手上不老实，伸进去摸季寒初的额头，摸他的喉结，在他凸起的锁骨上游走。

季寒初呼吸声微微重了点，迅速捏住她到处作祟的手，低声说："别动。"

红妆直接钩着他的脖子，乐呵呵地抚上他微红的脸颊，向他耳朵里吹气："你昨晚可不是这么说的。"

红妆哈哈大笑起来，季寒初扳着她，有些无奈："你怎么总爱招我。"

回答他的是送上的红唇，堵住了他接下来的话语，不知悔改，欲拒还迎。

一吻毕，红妆笑嘻嘻地问他："季三公子，和女人接吻的感觉怎么样啊？"

季寒初垂下眼，被子下的手把住她的腰，目光深邃，说："又不是第一次了。"

这语气里，有种享受般的怡然自得。

红妆抓住他话语里的关键，猛地从他怀中抬起头，惊道："你想起来了？"

季寒初不自在地摸了下唇，说："一点点。"

"想起什么了？"

季寒初把她的手拨开，眼睛看向别的地方，他不好意思看她，略微羞赧地说："很多，乱七八糟的……"

"比如？"

季寒初转头，说："河边，嗯，你和我……还有醉里寻欢，我们……"

红妆看着他的脸越来越红，耳朵也红得要滴血。她简直美死了，爬到他身上，伸出根手指点他下巴："小古板原来都是表面正经，心里想的全都是这种事。"

季寒初的脸更红了，他也没有办法，但谁叫他想起来的全都是这些，他翻了个身把红妆压倒，瞥到她脖子上的红痕，心疼地吹气。

"红妆。"

"嗯？"

季寒初的睫毛抖了一下："答应我，不要再有下次了。"

红妆没听明白：“什么？”

季寒初眼里又出现落寞，低声说：“那些话。”

再让他听一次，他会疯掉。

红妆咬了下他的唇，抬手摸着腕上的玉镯，晶莹剔透的，她眉眼间是满满的温柔笑意。

兜兜转转，还是回到她手上了。

但她说：“看心情吧。”

说完就闭上眼睛，嘴唇咂了一下，不知在想些什么。

季寒初屈起手指，敲了下她的脑袋：“那我以后努力让你一直保持愉快。”

红妆不置可否。

季寒初亲着她的耳后，含糊道：“答应我。”

红妆哼哼两下，背过身去，手指摸上自己的嘴唇，抬脚踢了他一下：“你别打扰我。”

“嗯？”

红妆：“我在回味。”

“……”

这股不讲道理的娇憨，简直和记忆中一模一样。

太阳又升起了。

上天对凡世最大的慷慨大概就是日升日落，永不停息。

红妆把窗户打开，清晨的气息清凉且淡薄，有种雾蒙蒙水蒙蒙的朦胧，山和水常在一线之间，远处渔舟之上已唱起了早歌，日光漫天，辉映大地，水面上的波光绵延交错，粼粼如梦。

红妆伸了伸懒腰，微微扬起下巴，眉眼犹带着妩媚，神情却多了丝冷肃。

今天他们要动身回季家。

红妆望着湖面，眼睛余光里看到正在穿衣的男人，不知怎的，想到了昨晚上看到的他伤痕累累的背，肩头两枚箭矢伤口，剑伤穿骨伤筋，等再定了定神，是他躺在血泊里一动不动的模样。

这么多年，只有师姐和他将她疼到了骨子里。

红妆鼻音浅浅，不知是故意还是无意，问：“季三哥哥，要是我们这趟回去，他们欺负我怎么办？”

暧昧又挑衅，还带着点漫不经心的懒散，和有恃无恐的得意。

季寒初穿好衣服，起身，走到她身边，他的手指很长，扣着她的腰肢，几乎能把她全部都收到掌中。

红妆被他笼着，感觉到他抬起胳膊，圈住自己，然后在自己的后腰上

掐了一把。

不痛，但好痒，丝丝酥麻的感觉从他的手指传来，让她忍不住小小地哆嗦了一下。

他下毒了？

季寒初眼睛漆黑，满眼七情六欲，掌心温度灼人。红妆抱住他，耳朵贴在他肩头，正好是那道剑伤的位置，她隔着衣服轻轻吻上去，呼吸间，心跳快起来，有种尘埃落定的满足感。

一只手钳制住她的手腕，另一只手在她腰后作祟，低哑的声音响起，从嗓子里发出的音节随着胸膛微微震动，男性的气息浑然天成。

“我给你撑腰。”

她心尖发痒了。

季寒初的声音从耳边传来：“哪怕豁出命去，我也断然不会让别人欺负你分毫。你莫要担心，只管欺负别人。”

红妆慢慢抬起头来。

她故意问：“真不跑了？”

季寒初抱着她，微微俯视着，从鼻尖“嗯”了一声：“不跑。”

反正在劫难逃，那就不逃。

他拿食指点了点红妆的鼻子，笑道：“坏家伙。”

红妆抽了抽鼻子，定定地看着他。她不掩藏情绪，爱欲和欢欣都真实地写在眼里，直观地透露给他。

从前她以为，他胸襟里藏着山河，从他的眼里能见天地、见万物、见众生。

可如今她突然懂了，她是芸芸众生，而他才是山河本身。

她放肆、奔逐、流浪，他沉默、包容、隐忍。

他是她的山河，是她的梦。

两人准备出发回季家。

戚烬背着昏迷的殷青湮告别，临走时季寒初递给他一个药囊，告诉他里面装着他制的解药。

红妆嚼着芽糖，看戚烬若无其事地接过去，淡淡地道谢，就像之前什么事也没发生过一样。

戚烬额头上包扎的伤口，大家都默契地装作看不到。

红妆的眼睛弯起，笑容不减：“季三哥哥好厉害呀。”

季寒初没看她，轻轻一笑，与戚烬拜别。

那人背着他的性命，转身离去，身影渐渐消失在日头下。

红妆看着他走的，心里不是不遗憾，要不是她着急赶回季家，真想跟上去看一看他的选择。

季寒初给的肯定是真正的解药，戚烬舍不得殷青湮受苦，一定会尽快将解药给她喂下。

但到底是选的哪一颗，这就不好说了。

她抿抿唇，想到昨天他跪在地上时眼底翻涌的阴暗的欲，又觉得这个选择不是那么难猜。

反正她不相信戚烬是个好人。

在爱里挣扎沉沦的，没有好人。

（三）江湖意

来的时候费了老大一番力气，回去的时候才花了两天不到。

他们费力逃出来，又自投罗网般回去，一是为了红袖，二是听闻了季家这些事，红妆无法放任季寒初就这么跟着自己回南疆。

有些事，必须解决，有些账，必须清算。

红妆这一路上真是受苦受难，她本就大病初愈，眼下更是舟车劳顿，于是季寒初变着法子给她弄补药，喝了两天她就觉得自己要疯。

“能不能先不喝了？”红妆嗔道，因为连日来的劳累，她脸颊上的肉都消退了很多，微微凹陷进去，“以后再喝。”

季寒初把她的手拿下来，声音很温柔，话语很坚决：“不行。”

红妆没作声，觉得现在看他只有讨厌。她想来想去，问他：“季三，你是不是担心自己会没有子嗣？”

双生蛊的效用虽能让复生者与常人无异，但身子却衰败许多，她之前又伤得过重，从那么高的地方掉下来，能从南疆活蹦乱跳地跑到江南已经不容易，真要生孩子，那肯定是生死线上再过一遭。

红妆向来想什么说什么，对此也没什么好隐瞒的。她坦然道：“我这副身子，生孩子确实不太容易。”

季寒初望着她，凑近，薄唇覆盖过她嘴唇喝过药汁的地方，浅浅地含上一下，淡淡的苦味从她的唇瓣传到他的舌尖，在二人之中围绕。

他低声说：“我不在乎他，我在乎的是你。”

有没有子嗣都没关系，他已经弃了自己的道，再要放弃繁衍后代更是顺理成章，就算真的要被祖上责怪，那死后下了地狱再去偿还便是。

但在生前，他想守住自己想要守的东西。

季寒初轻轻说：“红妆，我还想求个百年。”

所以，不是为他，是为你。

“知道了。”红妆笑出声，抚摸上自己平坦的小腹，“不过，我还是想的。”

季寒初：“可是……”

红妆打断他："小医仙什么时候这么不自信了？反正我已经不做摇光了，我不管，你必须负责替我养好身子。"

她比他更贪心，不仅仅是百年之好，她还要更多。

儿女双全，纵情江湖，啸傲风月。

她都要。

两天后，红妆和季寒初悄无声息地回了季家。

在快到季家的时候，红妆便将谢离忧的事与季寒初说了，他听完，一路上便显得很是心事重重，总算明白为何红妆连身体都不顾，也要他快马加鞭回来。

他们刚到季家时甚至还称得上风平浪静，他们趁夜找了一圈，没有找到任何红袖和小哑巴的痕迹，也没找到谢离忧。

无奈之下，只好第二天接着夜探。

推开别院的偏门，行过栽满绿丝细叶的青石小路，天际夜色晕染泼墨，空气中有股萧瑟的味道。

季寒初说："红袖姑姑可能还没到。"

红妆沉思，师姐说是要找个人，倒没说肯定是找的季承暄，而且季承暄这段时日一直在外找她，说不定阴错阳差他们便错过了。

夜里起了风，丝丝细雨敲在屋檐碧瓦，缠缠绵绵，忐忐忑忑。

轰的一声惊雷炸裂天幕，大雨隐隐有滂沱之势，季寒初侧过脸，用袖子替红妆挡着雨："先回去吧。"

红妆眉心蹙了蹙，抬头看看天空，凄风楚雨下，心头不安的感觉越发沉重。

她极力按捺着惊惶，转过身来，郑重道："我们去地牢。"

死寂。

寂静得只能听到水滴声。

越过台阶，越过重重的门，放倒看门的所有守卫后，他们终于来到地牢最里层。

偌大的地方只关着一个人。

不，那或许已经称不上是个人。

地牢里气味难闻，排泄物和腐烂的食物遍地都是，玄铁链一端没墙而过，另一端牢牢锁在青年的脖颈上，项圈深深圈入肉中，纹丝密合，不留缝隙。地牢四周全是触目惊心的红，石墙上和地板上遍布泛红的抓痕，满地都是干涸的黑红色血液，更骇人的是那干涸凝固的血迹之上，又缓缓流淌出新的一层黏稠液体，将原本已凝干的血迹重新覆盖。鲜血混杂着一

种令人作呕的气味，以极其缓慢，却又无法忽视的速度流淌到了季寒初的脚边。

周遭很安静，因为这份安静，耳边那一抹疼痛如受伤野兽哀鸣嘶吼的声音被无限放大，却字不成音，语不成句。

或许是因为发出声音的人已经到了极限——这个人曾费力地求生，却始终徒劳。

听到门打开的动静，他仿佛有所感知一样，抬起被戳瞎的双眼往这里看了过来，又浑身颤抖哆嗦，呜咽着往后躲去。

季寒初盯着他，脸上是震惊的、不敢置信的。

他很少有这么失态的时候，眼珠子仿佛都要瞪出来。他看着这个面目全非的人，眼睛里布满血丝，指尖在颤抖，脖颈的青筋也在颤抖，却遏制着不动，不去上前。

红妆知道，他在害怕。

怕到已经不敢上去辨认。

她握住他冰凉的手指，用力吸了口气，狠狠地闭上眼，沉声道："是谢离忧。"

季寒初脸色惨白，比鬼魅更可怖。

"谢……离忧……"

红妆不忍心看，别过了头。

"不可能！"季寒初忽然癫狂起来，像没了理智，俊朗的面庞扭曲，布满恐惧和悲痛。他退了好几步，重重撞到墙上，紧接着全身都哆嗦起来，"离忧……离忧？离忧！"

他没有流泪，只是用沙哑的声音不断喊着对方的名字，从低语到狰狞，从狰狞到嘶吼，整间地牢都回荡着他喑哑的吼声，像能穿透云霄。

"谢离忧！"

人痛苦到极点时，脑袋都是空白的，比起伤心欲绝，他的表情更多是茫然，像是还没意识到发生了什么，还没有意识到眼前这个人是谁。

是谢离忧吗?

是那个同他一起长大，被父亲收养的养子，他的义兄谢离忧吗?

怎么会?

怎么会!

记忆猛地错乱，头痛欲裂，很多很多东西像爆炸一样涌到他的脑海，一幕一幕，像走马灯似的，又像是皮影戏。

这些东西蒙着时间的影，模模糊糊，镀着金光，歌咏着少年不知岁月长。

季寒初也有不识愁滋味的时期，那时候日子好长，今天上远山摘一枝梅花，明天去追天际瑰丽的晚霞。春天桃花灼灼盛开，夏日又有飞火流萤，秋收冬藏，年复一年。

他们躺在璀璨星河下，躺在绚烂花海里，谢离忧有时会问“你长大了会不会当家主”，他说季寒初如果做了家主，他就是最忠实的手下，永不背叛，绝无二心。有时他又会在藏书阁里找到因父亲离世哭泣的季寒初，安慰着安慰着，又抱着季寒初一起哭起来。

记忆纷纷乱乱，很多乱糟糟的东西不合时宜地跳出来，一半熟悉一半陌生，刺激着季寒初眼睛越来越红。

那天他决然叛族，谢离忧站在树下送他走，给了他一袋金叶子，叫他千万别让自己知道去向。

他们一起长大，江湖义气，山高海深。谢离忧那时一定非常伤心难过，却装作浑不在意的样子。

这个人向来贪生怕死，事不关己高高挂起，如今却成了这副样子，如今却因为他要走向死亡。

他以为那个夜里，他们说过了永别。没想到真的就是永别。

季寒初狼狈地跌坐到地上，转瞬又狼狈地起来，手脚都失去力气，仿佛突然不会走路了一样。他仓皇地爬过去，膝盖摩擦着冰冷的地面，满眼通红，目眦尽裂。

他的五官近乎错位，嘴唇抖得不成样子，战栗着把谢离忧抱在了怀中。

谢离忧刚开始还在疯狂挣扎，后来渐渐安静下来，即使已经看不见，他还是认出了季寒初。

剧痛之中，他空洞的眼眶流出两行血泪，他颤颤巍巍地抬手，指头溃烂见骨，靠在季寒初的身上，在地面缓缓画着——

【杀了我。】

季寒初眼泪淌了下来，疯狂地摇头，呜咽道：“不……”

季寒初颤抖着，声嘶力竭着，痛苦地号啕，嗓子都要撕裂，喉头的哭声完全崩溃，自父亲死后，他已经很少像这样悲惨恸哭。

是谁，是谁把他害成这样？

他会救他的，他一定能救他……

谢离忧发着抖，又在地上用血写道：【求你。】

谢离忧被喂了“往生”，又被喂了半碗殷远崖之前用的解药，五脏六腑溃烂了一半，绞在一起像碎裂了一般，让他根本无法承受。

可他被砍了手脚，挖了眼睛和舌头，戴上颈圈，连自尽的机会都没有。

为什么，为什么！

为什么要害了谢离忧！

身后有脚步声传来，一柄冰冷泛光的刀递到季寒初的眼前。

季寒初苍白着脸抬起头，看到红妆蹲在自己身边，看着自己，似怜悯，又似心疼，她把钩月轻轻放到他的手里。

季寒初的害怕，便在此刻瞬息放大了数倍。

他避开钩月，死死抱着谢离忧，哽咽道：“不可以……”

红妆低声道：“他很痛苦。”

季寒初低下头，脸色和唇色都是青白的，身上全是斑驳的血迹，他不能接受，也不愿意接受自己将要亲手杀死谢离忧这个事实。

红妆红着眼，握紧他的拳头，钩月在他手中，他不断抗拒，但刀尖还是抵住了谢离忧的心口。

谢离忧一动不动，满是伤痕的脸上甚至出现了一丝快慰和满足，已做好准备坦然地接受死亡。

红妆喃喃道：“让他走吧。”

他们都知道，谢离忧活不了了。

多活一刻，就是多一刻的折磨。

季寒初双目赤红，拿起钩月，喉咙里发出一声撕裂的哀鸣。

“噗”的一声，刀身狠狠没入心口血肉，血溅到了季寒初洁净的脸上，把他半张脸染红。他发了狠，用力地捅进去，求的是一刀毙命，让谢离忧死得痛快。

钩月果然是上好的兵器，削铁如泥，谢离忧左手还搭在季寒初的身上，没一会儿，头一歪，那条胖乎乎的手臂就无声垂落，在季寒初的怀里停止了呼吸。

他就这么死了，脸上还挂着淡淡的微笑，身体却一点一点冷下去。

季寒初抱着他，安静了很久，忽然大笑起来。

那笑声疯狂又可怕，季寒初笑着笑着，喘着浓重的粗气，满头青丝垂下，像一个活生生的疯子。

他看着红妆，痴狂道：“姑苏小医仙居然连自己的亲人都救不了，你说可笑不可笑？可笑不可笑！”

看他这样笑，红妆却哭了。

她缓缓跪下，从背后搂着他，将脸颊贴在他宽阔的脊背上。生离死别如此无奈，她第一次恨极了自己天生淡漠的情感，不知道该怎么去安慰他。

可季寒初比她想象中要冷静。

他放开谢离忧的尸体，伸手到背后拉过她的手掌，把她拉到身前。

“谁干的？”

他认出了“往生”的毒，可有些事情不需要解释，在他脑海中纷乱的记忆各归各位以后，他不可能去怀疑她。

其实他知道，但他还是要问。

他要一个答案，只有这个答案能支撑他的悲痛，他现在需要仇恨，需要愤怒，需要将一切情绪找到发泄口。

红妆从他身后转过身，一字一顿道：“季之远。”

季寒初又轻轻地笑起来。

他跪在肮脏的地面，跪在窗口唯一的光亮里，脊背弯下去，似乎被什么东西压垮了。

他闭上眼，轻声说：“对不起。”

这一声给谢离忧。

转头，再睁开眼睛，那里已然是深黑冰冷，他睫毛轻颤，又说：“对不起。”

他站起来，踉跄地退了几步，仰起头，苍凉地笑：“我从前以为我能理解你的仇恨，也能理解红袖姑姑的怨憎，原来都是我自以为是……我现在才知道，到现在才知道……”

他像个困兽，脸上神色可怜，喉结攒动，眼眶里尽是湿润。

红妆叹息，圈着他的腰，将他搂住。

季寒初无限疲倦地闭上眼，把头靠在了她的肩上。

过了很久，红妆才说：“我们去找他吧。”

仇也好，恨也好。

“有仇报仇，有怨报怨。”

善与恶从来相伴相生，却又泾渭分明。

有人坚信人心险恶，你非要把善良摊给他看；有人身在八寒地狱，你非要展示三十三天给他看。你说春山如笑，他只见过万物凋零，你讲人间珍贵、结庐人境，他偏偏只道众生受罪，我见我执。

对有的人来讲，万里河山就是万里苦难，他挨过狂风暴雨，骨梁重塑，弃了巫山雨，弃了春水寒，摒掉一切人情冷暖，只余己身，白骨泣血。

他是恶鬼。

恶鬼，就该回到地狱。

第十三章 天亮了

这一定会是很好、很好的一生

（一）谢离忧

冰冷的月色下，是料峭的山影。

雨停了，月亮又出来，假山掩盖了月，在脚底下晃出孤惶的黑色。

晃着晃着，远处的风声渐渐也听出了哀鸣的味道，不知道在哀悼谁，不知道在为谁悲咽。

红妆走神地在想，这场雨真的是好诡异，短暂地在他们进出地牢之间下了个来回，如果它会哭，大概真的就是在为谢离忧哭。

季寒初的手用力地在红妆的腰上收紧，将她的后背抵靠在自己的胸膛处，下巴抵住她的发顶。

“红妆，你受苦了。”

红妆听得迷茫，转头看了他一眼，他的眼神很清明，里头找不出什么爱恨，只有彻骨的痛。

他缓了好一会儿，好不容易才从痛楚中慢慢找回点力气，季寒初把脸又埋进她的肩窝里，细细的战栗从指尖传遍全身，他抓紧她的手，甚至连说话都是疲惫的，似乎费尽力气。

“你得活着，好好活着，我的一生还放在你的手里……等这里的事情结束了，我们回南疆看星星，带离忧一起……

“报恩还是报仇，我都不会再让任何人伤你第二次。”

红妆说不出话来。

半晌，她把手覆盖上他的头顶，像每次师姐安慰自己一样，笨拙地安慰他。

“嗯。”她轻轻地说，“那就说好了。”

谢离忧的尸体被他们抬出来，季寒初熟悉季家地势，巧妙地避开了探子和护卫。

他们带上他，一路向河边奔去，找到一处开阔的地界，在他身边堆满了木枝和临时买的纸钱。雨天地湿，第一下的时候没点燃，季寒初握着火把去点第二下，才勉强燃起火星。

火星从一点点变成冲天大火，渐渐将谢离忧的尸体掩盖。

灰烬飞舞，在将明不明的天幕下，带着点点猩红的火光，将谢离忧燃成齑粉。

这个人的生平和他在尘世里的一切，也都随之消失殆尽。

一把火，什么都没了。

过了许久，久到东方出现微光，季寒初呆呆地看着一地灰，不知道该怎么办。

红妆慢慢走过去，打开早就准备好的白瓷青花的骨灰坛，将骨灰敛进去，等盖好盖子，才抱着坛子走到季寒初面前，问：“接下来去哪儿？”

季寒初静了很久，他似乎不敢看那个骨灰坛，恍惚了一会儿，又转头往身后来路看过去。

他仿佛生了错觉，好像谢离忧并不在那个冰冷的坛子里，只要他一转头，谢离忧还是会挺着胖乎乎的肚子，抱着头滚过来，小声嗫嚅：“我就过来看看，别给我下毒，千万别给我下毒。”

要不就是踩着欢快的步子，挤眉弄眼地到他身边，说：“老三，我最近听得一秘闻，看你是朋友才告诉你……”

或者郁闷地躺在屋檐，斜眼看他，抱怨戚烬这个月又扣了他第二门多少多少钱，害得他这个门主当得好憋屈。

可是没有，什么都没有。

人死如灯灭。

“先回客栈，安顿好他。”季寒初轻声说，他终于抬起手摸了摸那个骨灰坛，微凉的触感从手心传来，“再去季家。”

去季家，必须去。

天亮了。

可有些人，再也见不到世上新的日出。

有人觉得谢离忧并不重要，对他弃如敝屣，可他不觉得，他要为谢离忧讨个公道，他要亲口去问一问——

为什么不让谢离忧看到新的一天，新的太阳？

为什么要把他的罪孽惩罚到谢离忧的身上？

为什么、凭什么谢离忧的黄泉路要一个人孤单单地走？

凭、什、么。

姑苏季家，五扇门。

春雨过后，清晨微冷，守门的两位侍卫握紧长刀，面色犹疑地看着面前的人。

立在他们眼前的有两个人，一男一女。男人面容很眼熟，正是不久前刚刚从昏迷中苏醒的三公子，通身黑色，袖口紧束，面容冷然。而站在他身旁的红衣女人则有着一双邪气的眼睛，给人一股说不出的诱惑，只是眉目流转不知怎么隐隐约约泛着一股冷劲，瞧着就凉飕飕的，让人望而却步。

他们平日虽然与三公子接触不多，但印象中他是个很和善的人，从不会持着这样的冷色，况且他早已与殷家小姐定亲，怎么身旁还带着个女人。

是以，他们不敢掉以轻心，再三确认："三公子找二公子是要做什么？"

"啧，问得真多。"女人不耐烦道，她手里拿着把精绝的弯刀，像把玩似的随意转悠，幽幽道，"去杀他呗。"

"你……你你！"侍卫大概没见过这么猖狂的人，"你"了半天才想起来拔刀，只是手才按在刀柄上，就见自家三公子猛然出手，极快地在他们的手腕上点了点，登时整条手臂都麻得没了知觉。

女人握着刀，将刀锋抵上他们的脖子，抬起风情近妖的面庞，问："最后一次，季之远在哪里？"

侍卫面色煞白如见鬼，哆嗦着抬手，指了指第四门的方向，颤抖着声音道："在……那儿……"

女人把刀更近了些，刀锋登时染血。她似想起什么，又问："那什么弩，他都放在哪儿的？"

"不、不知道。"侍卫不停往后挪着，斜眼去瞟季寒初，却见他根本无动于衷，只得哀求道，"我真不知道，但是、但是第四门的武器都在、在兵器库里……"

回应他的，是一脚狠踢，正中二人心口，然后下巴被迫抬起，捏开嘴唇，有什么艰涩的东西塞进嘴里，顺着喉头滑下。

女人眯起眼睛，笑容甜蜜，看着他们，话却是对着季寒初说的："你看清楚了，我可没杀人。"

侍卫一愣："什么？"

女人慢悠悠地说："就一点好东西。"她指了指外头，"大家都睡了，你们也好好地睡吧，说不定醒来以后，还赶得及给你们二公子收尸。"

说完之后，她嗤笑一声，拉着季寒初头也不回地走了。

没有其他人。

偌大的院落，开阔的高台，金光挥洒，却只有一个人静静地坐在轮椅上。

他像是累极了，正在闭着眼小憩，又像是已经对漫长的生命感到厌烦，正准备坦然接受将死的局面，或者说更像一切已成竹在胸，所以他丝毫不惧。

但无论哪一种，都和季寒初无关，他既然已经来了，那目的只有一个。

“为什么？”

季之远坐在轮椅上，慢慢睁开眼。他看着前方，重重叠叠的远山上，云雾缭绕，金光将它们划得支离破碎，半片山是金色，半片山是黑暗。

阳光真好啊，人人都喜欢旭日，因为驱逐黑暗是人的本性。

没有人在意那片黑，凡人的喜怒哀乐都这么直截了当，审判也这么不留情面。

他们恨黑暗可能带来永夜，却没想过它也曾想让星河布满苍穹，照亮人间。

他们厌他，天生残疾，罪孽之子。

那干脆就真正弃掉善良，反正，他连血液都是肮脏的。

他罪该万死，他十恶不赦。

那又怎么样。

尽管来审判他好了。

他的名字，人之初，性本善，性相近，习相远，暗示了他不被重视又破败颓唐的人生。

从一开始就是错的。

该死的名字，该死的人生。

长风猎猎，吹过耳畔，掀起一切未昭雪的冤仇。

“没有为什么。”季之远抿着嘴，真心实意地笑了，他将手合在身前，往后倒在椅背上，面色甚至是淡然的，“因为我恨你，所以我折磨了他，这个答案够了吗？三弟。”

季寒初嘴唇翕合，剧痛像利刃刺入一样在他心口蔓延，眼前是季之远云淡风轻的笑。

天地浩荡，高台之上，只有他们两个人，像纠缠在一起的两段不同的人生。

可笑，都可笑。

“我的好弟弟啊……”

季之远抬起手，似触摸到了季寒初的发顶。

他的人生从开始就是一场阴谋，活到现在，他在苦海里挣扎沉浮，恐怕是第一次笑得这样放肆。

“你真好啊，从小所有人都疼你，长大了所有人都敬你。父亲拿你当亲儿子，二伯也拿你当亲儿子。你有亲人，有朋友，家主的位置是你的，小湮儿也喜欢你喜欢得不得了。

“可我呢？我只有那么几个亲人，我只有我娘，只有芳姨，只有外公……

“可为什么你连他们都要从我身边夺走？

“我为什么不能恨你呢？”

季之远喉间沙哑，话音却轻快无比：“十岁那年，母亲要父亲同我们一起去祭拜大哥，可他拒绝了，甚至将自己关到书房里，不闻不问……可是第二年，我却看到他带着你和谢离忧一道去祭园，去给大伯上香。你们看起来真好，像极了一家人……可我大哥才是他的亲儿子，他为什么连自己儿子的忌日也不愿意去看一眼呢？

“你是小医仙，你医术高明，可你知道我的腿伤每到湿寒天气便会疼痛交加吗？你知道我为什么没有告诉你吗，因为父亲不允许！他不准季家的任何人为我治病！他恨我娘，连带着也恨透了我！他存心要我死！”

季之远原本是淡然的，可说着说着，眼眶便泛起微红，后面更是崩溃，每一句话都像放在刀锋上割肉，每一句指责都像烈火里熬油。

太痛了。

他也有血有肉，他也并非生来无情。

他也曾渴望家庭和睦，父亲关爱，也想像个正常人一样生活！

可后来呢。

季之远浑身颤抖，死咬牙齿，手指狠狠用力扣住轮椅把手。

“我不要苟且，我要你们所有人同我一起下地狱，给我陪葬！”

（二）问人心

周围渐起狂风，似怨灵哀叹。

史书记载，数十年前南疆与中原尚未合而为一，两国势均力敌，为夺城池，为成就天下统一霸业，于隐州十二城后爆发了著名的“青霭关之战”。

一战，血流千里、生灵涂炭，南疆以巫蛊之术节节逼近，生擒俘虏，以其血肉生祭绝望崖。

万丈悬崖之下不知埋了多少累累白骨，据传每到战争时节，崖底下都会传来幽幽恸哭，当地人称之为“祭歌”。

而眼下，竟也有三分那时的凄凉，天空起了疾风，春雷炸响，不见雨丝，天幕却阴暗了下来。

一个身影从远处奔来，红衣招展，宛如烈焰。

“没有人要给你陪葬！黄泉路这么冷，你自己一个人好好走吧！”

季之远抬头，看着不远处高阁屋檐上，那个红衣烈烈，眼眸冰冷，笑起来带着百万分的毒的女人，那个默默举着鹰弩，对准自己心口的女人。

她没死。

她果然没有死。

季之远的嘴唇动了动，发不出声音。

红妆眯起一只眼睛，对着他那个方向，灵灵一笑，像知道他心中所想，道："我在黄泉路上走了一遭，没找到你，只好回来了。

"季之远，没取了你的命，我不舍得死。"

季寒初似是心有所感，面色波澜不惊，往身后退了一步与季之远拉开距离，他举起了手中的星坠，刀尖锋芒毕露。

他问："最后一次，为什么？"

季之远嗤笑："我已经回答过了，你一而再，再而三地问，难道是希望我否认？"

季寒初握着星坠的手紧了紧。

"我不否认，谢离忧就是我害的，红妆也是我害她下了万丈悬崖，若不是父亲阻拦，你现在也早就是一具尸体。"季之远伸出两臂，悠闲地指了指四周，"这周围都是我的死士，你们以为自己真的是靠那点点毒药进来的吗？季寒初，你好天真啊。我现在给你一个机会杀了我，你最好祈祷一击即中，否则……"

他勾起唇，眼里闪着疯狂的光，再没了理智。

"否则，就来比一比，看看最后到底是谁的命更硬。"

未待说完，凌空"咻"的一声，箭羽破空而来。

挟着雷霆万钧的力道，速度快可穿云，自屋顶向着季之远的方向掠去，强大的后坐力让红妆都微微后退了一小步。

远空出现太阳，天际边金色的浪潮席卷而来，一浪接着一浪，破开阴霾。

红妆嘴边的笑意越发勾人。

而就在此时，一个瘦弱的身影突然不知从哪里蹿了出来，她踉跄着冲高台跑来，披头散发犹如厉鬼，挥舞着双手不知要抓些什么，口中念念叨叨也不知说些什么，速度却快得惊人，在长箭即将刺入季之远心口时，她体内迸发出了一股极大的力量，促使她一扑向前，牢牢地挡在了他的面前！

金光璀璨，浮云苍白，刺目的荒凉。

箭矢狠狠穿过肩膀，刹那鲜血喷涌，染红了他们脚下的土地。

季之远蓦地睁眼，他不敢置信地望着眼前的女人，而后仓皇地伸出双手，小心翼翼地抱住了女人的后背。

他慌了。

季之远低声地，字字句句都像从嗓子眼挤出来似的，周身的戾气和铠甲一瞬间全都碎裂了，他哽咽道："娘……"

没有人知道殷萋萋怎么会跑到季家来的，也没人想得通一个半疯的女人是怎么逃开侍卫的看护与把守，徒步从殷家一路到了这里。

也许真要问原因，因为她是一个母亲，母亲对于孩子有种天性的感知，他们骨血相连，血脉相承，她本能地预知到自己的孩子有危险，本能地冲过来用血肉之躯为他掩护。

季之远颤抖着，说：“你为什么……为什么要来这里？”

殷萋萋听不懂，她早就彻底疯掉了，她只是痴痴地抬起手，手指脏兮兮的，摸到了他的发上，轻声哼起了一首歌。

那是他小时候，娘亲最爱唱来哄他的歌谣。

周围的黑衣死士大批围拢过来，重重包围着季寒初和红妆，步步紧逼。

红妆抱着鹰弩自屋顶飞身至季寒初身边，季寒初有些恍惚地看着眼前这一幕，四周杀气逼人，可他似乎根本没有看见。

红妆反手抽出定骨鞭，背靠在他身后，嗓音低哑：“季三，你要不要动手？”

此时此刻，季之远正心焦着殷萋萋的伤势，无心顾及他们，露出了大片背后空门，正是动手的好时机。

屋顶上、高台边全都围满了黑衣死士，云起云散间，已将他们围得水泄不通！

季寒初衣衫染血，全是谢离忧的，他一手持着星坠，一手自身旁护着红妆。

他们都明了，季之远已经完全疯了，他要将一切都毁灭掉，包括季寒初、红妆，包括季家，也包括他自己。他把所有人都算了进去，除却红妆和殷萋萋这两个意外，他料准了一切，他要百年世家在他手中毁于一旦，从此之后姑苏再无季氏，他要“季”这个姓在武林长史中彻底消失。

世人薄幸于他，他也不宽爱世人。

索性一黑到底，彻底抛弃一切，名声、性命、亲情。

红妆冷眼扫过面前数十上百的死士，他们大抵还在等季之远的一声令下，因此并不着急动手。也有被她震慑到的，但仍没后退半步，只是死死地把着武器，目光嗜血。

死士，是没有后路的。

双方都紧绷到了极致，季寒初心痛如绞，望着季之远，他甚至微不可见地颤了一下。

季寒初握着星坠的手用力再用力，却依然费尽力气也刺不下去。

他有些混乱，也有些茫然，他不知道该怎么做。

这样的他，像极了许多年前，那个失去双亲的孩子抱着膝盖失声哭泣时，坐在轮椅上的少年慢慢转过来，丢给他一块方巾，面色傲慢又鄙夷：“哭什么，我的父亲不就是你父亲，他都拿你当亲儿子了，你还有什么好哭的。”

那一刹，他的神情也如现在一样，迷茫、迷失。

少年见他一脸傻样，费劲地弯腰去够他膝上的方巾，好不容易拿到了，粗鲁地在他脸上擦了两把。

“叫你别哭了！”

越来越模糊，越来越恍然。

最后，他的眼眸微微下移，在大雾里穿行后，他看到了脚边开出的红莲。

那是血。

像谢离忧死前沾到他身上的鲜血。

和红莲一样，盛开在往生河畔，不知道能不能指引他找到家。

真红。

像阴暗地牢里，锁链束缚双手，苦苦求生却陷入绝望，最后走投无路写着“求你杀了我”，只求一死解脱痛苦的人，身下蔓延的红。

像八十二道鞭刑打在身上，仍然固执地说着“我不悔”的人，背上肆意的红。

像斜阳下断崖边，被鹰弩一箭穿心，掉进深渊粉身碎骨的姑娘。

像雪山上磕头哀求，求一条生路却始终未果的女人。

像初初见过旭日，却永生长眠于黑暗，不曾有机会经历繁花似锦的孩子。

像很多，很多很多。

周围杀手群起，刀光剑影中，季寒初蓦地抬手，手臂蓄力，星坠在骄阳下闪着熠熠金芒，衬得他一张脸如同罗刹。

刀尖的尽头，是季之远脆弱的心脉。

若有错，来生偿。

今生仇，今生报。

忽然间，耳边一个熟悉的声音，惊雷般于近在咫尺处响起。

“寒初，住手。”

季寒初一僵，随之星坠的力道在即将靠近季之远微末之余时被猛地打开。

刀法太快，快到来不及闪避。

世上能拥有这么快的刀法的人，只有一个。

季寒初抬头，只见一个高大的身影背对光亮，缓缓从台下踱步上来，手上正提着那把尽人皆知的逐风。

季承暄站到季之远不远处，冷着脸，盯着眼前的两人。

红妆慢条斯理，皮笑肉不笑地说：“季宗主，来得好是时候。”

季承暄不搭理她，步步走近，逐风在阳光下闪着微光，暗金龙纹的刀身流潋锋芒，然后站定在他们面前。

红妆旋身，从身后掏出钩月，一手执定骨，一手执钩月，蓄势待发。

季承暄却没看红妆，他只是淡淡地望着季寒初，微微摇摇头，他的眼中尽是寒霜，刀光一瞬照亮了他苍凉的眉眼。他扭头，一字一句都是碎的，对季之远说："畜生。"

季之远抱着殷萋萋，仿佛未曾听觉，口中仍讷讷重复着："为什么要过来？

"为什么要来，好好在殷家不行吗？

"娘……"

问及此，天边一声惊雷，晴天霹雳。

轰隆——

煞气漫天，祥瑞云卷。

不祥与大祥竟同时出现！

沙石飞舞，不知何时围着的死士竟都呆呆地放下了武器，双目呆滞，周遭再没有人往前更进一步。

长风里，忽然传来幽幽的哨音，一身简朴打扮的男人正立于屋顶，脚踩神兽雕像，口中含着一枚小小的吹哨，吟着不知名的歌谣。

调子很熟，那是红妆绑了季寒初的第一天时同他唱过的，属于他们南疆的歌谣。

而如今，它正在小哑巴的口中，向远处天幕蔓延，在五扇门的上空盘旋回响。

女人的声音在风里传来，音调尚且稚嫩，可听来始终沧桑。

"因为我有个二十年前的问题，非要问她不可。"大风吹起她的青丝，露出她青白的面容。

她笑起来，周身萧瑟，烈风迷眼，她立在风口，问天地，问鬼神，亦问人心。

"一别二十年，故人别来无恙否？"

（三）放不下

这一句后，万籁俱寂，鸦雀无声。

金云压在顶端，仿佛随时会破开苍穹，一片沉寂里，有人的心跳越来越激烈，有人的面色越来越冷淡，有人不吭声，有人惊喜地喊：

"师姐——"

哪怕心中已有准备，在看到屋檐上的那个人影时也已经有了预感，但季承暄听着那句"师姐"后，脑袋还是"嗡"的一声，瞬间空白。

季承暄双目圆睁，慢慢变红，一贯毫无表情的脸上竟如同瓷器破碎出现了斑斑裂纹一般，他抿了抿唇，眼底有着难以察觉的湿润。

是……她吗?

是她吗?

是她。

是……她。

是她!

他想出声，想叫她的名字，想狂喊，想拥抱，甚至想要疼痛，因为疼痛才能让一切显得真实。

可他只是死死看着那个人，感受到心跳几乎都要停摆。

煎熬了二十年，在这一刻全数崩溃。

别来无恙?

不，他有恙——二十多年的日夜煎熬，他为季家百年名声付出了一切，甚至包括付出了自己，他从未有过一日自由，也从未有过一日轻松。

他苦熬了二十年，寻觅了二十年，如今她就站在他面前，一如初见，白衣胜雪，笑靥如花。

恍惚间，这漫长的时光像是从未流走，他们还是江南水乡处相遇的少年少女，一颦一笑都是恣意，仗剑天涯，鲜衣怒马……

“季承暄。”

金光破云。

仿佛所有黑色在此时全部退去，光明长留人间。

红袖看起来非常放松，她缓缓抬起长睫，一双黑瞳一如二十年前的模样，她笑了笑，道：“好久不见。”

季承暄几乎是在她开口的一刹那就扑了上去，他这些年专心研习武学，无论是内功或是轻功都足以称为季家第一人，他的速度已经够快，然而也只是指尖堪堪擦过她的衣角，意料之外地扑了空。

红袖站在一丈开外，看起来还是那副云淡风轻的样子，她平静地望着他，显得他的急切这般可怜。

她的手腕处系着细细的一条红线，尾端正拿捏在小哑巴的手里，他望着季承暄，挑衅地吹了下口哨。

红袖捻着绳子，她是死人身，虽再感觉不到疼痛，但身躯如若受伤也无法自行愈合。她不怕苦，只是红妆的雄蛊还种在她身上，她系着另一人的性命，就不能轻举妄动。

所以出发前，她特意让小哑巴把傀儡线绕在自己身上，做到万无一失。

“我要救我的师妹，她被困在你们季家。

“季承暄，红妆不是你女儿。

“我们的女儿二十年前死在了雪山上，被掩埋得干干净净，我亲眼看着她死的。”

红袖眯着眼，说着说着，抬手将鬓边飞扬的长发别到耳后。

她的声音这样缥缈，像说着与自己无关的事情。

她熬了这么些年，熬过了自己的苦难，生咽了失子的悲痛，至如今浴火重生，凤凰涅槃，在尘世中彻彻底底孑然一身，哪里还需要他人的怜悯或心疼。

季承暄握刀的手已经紧握，指节泛着可怖的白，脑内山崩地裂，整个人都在微微颤抖着。

他浑身的血都冷了，只是这么一进一退，就耗尽了他全部的力气。

他再也没有说话，只是渴望地看着她，自始至终都看着她，他的头脑昏昏沉沉，手臂也失了力，刀身跟着一同晃动。

名满天下的刀客，竟是连刀都拿不稳了。

过了很久，季承暄才僵硬地开口道：“我这条命，你想要，就拿去。”

红袖淡淡地看着他：“我要你的命做什么。”

是啊，能做什么呢。

什么都做不了，什么都挽回不了。

金辉之下，季承暄站在空旷的高台上望着她。她嘴角带笑，面容保持着年轻时的模样，只是脸色透着浓重的死气，看他的眼神有一种超脱的释然，天地、草木、凡人在她的眼中似乎都是这个模样，这个凡尘已经没有什么吸引她的地方了，也没有什么值得她喜爱的地方了。

可他觉得不对，她不应该是这样看他的，至少她对他应该还有话要说。

二十年的时间，怎么可能到最后连一句话都没有呢？

“承暄。”红袖幽幽地叹息，“放下吧，我们回不去了。”

寂静。

没有哪一刻比现在更安静。

静到甚至可以听到血液回流的声音，凝结在心脏，寒心冻肺。

季承暄本是握着刀的，闻言迷茫地松了手，逐风无力地掉在地上晃了两下。他盯着红袖枯瘦的面颊，想说什么，嘴巴又像被堵住了，什么也说不出来，只是眼角发红，浮现出一种孩子般的失措。

很久之后，他的喉结攒动，才茫茫地说道：“回不去了……回、回不去了……”

碧空如洗，季承暄看着近在咫尺又远在天边的那个女人，忽然觉得一切就像一场荒诞的闹剧。

他其实活得很潦草，大哥去世以后由他担任家主，父亲要他看顾好季家，一切以季家为重，他答应了，代价是失去了红袖，也失去了半条命。在他不长的人生里，爱情、亲情、友情似乎都没有过多停留，他没有爱人，也没有朋友，活到现在始终陪伴他的只有一把逐风而已，也许连他自己都不知道，到底是逐风陪着他，还是他把自己活成了没有感情的“逐风”。

他的大半生命都在用来寻找，找着找着，找到最后也许自己都不知道要找的是红袖还是当初的自己。

属于他的人生宴席，从头到尾只是一个笑话，镜花水月一场空，如今高楼坍塌，宾客散去，满座狼藉，留他独看曲终人散，恍惚间竟不知自己多年来坚持的是什么。

东风恶，欢情薄。

春如旧，人空瘦。

他愣住了，一时经历了大悲大喜，不能明白过来是怎么回事。

可唯一清醒的念头，是不能就这么算了！绝对不能就这么算了！

他放不下，就算所有人都能放下，可他呢？

谁来放过他？

五扇门高台之上，几十上百的杀手重重围绕，在小哑巴的控制下，一个个全化身成没有感情的傀儡，如浪潮般涌上来，拦住了季承暄的去路。

刹那间，喧嚣大盛！逐风在傀儡堆里劈斩，似风卷残云，在人潮之中杀出条路，很快又被前赴后继的傀儡给堵上，他再战，便有更多人用肉身来堵，哨音从欢快至低沉，又至大开大合，衬得小哑巴的笑意越发恶毒张狂。

季承暄拧着眉，没了耐心，那双漆黑眼眸里竟如同深渊一般，沉沉不见底，他杀红了眼睛，只为了往眼前的女人处挪动近一些，更近一些。

他最悔、最痛的是，从前护不住红袖，如今，留不住她。

红袖看着季承暄，眼神悲悯，她向小哑巴打了个手势。小哑巴心领神会，霎时身旁的傀儡便停止了攻击，一个两个扑上来，全身迸发出强悍的力气，死死拖住季承暄前行的路。

季承暄身上受了不重的伤，唇色苍白，看着她，道：“红袖，你过来！你到我身边来！”

红袖低首，眉眼含着极淡的笑意，坚定地摇了摇头。

她抬眸，看着层层高台上相拥的母子两人，忽然敛了笑容。

她说：“我的孩子当年如果没有死，也有你这么大了。”

（四）季靖晟

季之远撑着殷萋萋，她的肩头已经被血染红，陷入了半昏迷，口中喃喃自语。

他斜眼，目光落在红袖身上。

这个一直以来都轻贱人命也轻贱自己的男人，脸上第一次出现了凄惨的神色。此时此刻的他就像个最寻常的普通公子，面上是招人心疼的难过。

可在场的人没有一个心疼他，唯一一个会心疼他的，已为他挡了飞箭，生命垂危。

季之远抬起手，把脸放在掌心里揉搓，他深深吸口气，再睁开眼，眼神有些疲惫。

“想杀就杀吧。”

他用苍白的手按住轮椅，慢慢往上坐了坐，看了眼被傀儡钳制的父亲，又看了眼满身鲜血的母亲，神态扭曲的脸庞上，恨意和疯狂交杂，最终归成平淡的一句：

“快些动手，我怕疼。”

红妆嗤笑：“你也会怕疼？”

看着她嘲讽的脸色，季之远无谓地笑笑，他点头：“我怕。”

他怕疼，哪怕他手起刀落如此痛快，折磨他人如此狠辣，他也会怕疼。

他从没有被好好珍爱过，所以对痛的感觉反而最深刻，越是深刻，就越是害怕。

“我不杀你。”红袖轻声说，她指向季寒初，“你的命由他定，不由我定。”

说到这里，她转了眼神，眼底渐渐浮上一片凄冷。

她抬头，冷厉地盯着地上意识有些模糊的殷萋萋。

“我问你……”

开口，说了三个字就顿住。

太痛太痛，她需要很大很大的力气才能继续说下去。

生死都已经抛弃在了轮回之外，但滔天的恨意却像一根扎在心口的针，腐烂生锈，烂到根里，每当她想到雪山上渐渐停止呼吸的孩子，颓败的身体里都会多一丝痛的感知。

那丝痛，让她留着心底的一口气活了下来，恨意成了她求生的根源。

日复一日，她就靠着这份恨意，像鬼魅一样活在人间。

红袖缓了缓，长舒口气，强迫自己平静下来。

她看向殷萋萋，手中红线颤抖。

“当年，是不是你偷偷将我的孩子抱给了乔装进季氏的殷家奴仆？”

仿佛痛极，她手指紧紧握拳，千丝万缕的怨恨在喉头堆积，细白的手腕在明亮的光里微微战栗。

如果她会哭，那里应当会有很多滴眼泪。

红妆陡然往殷萋萋看去：“是你？！”

随着这一声，所有人都往地上的女人看去。

季承暄慢慢回过头，苍白着脸颊，转头看向疯疯癫癫的殷萋萋。

“告诉我！”红袖嘴唇颤抖，“是不是你？”

旭日高悬，金光鼎沸，看似给大地笼上了一层薄纱，却透着压人的气势。

殷萋萋茫茫然地睁眼，她的失心疯此时竟奇迹般出现片刻清明，可说的话依然是痴傻。

她笑起来，笑声凄厉又可怖："嘻嘻嘻，是我呀……我把那个孩子带出去，她要消失掉……她会消失掉，再也找不到……"

冷风吹拂，红袖凄凉地勾唇，露出一个悲惨的笑容。

季承暄狠狠咬唇，闭了眼，脸色比天际还白。

错了，都错了。

从头到尾，都是错。

"结束了。"红袖喃喃地说，"都结束了。"

她的眼里是死水一般的寂寥，看着癫狂说话的殷萋萋，她忽然抬手，掌中红线缠绕，深深刻进掌纹之中，随着一声哨音长鸣，待再睁眼，她的眼眸已经染上微红，抬起手时五指已变成锋利的爪，指甲坚硬如铁，面色苍白如纸，却带着一丝诡谲的笑，赫然已成为一具无知无觉的傀儡！

她是死人躯体，为了报仇，心甘情愿地将傀儡丝绕在掌中，成为被小哑巴控制的女傀。

没什么值不值得的，她等了二十年，为的就是这一刻！

再深重的罪孽，也到了尘归尘、土归土的时候了。

五指成爪，女傀自屋顶落下，速度快得惊人，掠过众人眼前，劈手向殷萋萋刺去。

疯傻的女人面对袭来的杀意凭着求生的本能节节后退，嘴唇嗫嚅，想说些什么，面对那张绝望的脸又什么都说不出。

她记起来了，二十年前，是她趁着夜色，把襁褓中的小女孩偷了出来……

那时有人阻止的，她自恃聪明，将孩子装进了食盒中，冲来人盈盈一笑，说"二公子，这是我给承暄做的点心"，便将那人骗了过去。

那个傻子，还有那个傻女人，到死都不知道是她偷了孩子……

可是，可是眼前这个人是谁?

这么熟悉的面孔，是……是她!

是她来找她了，她来找她报仇了?

她不是死了吗……怎么会，怎么会来找她?

是鬼，一定是鬼!

"啊！"

"砰！"

"噗——"

几声金属脆响，电光石火间，季之远不知从哪里掏出一枚匕首，用尽全力扑上来，砍在了红袖的手背上。

红袖一颤，锋利的手爪终是错身而过，只擦伤了殷萋萋的手臂。

季寒初掠身上前，一把扣住轮椅，向前方狠狠推去，轮椅碾过季之远残弱的躯体，将他牢牢困死在地上。

可一切还是来不及了些，小哑巴连忙吹哨引回丝线，却被季之远刚才的一下趁乱钩断，丝线从掌中断开，化成无用的齑粉，红袖的利爪也变回普通手掌的模样。

殷萋萋惊愕地看着眼前发生的一切，翎羽还插在肩上，她无措地用手支撑着身体往后退，退得远远的，直到退到自以为安全的地带，才慢慢松了口气。

然而就在这一瞬间，耳边突然听到“噗”的一声微响，是刀剑没入血肉的声音。

眼前的一切就在这一刻变得模糊又遥远。

她看向前方，狼狈趴在地上的季之远神情从惊吓到碎裂，他爆喝出声：“娘——”

再转头，是那个女人，她的噩梦，也是一副惊讶的表情，看向她的身后，眼神疑惑不解。

然后是最右边，被许多傀儡包围着的，无法动弹的黑衣男人。

他的眼神也是阴鸷的，倒是没有惊讶，只是沉默地望着她，没有说话。

就像这么多年来的每一刻，他看向她时的那样。

这一刻，殷萋萋突然感到了丝丝无比的开怀。

你看啊，至少这一刻，他的眼里只有她。

最后的最后，她低下头，看到自己胸口露出的一点刀尖，刀尖上挑，雕着浅浅的浪纹，上头用极草的文书刻着两个字——危倚。

她突然明白了，为什么她的丈夫会用这样的眼神看她。

因为她快要死了。

刀身从她体内缓缓抽出，血肉被绞动，殷萋萋却感觉不到痛，眼前血色与黑色越来越浓，她只是傻傻地看着自己的丈夫，傻傻地看着季承暄。

这个被她爱慕了一辈子的男人，不知道到现在，他冷硬的心对她有没有过一丝心动。

思绪渐渐飘远，她想到了很久以前学过的一句诗，“危楼高百尺，手可摘星辰”，她是殷家众人呵护的二小姐，温柔和善，小意体贴，她本活在万人之上，却意外遇见了他。

江南多好，能让她遇到这样好的儿郎，而最最好的，竟是他本就是她的未婚夫。

他是她的星辰，她要将他摘下来，捧在手心里。

可后来发生了那么多事，好多好多，多到二十年都数不清，多到像极了一场大梦。

她守着自己的丈夫，恍惚想着从前，却再也没了星辰，只依稀吟唱着另一首诗歌——

当时年少春衫薄，骑马倚斜桥，满楼红袖招。

当时年少，春衫薄。

她太年轻，误了他的一生，也误了自己的一生。

好在如今，她终于脱离苦海。

若有来世，只求不再相遇。

他有他的红袖，她有她的星辰。

如此最好。

危倚滴着鲜血，殷萋萋的尸体颓然倒下，露出身后一张修罗脸。

红袖呆愣地看着他，几乎是迟疑地，她眯着双眼，似乎认了许久才将他认出来。

因为他的情形实在也很不堪。

季靖晟走上台阶，右手持着危倚，两手之间还挂着一条粗重的玄铁链，手腕被磨破出血，结痂，又出血。他的身上也几乎满是伤口，细细密密布满周身，走近了才发现，危倚的刀口竟崩裂了好几个口子。

可他浑不在意，只专注看着红袖，目光宁静又温柔。

他走过来，站在红袖面前，玄铁链在脚下投了斑驳碎影，随着晃动，发出金属摩擦的响声。

季靖晟的脸色非常不好看，脏兮兮的全是血污，他看着红袖，皱起眉头，片刻后又松开。他抬起手，似想去触摸她的面颊，待发现自己手上也全是血迹后，便仓皇地缩了回去。

金光如潮，他们之间隔着长长的影，宛如二十年的光阴。

“你……”

季靖晟轻轻开口，嗓音嘶哑，他看着眼前的女人，她那么瘦弱，倒映在他的瞳孔之中，让里头的犹疑渐渐变得坚定。

“小袖子。”

红袖望着他，嘴唇嗫嚅，不敢置信：“季靖晟？”

季靖晟轻轻点头，咧嘴一笑，说：“是我。”

他说这句话的时候，是极其畅快的。比他刀法精进畅快，比他杀人畅快，比他摆脱桎梏重得自由都要畅快。

他终于找到她了。

“我杀了她。”他说。

这话很平静，仿佛他真只是个没心肝的痴傻儿。

“她欺负你，我杀了她。”

红袖怔怔的，一句话都说不出来。

其实在刚才，她险些都没认出他来。

二十年前的故人，很多都被遗忘在岁月洪流里，包括他。

可季靖晟的情绪，满得都快溢出来了。他定定地看着红袖，眼里没有多余的情绪，只是如孩童般稚气地吸了吸鼻子，说道：“我好想你。”

回忆纷纷扰扰，二十年前的往事，在这一刻挣脱了时光，挣脱了药效，铺天盖地席卷了他。

他记起来了，她的名字——红袖。

季靖晟年少时的绮梦，是那个给他买莲花河灯，教他放风筝、做木雕的人。

那时她刚到季家，和谁都不熟，乱走乱逛时恰巧碰到了他。季靖晟永远记得，那年月华如水，年轻的姑娘坐在树枝上向他丢了片叶子，被他接住，一抬眼，眉目清秀的姑娘正笑盈盈地向他挥手。

她温柔地喊他“季靖晟”，像是他们已经认识了好多年。

她在树梢里，身后是一轮圆月，她仿佛坐在了月亮上，她向他笑，对他说：“你过来些好不好，帮我指一下路，我找不着回去的方向了。”

然后他就真的过去了。

后来也是在这棵树下，她教他一笔一画地写自己的名字，将三个字翻来覆去地写了几百遍。

她不知道，他其实会写字，但他想学她的字迹，所以假装自己不会，偷偷让她多教了很长时间。

还是在这里，她抚着自己微微隆起的腹部，一下下地教他做木雕。

她说：“等孩子出生了，你做个小木雕送给她好不好？”

他说好。

他怎么能说不好。

人间是黑暗的，她是灿烂的。

彼时他捏着已经干枯碎裂的叶子，还不知道自己心里那种绞痛为何而来，只是觉得三弟和她在一起的画面，看着如此刺眼，要把他的心都捅穿了去。

季靖晟不懂爱，更不懂深情，但想到如果她和三弟成婚，他就能时时看见她，还能和她说话，和她继续相处，就觉得很好。

这想法支撑了他目睹她从怀孕到生子的整个时光。

木雕堆满了整个柜子，叶子彻底烂成泥，他学会用她的笔迹写自己的名字。

可她却失踪了，和那个未满月的孩子一起。

再后来，他总陷入迷迷糊糊的梦境，梦见自己躺在一地血泊里，他与人争斗，要他们放人，那时他的刀法只是初成，扛不住多人战术，自然是拦不住。

每次梦见，他总想去探一探最后的结果，可他看不见，再用力，只余痛彻心扉。

他似乎忘记了什么很重要的事情，可是又想不起来。

季承暄疯了，他也疯了。

上天入地，碧落黄泉，找不到，就是找不到。

有人说她死了，他不相信，费力回忆着最后一次见面，是她抱着孩子让孩子叫“二伯伯”，小孩子什么都不懂，只顾睡觉，她佯怒说是他太凶孩子不肯理他，吓得他手足无措，挤出一个生硬的笑容，把她逗得眼泪都笑出来。

笑声还在他耳边响着，她这么珍贵的人，地狱怎么舍得收了她。

季靖晟坚信，那个人没有死。

他把木雕收好，下定决心等她回来。

但没过多久，他突然听闻季承暄要成婚了，娶的人是殷二小姐。

危倚第一次架在季家人的脖子上，他要季承暄退婚。

也是那次，季承暄说原来他也爱着她。

他恍然，原来那就是爱，其实他也爱她。

可是，她是谁？她叫什么名字？

袖……袖子？

好像是这样叫的。

但再怎么样，他也记不清她的面容了。

他把她给忘了，又努力在零碎的记忆里记得她。

危倚最终没有砍下去，季承暄在哭，他从来不哭的，哪怕重伤垂危也不会，可这天他哭得好伤心。

季靖晟回了别院，要了一壶酒，把木雕、莲花灯、字帖、风筝摆满一桌。

主院的热闹和他无关，他倒了一杯酒，遥遥地敬月亮。

他喃喃道：“他不等你了，我等你。”

一饮而尽。

烈酒入喉，眼前似乎又出现了那个人，正在笑着喊他“季靖晟”。

年少时的记忆像烟火，绽放过一刹，他见过那美丽，所以情愿一直等在黑暗下。

梦里不知身是客，一晌贪欢。

（五）忘了她

这个人的身后是金芒色的天，是万丈旭日，红袖看着眼前的季靖晟，走近了，站到他面前。

她看到那双脏污的手缓缓垂下，危倚染血，他低着头，脸上布满重逢的狂喜，像小小的孩童终于得到了自己心爱的玩具。

他说：“没有人会再欺负你了。”

鬼使神差地，红袖望着他，问：“为什么？”

季靖晟笑起来，面容似少年般的羞赧。他痴痴傻傻久了，又在刀口上过活，走的是腥风血雨的路，众人对他敬畏有之，不屑有之，久而久之竟然都没有人发现，他其实也是个十分俊朗的男人。

他说：“以后我会保护你。”

红袖却笑不出来，她沉默着，轻轻闭上眼眸。

无他，季靖晟对她来讲，实在是太遥远的记忆，遥远到模糊，都已经辨认不清。他们有过相逢，可那是二十年前的事了，在以后漫长的时光里，她数着日子，数着仇人的名字，日日煎熬，几乎从未想起过他。

她不知道，他竟然会想着和她的“以后”。

以后？可是她的以后和他的以后，怎么可能会在一起。

“你受伤了。”

红袖避开话头，抬手抚上他血肉模糊的双腕，那儿不断有鲜血渗出，被磨得几乎快要烂去，光是看着就觉得疼痛。

季靖晟拽着链子，低声道：“他锁着我，我用危倚砍……砍不断……我把墙劈开，劈了很久，还有铁笼……”

红袖看着他，知道他一贯言语有些跳脱，听了许久才理出头绪，只觉得一股震惊涌上心头，她有些愣怔地问：“谁……”囚禁的你。

“呵呵呵——”

一阵阴冷的笑意从身侧传来。

暗红血液淌过台阶，殷萋萋的尸体不远处，断了双腿的男人仰面，被身上沉重的轮椅压得起不了身。他身上的衣衫略有凌乱，随风拂动着，脸上竟然挂着一丝疯狂的笑意，看着眼前的往事冤今日仇，他的笑音先是低哑，然后渐渐喘起粗气，以手掩面，笑得越来越大声，越来越肆意，胸膛震颤着，软垂在身边的右手都跟着颤抖起来。

他的脖颈青筋根根凸出，左手不停捏着脸面，眼里泛着可怖的红，大颗大颗的泪珠从中滑落下来。

“都死光了。”他轻声说，绝望地嘤咛着，“死得好，真好……全都死光了……”

一只脚狠狠踩上他的胸口，力道之大让心口都刺痛，仿佛能够洞穿肋骨。

“是啊，黄泉路上就差你了！趁早和他们下去做伴吧！”红妆说。

可季之远还是笑着，他血丝遍布的双眼紧紧盯着季寒初，嘴唇张开，好半天才说出话：“我可记着你了。”

他嘴角流出一丝鲜血，无力地仰躺在地上，干净清爽的脸上是解脱的释然。

“下辈子，我还会来找你。”

银光一闪，钩月抵上咽喉。

红妆心平气和地用刀尖比画着，漫不经心道：“都要死了，废话还这么多，不如先割了你的舌头，好让我先清静清静。”

季之远坦然道：“悉听尊便。”

红妆冷冰冰地瞥他一眼，却没如她说的那样动手割喉，反而站起身，默默退到了季寒初的身后。

她看着地上的男人，漂亮的眼里满是讽刺：“真可怜，活了这十几二十年，生出来是个废物，死到临头还是个废物。”

这句话仿佛戳到了季之远的痛处，他蓦地睁开眼，猛然朝红妆伸手袭去，却怎么用力也够不到她的裙角。

红妆笑呵呵地，凌空一指，那高高举起的左手就像压了千斤重物，重重地垂落到地上。

“废物就是废物。”她不忘再加上一句。

季之远死咬着牙关，咳出一大口鲜血：“再废物，也轮不到你多嘴！”

红妆还要顶回去，却被身前站立的男人抬手按住肩头，暗暗安抚。

从刚才到现在，季寒初一直面无表情，木然地站在原地，脸上挂着些茫然。他初时应当是愤怒的，可经过一番动乱后，他又变得很迷茫，什么表情都没有了，也不知道该想些什么……

他心上强烈的痛楚蔓延开来，嘴唇苍白，几不可见地颤抖，他慢慢在季之远的身旁蹲下，一双眼直勾勾地看着季之远。

季之远侧过头，瞧着他手上的星坠，微微一笑：“动手啊……季家毁了，我也毁了，哈哈哈，可是……可是你最后也没赢……”

季寒初握着星坠，清雅俊逸的面庞显得很是憔悴，他的目光有些空洞，更多的是苍凉。

“到头了……”他闭上眼，眼睫轻颤，嗓音嘶哑，“你害了离忧，我不能不杀你。”

季之远笑着，嘴角尽是干涸的血迹。他点头，赞同道：“应该的。”

看着季寒初眼中盘踞的恨意和难以掩饰的悲痛，还有点点的苦楚和茫然，季之远反而觉得很享受，也很痛快，他被季寒初这副脆弱的模样取悦了，忍不住哈哈笑起来。

越笑，咳得越凶，血滴落下，连同胸口被星坠刺到溢出的血一起，在身下染出大片的红。

要结束了……

这可笑又可怜的一生，终于走到了尽头……

“住手！不要！”蓦地有人暴喝一声，季寒初的手腕被一把抓住。

红妆和他一同惊骇地回头，却是神色复杂的季承暄，不知何时他已挣脱傀儡的束缚，来到了他们身后。

季寒初缓缓起身，往后退开一步，他犹疑地看着自己的三叔，看到他颤颤巍巍伏下身子，放下了手中的逐风，然后在他面前慢慢地跪下。

这一下，好像把他心里的某个微小的角落给土崩瓦解了。

对季承暄来说，声望和尊严都是极其重要的，他能为了季氏百年的名誉忍痛娶了不爱的女人，也能为了逐风更进一层没日没夜地苦练。即便是伤到最深最痛，也不掉一滴眼泪。

他此生唯一的泪，落在与殷萋萋的新婚之夜，落在季靖晟面前，那代表了背叛的一刻，他没办法逃脱心底彻骨的愧疚，于是他放下了尊严，第一次落泪。

可在那之后，再没人见过他失态的时刻，他把情绪都戒掉了，活成了一把冰冷的兵器守护着季家。

但是眼下他却在自己的小辈面前重重跪下双膝，弯下自己的脊梁，卑微地恳求。

求季寒初不要杀季之远。

季之远吐出血沫，像被挖了心般嘶哑道：“谁要你管我！你滚，你滚——”

季承暄低下头，眼眸涣散，什么都看不真切，风从耳边拂过，冷到了心头。他轻声说：“寒初，三叔求你，放过他。”

季寒初没有讲话。

季承暄抬起脸，面色苍白，像是瞬间老了十多岁。他这一生都过得很糟糕，活得不清醒，混混沌沌一场空，什么都失去了，什么都留不住，但走到这一步，他根本找不到回头路。

“寒初，之远他……是个混账，但无论怎么样，子不教父之过，一切都是我……是我说他天生残废，难成大器，是我从不正眼看他，从不关心他……都是我，最开始没有教他好好做人，才让他犯了大错……”

季之远煞白的脸庞上露出了惊骇的神情。

他听着听着，终于再也笑不出来，脸上最后一点血色都褪尽了。他用力睁着眼，去看自己父亲的背影，他看父亲跪在自己的三弟面前，字字句句都是哀求。

父亲这么骄傲的人，为了他下跪求饶……求他们放过他一条命，这条被他自己都放弃了的命……

季承暄说："我知道你心中有恨，但季家已经完了……他、他是我唯一的儿子，我不是个好父亲，我从没好好待过他，但他毕竟是我的孩子。

"三叔对不起你……求求你，放过他……你的怨愤，我愿意拿命来偿……"

放过他。

求求你，放过他。

季之远不愿相信，也不敢去相信，他是季家的弃子，可高高在上的家主，他的父亲居然会愿意为他以命换命。

这是何等的荒谬……

不可能，绝对不可能！

"你疯了，你一定是疯了……"他疯狂地笑着，冲季寒初声嘶力竭地嘶吼，"不是要动手吗！杀了我啊！你杀了我啊！！"

他在绝望中摇头，近乎崩溃，鲜血从伤口渗出，滴滴答答往外流。

季寒初沉默着，看见季承暄的嘴一张一合，说着很多很多话，到后来再也听不见。金光落在周身，却依旧冷到身体里，冷到骨子里，冷到最深处……

季承暄说要他放过季之远，说愿意拿命换，可他怎么能要三叔的命，父亲去世以后，三叔对他有养育之恩，他下不了手……

季寒初痴痴地凝望着季承暄跪立的身影，他说季寒初如果不要自己的命，就拿其他的来抵，于是手起刀落，左手自手肘处被齐根砍下，顿时鲜血喷涌，周遭喧嚣更甚……

他看着地上淌开的血液，撕心裂肺的季之远，担忧地看着自己的红妆，震慑不已的红袖和季靖晟……忽然很想笑，但他最终哭了出来。

天空还是这样明亮，可他的心里却暗下去，暗下去，最后成了无边界的漆黑。

季寒初发出一声几不成声的叹息，他转头疲惫地靠在红妆的肩头，在她耳边喃喃说道："你去处理吧。"

红妆搂着他，轻轻顺着他的背，问："不杀他了？"

他苦涩地点点头。

身后传来痛极之下的碎音，像是咬着牙从喉头挤出来的："谢谢。"

季寒初抱着头，手指嵌入发丝，狠狠地抓着，扯着头皮，尖锐的疼痛却没能抚慰心底的痛苦。他闭上眼，觉得身体越来越空，有一道尖刺卡在心头，他知道，从此以后再也无法拔出，只要想起，就是痛。

半晌，他抬起眼，双目赤红，下颌与鼻尖全都挂满了泪珠。他没有回头，只轻声说：“不要让我再见到他。”

身后一声轻微的低音，散在风里：“好，我答应你。”

年轻的公子孤独地坐在地上哭泣，身后是他的仇人，是他的亲人，是他最爱也最恨的人。

他意识到，谢离忧已经没了，没了就是没了，活不过来了。他走的时候其实还盼望着余生能有与他再相见的一天，可谁知道原来他的余生只是转瞬即逝，他们没约好明天，所以明天再也没有来。

仇人就在他的身后，可这个仇他这辈子也报不了了。

季家，也回不去了。

江南春色好，却再也不会与他有关。

此生从此各西东。

红妆走到季承暄面前，帮他点了几处大穴止血，又走到季之远的身边，从药囊里拿出一颗小小的丹丸，强迫他张开嘴，硬生生逼他咽了下去。

季之远挣扎无果，问道：“这是什么？”

红妆看着他，抬腿踢了踢他残废的下体，冷漠道：“你这样的人活在世上，凭什么能好好活着呢？”

她给他喂下的，正是当初给殷青湮喂的毒药，每日一个时辰的心绞痛，叫他求生不得求死不能。然后，她便跨过他朝红袖和季靖晟走去。

二人在季承暄自断一臂时皆未阻拦，只是神色各异，红袖似有些惆怅，季靖晟更多的则是不忍。

毕竟是他弟弟，血浓于水，他多少有些于心不忍，只是他虽然痴傻，但不是不谙世事，自然也明白其中的道理。江湖规矩，他人的恩怨旁人不得插手，既然这是季承暄自己做的选择，便死生由他，随他去便是了。

红妆说：“师姐，我们回家了。”

万里晴空，浮云缥缈。

恩怨情仇告一段落，别过这二十年的纠葛，如今山河壮丽，江湖依旧，他们各自做完了要做的事，终于要回家了。

回南疆，回那个星空浩瀚，冰河千里的地方，去实现他们最初的诺言——看一看大漠之上的星辰，究竟是多么明亮璀璨。

光影攒动，金色的晨曦里，红袖身形微顿。

真的都结束了，所有的恨和怨，全都化作焦土，她的胸膛里装着人间的暖阳，而不是阴毒的怨仇。

她回神，笑起来，慢慢地向红妆走过去，走向一切的尘埃落定，走向命运新的起点。

有人拉住了她的手臂。

回过头，那人向她傻傻地笑着，好像踏过了苦难的岁月，向她走了过来。

季靖晟歪着头，说：“能不能一起走？”

小哑巴收了哨，傀儡陷入沉睡，周遭寂静，阳光温柔，季靖晟拽着红袖的袖子，冒着傻气的眉眼逐渐被温暖取代。

“一起走……”

几许过后，红袖看着他身上细密的伤口，含糊地应了一声。

她的心已经死在了过往的芳华里，化作一口枯井，再起不了波澜，她甚至在心里为自己举行了一次葬礼，葬掉了过去的红袖，把少女的纯真和心动全都埋了进去。

一座坟，封存着她的韶华和天真。

但季靖晟为她手刃仇人是真，受伤极重也是真，她的心并非冷硬无情，要走，也要帮他疗伤后再走。

她转身，瞧着他的眼，轻轻点了点头，说：“好。”

于是，季靖晟就像是得了什么了不起的宝物一样，笑得眉眼弯成新月。

抬眼望去，远处红妆依着季寒初，后头站着小哑巴，正在等待着他们。

清风拂面，河山如画卷铺陈，属于他们的那一笔正准备落下。

噩梦已醒，归去来兮。

只是在经过高台时，裙摆却被人轻轻抓住。

红袖停下，对上一双赤红的眼眸。

季承暄的手指紧攥，他已痛到说不出话，但依然执着地看着她，手背上青筋遍布，眼神透着渴求。

红袖缓缓蹲下身子，握住他的手，使了力气，却无法叫他放开。

氤氲的光里，她停手，对上他被鲜血糊满的面颊，轻声说：“放手吧，承暄。”

她说这句话的时候，眼前人的目光突然从固执变成了极深的痛楚。

事到如今，穷途末路，命运早就给他们做出选择，又何必负隅顽抗。

红袖忆起，她遇到季承暄的时候，正好十七岁，那时江南的桃花开得很盛，她折了花，无意中看到在桃林里练刀的少年郎。

他苦恼于刀法不能精进，胡乱将刀挥舞如风，桃花簌簌落下，落了他满身满头，惹得他更加烦躁，哼了一声，把刀狠狠丢到一旁。

“破刀！”

他抱着手，郁闷地踩了一脚，嫌弃的神情挡都挡不住。

好可爱的少年啊，直来直往，心情都写在脸上。

那时他还不懂掩盖自己的情绪，她也从来肆意又随心，没忍住扑哧笑出了声。

躁郁的小少年回头，见到桃花树上笑嘻嘻地看着自己的美丽少女，一

时恍然，悄悄红了脸颊，但苦于稚嫩的尊严使然，似乎觉得丢了面子，便横眉冷对，喝道：“不许笑！”

女孩探着头，冲他吐舌头：“你好凶啊。”

桃李春风，江湖夜雨，多美好的从前。

可那已经是二十年前了。

季承暄面色惨白，一动不动，只是麻木地拽着她的衣角，像不依不饶拽着自己最后的希望。

红袖合眼，长长地叹息。

她抬起手，指尖抚上了季承暄的手背，垂着眸子，很平静地看着他，嗓音缥缈：“不要再坚持了，放下吧，都过去了。”

小小的蠕虫从她的指尖爬出，迅速缠到季承暄的手腕上，闻到一丝血腥的气味，顺着它而去，很快攀附到了他的伤口处，埋于血肉中，转瞬消失不见。

这是天枢送给她的离心蛊，目的是让她保持理性，而如今她将它送给他，是要他放下所有一切，同她一起，把过往全数埋葬。

季承暄皱着眉，发出一声闷哼，整个人蜷缩在一块，剧烈地哆嗦着。

“不要再想起我了。”红袖笑着，眼里有怜悯，也有苦痛。她的一双眼十分温柔，动作却很潇洒，她将那片裙角狠狠撕下，整个人霎时脱身而出。

季承暄匍匐在地上，往前爬了两步，嘶吼道：“不要……走，红袖……”

可钻心的痛让他动弹不得，他也只能苍白着脸，睁大眼睛看着面前一行人慢慢走远。

直到消失不见。

失去意识前，最后一眼看到的，是她决然离开的背影。

有道是，须知少时凌云志，曾许天下第一流。

却不知，哪晓岁月蹉跎过，依旧名利两无收。

所有苦难走到头，少年志气消亡，少女情思凋零，山盟海誓罢休，风风雨雨，恍如隔世。然而及至来路，一朝光阴过，依然有更多更年轻的人去赴这一场浩然江湖约。

永远有人热血不灭、义薄云天，欲将轻骑逐，大雪满弓刀。

天涯故人，各有归处。

长路坦途，而今伊始。

（六）回家了

红袖在季家门口站了会儿，这时间也许很长，也许很短，总之谁也没叫她，只是等她自己慢慢回过神来，然后一同向客栈走去。

季寒初一直低着头，他仿佛已经没了魂魄，只是麻木地跟着大家一起走。

在红袖回过神后，他也回头，深深地看了一眼身后。

天幕之下，季家的大门紧闭，隔绝了百年的灿烂声望，也隔绝了两代的阴霾肮脏。

从此之后，他是真的再也与季家无关了。

“三哥哥。”

红妆走到他身边，站到他的身侧。

早晨的风拂过季寒初的衣袖，他望着季家大门，又转头看着红妆，似乎想说点什么，可始终是什么话都没说，只是眼眶通红，摇了摇头。

短短的时间里，他经历了太多太多，在这种时候变得异常敏感又脆弱。

他的嗓音有些发抖，但很坚定地对她说：“走吧。”

“我们回家。”红妆拉着他的手，轻声说，“季郎，我们回家了。”

“回家？”季寒初扭头，看着熟悉的姑苏季氏，看了一会儿，沉沉叹息，“好，回家了。”

这里不是他的家了，但他还有别的家。

尘世里最不缺的就是离别，但幸好，还有人带他回家。

他的眼里有一瞬间的惆怅，转瞬即逝，很快归于平静。

一行人渐行渐远。

季家的门口，铜像石狮巍然而立，青砖碧瓦，高楼亭台，终于在身后慢慢消失。

离别合该是无声无息的，在如此清晨，没有撕心裂肺，也没有狂风骤雨，他们在温暖的微光里离去，不需要道别也不需要说再会，因为大家都知道，他们不会再相会。

也许在很久之后，会有人在良夜漫漫中将曾经的烟雨江南想起，想起在春风沉醉的夜晚里，那一段遥远的往事。

但那也是很久之后了。

一行人回到客栈时，日头已盛了。

红妆和季寒初一天一夜不眠不休，都有些倦怠，便想着稍作休息再来打算，季寒初陪着红妆，谢离忧的骨灰放在桌上，他打算带回南疆安葬。

红妆大抵是真的累了，怕他郁结于心，本想支撑着陪他说说话，可她身子差，没过多久就迷迷糊糊地睡了过去。季寒初在床头静静坐了片刻，然后起身出了门。

他走到隔间房门，轻轻叩了叩。

门打开，红袖看见门外的他，怔了怔。

季寒初开门见山：“红袖姑姑，我有一事相求。”

红袖侧身让他进门。

季寒初迈步进去，迎面见到季靖晟正坐在桌边拿着自己的危倚细细察看，听到声音抬头，见是他，又低下头不以为意地继续察看。

红袖走过来，同他一道坐下，看了季靖晟一眼，同他道：“正巧我也想找你，我刚刚看过了，你二叔的伤势不轻，好在都是皮外伤，以你的医术想必不成问题。只是这条玄铁链……”

她欲言又止，半晌，才低声道：“你可知有什么解开的法子？”

季寒初确实不知，他老实地摇了摇头。

红袖皱眉，陷入沉思。她本不必去管季靖晟如何的，但无论怎么样，他为她报了仇，再怎么说，她也不能丢下他不管。况且她其实也心知肚明，姑苏季氏又何止是季寒初一个人回不去了。

季靖晟那一刀下去，季家也再容不下他。

红袖叹了口气，说出心中想了许久的决定：“我会带他回七星谷，想办法让天璇师叔看看，他爱好奇门遁甲，或许有办法能解开这条铁链。”

季寒初点点头，他心中怅然，红袖这么说，他便这么应了。反正他原本的打算，也是想请求她允许他带着季靖晟一同回南疆的。

红袖问道：“你来找我，除了这个，还有何事？”

季寒初疲乏得紧，也顾不上迂回，单刀直入道：“我想请红袖姑姑帮忙，将体内的雄蛊移植到我身上。”

红袖一愣。

静默良久，她才说：“你可知道雄蛊植于体内，是怎样的后果？”

雄蛊不同于雌蛊，对被植入者身子不会有过多影响，只是雄蛊喜好阴凉，需要长年活在湿冷环境中。之前因红袖本就是死人身，种植雄蛊不会有过多困扰，但季寒初不同，他是活生生的人，倘若真成了雄蛊的肉身寄居，从此以后怕是连出门都要撑把伞，不能见日头了。

大男人出门撑伞，已够得上无稽之谈，何况还有其他……双蛊困住两人的自由，不能分隔太远，一蛊若是湮灭，另一个也会随之身死，蛊虫死了，寄居肉体自然也会跟着消亡。

“我知道。”季寒初看着红袖的脸，眼神坚定，“我愿意与红妆同生共死。”

红袖还想再说什么，嘴唇翕合，却被季寒初抬手示意停止。

这个英俊深情的年轻人站起身，在她面前慎重地弯腰行礼，喉结攒动，语气认真：“红袖姑姑，此仇已了，今后的人生皆是您自己的，而红妆以后的路，由我来陪她一起走。”

这就是他的今日所求，各人有各路，他不能确定以后如何，唯一知道的便是无论红妆选择走哪条路，他都会和她一起，直至覆亡。

红袖神情稍稍冷静下来，眉宇间多了丝了然，她不再阻止，轻轻点了点头，算是应允。

“等回了南疆，我会亲自去同天枢师叔言明，请他帮忙。”

季寒初：“多谢。”

“不必言谢。红妆本就是我师妹，她在我心中，同我女儿无二。”红袖看着面前的青年，微微一笑，“你倒是和你三叔很不一样。难怪她为了你，也不愿意做摇光了。”

闻言，室内一瞬骤静。

季寒初心下复杂，抿了抿唇：“昨日种种譬如昨日死，今日种种譬如今日生。”

红袖笑着摇头：“我并非指责，只是感慨，当年他若同你一般坚定，或许……”

或许什么，她却没再说了。

如若，可世上哪里来的那么多如若。

世人多被外界诸事所累，未必是所爱之人不够重要，只是相比起来，有人活于桎梏中，终其一生也难以摆脱罢了。

世上薄情郎多，便显得季寒初弥足珍贵。

红袖神色中有股凄凉，她苦笑，说道：“当年我也是撑着身子从南疆出来，和红妆这个傻丫头一样，等不及伤好，便快马加鞭回到了江南，只想着找到他，一腔委屈能得以安慰。谁知道等我到了季家门口，刚好看到他同你叔母的婚仪。”

“然后呢？”季寒初问道。

红袖淡淡道：“没然后了，我便走了。事到如今再想，都是造化弄人。”

“吱呀”一响，门关紧，季寒初的脚步声渐行渐远。

红袖万般疲惫地闭上眼。

她是真的有些累了，可惜她连“睡觉”这个事情都已做不到，她倒是可以强迫自己闭眼，但梦中总有故人到访，久而久之她也不太愿意去睡了。

半生的牵挂了结，竟有些看不清前路如何，清清冷冷，凄凄楚楚，走到最后还是她一个人。

良久的沉寂。

未几，突然有一只手轻轻地抚上了她的额角。

红袖蓦地睁开眼，迷茫地望着眼前的季靖晟。

他不知何时已不再去看他的宝贝危倚，而是坐到她的身边，有点呆滞又有点迟疑地看着她。

世人笑他痴痴傻傻，可他懂的其实不少，从大家的只言片语中他就能大致猜出一些事情，心中的酸胀感越发膨胀，他不知道怎么去处理“心疼”这种情绪，只会傻呆呆地看着她。

“他们欺负你。”季靖晟讷讷地说。

他比红袖高太多，坐在她面前几乎遮盖了大半视线。红袖退后些，蹲下，抬眼看他，轻声说：“季靖晟，那些都过去了。”

季靖晟低头，抬手想摸她的头发，在她发顶寸余停了下来。

太过珍贵的东西，连触碰都小心翼翼。

他说：“他们欺负你。”

顿了顿，他又说：“他们都是坏人。欺负你，是坏人……我有刀，保护你，不欺负你。”

红袖握住他的手，和自己的手轻轻相扣，她的眼里渐渐泛起微红，却什么也流不下来。

“是啊，他们欺负我。”

季靖晟很快说：“我保护你。”

停了下，后面的声音压低：“疼吗？”

红袖抓住他衣裳，感受他掌心的温热传到自己手上，心里好难过：“疼，好疼好疼。”

季靖晟轻轻地捧起她的手，鼓起脸往她手上吹气，一下一下吹得认真。

红袖心里一抽一抽地疼，觉得真苦，又觉得真暖。

她没办法流泪，但有个人不需要眼泪也能懂她的苦，也能为她心疼。

尽管他看起来如此笨拙，尽管他们仍然有些陌生。

季靖晟吹了好一会儿，才期待地抬起头，问她：“还疼吗？”

红袖笑着摇头：“不疼了。”

他欢喜地弯起嘴角，从怀里掏出一张纸，破破烂烂的，还染着血，却被他献宝似的展开给她看。

“你看。”他指着上头的三个字，“我会写自己的名字了。”

字迹飞扬，同她当年一模一样。

红袖更难过了，她微微别开脸，道：“写得特别好。”

季靖晟捏着纸，羞赧地摸摸自己头发。

红袖接过这张纸，折好，珍惜地收到怀里。

她想到季靖晟的举动，实在有些为难，打着同他商量的主意，问他：“你杀了殷萋萋，以后季家肯定……”

话没说完，季靖晟就打断了：“我不回季家。”

他眼眸一眨不眨地看着红袖：“我以后都跟着你。”

红袖错愕：“为什么？”

季靖晟咧嘴笑："说了我保护你。"

红袖张了张嘴，没说出话。

她以为他只是一时戏言。

原来是真的吗……可这也太不像话了。

季家叔侄两个，侄儿叛了，叔叔也跟着叛了，传出去像什么样子？摊子上卖糖人的小贩听了大抵还会笑一句，怎么这叛族还跟卖吃的似的，你买一个，我再送一个。

不像话，真的不像话。

季靖晟不仅是认真的，他考虑的还不止这些。

他说："以后，我来做摇光。"

红袖猛地抬头，难以置信道："你说什么？"

季靖晟："我来做摇光。"

这回换他蹲下来，拉着她的手，轻声说："你带我回去，我做摇光。"

红袖有片刻的失神，季靖晟难得有这么清醒说话的时候，而且提出了一个她都没想到的好主意。

她和红妆都不做摇光了，师父后继无人，这也是她一直极为烦恼的一点。

是，北斗星从没规定过男子不许做摇光，只是，只是……

红袖："你知不知道做摇光意味着什么？"

季靖晟迟疑地点头。

红袖微微俯身，看着他的眼睛，说："历代的摇光，不，所有北斗星祖传的规矩就是不许婚配，不许生子。你要是做了摇光，以后就再也不能有自己的孩子了。"

季靖晟："我有你。"

红袖苦笑："你难道没有发现吗，我是个死人。"她执起他的手放在自己的鼻下、手腕上，"你感受一下，我没有呼吸，没有心跳，我不会流泪，也不会流血，我甚至都不会痛。因为我是一具尸体，一具种了活死人蛊的尸体。"

季靖晟任由她动作，一动不动。

红袖以为自己说服了他，微微地笑，笑容却很苦涩。

"不要跟着我了，季靖晟，你有大好的明天，别浪费在我这个死人身上。"

季靖晟也跟着蹲下来，他轻轻地捧起红袖的头，看了她一会儿，突然抽起危倚递到她身前。

红袖问："做什么？"

季靖晟一字一顿道："杀了我，那个蛊，也给我种。"

他摸了摸红袖的眼睛，指下皮肤冰凉，这是一个诡异的蛊人，也是他找了二十来年终于失而复得的月光。

他什么都可以不要……无论什么，都可以。

“你是死人，我也是。”

红袖攥着危倚，手指被刀锋划破，露出苍白的皮肉，她不会痛，她好恨自己不会痛。

季靖晟把危倚放到她的掌心：“你要去哪里，带我一起去。”

红袖一把丢开了危倚，把头埋进手臂，低声呜咽：“谁准你死的，谁准你陪我一起死？死了就做不了摇光了你知不知道？当死人很难受的，真的很难受的……你怎么能说死就死呢，怎么可以……”

季靖晟伸了伸手，犹豫了会儿，还是把她搂住：“你别哭，那我不死了好不好？你带我回去，不做摇光也行，你想怎么样都行。”

那些话，红袖没有信。

季靖晟或许真等了她二十年，但她本无以为报，就算有，也不能报。

她再爱不了任何人了，也无法再为任何人动心，因为死人本就不会动心。

叛族太不一样了，季寒初是季寒初，她是她，红妆还活着，她已经死了。

所有的代价加起来实在太重，她的这辈子都已经结束了，拿什么还？

可就在红袖辗转反侧，思来想去的时候，发生了一件谁也意料不到的事情——

季靖晟走了。

走得很突然，就带了危倚，被子还掀着，茶喝了一半，但月上中天之时人已不见。

红袖坐在房内，有一丝惆怅，想想又觉得释然。

他能自己想通了最好，回去做一个自在的江湖客，比和她搅在一块好多了。

但想归想，还是落了些失望，好歹也算是认识的旧人，刚刚还把话说得好好的，要为她生为她死，转眼间就变了卦。

还好，她也没多期盼。

红袖想着，叹口气，刚要从桌边起身，门被人从外头一把推了开来。

是红妆和季寒初，脸色都不太好看，一个似有感慨，一个隐忍不发。

红妆有种看热闹的感觉，碍着季寒初没敢表现得太兴奋，但眼里的光根本遮不住。

“师姐，殷家出事了！”

江南殷家，一夕灭门。

那场大火烧得长夜都红了大半。殷家的所有清贵、所有典雅、所有罪、所有罚，都在滚滚浓烟和冲天大火中，走向了覆灭。

大多数人以为，疯子不会懂感情。

可季靖晟不是，很多人都忘记了，他不仅仅是个疯子，还是个超越世间大多常人的天才。

活埋、强暴、虐杀。

这些话落在他耳朵里，他都能明白。

这世间欠她的，他要替她讨回来。

大火冲天，烧光了罪孽。

二十年的血债，如灰吹散。

这场火一直没有停，反而越烧越旺。

红袖在殷家门口，挤在层层叠叠的人圈里，睁开被火眯了的双眼，只觉得心头猛跳——那里的血肉好像重新长了回来，一直跳，一直跳，快到令她喘不过气。

红妆窝在季寒初的怀中，兴奋地踮着脚抻长脖子往里瞧，被季寒初拉回来，死死扣在怀里不许她乱动。

一扇窗户被火烧断，猛地掉了下来，带着点点火星，啪嗒掉在地上，引起众人惊呼。

灰暗的夜色里，苍白的闪电一闪而过，撕开天际，银白的寒光照亮大门口那个人带血的脸。

殷南天的尸体躺在他的脚下，背上插着一支长箭，死不瞑目。

季靖晟站在尸山火海前扶着危倚喘息，脚下血滴成花，一步一步踏血来，铁链在手中叮当作响。

人群自动为他让出一条小道，没人敢去招惹这个瘆人的男人。他顺畅无阻地走到红袖面前，低下头，小声说："他们都死了，以后不会再有人伤你了。"

黑云翻滚，所有人的面目都有些模糊不清。

"轰隆"一声电闪雷鸣。

红袖盯着他，幽深的瞳仁颤抖着，半晌，终于伸手，将他抱在怀中。

他身上的血腥味一定很重，可她闻不到，没关系，反正她闻不到。

季靖晟笑了，她的身子也因此跟着微微抖，他说："我以后能一直跟着你吗？"

红袖抓紧他的衣袖，颤抖着声音问："为什么？"

"保护你。"他说，"要你此后余生平安喜乐。"

红袖想哭，但她瘪着嘴，眼里又是笑着的。她现在的表情一定很不好看，死人不会哭，但她真的哭了，只是没有流泪。这一刻她忽然觉得自己好像回到了二十年前，回到那个月夜里，其实她都知道的，她去找孩子的那一天是他跟着自己，也是这样拼了命，想要将她护在身后。

这个傻子，明明自己当年武功算不上好，还要跟上来护着她。

也是这个傻子，明明受了那么重的伤，却一声不吭跑来为她报仇，沾满血腥。

保存着二十年前的纸张和木雕，为了一个二十年前的承诺。

傻不傻?

傻不傻啊!

可她知道，他不悔。

她以为她这一生，以雪山为线，往前是白净，往后是糜烂，此间二十年她靠仇恨活着，生生等着自己腐朽的那一天。却不想世上还有一个人，愿意为了她接下与自己毫不相干的血仇，一人一刀上刀山，一弓一箭涉火海。

可她已经失去了今生。

那不如约好下辈子。

奈何桥边八百里红莲开过，碧波海上千层烦恼浪，纵然与爱无关，她以后也会在那里等着他，黄泉路上他们一起走。

有恩一起报，有罪一起赎。

红袖闭了眼，轻声说："一起走吧。"

这一生爱恨都已用尽，遗憾来不及，但如果有来世，她一定要比任何人都先遇到他。

这样好吗？季靖晟。

等来世，你千万要记得告诉我，告诉我你是季靖晟，是那个上辈子为我等了二十年，为我手刃仇人，为我背负血海深仇的季靖晟。

然后我就会回答，噢，原来是你，其实我也等了你很多年。

在这纯洁的新的一生，我也一直在等你，等了很多年。

路还得走，大火将停的时候，他们一行人顺利出了嘉陵关。

红妆坐在季寒初的身前，季寒初挽着缰绳，最后遥遥看了一眼江南，然后头也不回地离开。

红妆勾着他的手，问他："会后悔吗？"

季寒初将她搂紧，却没回答，反而问道："你还记得当初你绑我走时唱的那首南疆小调吗？"

红妆："记得。"

季寒初刮了刮她的鼻头，笑道："再唱一遍吧，我想听。"

天下之大，越过风沙漫天，越过林海雪原，便是另一处新的生活。

他们都做了很多错事。

红妆满手血腥，杀孽太重，他离经叛道，世所不容。

可人生在世，谁又能保证自己永远不犯错，永远不低头?

他们不需要被宽恕，也不需要被拯救，就算灰飞烟灭，那也是死后的事。余下这几十年，他们会一同骑马放羊，四处游历，不积德、不消孽、不赎罪，余生都来做快活事，纵马驰骋，相守一生。

这一定会是很好、很好的一生——

夜月一帘幽梦，春风十里柔情。

人间尚好，余生可期。

番外一 大小姐

这么多年，他要的依然是她的如愿

（一）

这日是寒食节，有间客栈的人比平时略多了些。

按习俗当是祭祖的时候，异乡客往回赶，散落在外的江南子弟也多多少少回了些，算是近年底时客栈生意比较红火的时候。

江南一带已经起了寒意，所幸近日来日头足，倒也驱散了些冷。

大堂里，一行人接一行人三三两两扎堆，柳新绿将店面扩了扩，辟出二楼来，竟然也坐得满满当当。

这会子暖阳正盛，酒过三旬，围坐一起的人便开始低声议论，百姓讲的是家长里短，江湖人讲的是江湖逸事。

有人道：“兄台你可听说过不归门最近的事儿？”

提到不归门，自然是有人知晓的，那是近些年在江湖上异军突起的一大门派，因着门主功夫诡谲而招人关注，偏又不参与江湖世事，怪气得很。

唯一与江湖有关的，便是多年前他们少门主一人跑至边境，一夜之间杀光了边境一带盘踞的马贼一事，使得不归门更加出名。

那人又道：“不归门的这事儿，可真够香艳的……啧啧，他们少门主，竟铁了心要娶他那一同长大的右护法为妻！”

他的同伴重重搁下茶杯，惊到一口水喷出：“右……右护法？那不是个男人吗？”

“男人什么男人，那是个乔装打扮多年的女人！但你说，他俩兄弟相称这么多年，是怎么看对眼的，奇也怪哉！”

同伴点头：“说起来门主不也同自己的义女行了不伦之事吗，那个女人听说还是右护法的未婚妻……真是林子大了什么鸟都有。”

那人说：“不归门也不是什么名门正派，乱便乱些吧。话说回来，按如今江湖势力来算，江湖四大派早已重新洗牌，不归门也被算入其中了。真是世事难料，这小小门派也会有如今地位。可惜了如今江南一带，竟只能靠这小小不归门勉强稳住江湖地位咯。”

同伴惊奇：“听兄台说的，莫不成江南势力原本风光更盛？”

那人不无遗憾地说：“那是自然。你怕是不知，原本江湖上有五大门派，只是殷家逐渐式微，依附于姑苏季氏，渐渐便没了地位，只剩了四大门派。十多年前姑苏季氏当真是门派翘楚，顶顶的名门世家，百年基业，根基极深，在武林中威望甚高，可惜了……”

可惜了，真是可惜。

十五年前，它便被人从武林长史中抹去了。

如今哪还有什么姑苏季氏，只不过留了个空荡荡的壳子，挂着个戚家的招牌，靠点生意往来稳住家族兴旺，俨然一副市井模样。

谈天说地的声音并不掩盖，且嗓门真是不小，飘啊飘，尽数入了二楼雅座的人耳中。

抬眼望去，那一桌的人倒也无甚特别，半开的门口可窥见其中一二，四方小桌边围了四个人，其中一个便是客栈柳老板。

坐在她对面的是一个背对门口坐着的女人，一身红衣，身段窈窕。坐在左右两方的分别是一对少年男女，小公子俊朗无双，一身白衣，眉宇尽是儒雅平和，小姑娘娇俏灵动，桃花襦裙鲜艳动人，唇红齿白，招人喜爱。

只是他们皆生了一副高鼻深目，男孩还淡些，女孩一瞧便知不是江南女子。

此时此刻，四个人正围在一块打马吊。

柳新绿抚了抚耳鬓的几缕白发，左右一瞥，感慨：“没想到一别十五年，你都已做了孩子娘了。”

红妆慢斯条理地出牌：“是啊，而且两个都长得像我。”

柳新绿摇摇头：“真可惜。”

季清兮好奇地问：“柳姨，可惜什么呀？”

她长得像极了红妆，一双大眼睛滴溜溜一转尤其相似，这么瞅着人的时候极其无辜，总能将人骗了过去。

柳新绿：“你父亲年轻时的风采，我有幸一窥，当真是惊为天人……”

“啪”的一声，红妆一巴掌拍在她的手上。柳新绿早有准备，见红妆又要抬手，立刻饿虎扑食般一把护住了小方桌：“不能插刀！老娘新买的！很贵的！”

季清兮：“……”

一双属于少年的手伸了过来，轻轻按在柳新绿的肩头，带了些安抚的意味：“柳姨放心，这些年娘亲被父亲教导得很好，已没了往桌上插刀的喜好了。”

柳新绿不理他，专心致志地抱着桌子。

少年名唤季清让，正是红妆与季寒初的长子，模样像红妆，性子却同季寒初像了个十成十，把那入骨的气度和文雅都学了过来，待人接物很是谦逊有礼。

见柳新绿不动，季清让无奈地看了一眼季清兮，后者也是耸耸肩，摊手表示没有办法。

四人在小方桌边热热闹闹的，突然，脚步声响起，一人正从楼梯下慢慢往上走来。

来的自然是他们刚刚谈论之人。

现下江南虽有凉寒，却也不至于冻到受不了，然而来者却套着一身黑色的斗篷长衫，将自己笼得严严实实，进客栈前甚至还撑着一把伞，及至阴影处方才收伞摘帽。

有人看见了，嗤笑一声，同伙伴打趣道：“真是越来越有趣了，大男人把自己捂成这样，莫不是什么朝廷在逃要犯不成？”

伙伴扭头，看了那人一眼。男人摘下了斗篷帽，面容很是清俊，周身气度从容，眉宇间一派温和之色。且他穿了一身素色长衫，干净熨帖，袖口和腰带也是用上好的织锦，纹着金光旭日、盘龙飞凤，这样的人，自然不可能是什么要犯。

于是，他只能说：“不知打哪儿来的尊贵少爷，娇弱得很。”

这句话不掩声音，原原本本传到了二楼四人那里。

季清兮捂着嘴，笑得眉眼弯弯，刺溜一下起身溜到父亲身后，推着他往桌边坐下。

季寒初温润的眼眸望着她，缓缓眨眼。

季清兮笑得没个正形，跑到红妆后头，小下巴搁在她肩上，笑嘻嘻道：“给娇弱少爷让座。”

季寒初眼中笑意蔓延，一脸郑重其事，道：“多谢季小姑娘。”

“嘻嘻，无须言谢。”季清兮拍他马屁，“都是家父教导有方。”

季寒初温柔一笑，手指点了点她的鼻头：“鬼灵精。”

当年红妆好不容易怀孕，生产时险些丢了性命，他从鬼门关前抢回了妻子与一对儿女，自然是从小就宝贝得不行，生怕再有闪失。

所幸哥哥和妹妹都平安长大，按理说手心手背都是肉，他也一碗水端得平整，但清兮的性格像红妆，活泼好动，又爱撒娇，他爱屋及乌，难免就对她偏宠了一些。

好在清让懂事，从不计较这个。

柳新绿不知何时已然起身，直直地凝望着季寒初，不说话。

红妆斜眼，哼道：“又看什么呢你。”

柳新绿略微沉吟，抿了抿唇，没忍住喟叹：“我收回刚才那句话。这么多年了，季公子风采依旧，着实迷人。”

“……你这桌子是不是不想要了？”

季清让哭笑不得：“娘，你别这样吓柳姨。”

柳新绿认识红妆多年，早知道她是个什么性子，她想毁桌子就由她毁去算了，反正季公子来了，她毁桌子，季公子还会再赔几倍的价钱给自己，自己总归不亏。

“哦，对了？”柳新绿微微挑起眉，想起自己从刚才就想问的问题，“你们这一走就是多年，怎么突然又回来了？”

“我知道。”一只手举起来，少女的声音很甜蜜，软糯糯的，带着女孩专有的音腔。

季清兮说：“我们是来祭拜爷爷的。爹说爷爷葬在江南，而且他好久好久没去看爷爷了，要带我们见见爷爷。”

柳新绿“嗯”了一声，推开牌，哗啦几声：“我还以为你们要回季家呢。”

此话一出，桌边两人的身影明显一顿。

季清让悄悄看去一眼，垂下眼睑默不作声，只有尚未发觉的季清兮丈二和尚摸不着头脑，傻乎乎地说：“回什么季家？哪儿来的季家？我们的家不在这里，柳姨你说什么呢？”

柳新绿的笑容敛了几分，摇摇头：“是啊，如今哪里还有季家。”

季清兮一脸迷茫，没有听懂。

良久的沉默。

半晌，季寒初起身，拾了伞往三楼客房走去，淡淡道：“我先去休息。”

未等红妆说话，他很快便上了楼，身影消失在转口。

季清兮更加茫然了，任凭她再后知后觉此时也发现了季寒初的低落，她讷讷地问：“爹这是怎么了？”

红妆推了牌，侧过脸，笑道：“无妨。”

自季家陨落后，再无人听说过家主的消息。

即使已经同她在南疆生活十多年，一双儿女都长大成人，可在日复一日的时光里，有些东西依旧没法被磨灭。

只有在最疲惫、最失落、最低沉时他才会坦然，可过后，又像没事人一样生活。

红妆其实自己都不清楚，季寒初心中的坎到底是谢离忧的死亡还是对季之远的放纵，抑或是回不去的季家。她只知道，那是一个阴暗的角落，哪怕是她，哪怕用爱情都拯救不了的角落。

年年月月，反反复复，困扰着他，折磨着他。

虽然他看起来并不在意。

可它顽强地存在着，永不消失。

忽然，门口传来一阵闹腾的喧嚣，伴随着碗碟打碎的声音和众人的惊呼。

“你们瞎说什么！”

一把大刀狠狠砍在饭桌上，一个身段纤细的姑娘怒目圆睁，满脸怒容，死死地瞪着桌边说话的一伙江湖人。

“你们说谁是疯婆子！说谁是季家的狗？”姑娘挥着刀，神情狰狞，眼眸大片的森然可怖，“站出来，我现在就割了他的舌头！”

说话的一群人大抵有些功夫在身，也不怕她的威胁，只是抱着手笑眯眯地看她，看戏似的不屑，甚至有人还挑衅地冲她喊：“戚姑娘，别这么凶啊，我们说的又不是你爹娘，你误会啦！”

同伴咧开嘴，捅了他一下，装模作样地责怪：“什么戚姑娘，人家娘亲都说了，她嫁的是季家三公子，生的是那位三公子的女儿，人家不叫戚尹尹，叫季隐。”

日光洒在大堂地上，戚尹尹站在门边，握着刀的手大力颤抖，脸色扭曲，冲天的怒气就显露在脸上，碾过心口，叫她恨不得把这些人撕成两半。

“你们、你们……”她抬起手，刀面晃动，从嘴唇里挤出一句话，委屈到极致，“都给我去死！”

“哎哟，我好怕啊，戚姑娘，刀可得端稳了，别伤着自己。”

“就是呀，伤着自己不好，伤着你的漂亮娘亲就更不好了。”

“哎，那是不是就是你说的疯婆子？这娘们风韵犹存啊……”

说着，众人才注意到，站在戚尹尹身后一直被护着的女人。

女人生得很是秀美，但一举一动之间无一不透露着傻气，眼神呆呆的，像是谁也不认得，嘴里嘟囔着不知在念点什么，抱着头缩着身子哆嗦个不停。

二楼，红妆眯起眼睛，问道：“她们什么时候来的？我怎么没看到？”

季清兮提醒她：“娘亲你那时正和父亲说话呢，自然没注意到一楼的动静。”

红妆看着缩成一团的女人，眸中情绪复杂难明。

真巧，才回来没几天，竟遇到了故人。

季清让敏锐地察觉到什么，低声问：“可是娘亲旧识？”

红妆勾唇，笑得冷：“是啊，熟得很。”

可不就是旧人嘛。

当年她和季靖晟加起来，杀了人家全家，能不熟嘛。

季清让转身扶着木护栏，皱眉看了眼局势，倘若没瞎，都能看出来戚尹尹武功不到家，根本对付不了周围那几人。

倒是她身旁的护卫个个瞧着威武，可怎么都有些犯怵似的。

家养的守卫，都不太敢惹江湖客。这些人刀口活命，多的是亡命之徒，他们领一份差事，赚点养家糊口的钱，都不想白白丢了性命。

季清让问："需要帮她们吗？"

红妆挑眉，笑而不语。

底下的热闹越发盛了，柳新绿怕出事，一溜烟跑下去准备喊客栈的小二去报官。

戚尹尹眼底都是愤怒的红，她揣着长刀，狠狠地捅去，挥着、舞着、打着，可那些人拿她当猴子耍着玩，嘴里一个比一个不正经，闪得飞快，还叫得越来越响，叫人好不气恼。

满桌饭菜噼里啪啦全掉了下来，撒落一地，周围的人恣意起哄，护卫左右为难。

红妆这时才缓缓起身，走到楼梯边，慢悠悠地对季清让说："去，帮她解决一下。"

那边，戚尹尹把饭桌都掀了还不解恨，可她一个弱女子，实在没力气打下去。几个男人趁机围了上来，护卫眼见不对，终于上前阻拦，却被一个个拧了手脚，桎梏得动弹不得。

这群人里不乏流里流气的，光天化日之下就敢胡来，伸手在戚尹尹的脸上摸了一把，又溜得飞快，完了还意犹未尽地将手放在鼻子下深深吸了一口，满脸迷醉，气得戚尹尹一张脸涨得通红。

"你想干什么！你——"

那人哈哈大笑："我想干什么？哈哈哈，当然是你呀，戚姑娘，哦不，季隐姑娘……"

笑着笑着，他突然就不笑了。

一枚银亮的锐器正插在他的发顶，离让他脑袋开花不过寸余的距离。

"平白无故为难一个小姑娘，不是大丈夫所为。"

台阶上，长身玉立的少年负手站着，身形挺拔，宛如修竹，自有君子之姿。

季清让走过来，抬手将骑马钉拔了，那男人已吓得面色苍白，人都在他面前了，却哆嗦着不敢动弹。

无他，这小公子的武功实在了得，只一眼就看得出来，他想取自己性命实在易如反掌。

但季清让却只是收了暗器，细细地擦拭干净，然后放进怀中，往后退了几步，让出位置，抬手指向戚尹尹，和声细语道：“向她赔个不是。”

一帮人知道自己今天是遇到个不好惹的了，没有办法，低下头，拱了拱手，弯腰道：“对不住。”

戚尹尹仰头，粗声粗气道：“滚。”

而那小公子就静静地站在那里，看他们道歉，看他们付钱，然后看他们彻底滚蛋。

片刻后，人群散去，一切都像是未曾发生过一样。

柳新绿在一旁数着钱，季清让行了个礼，温和道：“姑娘受惊了。”

戚尹尹收起刀，弯腰扶起自己的娘亲。她跟着父亲走南闯北经商，性子不算软，对上粗鲁的还好说，对上这番文雅清姿，尴尬得连手脚都没地放，她颇有些无措道：“谢谢。”

季清让轻笑：“不必客气，真要谢，也该谢我娘亲，是她要我出手相帮。”

戚尹尹点点头，问道：“你娘在哪里？”

“在这儿。”

一个清灵的女声在身后响起。

戚尹尹转头，望见不远处站着的红衣女人，青丝如瀑，肤若凝脂，虽然已是有些上了年纪，但依然风情不改，尤其一双眼眸，三分妩媚三分灵动，叫人看了就几乎要陷进去。

纵然戚尹尹自诩阅人无数，也得在心中承认，这是个难得一见的异域美人。

“真像。”她说。

戚尹尹一呆，脱口而出：“什么？”

红妆笑道：“你和戚烬。”

戚尹尹疑惑道：“您认识我父亲？”

红妆点点头：“我不仅认识你父亲，我也认识你母亲。”说着，她旋身过来，轻轻地在地上蹲下。

从刚才开始就抱着自己窝成一团的女人自始至终也没松开手，哪怕戚尹尹去拉她也始终不动。她呜咽着，紧紧闭上双眼，眼皮下的眼珠子簌簌颤抖，眼泪大颗大颗砸下来，脸上神色害怕又可怜。

红妆伸手，轻轻摸上她的头。

这一举动也引起了戚尹尹的警惕，她眯着眼，有些不悦地上前，然而刚走两步，便被一个娇笑着的小姑娘拦住了去路。

“姐姐你别担心，我娘她不会怎样的。”季清兮明朗笑道，“她就是想和你娘亲说几句话，说完我们就走。”

闻言，戚尹尹深深蹙眉，回头望见季清让温和的笑容，终究没再上前，只是死死盯着红妆那边。

『少年时』
红妆

呜咽的女人没有睁眼，她的神情满是凄楚，像是真的害怕到了极点。

红妆温柔地环抱住她，细白的手指一寸一寸摸过她的耳后。

“小白兔，好久不见。”

无人看见的角落，她背对着阳光，笑容冰冷，充满恶意。

“你还记得我吗，我是红妆。”她说着，凑到了殷青湮的耳边，一字一顿道，“就是那个杀了你娘亲，抢了你季三哥哥的红妆。”

殷青湮发着抖，双目紧闭，死都不抬头，死都不答话。

红妆的眼神幽幽冷冷的，用所有人都听不到的声音在她耳畔轻声说着话。

“我猜对了他的选择呢。”她抬起黑白分明的眼，笑了一下，“可是这药的效力真有这么霸道，霸道到十多年都不退吗？我真搞不清楚，你是在装疯，还是真疯。”一顿，又是恍然大悟，“其实疯了的滋味很好吧，躲在这个躯壳里，就不用管别的事了。可这样不行啊，你看，仇人就在你面前，你动都不敢动一下，好歹当年你还敢杀我，怎么现在胆小成这样了？”

殷青湮脸色煞白，含糊地发出痛楚的低吼，她蜷缩起来抱着膝盖埋头往后躲，声音里全是迷惘、悲伤、害怕。

红妆轻轻撩开她脸上的头发，替她别到耳后，懒洋洋地说：“想躲就躲吧，但有件事我觉得必须让你知道，你大概还不晓得吧……”

逃避的女人突然开始疯狂摇头，似在哀求，求她别说。

她真的疯了吗？

红妆冷笑，字字句句，清晰无比：

“当年我要去杀你娘亲，告诉我她独身在家孤立无援的，就是你的亲亲好丈夫。”

（二）

有那么一瞬间，面前的女人好像失了魂魄一样。

只是须臾，她沉默地、缓慢地抬起头来，不知道是不是看错了，那双泪水弥漫的眼中除却愤恨，只余空洞恍惚。

十五载的岁月一晃而过，殷青湮与当年别无二致，戚烬果真是一个好丈夫，知她冷暖，懂她心事，将她捧在手心里，疼爱至极。

所以她听了那番话，除了恨，还有迷茫，眼里不仅有极致的惊，还有浓浓的悲。

他将她变成了疯子，又爱惨了她。

好可笑。

红妆抚上她的额角，露出曾经熟悉的充满讽刺的笑容，漆黑的眼瞳看着面前深陷悲伤的殷青湮。

“到此为止吧。”

日光在她的裙角洒落璀璨的影，晃动间，斑驳破碎。

“你早就清醒过来了吧。”红妆合上眼，遗憾般地叹息，“怎么，难不成终于爱上他了？”

半晌，无人答话。

殷青湮眉心紧皱，长睫濡湿，她定定地看着红妆，不一会儿，突然没头没尾地喊了声，语不成调，推开红妆跑出门口。

戚尹尹大惊：“娘，你怎么了——”

她拎着刀就要跟出去，眼角瞥见红妆一派悠闲，甚至掸了掸裙角不存在的飞灰，咬着牙忍了忍，想到她好歹算是自己的恩人，难听的话硬生生憋了回去没有说出口。

戚尹尹那脸色如此明显，红妆有什么看不出来的，但她倒是不生气，甚至很是温和地对戚尹尹抬了抬下巴：“快去追吧。”

戚尹尹脸色更差，一跺脚，追了出去。

只是在经过季清让身边时，瞥见白衣小公子依旧笑而不语地望着她，眉宇间自成风流。她急促的脚步顿了顿，侧过身子，问：“你叫什么名字？”

季清让微微一笑，道：“季清让。”

戚尹尹抿了抿唇，不自然地别过头，低声说：“姑苏，戚尹尹。”

说完，她头也不回地跑出门，只是那微红的脸色终究没逃过众人的眼，若不是脚步声响，或许还能听到姑娘剧烈的心跳声。

红妆抱手，嗤笑：“和她娘的品位真是一模一样。”

午后的晴空忽然飘起阵阵细雨，越下越大，没多时已是暴雨如注，惊雷压顶，天地为之色变。

戚尹尹终是找到了蹲在屋檐下的殷青湮，彼时她正抱着自己瑟瑟发抖，脸白得不像话。

她顾不上许多，赶紧吩咐人将殷青湮带回家。

到了戚家，戚烬尚未归来，侍女回禀说是钱庄的生意出了差漏，他过去处理，但听闻戚尹尹今日在有间客栈发生的冲突，很是担心，已经在赶回的路上。

戚尹尹点了头，让其他人都退下，卧房里便只剩下她与殷青湮两人。

殷青湮已换了一身干净衣裳，呆呆地坐在床边，不知在想些什么。

殷青湮这副模样戚尹尹已经很是熟悉，在过去十多年的日子里，她的娘亲几乎都是这样，每每痴痴呆呆地独坐，偶尔会做一些令人发笑的稚气举动。

其实她知道，她娘亲“有病”，生她时就有，那病唤失心疯，叫她认不得任何人，包括她父亲。

可父亲却一直深爱着娘亲，哪怕娘亲总是目光痴痴地喊他“三表哥”，他也只是失落过后，轻轻地应和。

戚尹尹觉得父亲应该是不快乐的，她从未听说过父亲与母亲有什么表亲关系，但父亲却又是不在意的，甚至可以说是满足的。

戚尹尹道：“娘，你……”

一只手抬起来，打断了她说的话。

烛光下，殷青湮的神色看着迷茫，很迷茫。明明暗暗的光中，她看着戚尹尹的眼神很深刻，却又并不真切。

“娘，怎么了？”

殷青湮垂首，默然不语。

辉映大地，尘埃飞扬，似红尘滚滚。

人世一游数十载，爱也惘然，恨也惘然。

“尹尹。”

殷青湮这样突如其来的一句话，让戚尹尹登时愣在了原地。没来由地，她心头升起一阵不安，如万蚁爬过，叫她惶恐不已。

殷青湮从未叫过她“尹尹”，从小到大，在娘亲的眼中她都是“季隐”。

一时之间，戚尹尹竟有些分不清殷青湮叫的到底是“尹尹”还是“隐隐”。

“你是我的女儿……”殷青湮笑了笑，眼中有泪，“是我的女儿。”

戚尹尹实在是吓着了：“娘……”

殷青湮再抬手，却不是打断她的话，而是缓缓起身，走到了她面前。

一片沉寂里，殷青湮轻轻拥住了戚尹尹瘦弱的身躯。

她轻轻地叹息：“你是我的骄傲，是我的宝贝。”

轰隆——

安静的夜里，突然惊雷破空。

苍白的光照亮了面前人的脸庞，殷青湮看起来是这么悲伤，又这么坚定。戚尹尹的心在她的目光下越发跳得激烈，隐隐约约地，戚尹尹感到有什么事情即将发生。

那一定不是她愿意看到的事，所以她不吭声，只是死死地盯着殷青湮。

“孩子，”殷青湮慢慢地松开手，一双眼瞳望着她，对她说，“你先出去吧。”

戚尹尹压制着心里的不安，倔强地昂起脑袋：“不，我在这里陪着你，哪儿都不去。”

殷青湮叹息：“你听话，我在这儿等你父亲回来，我想与他单独说说话。”

戚尹尹立在原地，那股不安的感觉越来越骇人。她几乎是下意识地拒绝，脑内思绪混乱，嗡嗡乱叫，急躁之下脱口而出：“说什么？说那个三表哥吗？可他不是早就不在江南了，还有什么好说的……”

“……尹尹。”

殷青湮望着她，嘴唇嗫嚅，脸色苍白：“你别说了，下去吧。”

戚尹尹拦着殷青湮，大抵是今日受了委屈，加上殷青湮又难得表现得如此“正常”，她一时之间都忘记了殷青湮其实的确是个“疯婆子”。

“娘，那个男人有什么好的，难道比得上爹对你好吗？”戚尹尹提高声音，问道，“爹怎么对你的，你难道不清楚？为什么好好的还要和他提这个，你难道不知道爹也会伤心的吗？”

“我知道。”殷青湮轻声说。

她别开了头，眼神很深，深到看不清里面是什么。

戚尹尹因着不安而张牙舞爪如同小兽的诘问，她如何不懂呢。

一颗心颤抖得很厉害，混混沌沌的意识里，她分不清太多东西。在过去的十几年，她有时知道自己面前的人是戚烬，有时又觉得是自己曾经最喜欢的一袭白衣，她迷糊地过，今朝醒，明日醉，如此虚度着光阴。

如果不是红妆，也许她根本不会逼自己醒来。

戚尹尹问她，她到底知不知道戚烬是怎么对她的。

灵魂深处早有回答，那是一个柔软的声音，对她说：知道，你怎么可能不知道。殷青湮你摸着自己的良心问问，那个男人，你的丈夫，他对你到底好不好，他对你到底是不是真心……苍天在上，明月为证，你难道真的一点也不知道吗？

不可能。

你明明比任何人都清楚。

他可以为了你去死。

过了很久，殷青湮才摇了摇头。她笑着，抚上戚尹尹的长发，在初初的混沌过后，她变得有些疲惫：“这些话等你爹回来，我会亲口与他说的。”

“可是我想……”

“乖，听话。”殷青湮蹙着眉，光洁的脸面染上愁思。

她也过了三十，却与当年几乎别无二致，戚烬将她宠上了天，虽然再没什么江湖地位，但他用钱银替她打造了黄金屋，护她十余年不经风雨，她过的日子其实比寻常百姓要好上许多许多。

她没有哀愁，所以也没有皱纹，看着依然年少，依然美丽动人。

戚尹尹咬了咬唇，想摇头，但眼见母亲的脸色越发不好看，只好死死忍住。

母亲难得会叫对她的名字，她不想在这少有的时刻忤逆母亲的心意，叫母亲难受。

她最终还是转身离开了，关上门前，幽幽的烛火光里，殷青湮背对着她，不知道在想着什么。

也许在想父亲，也许在想那位表哥。

所以，那到底是个怎样的男人呢？会让母亲心心念念，痴了傻了也记挂着许多年。

蓦地，不知为何，戚尹尹突然想起今日在客栈里见过一面的那个少年。

积石如玉，列松如翠，郎艳独绝，世无其二。

季、清、让。

可惜了，不知道以后还有没有机会再见到。

偌大的房内，很快便剩了殷青湮一个人。

静默的房里，她呆呆地看着烛光，忽然开始笑了，笑着笑着，眼里泛起红，泪水流下来，可神色却骤然冷下去。

“告诉我你娘独身在家孤立无援的，就是你的亲亲好丈夫。”

荒唐。

寂寥无声中，殷青湮咀嚼着这句话，反反复复，直到尘封的记忆突破了陈旧的岁月，如冰川皲裂，霎时天摇地动，滚滚而来。

她几乎是仓皇地捂着耳朵，抵御着心里的惊涛骇浪。

夜风从缝隙里吹来，烛光带着影子晃动，拉得长长一道。

太冷了，冷到了骨子里去。

好像人世的最后一捧火也熄灭了。

不知过去多久，门吱呀打开，有人靠近。

一件带着温暖的衣袍披在了殷青湮的肩上，她被搂到了一个熟悉的怀抱中。

“下午受委屈了？”

男人的大掌安抚似的在她身后轻拍：“我都听说了，你别怕，我保证以后不会再有同样的事发生。”

殷青湮一动不动。

身后的人这才发现她不对劲，她正细细地颤抖着，像是怕极了。

戚烬有些担忧起来，手下使了力气去拉她，急道：“怎么了？发生什么事了？”

怀中人顺着力道抬头，露出一张并不年轻的脸庞，泪眼婆娑，可眼神却出奇平静。

平日里头的茫然、缥缈、虚无似乎都消失不见了。

她的目光有些恍惚，过了一会儿才落到戚烬的脸上，只是须臾，又猛

地别开。

只是须臾，便也够了。

他耳鬓边的白发，眼角的皱纹都落到她的眼中。殷家灭门，季家覆亡，戚烬的日子过得并不轻松，他几乎是掏空了自己来撑住她的生活。

这么多年，她没吃过任何苦，少年时如何风光得体，现在依旧如何光鲜亮丽。

许久，殷青湮突然扑到了戚烬的怀中，嗓音轻飘，近似呢喃。

“阿烬。”

戚烬怔住了。

她从来没这样叫过他。

不，不对。

有的，她这么叫过的。

可那是十多年前了，那太久远，久远到他根本没有反应过来。

戚烬有些意外，也有些惶惑，他喉咙发紧，低声问：“你叫我什么？”

殷青湮搂着他，并不答话。

这般场景，往日里出现过太多次，自从殷青湮失心疯后，她便时常这样黏着戚烬，到后来他们成婚、生子，她也几乎满心满眼都是他——都是这位“三表哥”。

她已经很久很久没叫过他“阿烬”了。

戚烬以为是自己听错了，手指紧扣着殷青湮的肩膀，紧盯住她墨黑的瞳孔。

那张苍白的嘴唇，微微翕合，弯眉之下尽是疲倦。

殷青湮说：“阿烬，我今天见到红妆了。”

说这句话的时候，她的目光平静，平静到看不到一丝痛苦，可是却宛若惊雷，炸裂在戚烬耳边。

他的手指蓦然收紧，脸色煞白，眼底浮现出悚然。

山崩地裂，喉间仿若血腥翻涌，他不敢相信，用尽全力克制着自己，哑声坚持道：“红妆是谁？”

殷青湮看着他：“你应该比我更清楚。”

万籁俱静，天地都苍茫起来。

霎时，戚烬一句话都讲不出来。

一滴一滴的泪水滴落在手背上，殷青湮将手从他的掌中抽出来，她闭眼，颤抖个不停。

“为什么呢……”

她轻轻地问着。

为什么要叫她清醒过来。

为什么要叫她想起来。

为什么不能一直昏昏沉沉下去。

就这样过一辈子，也没什么不好。

可是她醒来了，她醒了，一辈子也就结束了。

她疼得实在厉害，恍惚中又想起了许多年前，那会儿她还是豆蔻年华，是江南最明媚动人的蝶，有一个小少年总是会跟在她身后，声声喊着她“小姐”，卑微又恭敬。

她有时会问他：“你为什么总叫我小姐，你不是门主吗？”

小少年回答她：“因为小姐是世间最珍贵的所在，轻慢不得。”

她皱着眉，觉得这人好奇怪。

后来这个奇怪的人每每出现在她身边，她偷溜出去玩时，是他让她踩着自己的肩头爬上高墙，她被家法处置时，是他死死拦在长辈身前为她挡去刑罚。

他保护她，爱惜她，视她如命，所有花开的好时节里，他都在她的身边。

可也是这个人，做了杀人凶手的帮凶，给她喂了失心疯的药，将她禁锢在身边，为他生儿育女。

苍茫里浮浮沉沉，一眨眼，所有最好的年华全都过去了。

“阿烬。”殷青湮喃喃道，“对不起。”

戚烬愣了愣，将她重新搂在怀里：“没关系。”

不管你做了什么，都没有关系。

不管你犯了什么错，都没有关系。

我永远会原谅你。

你永远不必感到愧疚。

没关系。

即便是长刀插进心口，穿心而过，也没有关系。

“……对不起。”

殷青湮松开手，把脸埋进掌心，指尖上的鲜血把脸颊弄得脏污，泪水淌下来，淌下长长的两道印子，她咬紧嘴唇，把所有的呜咽和痛苦一起压在喉头。

而戚烬只是温柔地看着她，甚至都没去看胸口的刀一眼。这把刀是他当年用来威胁红妆的，他那时想杀她，被季之远阻止了，可他不管，他说过，他不要殷青湮的感激，他要她如愿。

这么多年，他要的依然是她的如愿。

所以即便她要的是他的命，也可以。

戚烬抬手将她脸上的眼泪擦去，眼瞳逐渐涣散，却始终凝视着她。

但她脸上的污浊，他却再没力气去擦拭了。

视线里，殷青湮的脸越来越模糊，她没有再说话，只是流泪看着他。

她其实很胆小，所有的嚣张都是仗着有戚烬在身后才敢放肆。她没办法放过戚烬，却也不舍得离开他。

得知真相时，她心中已有了决定。

戚烬嘴唇动了动，轻声说了最后一句话：

“没关系。”

闭上眼，耳畔最后听到的，是兽一般的哀鸣。

撕心裂肺，像是心肝被人生生挖出，血肉模糊。

殷青湮望着戚烬的尸体，脸上神情极其复杂。良久，她抿了抿唇，上前拥抱住他。

温热覆盖住了冰凉。

长刀拔出，未几，没入另一心口处。

刀锋割破血肉，流淌出的却是温柔缱绻。

殷青湮从不去想自己到底爱不爱戚烬，这个人性格孤冷，傲慢又自卑，能力很强，手腕很狠。他把她变成了一个疯子，自己又何尝不是被爱逼成了一个疯子。

她只知道，她的心不是石头做的。

人非草木，孰能无情。

她被他珍爱了这么久，在戚烬死去的那一刻，她便也不想活了。

我没有办法原谅你，但我想要陪你。

地狱太冷，若是独行，我会害怕。

雨停了，天边的月将圆不圆。

她趴在自己丈夫的尸体上，恍惚间，又想到了很久之前。

不知道是哪一年，繁花似锦，星光璀璨，她为情所困，独坐于凉亭之中郁郁寡欢。

有人走过来，她惊喜回头，喊道：“表哥！”

却是那张平平无奇的脸，手里搭了件长衫，低眉顺眼，同她说：“夜深露重，小姐小心着凉。”

她从来爱糟践身子，每每病了，便能借口去找姑苏小医仙，感受片刻温柔。

可她其实也知道，表哥会为她疗伤治病，尽心尽力。但只有眼前这人，会为她披上风衣，担心她受了凉寒，发起高热。

有很多东西，细究起来，都是错。

可唯独这份真心，如圆月长明，总能照亮她回家的路。

窗外花谢花飞，犹记多情，点点离人泪。

番外二 季之远

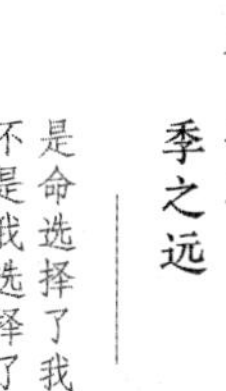

是命选择了我，
不是我选择了命

（一）

我叫孟里。

梦里春归去，榴花晚欲然的“梦里”。

二公子的院里，种着大片火红的石榴花，春来春去，开得很是好看。

有时干活累了，我会偷偷折上一枝别在发间，再跑到水塘边喜滋滋地照上一会儿，当然不是为了感慨美貌，我不漂亮，这么做纯粹出于姑娘爱美的天性。

临水照花，谁说只有美人才能爱漂亮的。

可惜水塘实在太浅了些，除了照出我并不好看的脸蛋，顺带还让我一睹了塘底奇形怪状的各种卵石。

水塘哪有这么浅的，叫水池都不为过，毕竟谁家的水塘水深只能没过脚踝？

不过这也没办法，谁让我伺候的是二公子呢。

二公子要是掉进水塘里，那可真不得了了，淹当然是淹不死的，可等捞上来，二公子一定会把推他下去的人给砍了。

甭管那人是不小心还是故意的，反正他推了，在二公子眼里，他已经是一具尸体。

和我一起伺候的阿昌告诉我，二公子是小变态，千万得小心。

“为什么这么说呀？”我纳闷，“二公子从来不打人。”

阿昌看我的眼神，就好像我是个天字第一号的白痴。

“他是从不打人。”他冷冷一笑，“小变态生气起来，都是直接杀人的。”

他自小和我一起长大，一起被分配到第四门来，我是小丫鬟，他是小奴仆，阿昌每天求神拜佛，最大的心愿就是被调去伺候夫人。

季家有三位爷，但夫人只有一个，正是二公子的娘亲。

夫人很和善，待人温和，出手大方，所有的丫鬟奴婢都想调去伺候她。

阿昌问我："你不怕吗？"

我摇摇头。

我就是挺好奇，怎么那么温柔的夫人生出来的儿子是个变态呢？

奇奇怪怪的。

虽然在我眼里，二公子好像也没有多变态就是了。

但脾气确实不太好。

嗯……不对，我重新说。

应该是太不好。

我是姑苏季氏的丫鬟，签了死契的那种，生是季家的人，死是季家的死人，死后也要扔到被季家承包的乱葬岗里的那种。

我原本是伺候大爷的，大爷虽然叫大爷，但人一点也不大爷，他是姑苏季氏的长子，为人极为温和儒雅，是少有的纯善之人。

那时候日子过得可惬意了，大爷人好，大爷的儿子三公子人也好，我每天就端端茶倒倒水，生活简直美滋滋。

谢小公子过来和三公子讲八卦的时候，我还能趁机听上一耳朵，满足我日渐旺盛的好奇心。

谢小公子是大爷收养的养子，为人处世很不正经，尤其热爱各种江湖秘辛与奇门传闻。

你说他听就听了吧，他还非要四处传播，传来传去，把人正主招上门揍了他一顿，才给他揍老实了。

他不敢和大爷说，就拉着三公子给他治伤。三公子那会儿才刚开始学习医术，手艺实在算不得精湛，一针下去，差点把谢公子送上西天。

得亏大爷救得及时，不然从此我姑苏季氏第二门门主就要换位了。

我私以为，谢公子能当情报门的门主，和他这种为了八卦连命都不要的行为脱不了干系。

不过这是后话了。

现在话说回来，谢公子为了八卦，又被人结结实实地揍了一顿。

揍他的这人就是二公子。

我是不记得他到底讲了二公子什么了，反正二公子挺生气的，直接带人上门，二话不说就开打。

我很欣赏二公子这种能动手就不瞎说话的品格，古往今来，多少遗憾的故事皆因为临死前话太多。你看，要是二公子来演，这就很好啊，手起刀落，一点也不拖泥带水。

是个狠角。

但再说回来，那是我第一次见到二公子。

说句实在话，惊为天人不为过。

你先别怀疑，听我解释一会儿。

三公子长得像父亲，端的是温润如玉，气质这块是拿捏得死死的。

可二公子长得就像母亲，当然他俩不是一个母亲，我的意思是说，二公子长得不比三公子差多少，甚至在我眼里，他还稍胜一筹。

三公子好看，可二公子可爱呀，一张圆脸粉雕玉琢的，眼睛也圆圆的，像个瓷娃娃。

他坐在轮椅上，没什么表情地看着谢小公子被揍，等揍爽了，才分了点眼神给我。

那一双圆不溜秋的眼睛看着我的时候，我心里就咯噔一下，按我这么长久伺候的经验来看，打完了主子估计就得开始打下人了。

但二公子没有，他只是皱着眉，用一种很……那什么的眼神看着我。

我没读过书，形容不来，总之看我不太顺眼就是了，他看大爷院子里的人都没一个顺眼的。

二公子把我招到跟前，问我："你是这儿的丫鬟？"

他在大爷这里打的人，遵循着属地原则，"这儿"应该就是指大爷的院里头。

我点点头，表示是的。

他又问我："你怎么不帮他？"

在场的人除了他坐着，其他人包括我都站着，所以这个"他"应该指的是趴在地上的谢小公子。

我老实回答："怕你也打我。"

他乐了："你就这么当丫鬟的？"

我摇摇头，底气十足："我是大爷的丫鬟，不是谢小公子的丫鬟，你打他不关我事。"

他挑挑眉，问："那要是我打的是大伯呢？"

我心想，你这问的是什么问题，给你一百个胆子你敢打吗？

但想归想，面上我还得做出一副恭谨模样，小声说："那自然得帮着了。"

"帮他打我？"

我小声说："帮他挨打。"

不是我不忠诚，主要是这动起手来，我也拦不住呀。

而且大爷是个敞亮人，才不会背地里阴别人，我估计也没有什么用武

之地，最多当个可怜的沙包。

你别说，当沙包这事儿我觉得我可能有点天赋。

不然为什么大爷死后，我会被分配到第四门去专职给二公子做沙包呢。

当然，彼时我尚且不知日后事，我只是呆呆地看着二公子，看着他一双眼跟小兽一样盯着我，然后突然嗤笑一声。

他淡淡地评价："还算条忠狗。"

他回头，吩咐身后的奴仆推着轮椅，慢慢往外头行去。

快到门口时，二公子又停了下来，微微侧着头，轻声问："你叫什么名字？"

我说："孟里。"

于是，他又皱起眉头，我斗胆迎了上去，冲他露出一个傻笑，他眉头皱得更深，嫌弃地上下打量了我一眼。

"梦里？"他咀嚼了会儿，评价道，"什么怪名字。"

我再见到二公子，已是好些年后了。

二公子看我们别院的人不顺眼，平时除了打人基本不过来，而自从谢小公子安分守己之后，他打人的次数更是屈指可数。

作为一个丫鬟，我也不可能时常跑到主子面前去晃悠，于是等再次见到他，是在大爷的丧礼上。

大爷死了，死于一场痨病。

和我相熟的嬷嬷告诉我，他哪里是治不了，只是不想治罢了。因为大夫人在生三公子的时候难产过世了，这么些年，他都是靠着一点点念想过活的。

如今三公子渐渐长大，这些微的念想越来越弱，弱到最后，人世间终于留不住他。

嬷嬷感叹："为了三公子，大爷也努力过了。药也吃了，针也施了，但怎么都不见效。心里的伤长年累月地积下来，根本药石无灵。"

我听着听着，不知为何，蓦地想到了那个坐在轮椅上的小少年。

嬷嬷说得对，大爷伤在心里，所以救不回来。

但我觉得大爷其实是乐于赴死的，他这些年都是苟延残喘，连我都觉得他活着很累。如今死了，不失为解脱。反正在我眼里，大爷是仙人，仙人没有死亡，他只不过是回到了天上去。

可二公子不是啊，他连腿都没有，走不了跳不了的，只能让人推着在地上缓慢而行。

那年谢小公子不过八卦了句他为何会生来残废，就叫他摁着差点打断双腿。

他望着谢小公子的眼神，满满的恶意和嘲讽。恶意是给谢小公子的，嘲讽是给自己的。

夫人的娘家给他派了很多死士和杀手，动起手来真是不留情面，但他最后也只是胖揍了谢小公子一顿，没有打断谢小公子的腿。

他坐在轮椅上，用右手撑着脸，有些疲倦地听着谢小公子哀号怒骂，眼神里是真切的悲凉。他抬了抬手，让杀手停下，对着谢小公子轻声说："你有句话说得不错，我活着确实就是遭罪。"

那时他几岁？七岁？八岁？

反正比我大不了多少，我只会蜷缩着瑟瑟发抖，他已经能平静地点评自己的人生。

八个字概括。

"天生残疾，罪孽之子。"

可无论是前者还是后者，都不是他的错。

他望向窗外的一片春意时，眼底不是没有动容，望着三爷对三公子和谢小公子温柔以待时，也不是没有羡慕。

说到底，那是他的父亲，他也只是个没长大的孩子。

哪有人乐意自己生来就是残废呢。

如果可以选择，又有谁愿意在满身罪孽之下来到人世。

我后来常常想，明明是可恨的命运选择了他，大千世界那么多的孩子，它偏要由他来承担罪恶，为什么人们说是命运可恶，却一个个的都怪罪到了他的身上？

想着想着，以至于到最后，他犯下了滔天的罪行，我还是会忍不住去想。

别人都说他是个彻头彻尾的疯子，口诛笔伐，但我始终觉得，他只是个缺爱的少年。

然而可惜，我只是个丫鬟，我拯救不了他，他也不需要我拯救。

大爷的葬礼结束后，我被发配，啊不，分配到了二公子的院子里。

三公子那儿不需要那么多人伺候，我作为多余的丫鬟，经过夫人的一番考量，然后出现在了二公子面前。

至于为什么会选我做贴身丫鬟，不瞒各位说，我曾有过一点点天真又旖旎的想法。

秘辛听多了，风花雪月也知道了些，我脑补出了一出霸道少爷俏丫鬟的戏码，二公子坐着轮椅不太方便，就连之后要如何行事，具体到哪一步，以及晚上给他上药的事儿，我都想了一遍。

但到了实施环节，我悲催地发现我只能做最后一步。

阿昌安慰我："不是所有乌鸦都能飞上枝头做凤凰的，你别太灰心了。"

顿了顿，他又压低声音说："况且我一贯觉得二公子不好女色。"

那时我在二公子面前已经晃悠了几年，从一个干瘪瘪的小女娃，出落成了一个干瘪瘪的大女娃，自然也摸索出了一套小变态生存守则。

小变态生存守则第一条，不要多嘴，说多错多。

但苍天可见，我这几年离了谢小公子，实在接触不到什么八卦，心里头痒痒啊，真的忍不住。

我就偷偷多问了一句："为什么？"

答案是没有答案。

因为好巧不巧，二公子就在此刻悄无声息地路过了我们。

哎，你说轮椅声儿这么大，我怎么就听不见呢。

这不重要，重要的是我和阿昌被愤怒的主子丢进柴房里关了整整三天。

断水、断粮，要不是最后一天他大发慈悲地放我们出来了，我瞅着阿昌冒绿光的眼睛，总担心他会把我给吃了。

重见天日的那一刻，在我心里，这就不是二公子了。

这是货真价实的小变态。

小变态让我跪着，腰杆挺得笔直。他俯身有些困难，这样方便他打人。

一个巴掌落到我脑袋上，"啪"的一声咯嘣清脆。痛是不痛，就给我拍得有点晕，毕竟我三天没吃东西了。

"知道错了吗？"

我忙不迭点头："知道了知道了知道了知道了……"

小变态打断我，问："哪儿错了？"

我哭丧着脸："不该私底下议论主子，不该和阿昌讲主子小话，不该……"

他又打断我："你们私底下还讲了我什么？"

我傻愣愣的，饿急了眼，眼泪水哗啦啦地流淌，一边哭一边打嗝："奴婢没有，没有说什么了，嗝……奴婢好饿啊……"

小变态一派悠闲，神色却一点也不放松。他问："真的？"

我哭着，就差把头给点断了。

"行了，谅你也不敢。"他秀气的眉头终于舒展开，"别跪着了，去吃饭。"

我的亲娘，总算等到这一句了。

我乐颠颠地就往小厨房冲，生怕跑慢了小变态就会后悔，但本着友情至上原则，我还是回了头，壮着胆子小声问："二公子，阿昌和我一起去吗？"

二公子的眉头又皱了起来："你管他作甚。"

我还想说什么。

他抬头，瞪着我："再吵继续关。"

好吧，我是俊杰，我识时务。

二公子却又叫住我，我懵懂回头，被他眼底的阴鸷吓了一跳。

他对我说："孟里，你该庆幸，你讲的是实话。记住，没有第二次。"

我咽了咽口水，下意识点头。

他这才挥手，要我退下。

我战战兢兢的，琢磨着他说的话，总觉得很有深意，可又想不出是什么意思。

算了，等吃了饭，我去问问阿昌好了。

但很奇怪，从那以后我再也没见到过阿昌。

我问嬷嬷阿昌去哪里了，她只是叹气，顺便告诫我以后不要再随便议论主子了。

她是二公子的奶娘，对二公子十分了解。她说阿昌讲了很多不该讲的话，下场不会好。还好我只说了一句，这一句也不是二公子十分在意的。

我没听明白，再要问，她就不搭理我了。

我郁闷了老半天。

倒是深夜，我听到有人抬着重物的声响，几道影子在我们下人院的门口经过，不知扛的是猪还是羊，软绵绵的，反正是肉。

说到肉，我又饿了。

（二）

我刚到小变态的院子那会儿，还是个毛都没长齐的丫头。

大约是十岁左右吧，反正年纪不算大。

到新主子的院子里，由嬷嬷带着我们去给他认识认识，那时候小变态已经略略有了些许不正常的苗头，下人们都避他、怕他。

他冷着一张脸，神情十分可怕，按理说这么看是挺骇人的，但他偏偏长得那么可爱，于是安上这表情，瞧着就有点装威风的意思。

我瑟缩着脖子，跟在嬷嬷身后，听她细声细气地说着话，然后小变态的眼神在我们中间一扫，或许是我怯弱的样子太明显了，他一眼就看到了我，指着我让人把我拎到身前。

"你是不是……那个什么？"

作为一个机灵的丫头，我立刻明白了，主子这是忘记了我的名字。

善解人意如我，赶忙大声回复了一句："奴婢孟里！"

小变态皱了皱眉："就是大伯身边的丫鬟？梦里？"

我点了点头。

他突然就笑了，笑起来真好看。

他歪过头，对着身后站得像松柏一样的一个黑衣大哥说道："你说她

的名字，梦里，是不是奇奇怪怪的？”

大哥不动如山，就像一棵真的松柏。

小变态勾着唇，摸了摸下巴，懒洋洋的：“既然如此，那就杀了吧。”

我：“……”

银光一闪，松柏大哥就要拔刀了。

我想也没想，捂着自己脖子，深吸一口气，大喝道：“不行！”

这一嗓子把嬷嬷、小变态，还有松柏大哥都给吓了一跳。小变态还好点，只是微微一顿，然后面色不变，抬起头似笑非笑地看着我，道：“为什么？”

我又深深吸了一口气，“扑通”一声在他脚边跪下，把当初他的评价原封不动地照搬了出来：“二公子说过，奴婢是条忠狗。”

“所以呢？”他嫌弃地看着我，“我能杀人，难道不能杀狗？”

我当然不是这个意思，解释道：“二公子不要杀我，奴婢会对您忠诚一生的。”

他挑眉：“怎么个忠诚？”

我想了想：“替你挨打。”

这着实不是一个好答案，因为他听完又笑了，依旧是那种让人毛骨悚然的笑。

“这整个季家，可没有人敢打我。”他神色有些轻蔑，但总算挥了挥手，松柏大哥得了令，缓缓退下。

我松了一口气。

“你说现在要对我忠诚，但我素来和大伯那边不太对付，你这么说不就是叛主？”

我松了的半口气又战战兢兢地提上来：“可是他、他……”

小变态：“他什么？”

我快速回答：“他已经死了。”

人死如灯灭，不算叛主。

小变态眼神复杂地看着我：“你说得对，他已经死了。”

我趁机表忠心：“二公子放心，在您死前，奴婢绝对保证对您忠诚，绝无二心。”

小变态的眼神更复杂了，就连松柏大哥也一副被饭噎着的表情。

半晌，他终于招呼我起来：“不错，做谁的狗，就只对谁忠诚。”

我不敢多说什么，连连点头。

小变态吩咐说：“以后你就跟着我。记住你自己说的话，我若不死，你绝无二心。倘若哪日有异，便算叛主。”

我连忙答应，又提心吊胆地问了一句：“那要是叛主，会怎么样啊？”

他冷冷一笑。

“会死。”

变态就是变态。

但我这条小命算是保住了，不仅保住了，还做了小变态的贴身丫鬟。

挣得不多，干得也少，轮椅不用我推，饭菜不用我做，他不喜欢喝茶，我每天要做的就是给他倒倒白水，顺便晚上替他上药。

说是上药，其实也就是把药递给他，这人自尊心太强，不许任何人看他换药的模样。

那算是我人生中比较悠闲的一段时光了，那年的小变态还没彻底黑了心，做他的奴婢比做大爷的还轻松，除了不能多多说话以外，简直是神仙过的日子。

后来他正式接管了第四门，掌兵器、刀剑谱，我的月钱更是水涨船高，乐得我天天都在数钱，数到最后被他威胁，再让他闻到铜臭味就把我拉出去砍我脑袋。

但这种话说多了，松柏大哥已经不为所动。

我也是过了好些日子才知道的，原来松柏大哥和我一样也是下人，只不过我负责伺候主子，他负责给主子当打手。

我私底下问他，为什么大家都这么怕二公子。

我觉得大家就是因为他脾气差就歧视他。

松柏大哥擦着大刀，刀面在阳光下闪着阴恻恻的光，不知是不是我眼花，总觉得上头似乎有几缕微微血红。

血红……大概是我眼花了吧。

松柏大哥抬头，默默看了我发鬓间的石榴花一眼。他说：“不要同情二公子。”

我：“？”

我不知道他怎么会产生这么严重的错觉的，但还是耐着性子和他解释了一下。

我说我没有，他收了刀，说：“你可以喜欢他，但你不要同情他。”

“……”

松柏大哥站起身，把刀挂在腰间，黑黝黝的脸庞朝着我，轻声说：“喜欢还有救，同情就完了。”

我被他的影子笼罩着，真心茫然。

松柏大哥面无表情，扣着刀把，同我说：“他有病，你知道吗？”

我看了他一眼，漆黑的瞳孔无波无澜。这些年我以为他只是一个打手，是条和我一样的“忠狗”，可是刚才他在说“他有病”时，眼里分明闪过一丝不屑。

你也是下人，下人怎么能瞧不起主子呢？

但这话我其实也不是第一次听说了，姑苏季氏很多人都有议论过，二公子有病，身上有，心里头也有，还病得不轻。

话里话外，都是季家如果交到他手上，就得完了。

小变态自己也知道这事儿，刚开始他还很生气，狠狠教训了好几个人，但说的人多了，他也就麻木了，后来全都当作听不见。

我以为只有外面的人会这么说，没想到松柏大哥竟然也是这么想的。

我想反驳他，大声道："他没有！"

但话还没说完，他就走了。

日头落在他身上，落在他矫健的双腿上，他好高，我站起来大概也只能到他胸口。

而小变态约莫只能到他腰际。

要是小变态也长了双完整的腿，不知道他站起来，会不会比松柏大哥还高?

日子慢悠悠地过，大爷忌日那天，我告了假，偷偷摸摸跑回第三门的院子去了。

忘了说，大爷过世后，三爷就做了家主，现在三爷不是三爷了，是宗主。

主子们个个都长大了，被分配了职务，三公子的地盘就是第三门，掌管药理，颇符合他仙风道骨的形象。

谢小公子成了谢门主，他见着我还挺高兴的，一个劲儿地招呼我过去，然后把一篮子香火料都塞给了我。

……真沉。

三公子问："孟里，你来做什么？"

我吃力地抱着篮子，说："我来祭拜大爷的。"

大爷生前对我很好，以往他的忌日我都没去过，今年总算是舍下脸皮想来蹭个上坟位。

三公子点点头，帮我把篮子接过去，说："一起去吧。"

我感动得泪眼汪汪。

后来直到我们烧完纸钱、又跪又叩、原路返回，那篮子一直挎在三公子的手臂上，他没让我拿，也没让其他的下人拿，自己提了一路。

我越发感动了。

这要是小变态，哪会这么好心帮我拿篮子，不把篮子挂我脖子上就不错了。

但他是主子，我不敢抱怨，最多就在心里升起一点点跳槽的想法。

就这一点想法，我也不敢说，怕被小变态打死。随着年岁增长，他越发变态，现在已经会打人了。

于是，我只能委屈地在大爷坟前鼻涕泪水横流，让谢门主嫌弃了个透透的。

晚上三公子还要留我吃饭，我想着小变态的怪脾气，还是不敢答应，匆匆忙忙回了第四门。

结果又被小变态抓了个正着。

他坐在轮椅上，目光阴恻恻的，周围没有一个人影，就他一个人坐着。

可我知道这附近都是人，是他手底下顶级的打手，只不过我发现不了而已。他们想要我的命，我就得死。

小变态抚了抚自己腿上虚盖着的毯子，看了我一眼："去哪儿了？"

我磨磨蹭蹭，犹犹豫豫，还是说了实话："奴婢去三公子那儿了。"

小变态说："去做什么？"

我跟个傻子似的："祭拜大爷。"

他的脸色登时不太好看，瞅了我半天："哭了？"

我点点头。

然后，他不太好看的脸色就更难看了。

我提心吊胆地等着，等了好一会儿，小变态侧过脸，低声说："你过来。"

我捂着脖子过去了，却被他一掌又推了脑袋。

"你捂什么捂？"他没好气道，"我要杀你，你捂着有用？"

我："……"

公子你才几岁，不要满口都是打打杀杀的好不好，很不文雅。

小变态抬手，不耐烦道："去拿过来。"

我顺着他指的方向看过去，就见角落里堆着一个和白天一模一样的篮子，装着香火料，只不过是全新的。

我费劲地提起来，他回头，说："跟我去趟祭园。"

我喘着粗气，大着舌头说："公、公子，这要我拎过去吗？"

小变态转着轮椅，正面对我，指了指自己的残腿，笑起来森冷森冷的。"要不你放这儿？"

我手本来就抖得厉害，他这么一说我腿也跟着抖了。

"不、不用了，奴、奴婢不敢。"

他无言地看了我一眼，我低头，咬牙，一手抱着篮子，一手推着轮椅，小心翼翼地推他去了祭园。

小变态双亲皆在，他唯一需要去祭拜的人只有一个。

在季家的人都知道，夫人当初生产时受了极重的惊吓，险些小产。她本怀的是双生子，可惜活着来到人世的只有一个，另一个出生时便是死婴。

就是小变态的亲哥哥，姑苏季氏这一辈的大公子。

大晚上祭园里也没什么人，飞舞的灰烬里，他坐在轮椅上，静静地看着自己哥哥的墓碑，眼底晦涩不明。

不知为什么，看他这副样子，我心里有些酸。

一沓纸钱丢进火里，火光晃了晃，变成了火苗。

我大惊，连忙蹲下，直接用手去挑开那些纸：“不能丢这么多，会把火熄灭掉的。”

火苗在我指尖跳着，我把纸钱捡出来，捂着耳朵倒吸冷气。

一转头，对上小变态沉沉的目光，他的神情有点迷茫，半晌，突然低低缓缓地笑了。

他问：“孟里，如果有天我死了，你也会这么来祭拜我吗？”

我一愣，一时分不清是否有诈，不敢答话。

不过小变态讲话向来都不太需要我答话，他自顾自地转过了身，望着半明半暗里大公子的墓碑，整个人变得有点恍惚。

说起来小变态今年二十岁，可他周身时常暮气环绕，总给我一种他已垂垂老矣的感觉。

他摸着墓碑，摸着那上头刻着的三个字，有意无意的，在最后一个字上停留了好一会儿。

他把纸钱丢给我，轻声说：“这是我第一次自己来看他。”

我知道这个“他”指的肯定是墓碑的主人，我们的大公子。

小变态说：“往年我娘让我爹一起来，他总不愿意，其实他们说的都没错，我爹不喜欢我娘，连带着也不喜欢我。可我娘爱极了我爹，所以她也连带着不太喜欢我，小的时候她还会抱我，给我哼曲儿，现在几乎全心都放在我爹身上，也不怎么乐意见我。”

这些话他说来不痛不痒，但不知怎么，他的难过几乎是扑到了我的脸上。

他无所谓地笑，边笑边问我：“孟里，你说我活在这世上到底是为了什么呢？好像这天下间没有一个人乐意我活着的，我是彻头彻尾最多余的那一个。我要是死了，指不定连为我哭的人都没有。”

我看了他一眼，只这一眼，就被苦到了。

我疼到了心底，因为我知道他讲的是实话，他以前时常会枯坐在院门口，一坐就是一整天，表面上说是喜爱看院里的石榴花，事实上他每天都等着人来看他。

如若是夫人来了，他会很高兴。

更进一步，换作宗主，他能乐上一整天。

小变态说：“你说过只要我活着，你就会对我忠诚。”

我点点头。

他又说：“如果我死了，你也要这样来祭拜我。”

我有点无措，不敢轻易说话，大气都不敢出。

他抬起手，轻轻按在自己的断腿上，低声说：“没有人会为我哭……”

我讷讷地接口：“二公子，你……”

他突然抬头，眼里有野兽一样的凶意。

“我死了，你也必须为我哭。知道吗？”他指着墓碑，一双眼死死盯着我，“要哭得比今天还大声，懂了没？”

我答应了吗？

我不敢答应。

这算什么承诺啊，张口闭口的都是死，听着贼不吉利的。

小变态的脾气我摸了不说十成，八成还是有的，这种时候他基本都是在发泄，我只需要静静地听着就好。

果然，他说完，恍惚了好一会儿，才泄了气一样疲惫地往后一靠，对我说：“回去吧。”

我又麻溜儿地推着轮椅，提着香火料回了。

为什么推轮椅的不是松柏大哥？

不知道，好久没见到他了。

听说他的手臂受伤了，正在将养着，毕竟是个打手，靠手吃饭的，我表示十分理解。

就是苦了我，小变态的轮椅真难推。

那天回去以后，小变态没有找我碴儿，像是把我偷偷去祭拜的事情给忘记了。

我把剩余的纸钱全都收了起来，这些是不用还给掌银财的第五门的，所以我把它们放在枕头下，宝贝得不得了。

小变态当了第四门的门主后，用的东西都是最好的，包括纸钱。这纸面实在太好，我捡了炭末，每天小心翼翼地用指头沾一点在上面写字。

我没读过书，所以连自己的名字都写不来，可我想学，从最简单的一二三开始，有空就会偷着学一会儿。

结果不知道怎么回事，这件事给小变态知道了，他看着那一沓鬼画符的纸钱，脸色和见了鬼一样。

他问我：“你想干什么？”

我生怕他以为我在纸钱上画小人咒他，赶忙说：“奴婢学写字。”

小变态的眉一挑，把纸翻得飞快，没一会儿，脸黑黑地抬起来：“你这写的什么玩意儿？”

我知道，我又被他嫌弃了。

但他却没有接着对我冷嘲热讽，也许是因为难得的夫人来看他了，带着夫人的姐姐，也就是殷芳川殷大夫人一起，他今天十分高兴，也就没有为难我。

殷大夫人对小变态是真心实意的好，完全给当亲儿子一样疼。我觉得奇怪，怎么夫人疼青湮小姐，殷大夫人疼小变态，你们就不能各疼各的小孩吗？我真是不能理解有钱人的做法。

可这挡不住小变态心情好，他心情一好，破天荒地竟然要教我学写字。

他坐在桌边，吩咐人拿来笔墨，把纸张铺开，执着笔问："想学什么？"

我的注意力全都放在他修长的手指上，那是属于男人的手，骨节分明、纤细不失有力。

不知何时，我的主子已经不是少年了，他长成了一个纯粹的男人，虽然现在看来还带着些少年气，像是窗外秀气的小树苗，但我知道这棵树苗已经足够坚强，经得起风吹雨打，总有一天会长成参天大树。

我默了会儿，说："奴婢想学自己的名字。"

他"嗯"了一声，提起笔，洋洋洒洒就写了三个字，然后把笔一丢，懒懒地看着我，一脸等夸的模样。

我低头去看，果真好字，只是……

我指着那上头的字，认真地说："公子，不对吧。"

他问："哪里不对？"

我掰着手指头："奴婢叫孟里，两个字。公子写的是三个字，不是奴婢的名字。"

他用一种看白痴的眼神看我："我什么时候说我写的是你的名字了？"

我："……"

他指着纸钱，一字一顿道："季、之、远。"

我傻了："谁啊？"

他的眼神瞬间从看白痴变成看傻子，没好气道："我。"

"……"

对不住公子，我伺候您多年，今儿个才知道您全名原来叫这个。

怪好听的。

小变态理直气壮地说："主子的名字都不会写，还想学自己的？你想得倒挺美。"

我"嗷"了一声，把那张纸小心翼翼地收起来。

小变态大发慈悲，把一沓纸都送给了我，嘱咐我好好学。

我晃了晃纸，问："二公子，之远是什么意思？"

小变态坐在轮椅上没有动，手指点着把手，淡淡地笑了。

"人之初，性本善。性相近，习相远。我爹给我取的。"

我说："那大公子叫季之近吗？"

小变态笑得更开，道：“他叫季之初。”

这一笑，把我看呆了。

他难得有笑得这么真心实意的时候，连说话都带了些温柔平静。我觉得我真是被他虐待惯了，要是搁三公子那儿，我都不觉得有什么。

可小变态是谁呀，平时说话总是三分真七分假，就连笑，也假得要死。

他这么真真切切地冲我笑，我这颗心竟然扑通扑通就漏了两下，然后越跳越快，越跳越快……

完了。

我想，我完了。

写字的事情又过了小半年，我总算把三个字给捋明白了，也总算发现了不对劲。

松柏大哥回来了，但他少了一条手臂，左边袖子空荡荡的，只余了一只右手。

可那只右手，挥刀的时候依然狠绝，和以前一模一样。

他似乎没什么变化，一定要说的话，就是话比以前更少了。

不过我俩平时也都不怎么讲话，所以这种单方面的不搭理根本没被多少人发现，我也就不在意了。

可是小变态居然神奇地发觉了。

他这些年养得挺好，虽然离不开轮椅，但仍旧坚持每日锻炼，所以身子也不算瘦弱，脊背长得开阔了，人也抽条了，面色白白胖胖，真是越发像只小白馒头。

这天我照旧给他倒白水，他本来是坐在桌边誊着兵器谱的，不知何时抬起头，状似无意地问我：“你这几天怎么不和闵钰说话了？”

我呆呆地抬头：“闵钰是谁？”

他说：“之前我让他杀你的那个。”

原来松柏大哥的原名叫闵钰。

我低下头想了想，到底还是存了些情谊，便含糊其词过去：“他说错了话惹我不开心，就不想理他了。”

“哦？”小变态放下笔，整个人似笑非笑的，他看着我，说，“你觉得他是错的，所以你认为我没病？”

我手一抖，白水哗啦啦流了满桌子。

小变态转着轮椅过来，手里还拿着刚才誊的谱纸，来到桌边，轻轻地覆盖在了大片水液上。

白水很快浸透了纸张，这纸贵，我心疼得不得了，当下就露出不舍的表情。

“舍不得？”他侧头看我，笑出了声，指尖点在湿纸上，“画错了，这便是张废纸。既是废纸，便已无用，无用的东西，拿来擦桌子不可惜。”

他笑着笑着，随手转了下轮椅，面对着我，微微仰头，脸色冷下去：“所以不管是这纸还是这人，轻易都不要做错事、说错话，否则成了废物，下场可就不是被擦擦桌子这么简单。”

我没来由地觉得阵阵阴冷，但他仍同我对峙着，只是笑意到不了眼底。

他长了一张这么可爱的娃娃脸，神情这么轻描淡写，但说话时依然掩盖不了狠意。

“孟里，你该回答我了。”他笑吟吟的，“你觉得我有病吗？”

（三）

我觉得我的脸色一定不好看，白了又青，青了又红，红了又白。不瞒你说，我浑身都起了鸡皮疙瘩。

小变态对我的反应却很满意，他哈哈大笑起来，快活地在屋里转着轮椅，眼底都是疯狂的光亮。

此时已是夜间，他笑着，宛如恶鬼横空出世。

“他残了，当不了家主。”他咬牙切齿，无比恶毒地冷笑，回头，又对我说，“我爹说的。”

夜风顺着窗户吹来，吹得我遍体生寒。我眨着眼，费力地眨着，突然眼前就被打湿了。

我害怕着，颤抖着，也哽咽着。我哭着对他说：“不是的，不是这样的……”

“不是怎样？”他按着轮椅的手臂暴出青筋，抬手揪住我的衣襟，把我拉到他面前，直直地望着我泪眼模糊的脸。

“你是不是也这么觉得的！你装什么装啊！你们都这么觉得，都这么觉得！”他怒喝着，越说越不忿，笑容也越发扭曲，“你现在哭给谁看！我告诉你，姑苏季氏是脏的，季家每个人都不干净！泡到水里都洗不干净的肮脏！什么百年世家，兄友弟恭，都是假的！他们一个个都烂到了骨子里！烂透了！”

我浑身抖个不停，睁大了眼睛，盯着他这张苍白的，布满自嘲的脸。

痛。

好痛苦。

可我看着他，只觉得小变态应该更痛。

失望或者愤怒，这种情绪他已经尝过太多太多次了，我想他早就已经习惯了。

然而他如今眼神倔强，喘着粗气，笑得癫狂，慢慢地用手盖住眼睛，我却忽然领悟了——原来世上还有比痛苦更难以忍受的东西。

来自最敬爱的人的弃如敝屣。

“孟里。”

我抬头，望进他深邃而幽冷的眼睛里。

“他为什么不干脆杀了我算了？”

我抖得更厉害，心头周遭似乎生出了许多小刺，包裹着最柔软的部分，扎进了我的心头。

以往小变态也是喜怒无常的，他嘴上说着打打杀杀，但真正动怒的时候并不多，这是我第一次看他这个样子。

他才二十岁，当是好儿郎的年纪，可那双本该载满风月的眼眸里全都写着沧桑。

他的心死了。

“问你话呢。”

小变态走近了，用自己微凉的手指，抚摸上我苍白的脸颊。

他似乎是释然，又似乎是恨之入骨：“你觉得我有病吗？”

我摇头摇得很用力。

“我在你们眼里，到底是什么？”

我想告诉他，你在我眼里，是少爷，是主子，是二公子，是第四门唯一的主人。

也是我的天地。

可我知道，无论哪个答案其实都不对，那都不是他想要的。

一如既往，小变态问我问题从来不需要答案。他轻轻叹息，阖上眼睛。

他没有再说话了。

彼时，我尚且不明白世上有一句话叫作“哀莫大于心死，悲莫过于无声”，我只是呆呆地看着他，也看着那张被水打湿的画，不知道该怎么办。

画上是他新制的武器，一把杀伤力极强的弩，他兴致勃勃地给起了名字，叫鹰弩，准备送给宗主当生辰礼物的。

他无非是想向自己的父亲证明，父亲将第四门交给他，他可以做得很好。

哪怕身残，但他依然会是令他骄傲的儿子，不比三公子差上分毫。

但如今，我悲哀地看着烂在水里的纸。

这礼物大抵这辈子都不会送出去了。

说实话，因为小变态那晚的失态，我对宗主有过那么一点点怨念。

也就一点点，真的，再多我就不敢了。

我又在小变态的院子里待了一阵子，转眼到了盛夏时节，我也不去摘

石榴花了，而是成天研究着怎么做把更大更轻便能扇出更强劲的风的扇子。

原因无他，小变态怕热，而且夏天到了，他的伤口有时候会莫名其妙地流脓水，身上要是不爽利，味道就有些难闻。

说是为他，其实也是为我自己。

然而就在我数着什么样的羽毛做起来比较好用的时候，小变态出事了。

确切地说，是小变态的外公家，也就是殷家出事了。

事情的起因其实很简单，那天殷二爷为了找女人，趁着殷宗主不在偷跑去醉里寻欢了，女人找没找着我不知道，殷二爷的命差点去了半条倒是真的。

江南殷家的二爷向来耽于美色，但好色好到差点死在女人床上的，从江南到上京，从颍川到洛阳，天上地下大概只此一家。

殷二爷出了名，殷宗主的脸黑成了锅底，小变态肉眼可见地憔悴了。

那几天过后，我看到他越来越认真地绘着鹰弩，时常熬到天明，眼底都熬出了红血丝。

我跟嬷嬷商量着，要做点什么东西给他补补。

在掀锅的时候，闵钰突然神不知鬼不觉地出现了，他只留了一条手臂，空荡的左手袖子打了结，瞧着怪可怜的。

他一上来，就面无表情地冲我说："你是不是有病？"

我差点呵呵了。

小变态问我他是不是有病，你问我我是不是有病。

我看你们都有病。

闵钰的脸色很不好，他瞥了锅子一眼，说："你别想些有的没的，季家将来轮不到他做家主，你对他再好也熬不出头。"

我一愣，心里很不是滋味。闵钰这人说话嘴欠惯了，但这次我听着就格外不顺耳。

我跟他说："你也是下人，居然敢在背地里妄议主子？"

闵钰冷着脸，嘴角突然扯出一个极其怪异的笑容。

"他很快就不是了。"

我拎着大汤勺，问他："你什么意思？"

他答非所问："殷二爷死了。"

我又一愣。

殷二爷死了。

殷二爷是小变态的外公，除了殷大夫人，就数他最疼小变态了。

完了，小变态一定很伤心。

闵钰说："他之前请季门主去杀凶手，三公子拦着，季门主不愿意伤他，就作罢了。"

我问他：“凶手是谁？”
闵钰竟然认真地想了想：“一个女人。”
停了好一会儿，他又补充道：“漂亮的女人。”
能让闵钰这块木头说出“漂亮”两个字，那得是多漂亮啊。
完了完了完了。
绕来绕去，殷二爷还是死在了女人身上。
但这和小变态不当主子有什么关系啊？
闵钰大抵看出我的困惑，很贴心地为我答疑解惑：“那女人还杀了殷大夫人。”
“……”
我足足呆滞了快一炷香，才勉强说服自己接受这个事实。
全天下最疼小变态的两个人都去了。
我大概也就半个多月没接近小变态，因为此前他一直在制作鹰弩，不允许任何人靠近，连吃饭上药都是放门口，除了那些黑衣服打手，谁也进不去。
就半个多月，他的世界竟已天翻地覆。
但更天翻地覆的还在后面。
闵钰说：“二公子已经为他们报仇了，凶手被他用鹰弩击杀，跌落万丈悬崖，必死无疑。”
我一眨不眨地盯着他，总感觉他的话还没说完。
果然，他薄唇轻启，慢慢地说道：“三公子也差点跟着去了。”
我大惊：“为什么？”
闵钰：“三公子和那漂亮女人是一对。”
我的苍……
“那漂亮女人可能是宗主的女儿。”
……天老爷呀！
我真是佩服极了闵钰讲故事的能力，重点抓得也太准了，看似什么都说了，却又给人留了无限遐想的余地，堪称雾里看花一把好手。
但我不记得夫人和宗主还生了个女儿呀。
闵钰此时的贴心超乎想象，他说：“她应该是宗主和别的女人的私生女。”
“……”
“宗主大怒，已经把二公子关到了地牢，夫人受了大刺激，刚刚被送回殷家了。”
我丢下汤勺，大步往外面走去，在经过闵钰身边的时候被他一把拉住。
“你要去干什么？”

我张嘴："我要去……"

但接下来的话全都被卡在了喉咙里。

是啊，我要去干什么呢，我能去干什么呢？我只是个小丫鬟罢了，我什么也做不了。

闵钰别过头，他站在我面前，身影这么高大，半张脸掩盖在袅袅白烟后，看不真切。

他说："别去了，孟里，第四门没有了，二公子也没有了。"

我的嘴唇动了动，可真的不知道该说点什么。

闵钰的面色这样沉冷，嬷嬷也早不知道去哪儿了，他望着我，慢慢地把话说完："孟里，我要走了，以后也不回来了。"

我怔怔地点点头，许是被冲击得太强烈了，对离别的感触都没那么深。

闵钰抬起眼睛，神情不太好，他的脸上没有太多血色，即便背后是暖阳万丈，也显得越发苍凉落寞。

他说："我以前很羡慕他，有个你对他这么好，从没人这样对我过，所以我那时很想你也对我这么好，可后来……"

他顿住，长长地叹了口气。

阳光照进来，他逆着光亮，面容看不清楚，只听见嗓音沙哑，哑得不成调子。

后来什么呢？

我没问，也不太想问。

万般道不尽，化作黄金色，我读书不多，但有句话觉得深以为然，便是切莫深究，因为有很多东西是深究不起的。

闵钰最后看了我一眼，那张不苟言笑的面庞是如此熟悉，眼里似乎有着渴望，也有着恍惚的无措。

他指了指自己的断臂，对我说："我这条手臂就是他砍的，阿昌也是他杀的。他杀了很多人，孟里，他没有你想的那么好，你趁早死心吧，像他那样的人谁也救不了。"

"我……"

我昏昏沉沉的，嗫嚅着，无法应答。

闵钰朝我笑了笑，终是转身离去，他的身影很快消失在阳光下，一路都不曾回头。

偌大的厨房里只剩下我一个人。

我茫然地站着，外头阳光那么好，好得似乎一切都没有改变，可我知道闵钰不会骗我。

我忽然有点难过——一瞬间我想到了小变态，竟觉得他可怜又可悲。

补品还在锅里，咕咚咕咚往外冒泡，要吃他的人却已经被丢进了地牢，死生不明。

我扭头看了锅里一眼，刹那间湿润的感觉从眼眶流出。

我想到了很久之前的那个月夜，在大公子的墓碑前，他摸着那上头的字，在最后一个字上停留，对我说："我好像是全天下最多余的那一个……如果我死了，你一定要为我哭。"

那时候我不知道他是什么意思，现在我懂了。

他摸着墓碑的最后一个字，因为他和大公子的名字只差了一个字。

他那时在想的，或许便是自己的墓碑长什么样。

地牢……

他还活着吗?

我不知道。

我只知道，当年我跪在他脚边发了誓，他活着一日，我便忠于他一日，只要没见到他的尸体，这誓言便永生有效。

我永远忠于他，直到死亡来临。

再次和小变态有接触，大概是在一年半以后了。

其实在这之前我是得知了他从地牢里出来的消息的，那是在他被关了快一年以后，他推着轮椅进来的那一刻，说真的我以为自己在做梦。

可他变了，变了好多好多。

最直观的变化，是不再同我亲近。以前他心情好了还会教我写字，但现在连抬头看我一眼也不愿意了。

只在最开始的那天，第五门的戚门主推他进来，他坐在轮椅上，往空荡荡的院子扫了一眼，目光在石榴花上掠过，似笑非笑地说："怎么，不认识我了？"

他的右手软软垂着，只有左手不时有些小动作，一年不见他又瘦了一大圈，脸上都快脱相了。

可他活着，他还好好活着。尽管变得更加阴沉，更加无常。

我差点跪下来感谢上苍。

小变态不再理我了，他筹谋着做更大更重要的事，我自是不清楚他要做些什么，每天只负责继续做好我的丫鬟，给他端茶送水。

直到又过了段日子，我才知道他要做的事情是什么。

那天我正在屋外折石榴花，就听到外头喧嚣一片，熙熙攘攘的全是吵闹声，还伴随着武器相撞的声音，刺耳又烦人。

我正纳闷，还在纠结要不要出去看看，外头的声音却停了下来。

过了会儿，只听得风声作响。

我不知道到底发生了什么，犹疑了一下，回屋里抱出了门闩，紧紧搂在怀里，踟蹰着出了门。

门外的情形着实震撼到了我。

“二公子？！”

那人躺在血泊里，轮椅重重地压在他身上，他的眼睛睁着，却无神地望着前方，一动不动。

头发也是散乱的，身上满满都是血，衣衫被割破了好几个口子，脸上也全是血。

在他不远处，是夫人凉透了的尸体。

再远一点点，是宗主捂着心口蜷缩抽搐着。

周遭几十上百个黑衣打手，都跟被下了迷药一样，横七竖八地躺着，乍一看去场面十分惊悚。

我丢了门闩，想也不想就冲到小变态身边，使出吃奶的劲儿把轮椅扶起来，再吭哧吭哧地把他弄到轮椅上后，气都喘不匀了。

他脸色很白，眼睛直直地看着夫人的尸体，我想着夫人或许还有救，赶忙上前去探了探鼻息——凉透了。

我又回到他身边，他的眼神此刻看起来空洞而茫然，我靠得更近了些，他终于注意到了我，几乎是涣散地，轻声地喊我：“孟里……”

我连忙上前，半蹲下身子，说：“公子，是我。”

他笑了，他竟然笑了。

他抬起血迹斑斑的手，轻轻抚上了我的额头。

“你怎么还在这里？”

我哑然，胸腔里的东西猛地剧痛，似乎有什么裂开了，流出来。

“死光了……”他转头，僵硬地看着周遭，细细颤抖着，左手按在我的肩头，“你为什么还在这里？”

金色的光芒洒落大地，他像是彻底被抽干了灵魂，左手扶着把手，咬着牙想站起来——可他当然不能得偿所愿，对一个只有左手有用的人来讲，这根本做不到。

他踉跄着跌回去，我赶紧上前扶他，却被他哆嗦着一把打开。

他笑着，笑着笑着又哭起来，在轮椅里挣扎蠕动。

一声声的哭泣，像被人从血肉里剜出了心脏。

金光吞噬乌云，他像困兽一样哀鸣，他其实做到了，我的主子，我的公子，他做到了他最想要的——毁掉季家。

可代价好大，大到我都替他觉得承受不起。

天下间那么多的苦难，两辈子的冤孽，所有人都有相报的目标，唯独他没有。

所以他只能哭，回到生命最原始的样子，哇哇啼哭。

也是在某个孤寂的夜里，他提笔写下“孟里”两个字，折了枝火红的石榴花别在我发间，教我念诗，念“梦里春归去，榴花晚欲然”，那时候我们都还很好，人间的苦难尚未发生，他不欠任何人，坦坦荡荡，干干净净。

那朵石榴花，藏着我不敢说的心事。

其实那些事我都知道，他瞒不住，也不想瞒。

他杀了好多人，害了好多人，无论是阿昌、闵钰，还是谢门主，他从未有过心软。

我有时会想为什么，有时又不会去想，想的次数多了，全都化成一句话，是他坐在院落里时说的，他望着满院的火红，眼神悲切。

他说：“是命选择了我，不是我选择了命。”

为什么呢？因为他生来带着罪孽，因为他不被任何人喜欢，因为他天生残疾缺少双腿。最爱他的亲人死于非命，所以他也要去掠夺别人的亲情，别人的温暖。

他罪大恶极，他死不足惜。

这些我都知道。可那又怎样？

他最初，也并不想要变成这样。

命运就是这样，总能教人面目全非。

我倚靠在他的轮椅边，望着风光无限的季家变成如今这副模样，他把积在心头十余年的恨一次还了回去，这样扭曲又这样快意。

金光渺渺，一出陈旧的戏码终于要谢幕，微风吹来，我似乎听到轻声吟唱，唱罪孽，唱救赎，唱过往，唱新生。

风吹过，榴花欲燃。

番外三 有情人

她同其他人不一样，总是特别的

（一）

这一日，是中原武林继武林大会之后最热闹的一日。

不归山有八合九离塔，塔从外头看为九层屋檐状，底头是重檐回廊，南北各开铁门一扇，从下往上看，九层塔檐皆以犀利笔锋镌刻“离心、离情、离欲、离爱、离恨、离忧、离嗔、离怒、离痴”，九念皆为“离”，无一是“合”。

季清兮着一身白衣红卦，青丝用银冠高高束起，双手藏于袖中，负手站在人群之外。

她作一身男子装扮，但毫不掩饰自己的女儿身，被人盯着瞧时还会笑嘻嘻地回上一眼。

日光之下，她琉璃般的双瞳似有光辉流溢，淌出无法言说的灵气，十分引人注目。

“诸位——”

塔第五层陡然传来一声长长的呼唤，在底下等待的众人齐齐抬头望去。

先是看到一双满布皱纹的手，然后再静待一会儿，一位白发老者就施施然出现在众人眼前。

他道：“诸位远行而来，不归门有失远迎，先请诸位恕罪。”

有耐心不好的人在下头应和：“老头儿，可别说什么面子话了，你既知道我们为何而来，便干脆直接点，少说点无用的。”

这话不算客气，老者却是连眉头都没皱一下，他抬手摸了摸花白的胡子，轻轻一击掌，立于他身后的小童便立时抱着一木盒上前。

老者接过，打开木盒，先将盒内的东西对着众人展示了一番，而后将其置放于走廊边的桌上。

“逐风刀在此，诸位须知，不归门向来言出必行，从不说假话。”老者稍稍退开些，“各位自凭本事来抢，死生自负，不归门不干预，亦不插手。”

说完，他旋身下楼。

身后桌上，名刀逐风静静躺于木盒之中，刀锋如雪，日光之下闪着耀眼光泽。

逐风钩月，寄雪坠星。

若要细说江湖神武，总绕不开这“风花雪月”。

传闻钩月双刀藏于南疆，寄雪长剑自江南殷家一脉灭门后便很少出现，袖中刀星坠则是当年姑苏小医仙贴身武器，自他叛离姑苏，随着他的销声匿迹星坠也同时绝迹江湖。

唯独剩下这把逐风刀，自上一任拥有它的刀客——姑苏季氏家主季承暄失了一只手后，不知怎的辗转几番流转到了不归门手中。

刀是好刀，也是烫手山芋，不归门门主是个性子邪门的，嫌觊觎此刀的人太多，打扰他清净，竟直接办了一场夺刀大会，大家各凭本事，谁抢到便算谁的。

来的各路江湖侠客不少，真要夺刀的有之，能叫出名号的也有好些，但熙熙攘攘聚于塔下的，八成仍是看热闹的。

季清兮顶着太阳，掰着手指头开始算，哑巴叔还有多久才到。

都怪自己昨日非要拉他喝酒，谁能想到哑巴叔酒量如此“惊人”，三杯下肚，今晨怎么叫都叫不醒，无奈之下，她只好自己孤身一人先上了不归山。

还有她哥。

季清兮埋怨地想着，叫他一起过来他也不肯，非要先去拜会门主一番，说人家与他们师门有交情，这回要拿人家的东西，总得先知会一声。

迂腐，古板！

和她爹一模一样！

但她娘治得了她爹，她却是断断治不了她哥的，所以只得自己找了块树荫下的大石头先坐着，遥遥观望局势，一边等一边期待她哑巴叔能早些醒酒。

季清兮自顾自想着，那边却是已然打了一场又一场。

逐风是好刀，自然能吸引刀客思之若狂，但季清兮却不甚在意。本来，这种较量冲在前头的大多是些无能废物，高手都是隐于后，静待出手良机。

待日头越来越盛，那边的打闹越来越正经，渐渐没了打闹的意思，来来往往都带了杀招，季清兮总算从石头上起来，抹了抹额头晒出的汗，挪步上前。

挡在前头一夫当关万夫莫开的是洛京逍遥峰峰主李千秋，正持逍遥剑而立，身如松柏，剑如灵蛇，招招诡谲叫人难以猜测。

他说："可还有人上前？"

众人皆犹豫不动。

李千秋："若无人上前，逐风便由我洛京逍遥峰带走了，诸位承让……"

季清兮微微眯眼，脚尖轻动，正欲开口，却在此时听到人群中传来一声："莫急。"

这一声清脆利落，人群顺势回望，见立在不远处有一抱剑少年，一身黑衣，面容俊秀，瞧着二十出头的模样，眉眼间一股潇洒风流之意。

李千秋皱眉："你是谁？"

少年上前，众人自行分出一条道来为他让路，他很快在人群前站定，望着李千秋，抬手行礼，答："姑苏，霍寒舟。"

这话一出，立刻有人变了脸色，小声与身边人道："是霍寒舟？他怎么也来了？"

同伴答："他是季承暄收养的义子，来这里自然也是为了逐风。"

"也对，说起来，逐风刀原本还真是属于那位姑苏季氏旧主的。"

季清兮挑挑眉，没说话。

那边很快开始过招。

说起这位霍寒舟，年轻是年轻了些，但剑法比起李千秋不遑多让，两人手下过了几轮，一番激战飞沙走石，剑刃相碰，一招一式看似客气，却十足十地用上了毕生所学，几许后，后者竟还渐渐占了上风。

最后一招，他将李千秋的逍遥剑重重挑落在地，翻手收剑，身姿卓然。

季清兮不禁在心头赞了一声好。

霍寒舟声音低缓："承让。"

说完，他转身轻跃而上，行至第五层，欲伸手夺刀。

孤雁在上，逐风而去。

就在霍寒舟指尖即将碰到刀面之时，微风骤起，倏地往他身后空门袭来！

他来不及回身，凭借习武之人惯性，下意识抽出腰间长剑迅速往后一挡，登时刺耳的厉声响起。

"铮！"

塔下有人惊呼，比起刚才听闻霍寒舟到来时更盛。

"打骨锁！是打骨锁！"

霍寒舟闻声，神色微变，手指点着木盒将其盖上，复而重新握紧长剑，内力运至顶峰，微微抿唇，沉默着回身。

身后无人。

他皱起眉，耳尖动了动，口中说道："敢问是哪位英雄好汉，可知背后偷袭不是正人君子所为？"

“说得好。”一道软软的娇声响在身侧。

霍寒舟转头，正见塔檐之下，回廊木栏之上坐着一白衣红衫的少女，高鼻深目，黑瞳如琉璃珠，笑靥如花，却比花更娇。

她甩着手中细长的黑色铁链，链头挂着一同色铁锁，敲过木栏时发出沉重的撞击声。

“可惜我不是什么好汉，更不是什么君子。中原人，你们有一句话讲作‘唯女子与小人难养也’，我倒觉得有几分意思，你也不必问了，我便是偷袭你的那小人。”

霍寒舟一怔。

趁着他愣神间隙，长长的打骨锁灌了千钧力道忽然往他面上扑来，姑娘俏生生地说道：“对不住了，霍少侠，可这逐风刀我要定了。”

围观众人被突变的情况惊呆，继而发出阵阵惊呼。

在这叫声里，霍寒舟转腕翻剑，剑身流出熠熠冷辉，锋芒闪眼，他使剑翻出剑花，将迎面来的铁链紧紧缠住，顺势收臂，手掌攥着链身，合力拉紧，再用力往自己的方向一拽——

“啊！”

清甜的气息扫过他的脖颈，满怀都是芽糖的香。

塔下看热闹的人从惊呼霎时变成哄笑。

“给我瞅瞅，这都成了什么了？”

“霍少侠好福气，夺了刀，还有人投怀送抱。”

……

“霍寒舟。”姑娘理所当然地赖在他怀里，埋怨他，“你把我弄疼了。”

霍寒舟望着她，愣住了神。

被她搂着的那块皮肉，隔着衣服，仿佛燎烫到了心口，一阵酥麻瘙痒，他居然想开口问一问，问她哪里疼。

是不是他太鲁莽了，将她哪里伤着了？

霍寒舟耳根泛起红，喉结滚了滚，说：“你……”

季清兮仰起头，眼睛明亮，她冲他笑，说的却不是好听话：“这刀，我可拿走了。”

说完，她一掌打在霍寒舟的肩头，抱着不知何时偷到手的逐风刀，就要飞身离开。

木盒大开，里头是叫人生恼的空空荡荡。

季清兮一手拿刀，一手拎链，几个纵身行于屋檐之上，哪想到没行几步，身后陡然贴上温热的男性躯体，肩头被人扣住，随即往后拉。

季清兮暗恼，霍寒舟竟来得这么快！

她没办法，顺势转身，就着他力道往前，嘴唇即将轻扫过他的唇瓣。

霍寒舟当即像被火烫到一样，惊慌地放开手，呆立原地。

季清兮抱着刀，远了几步，笑眯眯地看着他："霍寒舟，你脸红了。"

霍寒舟抬眼，面颊上是掩不住的羞愤："你、你这姑娘！"

季清兮笑得更开。

她面朝他往后退："你来擒我便是，何必害羞。我娘说得没错，中原人果然个个都十分有意思。"

霍寒舟抿唇，冷肃着脸，怕人看出自己脸红，不自在地别过头去。

季清兮唯恐事情生变，只想速速离开，脚下往后再退几步，正要走，腰后却被一双有力的手掌稳稳托住。

她一顿，面颊生出灵动笑意，回头一望，惊喜道："哥，你来了！"

季清让却不看她一眼，搂着她的腰，飞身往下，几步掠回到塔下。

霍寒舟眼神一跳，紧随其后。

季清让将季清兮挡于身后，双手行礼："舍妹年幼，多有见怪之处，还请海涵。"

礼行给众人，话却是对着霍寒舟说的。

霍寒舟没应声，人群里有人问："你又是谁啊？"

季清让挺起腰身，字句清晰，不轻不重道："南疆七星谷大弟子，季清让。"

众人一时面面相觑。

南疆七星谷，那可是个比不归门还邪性的门派，修邪魔外道，行阴诡之事，却正邪不沾，常年不问世事，亦不喜入红尘。

如今，却怎么也打起逐风的主意来了？

有人这么想，便也这么问了。季清让答道："逐风本就是我季家的东西，如今拿回，实属物归原主。"

一旁沉默的霍寒舟忽道："何出此言？"

季清兮和季清让转头看去。霍寒舟上前，声音低沉，道："逐风乃是我义父生前所有，若要物归原主，也当归回我义父才是。"

季清兮眨眨眼，咋舌："生前？他死了？"

霍寒舟一愣。

季清让扭头，蹙起眉心，警告意味明显。

季清兮只好吐了吐舌头，抱刀立于一边。

季清让："季氏家主，何时没的？"

霍寒舟眼看着季清兮，说："上月，病逝于姑苏。"

季清让点点头，道："节哀。"

他向前一步，冲众人再一行礼，负手转身，道："诸位，不归门先前有言，夺刀大会，谁抢到逐风便归谁所有。如今大家看到了，逐风在舍妹手中，刀便是舍妹的了。”

一人道：“不归门可未曾说过何时结束，既然如此定是不死不休，在你妹妹手中又如何，我抢来，不也是我的了。”

季清让点点头，他的眉目看着更偏中原人一些，气度瞧着更儒雅。刀客自然也讲究先礼后兵，他这一番礼数做足，也算给足了面子。

他沉默着抽出袖中刀，在众人惊叹的眼神里展开星坠，黑色玉骨之上爬满倒刺，闪着嗜血光芒。

“若有不服者，且上前论剑。”

白日夺刀大会结束，待夜晚来临，季清兮轻巧行于客栈之上，很快便找到自己想见的那人。

房里那人正在换下白日里带血的衣衫，背朝窗户，露出身后一道长长的刀疤，血色深红，瞧着可怖。

季清兮啧啧两声，翻身进去。

霍寒舟套上里衣，头也不回：“姑娘深夜造访，所为何求？”

季清兮背着手，笑嘻嘻地绕到他身前：“我来看看你。啧，我哥下手真重，他怎么一点分寸都没有，将你打成这样。”

霍寒舟沉着脸，将外衫披上，道：“白日输给令兄的人不少，姑娘是打算一个个安抚过去？”

季清兮笑得得意扬扬：“是啊。”

霍寒舟脸色大变：“你——”

一只手指将白色的膏药抹在他鼻头：“是你非要这么想我，如今却也是你生气，霍寒舟，你这人真是好不讲理。”

白色的药瓶被放置在桌上，红衣小姑娘坐在桌边，用筷子捻着灯芯玩，灯影晃晃，映出墙上两个交织到一处的身影。

霍寒舟走来，漆黑的眸子紧紧盯着季清兮，一眨不眨，将她仔仔细细地打量。

季清兮放开筷子，抬眼看他：“感动了？你别这样看我，我可不是什么善人，你这么看我我不舒坦。”

霍寒舟低声道：“刀都拿了，还跟着我做什么？”

季清兮笑道：“霍寒舟，说起来，你我还是本家。真要深究，你与我爹爹算是同辈，我恐怕还得唤你一声‘叔父’。”

“你……”

“季清兮。”她说，“我叫季清兮。”

霍寒舟看着她，灯下照亮如花笑靥，眼前的姑娘有着最明艳的脸庞和最动人的眼睛。

她同其他人不一样，总是特别的。

特别可爱，又特别叫人生恼。

“霍寒舟。”季清兮冲他摆手，她散了发冠，披着一头青丝，随手绞在手里编辫子。

发丝掠过他的鼻下，季清兮看他又红了耳朵，笑道：“你很讨厌我？”

霍寒舟盯着她又愣了会儿，还没开口说话，听得她笑他：“怕是没有吧。我瞧你见我，分明满心欢喜。”

他闻言，脸又红了起来，浑身都有些不自在。

季清兮捂嘴笑得开怀。

她笑起来有红妆的影子，同大漠上自由的擎风烈阳一样，可情动之时又像极了季寒初——那个为所爱之人叛族弃道，舍了中原永居南疆的季氏三公子。

便如此，让霍寒舟失了神。

（二）

欢喜吗？

霍寒舟自问，大约是吧。

但那又如何呢。这欢喜只是一时，他向来是个有分寸、知轻重的人，比起隐秘的欢喜，还有更多更重要的事情等着他去做，两相权衡，刹那的欢喜和情动就显得微不足道。

烛火噼啪，声音空落落地响在房内，季清兮兀自讲了一堆自己父母与他义父的渊源，讲得口干舌燥，抬头一望，霍寒舟在灯火明暗里静默不语。她正疑惑，却听见他开口，声音仍旧很沉：“姑娘，我有一事相求。”

“季清兮。”她低声重复，“我的名字。”

霍寒舟垂眸：“季姑娘。”

这人正经又老旧，季清兮不同他计较，他不接她的话，她就自己逗他。

“叔父。”她嘴角有笑，“何事相求？”

霍寒舟着实被这声“叔父”噎了一下。他知道义父与那位失踪的季三公子是叔侄近亲，义父收养他时他已有了些年岁，能记事情，记忆最深的便是他时常挂在嘴边念起的几个人，季寒初便是其中之一。

虽然这“时常”，其实次数也少得稀罕。

不见怪，他义父本就不是什么感情外露的人，加上常年怀有心疾，发作时胸痛如绞，能安安静静与他交流感情的时刻更是少之又少。可在义父死前，很长一段时间内意识已然不清醒，混混沌沌喊着的都是这些叫他无法放下的人。

霍寒舟看着季清兮。

季清兮也看着他，两人对视了一会儿，霍寒舟先败下阵来。

他将手放在嘴边掩饰着咳了咳：“姑苏，霍寒舟。”

季清兮懂他意思，更觉得他可爱，笑着接上：“南疆，季清兮。”

霍寒舟耳朵悄悄红透了，声音也没方才稳重：“我想求你一件事。”

“你说。”

霍寒舟：“可否借逐风一用？”

季清兮讶异：“逐风？”

霍寒舟点点头。

季承暄是个冷情的男人，霍寒舟在他身边长大，也学了个八九成。但他不是木头，他知道季承暄心中在乎的是什么，有些东西是季承暄死前都牵挂着无法放下的，不替季承暄完成，他自觉愧对季承暄养育之恩。

季清兮：“你借逐风做什么？”

霍寒舟说：“立于义父坟前，燃香三日，刀祭亡魂。”

季清兮脸上现出为难的神色：“刀在我哥那里，我做不了我哥的主。”

很多人都说她哥哥的性子和父亲一样温润，其实不然，季清让的个性更加强势，只是他藏得很好，不叫人发觉而已。

这么一想，季清兮很沮丧，垂下头去，讷讷道：“对不起，我帮不了你。”

季清兮花骨朵一样的年纪，垂头丧气的模样也很鲜活，霍寒舟不知怎么就忍不住伸手摸了摸她头顶的头发，动作很克制也很迅速，碰了一下便收回手。

她自顾自丧气着，没有发现他的动作。

霍寒舟悄悄松了口气，他清了清嗓子，说：“没关系。”

季清兮鼓着脸抬头：“那你拿不到刀怎么办？”

“无妨，我还有别的事要做。”

“什么事？”

“找个人。”霍寒舟说，“带他去我义父坟前拜上三拜，送他一程。”

季清兮问：“你要找谁？”

霍寒舟：“我的义兄，季之远。”

季清兮似乎在哪里听过这个名字，却一时半会儿想不起来。她问：“他在哪里？”

霍寒舟看着季清兮：“不知下落，不明生死。”

季清兮站起来，她的个头才到他肩膀，仰头看着他时眼神很真挚也很期待：“你要去多久？”

年轻女孩的眼在灯影里显得分外亮，似有夏夜流萤，有种吸引人陷进去的光华在里面。

霍寒舟被她看得心跳如雷，他笑了一声，说：“不知下落、不明生死，

自然也不问归期。”

季清兮的笑容隐去，没有说话。

霍寒舟看了窗外一眼，夜色转淡，天光即将大亮。

他旋身，拾起自己的两把剑背到背上，再一回头，望见季清兮一双清澈湿漉的眼睛，朦朦胧胧地看着自己，当下有点手足无措，不知说什么才好。

“你，你……”他声音软下去，巴巴求道，“别这样看我。”

季清兮侧了侧头，瘪着嘴：“我能不能跟你一起去？我也想游历江湖，我娘说中原很好玩的，可我哥和哑巴叔从不带我玩。”

霍寒舟不知该气还是该笑，他背着手走过去，身影将她完全笼罩着。

“为什么要跟着我？”

季清兮默然片刻，像被问住了。霍寒舟等了会儿，见她一直不说话，无奈地摇摇头，转身欲走。

末了，还是不忍心，他转头叮嘱她：“中原没你想的那么好玩，江湖也很危险，你听你哥哥和叔叔的话，快些回家去。”

说完，霍寒舟抬脚要走，却不料季清兮忽然伸手，手指扣着他腰带，将他拉停下来。

霍寒舟回头，见她满眼璀璨如星，眼中星河一望到底，期盼地问他：“霍寒舟，要不然，你跟我回南疆吧？”

霍寒舟一愣，季清兮紧接着说：“南疆也很好玩的，等冬天到了，我带你去看雪，那是和江南不一样的雪，能到人膝盖那么厚。对了，还有冰河，我们可以一起在冰上行走，然后去树上挂灯笼。”

霍寒舟敛袖，天已亮了一半，灯火熄了，光从窗棂钻进来，她的脸干净得如碧水洗涤过一般。

他沉默几许：“为什么要跟我一起？”

季清兮笑意吟吟：“你说呢？”

她定定地看着他，眼中有盛大的光彩。泠泠的月色里，霍寒舟像被什么戳着了，仓皇地将手别在身后。

他穿一身青衣，是很简单粗糙的料子，跟着季承暄的这些年除了练武之外他没吃过苦，却也算不上锦衣玉食，性子更不是个会低头的，可面对季清兮近乎赤诚的真心，他这一生大约是第一次示弱了。

他背在身后的手握成了拳，长出口气，他说：“我当你一时戏弄，不与你计较。”

季清兮捻着自己手中的头发，瓮声瓮气地说：“我从不戏弄人。霍寒舟，你这么说是将我当成什么了？”

霍寒舟负剑而立，闻言，微微一笑，却有苦涩，道：“娇生惯养，行止由心。”

季清兮侧头默默看着他：“那你又将自己当成什么？”

霍寒舟很快回答：“闲云野鹤，困于斗米。”

季清兮放开手，有些委屈地盯着他看了几眼，道：“你就是不乐意跟我一起咯？”

霍寒舟含笑摇头。

没了逐风，他还要去找季之远。

他要做的，还有很多很多。

而季清兮，她……她真的还太小了。

纷乱江湖自有风月，她的风月上头写的不该是他霍寒舟的名字。

鸦啼三声，霍寒舟垂手，语气温柔得不可思议：“我走了。”

季清兮闷着一口气，绞着手指很是烦躁，跺着脚来回走着。

霍寒舟失笑，很快又冷肃着脸，一步不停地往门边走去。

吱呀！

门打开，寒风灌进来，冷月之下，青石板路旁柳枝光秃，月影尽头，立着一抹长长的人影，面容尚存青涩，却叫人无法轻视。

他颔首，露出一张与季清兮五分像的面孔，眼望着霍寒舟，淡淡道：“想借逐风，也不是不可以。”

谁都没料到季清让真会愿意借出逐风，不仅愿意，甚至未许归还之日。

他说自己在不归门还会再待上一阵子，之后会带着季清兮回南疆。

至于逐风，霍寒舟什么时候想还了，再还便是。

只是在他们离开之前，逐风还得放在季清让身边，等他哪天真要回南疆了，再将刀交给霍寒舟。

霍寒舟没办法，只好在不归山附近继续住下。

季清兮知道了这事，赶上不归山，拦下季清让，问他是什么意思。

季清让看着她，笑得很无奈，点了点她的鼻头说：“小蠢蛋。”

季清兮不知道自己怎么蠢了。她跟哑巴叔讨论不出什么，趁和霍寒舟结伴出门吃饭的时候，非要他说一说自己到底蠢不蠢这个问题。

霍寒舟：“不蠢。”

季清兮抱着包芽糖，点头：“我也觉得是。”

小哑巴在一旁直叹气。

他们入座，季清兮已经啃了快半油纸包的芽糖。季清让刚坐下，瞧见这光景，眉头直皱。

“别吃了，再吃下去小心又要牙疼。”

季清兮不理他。

季清让伸手要夺，她惊呼一声，护着芽糖往后躲，椅子没靠背，她冷

不防朝后倒下去。

小哑巴和季清让吓了一跳，双双伸手要拉她，霍寒舟动作却更快，一手格挡着季清让抢糖的手，一手扶着季清兮的肩，将她稳稳托住，推回桌边。

“当心些。”

见状，季清让微微眯眼。

季清兮远没有季清让的从容周全，她被他说了两句，心头着恼，又无处可发，啪嗒一下把油纸包重重放到桌上，说：“不吃了。”

霍寒舟不懂她怎么气上了，问：“怎么不吃了？”

季清兮随口找了托词：“糖不新鲜，不好吃。”

霍寒舟脱口而出：“怎么会？我都是等铺子开门，看他做出新鲜样子才拿来给你的。”

季清让侧首，眉尾微微上挑。

季清兮气鼓鼓的，但毕竟年少，吃不到糖就拉着小哑巴去点菜。这番宴请是霍寒舟为了感谢季清让借刀之恩，特地选了不归山下最好的酒楼，她一定要点好些招牌菜，吃个爽快才行。

季清让眼见妹妹的身影消失在厢房门口，转头看着霍寒舟，微微一笑，道：“我这妹妹，脾气可真不好。”

霍寒舟温声道：“年少率性罢了，我倒觉得没有什么不好。”

“真的？”季清让语调很温和，眼神却很紧。

霍寒舟点头：“自然。”

季清让又说：“霍少侠常年游历江湖，大约没怎么同小姑娘家接触过，怕是不太清楚，譬如我妹妹，脾气不算很好，性子却来得固执。”

霍寒舟察觉到他话里有话，安静地等他说下去。

果然。

季清让：“清兮从小就爱吃芽糖，好几次都吃出了一口烂牙，疼得龇牙咧嘴了，眼泪汪汪地向父亲保证再也不吃了，可等牙一好，又还是会吃，周而复始，让人毫无办法。但她又不爱喝药，她小时候生病，甚至宁可自己咬牙扛着，也不愿碰药汁一口。没办法，她固执得很，喜欢的东西就一直喜欢，不喜欢的就一直不喜欢，谁也改变不了。”

霍寒舟拿起杯子，抿了口茶：“季公子的意思是，我于她而言，不过是一颗叫她牙疼的糖而已吗？”

季清让摇摇头：“她为什么爱吃芽糖，没有人清楚，但她一贯如此，喜欢就是喜欢，谁劝都没有用。”

霍寒舟愣了，执着杯子的手指在瓷壁上摩挲，若有所思。

季清让：“霍少侠，我妹妹自幼被宠上了天去，从小就是全家人捧在手心里的宝贝疙瘩。如你所言，她涉世不深，少不更事，从来没吃过一点苦头，被疼爱着长大，十几年来都是顺风顺水。”

话已至此，霍寒舟心下明了：“我知道。”

季清让和他都是聪明人，有些话不必非要说得清楚。季清让只问他：“我只同你要个说法，这逐风，待到归还之日，你是还或不还？”

“借了人的，自然要还。”

那好。季清让指节叩着桌板，道：“我给你一年时间，一年内你将所有事情处理完毕，若那时你还想着清兮，便拿着逐风来七星谷找她。但倘若你将此当作过眼云烟，我便着人给她种下忘情蛊，要她彻底忘了你，这江南，我们也是再不会涉足。”

他抬眼，字字重音：“至于逐风，天涯海角我都会找你要回来。”

吃完饭，他们分别。霍寒舟陪着季清兮在闹市游玩，待夜色降临，她觉得累了，霍寒舟便牵了一匹马让她坐着，自己在前头执着绳子缓慢而行。

季清兮坐在马上晃着腿，问他：“我哥之前跟你说了什么啊？神神秘秘的。”

霍寒舟轻声道：“他问我会不会还刀。”

季清兮“啊”了一声，脸皱成一团白乎乎的小包子，嘟囔道：“他怎么这么不大气，都答应借人的东西了，还这么犹犹豫豫的。”

话里话外，把季清让嫌弃了个透。

霍寒舟但笑不语，他算是明白了季清让口中的“顺风顺水”“宝贝疙瘩”等词不是有假，她确实如一块璞玉，天然去雕饰，干净又纯粹。

“霍寒舟。”她叫了他一声，“那你答应他了吗？”

霍寒舟“嗯”了一声，说：“答应了，一年后我会来七星谷还刀。”

“真的呀？”季清兮很欣喜，俯下身去拉他的衣袖，手指碰到他的手背，刮蹭出一片麻痒。

“那等你来七星谷，我带你去冰河好不好？那时候应该也是冬天，你陪我去挂灯笼可以吗？”

霍寒舟莞尔，一一答应。

季清兮心愿得偿，很是高兴，她本来话就不少，一高兴话就更多。

哼了会儿歌，她忽然想到了他借刀的初衷，顺口问他：“霍寒舟，你义父，就是那位季氏旧主，他是得了什么病死的啊？”

（三）

霍寒舟沉默。

这问题着实让他有些愣怔。是了，季承暄是怎么死的？

霍寒舟在心中回忆起自己义父临死前的模样，那时他已到了油尽灯

枯的时候，身体衰败下去，面容也很憔悴，可他的眉眼还留了一丝不舍，从死水无波般的眼里透出来，如同乌云后的一轮皎月，偷偷窥探人间最后一眼。

霍寒舟知道，那丝不舍不是给自己的。季承暄是个不善言语的人，倘若有心疾不发作的时候，全都用来教他习武，教导也颇为严厉，同一招式罚着练上几十上百遍也是常有的事。季承暄将他从乞丐堆里捡回来，不逼他改姓，也不要他称父亲，除了练武，季承暄甚至很少同他讲话。

有时候，霍寒舟会觉得，义父救他不是因为仁慈，而只是想把一身的武艺传习下去，他在义父的眼中，同一把刀，一把剑，或者一杯水，一本书都没什么区别。

季承暄唯一动容的一次，便是他临死前的那次。他倔强得近乎执拗，死死盯着不远处紧闭的房门，目光从期盼渐至失落，再到最后转至绝望。他看着那扇门，明知徒劳无功，明知自己想等的那个人永远也不会来，却还是这样看着，直到生命消亡，直到死不瞑目。

霍寒舟跪在他的床前，他问，义父，你在等谁。

但季承暄没有回答他，他从不告诉他这些，到死也没有告诉他。

这是个多绝情的男人，救了他，又不愿意做他的父亲，教习他长大，却连最后一丝不舍都不曾给他。

可霍寒舟还是哭了，眼泪几乎是刹那涌泄出眼眶，在他自己都不曾察觉的时候，掉在胸膛之上，让他自己的身躯都震了震。

季承暄到死都没舍不得他，所以他到死也没喊过季承暄一声父亲。

但他却又在季承暄下葬的时候，沉默不语地在季承暄的墓碑之上，亲手凿刻出“先父季承暄”五个字。

这一场父子的缘分，就这么到了头。

后来他行走江湖，为的也只是完成季承暄生前很少提及，但每每提及必有异色的两件事——一是逐风，二是季之远，皆在当年季家破败之时下落不明。

季清兮听懂了，她安慰霍寒舟：“你义父受心疾所困，如今一死，说不定算是解脱。”

霍寒舟是理不清季承暄那些无法言说的遗憾与后悔的，他知义父为心疾困扰多年，发作起来生不如死，这么一想，季清兮的话也很有道理，或许死亡对义父而言才算是真的解脱。

季清兮跳下马来，走到他面前：“你义父之前在等的人，到底是谁呀？”

霍寒舟摇摇头：“不知道。”

他是真的不知道。

他想了想，说道：“可能是在等我义兄吧。”

季清兮也觉得是。她不清楚上一辈的恩恩怨怨，只知道季寒初在中原有那么一位三叔，也正因如此，她才觉得霍寒舟所言有理。本来啊，等得临死都不肯闭眼，必定是十分重要的人，除了自己的亲儿子还能等谁，还能有谁让季承暄死不瞑目。

夜幽幽，月皎皎，季清兮站在月影与树影的重叠里，她眉目好无邪，拉着霍寒舟的手说："那你义父临死前都在想着你义兄，想必他对你义父是十分重要的。你一定要找到他，但是等找到他以后，你可千万记得要来七星谷找我，你答应陪我挂灯笼的。"

霍寒舟握着缰绳的手一紧，那在季承暄临死前的惊惶又重新回到了他的胸膛里，却是鲜活的，期盼的，蔓延出叫人又爱又怕的欢喜。

他佯装看月亮，手背在季清兮看不见的地方牢牢握成拳，仿佛在用尽全力压抑着什么。

"为什么？"他问季清兮，"为什么一定要跟我一起？"

这个问题他问了很多遍，季清兮却从没好好回答过他。

但这次她难得认了真，旋了个身来到他面前，与他视线相对，轻声道："我娘说，她当年就问了我爹这么一句话，我爹就跟她回家了，所以如今我也想来问问你，最好哄得你也愿意跟我回家。"

霍寒舟面色微红，小声道："不知羞的丫头。"

季清兮捧着他的脸，冲他笑眯眯："你要想好了，我们七星谷可不是个好名声的地方，你要是来了可是要被旁人说道的。霍寒舟，我就等你一年时间，等一年到了，你若是不来，我就再不记着你，自己再去江湖找乐子。"

霍寒舟先听得前句，想要驳斥，又听得后一句，当即说道："江湖立于朝堂之外，本就正邪不辨，你一个小姑娘家，不要总想着往危险的地方去。"

季清兮放开他，还没说话，耳边又响起霍寒舟的声音，说道："况且为人处世，若胸中坦荡，便不惧污名加身。"

季清兮转头："你真不怕？"

霍寒舟："不怕。"

季清兮笑起来，她去牵霍寒舟的手，小小的手掌塞在他的掌心，指头钩着他的指尖。

她要他把马拴好，陪着她从这里走回客栈。

一路上，她总在笑，笑起来的模样有种难掩的天真灵气，霍寒舟本来严肃着脸，听她这样笑多了，也忍不住偷偷抿了抿唇，溢出一抹笑意。

"霍寒舟，你习武是为了什么？"

"义父教我的，我便学了。"

"你以前跟你义父在一起，都做些什么？"

“吃饭、习武。”

“你们好无聊，不像我，我在七星谷有很多好玩的东西……只是我不喜欢练武，娘总说我太懒了，连哑巴叔都打不过。”季清兮的眼仿若皎月星云，“可是你看起来就好厉害，你知道吗，很少有人能打得过我哥哥的，他很厉害的，七星谷所有人都说他厉害。”

霍寒舟顿了顿脚步，别开眼：“技不如人，无须辩解。”

“你功夫这么厉害，以后想做什么？”季清兮掰着手给他算，“匡扶社稷，保护百姓？名垂武林，万世称颂？”

霍寒舟轻笑，这小丫头，一点也不像是从那种诡异门道出来的，心思单纯得过分。

他说：“我只是个剑客，却不是为剑而活，亦不为虚名而活。”

人活一世，活的是自己。

霍寒舟，就只是霍寒舟而已。

季清兮拉着他的手，眼神很亮：“霍寒舟，你人是沉闷了些，但在一点上倒是像极了我爹。”

霍寒舟轻咳一声，连带着握着季清兮的手也轻颤了下，软软的手指在他掌心一勾。他仿佛被烫着，手下热起来，脸也跟着热起来。

霍寒舟怕叫人看出他脸红，强作镇定地重新端起身板，但手下分明有些慌张起来，可再慌张，直到回到客栈前，他却也没放开季清兮。

客栈门前，季清兮跟他告别，很不舍：“霍寒舟，明天我就回七星谷了。”

霍寒舟没告诉她，其实三天前他就已从季清让那里拿了逐风，但他同她一样，也没舍得走。

他的神情变得有些认真，很想再说点什么，奈何舌头如同打了结，翻来覆去也只吐出两个字：“保重。”

天边月如霜，洒着鎏金般的光华，山风推着落下的叶片，就着夜色穿行而过。

寂寂的黑暗里，没人开口，也没人离开。

季清兮绞着手指，最后看了霍寒舟一眼，低声说：“我在七星谷等你，你可一定要来。”

月光这样明亮。

个个都讲纷乱江湖自有风月，风月里刻的又是谁与谁有情，谁负了谁的情。

却是个个都不知，若是有朝一日有情人相会，一见是初遇，相逢如故人，从此便是人间风月如尘土，风也是她，月也是她。

长街空荡，暮夜无知，有人带笑，轻轻合臂，将怀里的人慎之又慎地抱住，生怕唐突了姑娘。

“好，一言为定。”

（四）

又是一年冬时节。

这天，季清兮正在厨房煮一碗元宵汤，外头乱糟糟的，有重物划过冰面的刺耳声音，听得她心口突突的。

她放下汤碗，咚咚咚跑到门外，站在冰面上正要怨上两句，却见自己那位最是木讷的叔祖正背着一口冰玉做的棺材，弯着腰身往冰室里走。

棺材里装的东西她知道，是袖姨的女儿，几十年前就死了。

季清兮有点傻愣愣的，嘴张了张，问季靖晟在干什么。

季靖晟神情很是坚定，将棺材往肩上提了提，沉声道：“不把女儿放河里，她要放，我抱回来。”

季清兮眨眨眼，一句话品了两三遍才反应过来。

季靖晟的意思很简单，红袖要把女儿的棺材封进冰河之下，她讲自己囿于过去数十年，想放下，想重新活。

可季靖晟不答应，他执意将棺材抱回来，不让红袖封它。

季清兮被绕得脑子糊涂了：“为什么不答应？”

季靖晟低头，半晌沉默，道：“她哭了。”

季清兮一怔。

季靖晟讷讷道：“她不想封的，她放不下女儿。”

季清兮没说话，她看了眼厚重的冰玉棺，婴儿的尸体被保存得很完好，像是睡着了。

她静默着，思考着。这时脚步声从身后传来，他们齐齐转头，一个年轻女人正站在他们不远处，眼睛很红，眼眶却是干的，分明没有眼泪。

红袖走到季靖晟身边：“你抱回来做什么？”

季靖晟抿嘴：“你哭了。”

红袖声音很闷：“我没有。”

“你就是哭了。”

红袖忽然大声道：“我没有！”

季靖晟和季清兮都吓了一跳。季靖晟匆忙又小心地放下棺材，搅了搅她的肩膀，哄孩子似的哄着她：“小袖子没哭，没哭，真的没哭……”

红袖推了推他，望着他的眼睛，又问：“你抱她回来做什么？”

季靖晟伸出手摸了摸她的头发，手指穿过她被风吹起的长发。

他说：“你舍不得就不要封她了，让她继续待在原来的地方，她可以做我的女儿。”

……

季清兮垂下眼，心头波澜四起，却是悄无声息地离开了。

她把地方留给冰河之上的男女，自己慢慢往厨房走去。

天色昏暗下来，风吹起树上的雪粒子，簌簌落下几片洁白。

她想起来，曾经无数个雪夜里，她那被称作“摇光”的叔祖，总是和袖姨并排而立，或笑着对饮，或戏聊闲话，偶尔会一起抬头，看看墨色天际上绽开的烟火，照亮两双沉默的眼睛。

如此良辰美景，当称得“一生一世”。

季清兮笑着弯眼，心里想着自己的元宵汤，更是加快脚步，小哑巴却不知道从何处忽然拐了出来，拦住她的去路，将她挡得死死的。

【小糊涂蛋，上哪儿去？】

季清兮脆生生道：“去喝汤，哑巴叔你要不要，我大方，愿意分你一碗。”

小哑巴摇头，眼底露出狡黠，手下比画着：【我不要，但你可以问问门口那人，他要不要。】

季清兮一下抬起头来，险些撞到小哑巴的下巴上。

小哑巴恼了，屈起手指敲她脑袋瓜：【丫头是没见过男人吗？给你娘知道了得笑话你。】

季清兮没躲开，乖乖受了他这一下，她心头满满都是激荡着的喜悦，宛如漫山遍野都盛开了她最爱的月光花。她知道是他，一定是他！

是霍寒舟。

他真的来了！

季清兮猫腰，脚下轻盈，一下从小哑巴身边刺溜钻出去，几步跑得飞快。

她的眉眼都是笑，当真是欢喜到极点，于是跑得越来越快，跑过冰河，跑过长廊，直到见到门边那道身影，这欢喜终于实实在在落到实处，让她指尖都在颤抖。

季清兮定定看着他，声音比神思更快一步，她对着他大喊：“霍寒舟——”

他听见了，也回头了。

这一日是元宵，七星谷因下了三天的大雪，满目雪白，小哑巴早已提前张罗打点，故而放眼望去，夜下明灯错落，天上星光璀璨，好一派火树银花，星桥铁索。

她站定，向他望去。

那人依然作着一年前的打扮，一身轻装，眉目俊秀，背上背着两把长剑，腰侧挂着逐风，站在树下，长身玉立，洒脱不羁。

季清兮看着他，晃了神。

她是红妆和季寒初的女儿，骨子里就写着深情与恣意，她要等，便是真的等，她说会放下，也是真的会放下。

但她始终相信他，不用多问，也不用怀疑，她如此笃定地相信他会来，他果真来了。

他走到她面前，解下逐风，双手奉上。

一抬眼，面容里是同样难掩的欢喜，他沉着声音说："季清兮，我来赴约了。"

番外四 少年时

塞北不好玩，你留在这里吧，留在我身边吧

那会儿，姑苏季氏还不叫姑苏季氏，江南五大派还没并作四个，极目望去温山软水里写的都是诗意。

季承暄记得，那时候自己有个未婚妻，姓殷，是殷家的二小姐。

他对这个女人没什么印象，眉毛眼睛都不太记得。其实不怪他，那殷萋萋每次见到他都把脑袋埋进胸膛里，他只能看到个头发顶和一堆发饰，加上他又是个除了刀，万事不放心上的，久而久之，几乎快忘了自己身上还有一门亲事。

说来好笑，这殷家降大任于季家，三个儿子里必须选一个接手殷姑娘，老大有婚配，老二是傻子，没得选，只能季承暄顶上。

季承暄不讨厌殷萋萋，只是比起什么情情爱爱，他反而对她的嫁妆——寄雪剑谱更感兴趣一些。

当时他的刀法尚且算不上大成，卡在一半不上不下，憋了一股怨气，成天黑着一张脸，跟谁欠了他多少金叶子没还似的。

他本是用刀的好手，受了挫，竟然动了改练剑的念头。

他年少，功力在同龄人里已是佼佼者，可心性还不算成熟，尚且没有中年时候的冷然严肃，幼稚起来，自己在桃花林里砍下大片花瓣，一脚踩在不配合自己的刀上，心道谁爱练谁练，他再也不练了。

红袖便是那时出现的。

她坐在树干上，眼睛明亮，笑容灿烂，笑他怎么脾气差，这么凶。

季承暄懒得理她，自己收了刀走了。

可第二日去的时候，她还在那里。

第三日，第四日，第五日……一连一个月，她都静静地坐在树上看他练刀。

季承暄知道自己无法突破，一是心急，然欲速则不达，二是受手里的刀所限，顶尖的刀客配顶尖的好刀，可他手里这把着实太过普通。

但知道归知道，承认归承认，被姑娘看着练刀，练了一个月还没什么长进，他终于恼了。

他抱着刀，把她从树上叫下来，问她何门何派，要赶她走。

红袖笑得眯起眼睛："你怎么这么霸道，这林子是你家开的？"

"是。"

真是他季家的林子。

红袖发出了一声夸张的"哇"："久仰啊久仰，原来是姑苏季家的三公子！"

季承暄揣起剑，恶狠狠道："你再说，信不信我打你！"

红袖退远几步，冲他一抱手："好啦，季公子别生气，我这就走。"

望着她跑到几丈外的身影，季承暄冷哼了一声。

第二日她果真没再来。

季承暄自顾自地练刀，偶尔目光瞥到林子上头，看到那儿空空荡荡的，他蹙了蹙眉，手里的刀劲道更甚，在树干之上划出极深的一道。

再过了几日，季承暄接到季父的指令，说是颍川剑鬼近日多来殷家挑衅，他本就与殷家有旧仇，殷家人头疼不已，要季家帮忙应对。

季父年事虽不算高，但已懒得再去过问这些世事，点了季承暄上门相帮。

季承暄带着刀，从季家一路赶到殷家，到了人家门口才发现吃了个炸胡，事情全然不是这样，颍川剑鬼一直闭关不出，所谓挑衅不过捏造，事实是殷家的二小姐想要见他。

殷家小姐眼中的情意如春水涌动，几乎快要从眼珠子里溢出来。季承暄看着殷萋萋那副含羞带怯的样子，问候她家三代祖宗的话生生憋在嘴边，半天没蹦出个屁。

没办法，他只好带着自己的刀，骑上来时的马，怎么来的怎么回去。

走前，他郑重地对殷萋萋说："别再做这种事情，很无聊。"

殷萋萋一番情意霎时冷却，满眼都是被质疑的委屈，心灰意冷道："我只是……只是想你。"

季承暄耐着性子对她解释："这世上的所有事情难道都是你想怎样就怎样的？你想就想，但不要来烦我。"

他还想自己的刀法一日千里，突飞猛进，结果还不是受制于功法与兵器，至今未成？

一番话季承暄自认为说得合情合理，不知怎么就惹得殷萋萋双眼通红，泫然欲泣。

他被殷芳川和殷远崖狠狠骂了一通，从家门口打了出来，要他滚远点。

少女眼里的爱慕藏也藏不住，可惜她的对象是个木头，见没了颍川剑鬼的事，干脆找了间客栈先住下，也不急着赶路，想着自己白日受的闷气，身上还被殷远崖没个轻重打出了伤，一时气闷，点了杯桃花酿自斟自饮。

酒过三巡，喝酒的人变成两个，红袖趁他半醉半醒时勾他将话都给说完，一来二去就明白了，当下怒上眉梢，一拍桌子："岂有此理！"

她一口饮完桃花酿，说道："要你去的是他们，叫你滚的也是他们？他们是拿别人当肉来蘸酱涮吗，真是无耻！"

季承暄酒气上头，本就心里憋了气，听她这么说也倏地蹙起眉。

红袖将他拉起来，拍掉他手里的杯子："别喝了。"

季承暄冷不防一个踉跄，神色茫然了一瞬："做什么？"

"跟我走。"

"去干吗？"

红袖一字一句道："揍他们去！"

季家把殷家得罪了。

季承暄第一次醉酒，一醉酒就醉了个惊天动地，殷远崖肿着半边脸问季父讨公道，季承暄被季父关到了桃花林子里，禁闭思过两个月。

红袖又开始出现在林子里，有时给他带好吃的，有时给他讲点趣事，更多的时候还是静静看他练剑。

季承暄问她，你出自何门何派，师从何人。

她除了不报师门外并不对他隐瞒，说自己本意只是游历中原，从关西一路到了江南，再过一阵子，就往塞北去。

季承暄听她要去塞北，手里的刀顿了顿，静了一会儿，状似不经意道："塞北没什么好玩的。"

"去了才知道啊。"

红袖捋着头发，站在树下，她将手里的东西递给他，同他说："季承暄，你是我见过最可爱的中原人，既然你爱刀如狂，那这个就算我赠与你的告别礼物，我会记得你的，你也要记得我。"

她递来的东西——长刀锋芒毕露，刀谱古朴厚重，雪白刀身之上刻有醒目的"逐风"二字。

季承暄望着刀，神色严肃正经："这把刀你从哪里来的？"

"我师伯送给我的。"红袖解释道，"他不喜欢，就转赠给了我。既是我的，那我想给谁便给谁。你不要有负担，尽管收下就是，反正我不喜欢刀，留着也没有用。"

天下名刀，就这么随意地送了人去。

季承暄看不透红袖，她神秘地出现，如今又要神秘地消失。

他更看不透他自己，就像他不明白自己到底“可爱”在哪里，值得她以逐风相赠，也不明白为什么听说她要远去塞北，自己心头的烦闷一日更甚一日。

他憋着气，生生憋了两个月，将自己关在房中闭门不出，等到重见天日那一天，他迈步出门，径自去了季父那儿。

他直截了当地对季父说道：“我要退婚。”

季父正在和他大哥下棋，闻言一愣：“为什么？”

季承暄：“我不喜欢殷家姑娘。”

“可你也不讨厌她啊。”季父一头雾水，“而且当初不是你亲口答应的吗？”

季承暄沉默。

还是他大哥看得明白，见他脸上神容有异，笑道：“三弟，这不叫‘退婚’，而是‘悔婚’。不过我却是很好奇，能让你悔婚的女子是什么模样，何时带来给我们看看？”

季父惊得差点把棋盘给抄了：“你说什么？”

季承暄道：“确是如此。”

“你？你！你……”季父震惊道。

对季承暄来说，他不在乎自己干的到底是退婚还是悔婚，也不在乎此举会不会下了殷家的面子，他只是觉得自己遇上了喜欢的姑娘，就要娶她回家，如此简单罢了。

他在桃花林里闷了两个月，对自己的错处没任何反省，对自己的心意倒是想了个一清二楚。

剑谱不要了，婚约不要了，什么嫁妆还是什么殷姑娘，他都不在乎。

要让季父知道他将他关禁闭，他满脑袋想的却是儿女情长，恐怕得翻着白眼骂一句“不肖子孙”。

不过。

“不肖子孙就不肖子孙。”季承暄低低呢喃，自言自语道，“那剑谱谁爱要谁要去吧。”

从季父那儿出来，季承暄面色无波无澜，迈步去了桃花林。

树林两侧叶子簌簌作响，似在遥遥歌唱。

其实多年后仔细想来，方才觉得此时最好。因为此间仍是少年，他与她都年方正好，尚且没有受过世俗的摧残折磨，也还不曾拥有想回却不能回的旧时光，读不懂什么叫“求不得、舍不下”，也还看不透什么叫“世事无常，往事如烟”。

此时最好，真是此时最好。

季承暄行到桃花树下，红袖果然还待在那里，她看起来有些困了，半

眯着眼睛打盹，听到声音睁开眼，见是他，一下笑起来。

“你来了，我等了你好久。”

季承暄自以为已做好了心理准备，可真对上红袖的眼，却发现要将心里话说出口居然是天下第一难事。

他深吸几口气，平复了自己有些乱的心情。

“喂，我要去退婚。”他别别扭扭地说，“你要不要跟我一起去？”

红袖拖长音调，不无遗憾地道：“我是女的，没办法替你接盘，要不你还是考虑换个人吧。”

“……”

季承暄一手拉过她的手臂，另一只手将他之前惯用的长刀举起来。

刀锋闪过一抹雪白的光，红袖被晃得眨了眨眼，不明觉厉。

季承暄攥着她的手腕，直截了当地问：“你觉得这刀怎么样？”

红袖说实话：“还成……也、也不是很成。”

他把刀放下：“那你觉得我怎么样？”

红袖蒙了。

“你知道我是什么意思。”他凝眉道，“回答我，不要装作不知道。”

红袖瞧了眼他的手，把手往后缩了缩，可被他用了力气拉着，不许她躲。

她无奈道：“你剑谱不要了？”

季承暄咬着牙：“不要了。”

“殷姑娘也不要了？”

“不要了。”

“那……”

“红袖，你别去塞北了。”他打断她，艰难地说道，“塞北不好玩，你留在这里吧，留在江南吧。”

留在我身边吧。

红袖想了想，偏过头去：“你这是在威胁我？”

季承暄无奈，把她的手放开，竟难得委屈：“你分明清楚的。”

红袖旋了个身，衣裙在树下划出漂亮的一道。桃花树光秃秃的只剩树干，鼻息间是熟悉的青草芬芳，她在这里待了很久，其实本该早就离开，但她一直没走，她知道自己为何一直没走，她只怕季承暄不知道。

还好，总算还好。

“季承暄，你也没有很笨。”

红袖挽了一枝树枝在手上，大剌剌地在掌心敲了敲，树枝没有花瓣，连隐约的香气都没有。她轻轻摸了摸枝丫，对季承暄说：“你去摘一枝花给我，我就答应你。”

季承暄：“什么花都可以？”

红袖点了点头。

季承暄收刀转身，几步往外跑去，身影很快，像是怕她后悔似的。

红袖眼里漏出星星点点的笑意，她把树枝随手丢到一旁，从腰间摸出传信的锦囊，口中发出一声长长的哨音，没一会儿，一只肥美的小白鸽就停在了她的手臂上。

她取出字条，折了折，塞进信鸽脚上的小袋里。鸽子睁着一双眼睛看着她，写满疑惑不解。

红袖抬手摸了摸它圆滚滚的脑袋，笑眯眯地对它说："你帮我告诉师父，我不回去啦，我要留在江南。"

鸽子扇了扇翅膀，脑袋缩了缩。

红袖咯咯笑起来，心想，不知道师父会不会怪她。

应该不会吧，她可是师父最喜欢的徒儿。就算怪，大不了她带季承暄一起回去，师父见了他，总会明白的。

"鸽子啊鸽子，你快点飞，别让师父等久了。"红袖冲鸽子眨眨眼，一抬手，将它放飞长空。

她长长舒了口气，仿若了却了一桩心事，怅然有之，歉疚有之，只是目光触及远远而来的那抹身影，便全数化作了喜悦。

"季承暄！"

番外五

一生情

我将这一生交到姑娘手里，麻烦看顾了

季寒初刚到七星谷的那段日子，过得不是很太平。

七星谷对外封闭，第一次迎来了这么个“上门女婿”，还是个中原人，本就十分引人好奇，加上小哑巴不怕事大四处传言，关于季寒初的流言便越传越离谱，越传越旖旎。

传闻半真半假，讲他此前原本是个世家子弟，被小师妹红妆下了迷魂汤拐回来，闹出一番叛族叛道的事，轰轰烈烈，惊天动地，堪比画本子里糊涂昏庸的昏君。

昏君不知道自己已经成了昏君，只觉得七星谷热闹无比，遇到的每个人看他的眼神都像在看什么稀罕宝贝，个个经过他身边时都笑而不语，意味深长地打量他。

次数多了，还真有些毛骨悚然。

于是，季寒初干脆闭门谢客。

但一扇门关不住师兄弟的热情，七星谷想见季寒初的人，一半是冲着他和红妆的八卦传闻，另一半，则是冲着他传闻中几乎能与开阳媲美的刀法。

第一个来的是天枢的二弟子，红妆的二师兄。

二师兄体态丰腴，笑容慈善，和宝殿上供奉的弥勒佛有八分像，客客气气地拜上门，吃了一盏茶后，表明态度——想和季寒初比一比下毒的功夫。

季寒初：“我是医者，下毒不是我所长。”

二师兄面露为难。

他抱着自己肥硕的肚子愁眉苦脸了许久，看到最后季寒初都有些不忍心，正要出声劝慰，忽见他抬起头，双眼放出晶亮的光芒。

他一拍桌子，把自己精心准备好的毒药撒进茶水中，说：“这样吧，我喝了这玩意儿，你试试看能不能救我。你要把我救活了，算你赢，要没能救活，算你输了，成不？”

“……”

二师兄豪迈地一拱手：“来，我先干为敬！”

一杯毒药就这么咕咚咕咚进了肚子，季寒初都来不及阻止。

这一场比试的结果，以他花费整整三个时辰，终于将二师兄从阎王爷手里抢回来而告终。

第二个来的是天璇的弟子。

天璇此人心性邪门，收的徒弟也一个赛一个邪性。不巧，来的这个是最邪的，分明是个男儿身，却作了番姑娘家打扮，媚眼如丝，嗓音柔媚，语调宛若唱曲般千回百转。

一见季寒初，他手中红帕子一甩，泫然欲泣，直直往季寒初怀里扑去：“郎君啊，你可叫奴家等候多时了。”

“……”

红妆含笑看着他，提着定骨鞭走上前。

“你走开。”她将季寒初往身后一推，“这个我来。”

第三个来的是开阳的弟子，没有任何花架子，背后背着把苗刀，静静立于门前，便有凛冽之感扑面而来。

开阳弟子：“比一场。”

红妆：“倘若他赢了呢？”

“开阳让他做。”

红妆：“不行！”

季寒初：“若我输了呢？”

开阳弟子：“红妆让给我。”

季寒初：“不行！”

开阳弟子皱眉，反手拔出苗刀，刀风极为冷厉，带着淡淡的冷铁味道以及森然杀气。

“哪那么多事儿。”他说，“你要输了，把红妆让过来，我跟她再比一场，反正我一早就想领会定骨鞭的厉害。你们最好给我明白，在这个七星谷，我们开阳这一脉才是真正的七星谷之首，无人可出其右，以后少叫你师父在我师父面前嘚瑟。”

红妆：“呸！”

北斗七星个个都怪异邪性，只有这开阳活得像个俗家刀客，明明七条脉系各司不同门道，他却非要证明自己才是“七星谷之首”，连带着座下弟子也对此狂热无比。

用天枢的话说，那活得叫一个俗气，每次他举着刀要去挑战哪家高手，脸上就仿佛活脱脱地写着“你看，我就是那个非要争个狗屁‘天下第一’的傻子”。

红妆回身，拉起季寒初的双手，替他将腕口束紧，再将星坠慎之又慎地放到他的掌心。

“季三。”她一指开阳弟子，“揍他！”

打完架，开阳弟子背着刀走了。

红妆从屋里拿出针线，真诚地对着开阳弟子的背影喊：“师兄，要不比女红吧，我保证这个他绝对没你厉害。”

开阳弟子的脚步踉跄了一下。

红妆捧着针笑得眼泪花都流出来了。

她被逗得心情很好，但仍旧将要上门来挑战的一众子弟统统轰出了屋外，再有人挑衅，她干脆在周围一圈都撒了“往生”，毒粉遇水化烟，烟入鼻息照旧无药可救。

她说谁再靠近，她就直接茶水泼上去，天王老子的面子都不给。

她爱折腾季寒初，不代表她乐意看别人折腾季寒初。

这么一来，总算是安静了。

此时正接近夕阳黄昏，红妆和季寒初用了饭菜，闲来无事上了屋顶，季寒初坐着，红妆枕靠在他的腿上，无限惬意地享受这抹宁静。

“你以后离开阳那一脉远些，知道吗？”

不仅是开阳，他座下的弟子也都一样，个个都想着让季三接手“开阳”的位置。

真有意思，也不问问她同不同意。

红妆手指扣着他的手掌，抚摸着他掌心的纹路，幽幽地说：“不仅招女人惦记，还招男人惦记，我不如将你藏起来算了，除了我谁也见不到。”

季寒初思忖片刻，说：“也好。”

“我不知道他们会对你这么感兴趣。”红妆闭上眼，由着自己将力气卸到季寒初身上，她皱皱鼻子，玩笑般说，“要早知道，我肯定不让他们来，平白添了这么多麻烦。”

季寒初：“无妨，也不止麻烦这一回了。”

红妆睁眼。

季寒初对上她的目光，才发觉自己话中有歧义，他生怕红妆误会，着急忙慌要解释，将她脸旁的长发拢去，露出一张素白的脸蛋，低下头与她四目相望。

“之前那些事，红袖姑姑也好，殷家门生也好，在渔眠小筑或有间客栈都好。只要与你有关的事，我统统不觉得麻烦。红妆，我也愿意一直这样为你‘麻烦’下去。”

他以为说到这儿就好，但红妆不答话，反而愣了愣，而后呆呆地看着他。

季寒初用指尖描摹着她的细眉，轻轻抚过她的眉心：“我错了，别生气。”

红妆唰地坐起，手抓着他的肩膀，握得很紧，她的眼神直直地盯着季寒初，问道：“你想起来了？”

她眼中刹那迸出的惊喜光芒刺伤了季寒初的眼，他从前觉得她的这份“期待”灼了他的心，如今再往回看，根本都是自己画地为牢。

那些回忆这么好，他怎么会忍心丢弃。

季寒初眼底是如拨云见日般的明朗，点头承认：“嗯。”

红妆另一只手去捏他下颌：“什么时候想起来了？全部，还是一点？”

季寒初完全没有面对外人时的那股有些“端着”的做派，他任由红妆将自己搓圆揉扁，满眼笑意地瞧着她：“没弄错的话，应该是全部吧。”

红妆霍地站起来，险些把季寒初给撞到屋下去。

“好你个鸡贼的季三，什么时候恢复记忆的？竟然不告诉我？”她弯腰拍拍季寒初的脸颊，“憋着使什么坏呢，老实交代，这是跟谁学的，蔫儿坏。”

季寒初伸手掐住她的手臂，将她往自己怀里一带。

红妆顺势落到了他的怀中，药香味盈了满怀。她捧着季寒初的脸，在他唇上啄吻了一口：“都想起来了，那还爱我吗？”

季寒初无奈：“你明知故问。”

红妆一下绽出笑靥，她抱着季寒初，心口怦怦跳：“季三，我如今真觉得圆满，就是死了也没有遗憾。”

“别说胡话，有我在，你不会死。”

他在心里已求过百年，是属于他们的百年。

晚霞透着朱红，瑰丽洒满人间，在这黄昏天里，他们静静相拥，在屋檐下被拉出长长的剪影。

不多时，季寒初仿佛想起了什么，他伸手执起红妆的手腕，皓白的腕子上戴着一个成色极好的玉镯，这是他赠送给她的定情信物，也是他父亲的遗物。

他始终记得，在自己缠绵病榻的一年里，他时而清醒，时而混沌，季之远用一碗药将他的前尘情事敲得个干干净净，但有些东西仍旧霸道地留在他的脑子里。

他会疼痛，会想着要快快好起来，甚至有一种疯狂的念头如荆棘丛生，缠绕心头，劝着他“你也不如死了吧，还有人在地底下等着你”。

他以为那是久病床前产生的幻觉，直到那一天他立在长亭，兀自思考着自己心间为何总有揪心痛感，叫他生生难忘，一道猝不及防的身影忽然出现在他身后，他陷入突如其来的黑暗，再之后，他便醒在了简陋的客栈，一睁眼，是俏生生的红衣姑娘。

“季三公子醒了呀？”

“我姓姑，名奶奶。”

“男人欠女人的还能是什么东西？季三公子你说呢。”

……

他见她的第一眼，其实并未反应过来，只觉得心头的感觉乱得很，仿若小鹿乱撞，叫不住，也回不了头。

后来，他才明白，那种撞了南墙的感觉，源自他对她的第二次一见钟情。

夕阳落山，余晖绵长。

季寒初便在这抹昏黄里，在红妆额上落下慎之又慎的一吻。

一如当初。

“我将这一生交到姑娘手里，麻烦看顾了。”